Ein ödes Kaff am Ende der Welt – das ist Cold Storage in Alaska. Die Angel ins klare Wasser halten, ein Bierchen kippen, viel mehr gibt es hier nicht zu tun. Doch der erste Eindruck täuscht – vor allem seitdem Clive McCahon, der verlorene Sohn des Ortes, wieder da ist. Nach sieben Jahren Knast will er ein gesetzestreues Leben beginnen. Sein Bruder Miles hält davon nicht viel – vor allem nicht von Clives Plan, eine alte Bar neu zu eröffnen. Außerdem muss es in Cold Storage per Gesetz genauso viele Kirchen wie Kneipen geben – ein Relikt aus der feuchtfröhlichen Gründerzeit. Doch Not macht erfinderisch: Wer sagt, dass man nicht predigen und ausschenken kann? Ein geniales Konzept, mit dem Clive so einiges im Ort durcheinanderbringt …

JOHN STRALEY stammt ursprünglich aus der Gegend von Seattle, lebt aber heute mit seinem Sohn und seiner Frau, einer Meeresbiologin, die Wale erforscht, in Sitka, Alaska. Dort arbeitete er als Privatermittler, bevor er als Autor genügend Bücher verkaufte, um davon leben zu können. Sein Lieblingsthema sind die Macken seiner Landsleute, die er mit viel Charme und Herz porträtiert.

John Straley

BIBELKURS

für Fliegenfischer

Zwei Brüder, eine Bar in Alaska
und die Suche
nach dem Königslachs

Aus dem Amerikanischen
von Katharina Volk

btb

Die amerikanische Originalausgabe erschien 2014
unter dem Titel »Cold Storage, Alaska« bei Soho Press, New York.

MIX
Papier aus verantwortungsvollen Quellen
FSC® C014496

Verlagsgruppe Random House FSC® N001967

2. Auflage
Deutsche Erstveröffentlichung Juni 2016

Umschlaggestaltung: semper smile, München
Satz: Uhl + Massopust, Aalen
Druck und Einband: GGP Media GmbH, Pößneck
MR · Herstellung: sc
Printed in Germany
ISBN 978-3-442-71391-2

www.btb-verlag.de
www.facebook.com/btbverlag
Besuchen Sie auch unseren LiteraturBlog www.transatlantik.de

Für Sophie Rosen

Kapitel 1

Annabelle hatte den Wasserkessel eben erst auf den Herd gestellt. Und nun pfiff er, aber sie blieb sitzen, statt sich darum zu kümmern. In letzter Zeit war die Vergangenheit zu einer Halluzination geworden, die ständig der Gegenwart dazwischenfunkte, so dass sie nie recht wusste, was wirklich zu tun war.

Sie hatte gerade an Franklin D. Roosevelt gedacht – den grinsenden Mann mit der Zigarettenspitze, der sich niemals in gebrechlichem Zustand fotografieren ließ. Aber dies war ein Frühlingstag im letzten Jahr von Bill Clintons Amtszeit, und in den Nachrichten drehte sich alles um die Fehltritte und Versäumnisse des Präsidenten. Immerzu regierten solche Männer mit Schwächen und Fehlern die Welt, und das Radio mit der langen Antenne wurde nicht müde, ihr aus seiner Ecke davon vorzujammern. Nicht, dass die Nachrichten für Annabelle noch wichtig gewesen wären. Es regnete stark, und sämtliche Ereignisse ihres Lebens – vergangene, gegenwärtige und möglicherweise auch zukünftige – erinnerten zunehmend an eine boshafte Slapstickkomödie.

Sie saß auf ihrem Stuhl und schaute zum Fenster hinaus. So viele Dinge zerstreuten in letzter Zeit ihre Gedanken. Präsidenten, Angehörige und verlorene Tiere drehten sich in ihrem Kopf im Kreis. Die Glasscheibe in der Tür klirrte leise, und sie blickte auf und erwartete, ihren Onkel Slippery Wilson zu sehen, der die nassen Lederhandschuhe an seiner Hose abklopfte, obwohl Slippery Wilson vor über drei Jahrzehnten verstorben war. Sie ertappte sich dabei, wie sie mit halbem Ohr nach leisem Weinen aus dem Babybettchen horchte, aber ihre beiden Jungen waren inzwischen erwachsene Männer. Der jüngere, Miles, kochte im nahen Seniorentreff, und Clive kam gerade aus dem Gefängnis.

»Egal«, sagte Annabelle laut zu sich selbst. Sie stand auf und schaltete das Radio in der Ecke aus.

Den ganzen Nachmittag lang versuchte sie sich schon an den Witz zu erinnern, den sie gestern gehört hatte. Er war gut, das wusste sie noch, und sie hätte ihn gern Miles erzählt, den guten Witz. Doch sie bekam die Einzelheiten nicht mehr zusammen.

Vor ihrem Fenster fiel der Hang zur Bucht hin ab. Schnellwachsende Erlen schossen aus dem aufgewühlten Boden in die Höhe, wo die Jungs Annabelles Haus gebaut hatten. Ein Windstoß fegte vorbei, und sie glaubte, etwas Buntes aufblitzen zu sehen. Etwas Gelbes hatte geflackert – sie war nicht sicher, aber es hätte ein aufflammendes Streichholz sein können. Gelb mit roten Funken, in den Bäumen. Sie schob sich die Brille höher auf die Nase und war beinahe sicher, dass sie den Vogel auf und davon fliegen sah.

»Buddy?«, fragte sie laut, als der Kessel überkochte und die Herdflamme löschte.

Am selben Tag im April 2000 wurde Clive McCahon, Annabelles älterer Sohn, aus dem Gefängnis entlassen. In Gedanken kaute er auf seinem Plan herum, nach Hause zu gehen.

Als Kind hatte er das Leben in Alaska gehasst. Sein Vater war völlig selbstverständlich davon ausgegangen, dass er Fischer werden würde. Seine Mutter hatte erwartet, er würde sich seinen Lebensunterhalt, ganz gleich womit, daheim in Cold Storage verdienen. Nur seine Großmutter Ellie hatte ihm geraten, nicht auf seine Eltern zu hören, sondern seinen eigenen Träumen nachzuhängen. Clive war auf einer Insel im Nordpazifik aufgewachsen und sehnte sich nach den endlosen amerikanischen Highways. Er träumte von Autos und Wüsten und langen, schnurgeraden Straßen. Ellie schenkte ihm immer Bücher über Autos, zu jedem Geburtstag und jedes Jahr zu Weihnachten. Autos und Gitarren, davon träumte er, von Bands, die er im Radio hörte, und schönen Mädchen, die nicht alles über ihn wussten. Ellie hatte seinen Drang nach Freiheit und Bewegung verstanden. Offenbar als Einzige hatte sie nachempfinden können, dass das Leben in Cold Storage, Alaska, sich anfühlte wie ein kleiner, beengter Irrgarten, in dem man an jeder Ecke mit denselben paar Leuten zusammenstieß. Gleich nach dem Tod seines Vaters in diesem Sturm an Thanksgiving hatte Clive die Insel verlassen. Er war nach Haines geflogen, hatte ein Auto gekauft, obwohl er keinen Führerschein besaß, ja, nicht einmal fahren gelernt hatte, und sich auf den Weg gemacht. Da war er fünfzehn gewesen. Ellies Asche war im Meer verstreut und die Leiche seines Vaters nie gefunden worden, und so hatte ihn nichts in dem abgelegenen Kaff auf der Insel gehalten.

Jetzt, Anfang April 2000, war Clive fünfunddreißig. Nach einem Schauer am Morgen zogen die Wolken ab, und die Luft war so rein, dass sie ihm beinahe in der Lunge brannte. Clive hatte sieben Jahre seiner zehnjährigen Haftstrafe im McNeil Island Penitentiary abgesessen und trug heute wieder denselben Anzug wie vor Gericht. Er war dunkelblau. Seine Mutter hatte ihn Clive gekauft, bei einem seiner wenigen Besuche zu Hause als erwachsener Mann. Jetzt war der Anzug natürlich viel zu eng an Schultern und Oberarmen. Als die Sonne durch die Bäume drang, stellte er seinen Karton auf den Boden, zog das Jackett aus, faltete es ordentlich zusammen und legte es auf die Kiste. Er hatte telefonisch ein Taxi bestellt.

Nur ein paar Leute gingen von Bord der Gefängnisfähre, hauptsächlich Angestellte mit Butterbrotdosen und Regenschirmen. Ein einziger Insasse begleitete Clive auf diesem Weg, ein blasser, magerer junger Bursche mit rotem Haar. Er ging den Landungssteg entlang auf einen alten Mann zu, der neben einem knatternden, betagten Ford LTD wartete. Als der Häftling den Wagen erreichte, öffnete der Mann die Beifahrertür, und eine Frau in einem blauen Hauskleid stieg aus und schlang beide Arme um den Burschen, ehe der auch nur seine Sachen abstellen konnte. Sie weinte und schniefte an seinem Hals, während der alte Mann ihm die Schulter tätschelte.

Clive trat ungeduldig von einem Fuß auf den anderen und hielt Ausschau nach seinem Taxi. Endlich rollte ein gelber Minivan heran.

»Sind Sie Stilton Cheesewright?«

Clive beobachtete immer noch den Jungen, der von dem alten Paar begrüßt wurde. Er überlegte, ob er ihn drinnen schon einmal gesehen hatte, erkannte ihn aber nicht. Ebenso wenig wie den falschen Namen, den der Taxifahrer nannte.

»Sie sind doch Stilton Cheesewright, oder?«, wiederholte der Fahrer. Er griff hinter sich und öffnete die Fondtür.

»Klar.« Clive wusste selbst nicht, warum er bei der Taxizentrale einen falschen Namen angegeben hatte – den ersten, der ihm in den Sinn gekommen war, dabei hatte der überhaupt nichts mit dem Plan zu tun. Er stellte den Karton mit seinen persönlichen Sachen auf den Rücksitz, knallte die Tür zu, ging um das Taxi herum und nahm auf dem Beifahrersitz Platz.

»Sie möchten zu einem Lebensmittelladen?«, fragte der Fahrer, der mit halb zusammengekniffenen Augen seine Fahrtenliste studierte.

»Genau«, antwortete Clive. »Wenn es keine Umstände macht.«

»Kein Problem, Mr. Cheesewright. Möchten Sie, dass ich warte, während Sie einkaufen?«

»Nein … setzen Sie mich einfach dort ab. Könnte eine Weile dauern«, sagte Clive, doch dann fügte er hinzu: »Wissen Sie vielleicht, wo es hier richtig frischen Salat gibt?«

Der Fahrer lächelte. »Wenn Sie ganz frischen wollen, gehen Sie am besten zu Farmfresh in der Sixth Street. Guter Laden. Die kaufen wirklich bei den Farmern ein und so. Liegt ein paar Kilometer außerhalb, aber die lohnen sich.«

»Wunderbar«, sagte Clive. Der Fahrer drückte auf den Taxameter und fuhr los, nach links, weg vom Gefängnis.

Clive sah die Zaunpfähle am Fenster vorüberblinken. Er betrachtete das Sonnenlicht, das durch die Nadelbäume fiel, und eine grasende Kuh auf einer grünen Weide, mit einer rostigen Glocke um den Hals. Sie hob den Kopf, als das Taxi an ihr vorbeirauschte, und Clive konnte sich das dumpfe Klimpern ihrer Glocke vorstellen. Er bat den Fahrer, kurz zu halten. Der blinkte und brachte den Minivan am unbefestigten Straßenrand zum Stehen. Clive bedankte sich, lehnte sich auf dem muffigen Sitz zurück und lächelte. So blieb er ein paar Augenblicke lang sitzen und lauschte der Kuhglocke.

»Lange gebrummt?«, erkundigte sich der Fahrer.

Clive nickte mit geschlossenen Augen. »Ja«, antwortete er. »Wird Zeit, dass ich nach Hause komme.«

»Sollen wir weiter?«, fragte der Fahrer.

Clive nickte wieder, ohne die Augen zu öffnen.

»Dann besorgen wir Ihnen erst mal Ihren frischen Salat«, sagte der Fahrer und drückte den Blinkerhebel ganz herunter.

Clive war glücklich und nervös zugleich. Er hatte sich auf diesen Tag gefreut mit einer Ungeduld, wie sie nur wenige Menschen erlebt haben, die nie im Gefängnis saßen. Doch als es nun so weit war, empfand er eine Art primitiver Beklommenheit. Er konnte sich nicht wieder dem Verbrechen zuwenden – er hatte seinen Geist gründlich davon befreit und saubergeschrubbt. Doch ihm war klar, dass er in dieser Welt der freien Menschen von wenig anderem wirklich Ahnung hatte. Dennoch, das Leben eines Kriminellen erschien ihm jetzt, in seinem neuen Geisteszustand, zu chaotisch, zu unberechenbar. Clive wollte fest verankert sein mit etwas, das so gewiss war wie der nächste Sonnenaufgang.

Das McNeil war ein altes Bundesgefängnis, das an den Staat Washington übergeben und zur Haftanstalt mittlerer Sicherheitsstufe umgemodelt worden war. Der berüchtigte *Gefangene von Alcatraz* hatte den größten Teil seiner Strafe tatsächlich im McNeil verbüßt. Das Hauptgebäude vermittelte noch die ursprüngliche Atmosphäre: dicke Eisentüren, und in den Aufenthaltsräumen Wandgemälde im Stil der staatlich geförderten Kunst der dreißiger Jahre. Man wäre sich vorgekommen wie in der öffentlichen Bibliothek irgendeiner Kleinstadt im Mittleren Westen, wenn die ganzen Sexualstraftäter nicht gewesen wären.

Im Gefängnis hatten sie Clive den »Milchmann« genannt, denn diesen Namen hatten die Zeitungen ihm gegeben. Er war eine kleine Berühmtheit im Drogenhandel gewesen, als man ihn verhaftet hatte – berühmt für seine Methode, seine Ware zu liefern, und berühmt dafür, dass er niemals seine Kunden oder Geschäftspartner verpfiff.

Er hatte Blut aus einer Hauptader spritzen sehen, das den Boden des Duschraums rot gefärbt hatte. Er hatte die schwarzen Löcher gesehen, die selbst gebastelte Messer in junger weißer Haut hinterließen. Er hatte jeden Fluch und jedes Schimpfwort gehört und die erstickten Drohungen, hervorgepresst mit Schaum auf den Lippen. Jetzt wollte er bloß noch Ruhe und Frieden. Schluss mit rauer Verkommenheit. Er hatte genug davon. Ein Sünder würde er immer sein, das war ihm klar, aber er konnte zumindest versuchen, nicht mehr so viel zu sündigen. Schaffte er es, nur zehn Prozent weniger zu sündigen als bisher, so hatte er sich überlegt, dann hätte er immer noch etwas Luft, aber zugleich auch eine kleine Chance auf ein bisschen Erlösung.

In den letzten drei Jahren hatte er sich gezielt abgesondert. Er hatte den Wärtern erzählt, jemand wolle ihn ermorden, und das stimmte sogar, doch in Wahrheit hatte er andere Gründe. Er wünschte sich die Stille auf fünfundzwanzig mal fünfundzwanzig Metern, nur unterbrochen vom Geräusch eines Basketballs auf dem betonierten kleinen Hof. Hier wurden die einzeln untergebrachten Gefangenen täglich eineinviertel Stunden herausgelassen, natürlich immer nur einer auf einmal.

Er nahm in die Einzelhaft nichts mit außer einer Bibel und einem Bleistift. Auf den Seitenrändern führte er sein Tagebuch.

Erst zu Anfang seines dritten Jahres fing er damit an, Insekten zuzuhören. Eine Schmeißfliege landete auf dem Rand seiner Bibelseite, im 4. Buch Mose. Die Fliege zappelte mit ihren Beinchen, die er sich als schmutzstarrend vorstellte. Das erste Wort in seinen dünnen Buchstaben war beinahe so groß wie die Fliege.

Doch wie soll ich verwünschen, wen Gott nicht verwünscht?
Wie soll ich drohen, wem Jahwe nicht droht?
Denn vom Gipfel der Felsen sehe ich es,
Von den Höhen aus erblicke ich es:
Dort, ein Volk, es wohnt für sich,
Es zählt sich nicht zu den Völkern.

»Was?«, fragte Clive laut und beugte sich noch tiefer über das Buch. »Wie war das?« Aber die Fliege hatte nichts gesagt.

Der Laden hatte draußen zwei Picknicktische aufgestellt, und hier würde Clive seinen Salat essen. Zigarettenstummel breiteten sich fächerförmig auf dem Asphalt aus. Neben einem Fahrradständer stand ein überquellender Mülleimer. Clive trug seine Tüten zu einem der Tische und stellte sie vorsichtig darauf ab. Er hatte einen Angestellten des Supermarkts gebeten, sämtliches Gemüse zu waschen. Außerdem hatte er eine Plastikschüssel, ein Schneidebrett, ein Messer und ein Fläschchen Vinaigrette gekauft. Er griff in die Tüte und holte zuerst das Messer und das Küchenbrettchen heraus. Ein Junge, der mit einem BMX-Rad auf dem Parkplatz herumkurvte, hielt kurz inne und starrte den mageren Mann im dunklen Anzug an, der an einer Tomate schnupperte. Dann hopste er mit seinem Bike auf ein Geländer, rutschte auf den Pedalen das oberste Rohr entlang, landete aufrecht und radelte davon.

Das Wetter im Westen Washingtons war für Frühling eigenartig warm. Clive setzte sich und schnippelte langsam die Strauchtomaten aus dem Gewächshaus. Zur Sicherheit wusch er das ganze Gemüse noch einmal unter dem Wasserhahn außen am Gebäude. Die Karotten schälte er und schnitt sie in dünne Streifen. Er hatte zwei Sorten Salat, eine rote Paprika, ein Glas Artischockenherzen und eine frische Avocado. Er sprach mit niemandem ein Wort, schnitt und schnippelte nur sehr sorgfältig vor sich hin. Als alles ordentlich in der Plastikschüssel lag, starrte er darauf und leckte sich ein wenig reife Avocado von den Fingern. Dann fügte er das frische Taschenkrebs-Fleisch hinzu. Er öffnete eine Flasche Wein und schenkte sich ein Glas davon ein. Er sprach ein kurzes Gebet, schwor sich, nie wieder Spaghetti aus der Dose oder nicht identifizierbares Fleisch zu essen, und genoss seine erste Mahlzeit in der freien Welt.

Die Flasche Wein war zu drei Vierteln leer, als der Taxifahrer vorbeikam, um nach Clive zu sehen. Er saß an dem Picknicktisch, den Rücken an das Gebäude gelehnt. Die langen Schatten der Pappeln daneben reckten sich über den Parkplatz. Der Salat war vertilgt, die Weinflasche steckte zwischen Clives Beinen, und eine Plastikgabel ragte aus seinem Mund.

Das Taxi rollte über den knirschenden Kies und hielt neben ihm. Der Fahrer ließ das Fenster herab.

»Haben Sie schon was für heute Nacht, Stilton?«

»Ich glaube nicht.« Clive nahm die Gabel aus dem Mund.

»Wissen Sie denn, wie es weitergehen soll? Irgendwelche Pläne?« Der Fahrer fischte seine Zigaretten aus der Hemdtasche.

»Oh ja, ich habe einen Plan.« Er sah den Taxifahrer an. »Einen idiotensicheren.«

Erst jetzt bemerkte Clive, dass der Mann nun einen kleinen Hund dabeihatte. Der Corgi stellte sich auf seinen Schoß und schnüffelte durch das offene Fenster.

»Wie heißt Ihr Hund?«, fragte Clive.

»Bandit«, antwortete der Fahrer, und der Hund schob sich wedelnd weiter vor und steckte den Kopf aus dem Fenster.

»Du hast keinen Plan«, sagte der Hund.

»Wie bitte?«, fragte Clive ein wenig erschrocken, denn er hatte noch nie ein Tier so deutlich sprechen gehört. Aber ihm war ja auch seit einer ganzen Weile kein so großes, nichtmenschliches Tier mehr begegnet.

»Wo soll's denn als Nächstes hingehen?«, fragte der Fahrer.

»Zuerst hole ich meinen Hund ab.« Clive bot dem Fahrer die Weinflasche an. »Dann will ich zurück nach Alaska.«

»Weiter Weg nach Alaska«, sagte der Fahrer und trank einen Schluck aus der Flasche. »Dafür brauchen Sie erst mal Geld.«

»Das ist ja der Plan«, sagte Clive. »Mein Geld ist da, wo auch mein Hund ist.«

Bandit schnupperte erneut in der Luft und stellte die Ohren auf. »Du hast keinen Plan«, wiederholte der Corgi. Was Clive noch mehr beunruhigte. Der Hund hatte recht.

»Ich habe einen kleinen Wohnwagen im Garten hinter dem Haus. Da können Sie übernachten, wenn Sie wollen«, schlug der Fahrer vor und streichelte dem kleinen Hund über den Kopf.

»Nein, danke. Schon gut«, beharrte Clive.

»Steig ein«, sagte Bandit, und Clive sammelte seine Sachen zusammen.

Kapitel 2

Der Witz ging so: Der Arzt kommt ins Wartezimmer und sagt zu seinem Patienten: »Es tut mir leid, Mr. Smith, aber ich habe schlechte Neuigkeiten für Sie. Offenbar haben Sie nur noch elf Minuten zu leben.« Der entsetzte Patient fleht ihn an: »Bitte, Herr Doktor, können Sie denn gar nichts für mich tun?« Der Arzt sieht sich im Wartezimmer um, schaut auf seine Armbanduhr und sagt: »Na ja, ich könnte Ihnen ein Ei kochen.«

Der Witz kursierte im ganzen Ort. Miles McCahon kam es so vor, als hätte er die Einwohner von Cold Storage infiziert wie ein Grippevirus. Er hörte ihn überall und fragte sich, warum.

Vielleicht lag es an der Dunkelheit oder am Regen. Vielleicht auch daran, dass fast jeder in Cold Storage entweder an einer Depression litt oder die meiste Zeit betrunken war. Aber die Leute *liebten* diesen Witz, und allmählich nahm Miles ihn persönlich.

Er hatte fast sein ganzes Leben in Cold Storage verbracht. Die einzigen Ausnahmen waren ein paar Jahre am College und seine Zeit bei den Army Rangers gewesen. Als sein Bruder 1993 ins Gefängnis gekommen war, hatte Miles gerade als Sanitäter mit einer Spezialeinheit der Delta Force in Mogadischu gedient. Bald nachdem die schmutzige Geschichte durch die Medien gegangen war, hatte er bei der Army gekündigt. Damals hatte er sich geschworen, die Ruhe und Abgeschiedenheit von Cold Storage nie wieder zu verlassen, aber allmählich kamen ihm Zweifel.

Miles war der Sanitäter und Arzthelfer in einem Dorf ohne Arzt. Er schiente gebrochene Knochen, stillte Blutungen, nähte größere Schnittwunden, behandelte Schockpatienten, überwachte die Medikamenteneinnahme und recherchierte medizinische Fragen für die hundertfünfzig Einwohner dieses schwindenden Fischerdorfs an der Küste des südöstlichen Alaska. Für sie war er das, was einem Arzt am nächsten kam, und vielleicht fand er den Witz deshalb nicht so todkomisch wie alle anderen.

Miles kochte gerade im Bürgerhaus das Sonntagsessen. Er hatte dafür etwas von dem Geld genommen, das seinem Vorgänger für ein Programm zur gesundheitlichen Aufklärung und Vorsorge bewilligt worden war. Der Mann hatte versucht, Vorträge über Herzerkrankungen und Diabetes zu halten, und Info-Abende veranstaltet, zu denen nur wenige Leute gekommen waren, und keiner von denen, die diese Informationen wirklich hätten brauchen können. Zu den ersten beiden Vorträgen waren der Schulrektor und die Sekretärin erschienen, die Bürgermeisterin und ihr Mann zu ein paar weiteren, und dann niemand mehr. Der Arzthelfer war nach sechs Monaten wieder weggezogen.

Aber das bewilligte Geld musste ausgegeben werden, denn die Verwaltung in Sitka durfte am Jahresende keine ungenutzten Fördersummen ausweisen. Sie hatten Miles angerufen und ihm gesagt, er solle mit den Mitteln tun, was er für richtig halte. Um dieses Geld bewilligt zu bekommen, hatten sie in Washington einigen Leuten in den Allerwertesten kriechen müssen, und es wäre eine Beleidigung gewesen, es nicht auszuschöpfen. Also führte Miles die sonntägliche Dinnerparty im Gemeindehaus ein. Er bemühte sich, gesund zu kochen, aber wichtiger als gesunde Ernährung war ihm die Zahl der Teilnehmer. Diesen Sonntag gab es drei Hackbraten, die jeweils gerade noch als Handgepäck durchgegangen wären.

»Ich verstehe nicht, warum du uns nicht ein paar Bierchen kaufen kannst«, beschwerte sich Ellen von ihrem Rollstuhl aus, der neben den Puddingformen stand.

»Ellen, ich darf das Geld aus dem Gesundheits- und Vorsorgetopf nicht für Alkohol ausgeben. Darüber haben wir doch schon gesprochen. Schon mit Käsekuchen und Sahne bewege ich mich auf dünnem Eis.«

»So denken nur Beamte«, keuchte die alte Frau. »Ich meine, was, wenn – ich sage ja nur, *wenn* – ich jetzt nach Hause gehe, um ein Bier zu trinken, und ausrutsche und mir die Hüfte breche? Was für eine Vorsorge soll das sein?«

Bob Gleason warf ein: »Du wirst dir nicht die Hüfte brechen. Bier schnorrst du immer bei anderen.« Er wies mit einem Nicken auf Miles. »Außerdem fährst du überall in diesem dämlichen Rollstuhl hin, obwohl deine Beine völlig in Ordnung sind.«

Ellen ließ sich durch nichts anmerken, dass sie Bobs Kommentar gehört hatte. »Miles, du könntest uns wenigstens Bier kaufen«, beharrte sie, »wenn du deine Sache hier wirklich gut machen willst.«

»Na gut, Ellen, vielleicht bestelle ich für nächste Woche etwas alkoholfreies Bier dazu.«

Ellen kniff die Augen halb zusammen und starrte zu ihm auf, als spräche er plötzlich Japanisch. »Alkoholfreies Bier?«, fragte sie mit schwacher Stimme. Auf der Suche nach Halt streckte sie eine klauenartige Hand aus, die leider in einer Schüssel Himbeer-Götterspeise mit Bananen landete.

»Bringt ihr lieber ihre Medizin«, krächzte eine dünne Stimme vom Ofen her.

»Beinahe-Bier reicht nicht, um die umzubringen. Das haben schon ganz andere als wir versucht.« Bob manövrierte ein Stück Hackbraten von der Größe eines Dachziegels auf seinen

Teller und legte es neben den Teich Bratensoße auf die Kartoffeln. »Verdammt, sieht das lecker aus, Miles. Du hast nicht zufällig noch ein paar gekochte Rübchen dazu, oder?« Er hielt Miles seinen Teller hin.

Zufällig hatte Miles tatsächlich welche und tat Bob rasch eine Kelle voll auf. Die Hand des alten Mannes zitterte heftig, und heißes Wasser schwappte an seinen Daumen.

»Herrgott, Miles, pass doch auf.«

»Tut mir leid.« Miles reichte ihm eine Serviette. »Ich habe es nur ein bisschen eilig.«

»Hab schon gehört.« Bob nickte wissend und betrachtete dann seinen vollen Teller. »Ein Polizist will dich sprechen.« Er hob die freie Hand und steckte sich mit den Fingern ein Rübchen in den Mund. »Wegen deinem Bruder.«

Miles wischte sich die Hände an einem Geschirrtuch ab und zog sich die Schürze aus. Ohne ein Wort zu irgendjemandem ging er hinaus.

Der Mann von der Staatspolizei, Ray Brown, hatte Miles kontaktiert, sobald er aus dem Wasserflugzeug gestiegen war. Da war Miles gerade dabei gewesen, die riesigen Hackbraten fertig zu machen. Also hatte er Brown vorgeschlagen, dass sie sich später in der Praxis treffen könnten, kurz bevor das Flugzeug nach Juneau ging. Auf diese Weise, so hoffte Miles, würde er mit dem Polizisten sprechen und dann zusammen mit ihm zum Gemeindehaus zurückkehren können, um nach dem Essen zu sehen. Es konnte nicht schaden, einen Polizisten dabeizuhaben, nur für den Fall, dass während seiner Abwesenheit eine Prügelei ausbrechen sollte.

Miles war nicht gerade scharf darauf, diesen Polizisten herumzuführen. Ganz gleich, woher sie kamen, Besucher stellten immer Fragen. Sie fingen mit der Geschichte an: Warum gibt es diesen Ort? Darauf antwortete Miles meistens: »Fisch …

hauptsächlich.« Er hätte zu gern die ganze Geschichte erzählt, aber die traurige Wahrheit war, dass die Leute sie gar nicht hören wollten. Vielmehr wollten sie nämlich fragen: »Warum zum Teufel lebt irgendjemand freiwillig hier?«

Um das wahrhaftig verstehen zu können, war es schon hilfreich, die ganze Geschichte zu kennen. Wenn man nur so durch den Ort spazierte, spürte man die Vergangenheit des Ortes nicht, kannte seine alten Witze nicht und konnte auch die Geister nicht sehen, die immer noch in den Erinnerungen seiner Einwohner herumspukten.

Die ersten Weißen hatten sich hier 1934 niedergelassen. Die Gründer von Cold Storage, Alaska, waren eine Gruppe norwegischer Fischer, die einen Hafen brauchten, in den sie sich während der Stürme an der Küste zurückziehen konnten. Sie trieben ein paar Pfähle in den Boden und bauten einen Bohlenweg am Ufer des Fjords. Mit ihren steilen Felswänden war die Bucht vor schwerem Wetter aus allen vier Himmelsrichtungen geschützt. Doch der Spruch, den einer dieser norwegischen Fischer geprägt hatte, galt bis heute: »Geborgen, sicher, außer wenn's senkrecht von oben kommt.«

In Cold Storage fielen jährlich etwa fünftausend Liter Regen pro Quadratmeter – die genaue Menge war umstritten. Dieser Regen nährte auch den zweiten Grund, weshalb die alten Norweger sich gerade hier niederließen: eine heiße Quelle unmittelbar hinter dem Strand, wo Thermalwasser zwischen den Felsen hervorsickerte. Die alten Fischer schusterten ein paar Wände und ein Dach um einen großen Bottich aus Beton zusammen, wo sie im warmen Wasser entspannen und ihren Booten, die draußen in der Bucht ankerten, beim Schaukeln zuschauen konnten.

1935 bekam die Sache mehr Schwung in Gestalt eines ziemlich fertigen alten Holzfällers, einer Gewerkschaftlerin und ihrer kleinen Tochter mit Brille. Die drei waren in einem lecken Boot vor dem Aufstand der Minenarbeiter in Juneau geflohen und ließen sich hier nieder. Der Holzfäller hieß Slippery Wilson, die Frau Ellie Hobbes. Sie war Pilotin und eine engagierte Kommunistin. Das kleine Mädchen mit den dicken Brillengläsern hieß Annabelle. Als Slip und Ellie den ersten Laden am Ort eröffneten, beklagten sich die alten Fischer, das Dorf wachse zu schnell. Doch als Ellie den Laden ein paar Jahre später zu einer Bar umbaute, verstummte das Gejammer.

Miles' Familie hatte die Polizei noch nie sonderlich gemocht. Nicht, dass sie sich aktiv feindselig verhalten hätten – es war eher die argwöhnische Gleichgültigkeit von Menschen, die knapp hundertfünfzig Kilometer Luftlinie von der nächsten Polizeiwache entfernt wohnten. Im Ort hatte es mal diesen alten Mann gegeben, der das Versorgungsschiff betrieben und davor bei der Kriminalpolizei in Seattle gearbeitet hatte. Aber das war lange her, und er hatte in Cold Storage nie irgendetwas Polizeiliches getan. Dieser ehemalige Detective aus Seattle war längst tot, und nur ein paar ältere Einwohner erinnerten sich noch an die Geschichten über ihn.

An der Tür der Praxis zögerte Miles, die Hand auf dem kalten Metallknauf. Er wollte nicht da hineingehen, doch als er schon daran dachte, einfach zu seinen Hackbraten zurückzukehren, wurde die Tür aufgerissen, und vor ihm stand Ray Brown in einer makellosen blauen State-Trooper-Uniform. Sie war gebügelt und pieksauber. An seinem runden breitkrempigen Hut leuchtete eine goldfarbene Kordel. Er wirkte imposant, eine Art patriotisches Denkmal. Miles kam sich vor wie Jeanette MacDonald neben Nelson Eddy.

»McCahon!«, bellte Brown, als erlaubte er Miles damit, den Namen zu tragen. Forsch streckte er die Hand aus. »Ray Brown. Freut mich, wie geht's?«

»Gut, danke …«, begann Miles. Er wollte etwas über das

schöne Wetter zum Fliegen sagen und eventuell einen kleinen Angelausflug, falls Brown genug Zeit hätte.

»Zweierlei steht an«, polterte Brown weiter. »Erst das Berufliche, und dann habe ich noch ein persönliches Anliegen.«

»Persönliches Anliegen?« Miles ging um den kräftigen Polizisten herum zur Kaffeemaschine auf einem Tisch in der Ecke des Wartezimmers. Der Kaffee in der Kanne war seit Wochen derselbe, soweit Miles wusste. Er schaltete einfach jeden Tag die Kaffeemaschine ein und ließ ihn wieder aufwärmen. Das war kein Problem, weil nie jemand davon trank. Der Kaffee diente nur dazu, Leute aus seiner Praxis zu vertreiben.

»Dazu kommen wir später. Der erste Punkt betrifft Harold Miller. Kennen Sie ihn?«

»Kaffee?« Miles hielt die gläserne Kanne hoch.

»Nein, habe schon genug intus.« Brown tätschelte seinen flachen Bauch. »Harold Miller?«

»Ich kenne einen Mouse Miller.« Miles stellte die Kanne wieder auf die Wärmeplatte der Kaffeemaschine.

Brown öffnete die Brusttasche seines Hemds, zückte ein kleines Notizbuch und blätterte darin herum. »Ich glaube, das müsste er sein. Ein Fischer.« Dann ratterte er eine Sozialversicherungsnummer herunter.

Miles suchte nach irgendeiner Spur von Humor, irgendeinem Hinweis darauf, dass der Trooper mal lockerer werden könnte. Es sah nicht so aus. »Mouses Sozialversicherungsnummer kenne ich nicht, aber das Geburtsdatum würde zu seinem Alter passen. Wie kann ich Ihnen helfen, Officer?« Miles setzte sich auf den Stuhl neben der Kaffeemaschine.

Brown blieb stehen, und einen Moment lang fürchtete Miles, der Mann werde gleich die Hacken zusammenschlagen.

»Harold Miller wurde als vermisst gemeldet. Ich bräuchte mehr Informationen über ihn.«

»Ich habe Mouse in letzter Zeit nicht gesehen. Haben Sie es schon auf seinem Boot versucht?«

Brown schrieb etwas in sein Notizbuch und gab keine Antwort. Nach längerem Schweigen ließ er das Buch sinken und fragte: »Wann haben Sie ihn denn zuletzt gesehen?«

»Puh ... Vielleicht vor ein paar Wochen. Keine Ahnung, ob er überhaupt Familie hier im Ort hat. Ich glaube, jemand hat mir erzählt, dass Mouse nach Juneau fliegen wollte, um beim Trinken mal etwas anderes zu sehen.«

»Ex-Frau«, sagte Brown zu seinem Notizbuch. »Er hatte eine Ex-Frau.«

»Tatsächlich? Ich wusste gar nicht, dass Mouse mal verheiratet war.« Dann fügte Miles betont fröhlich und ein wenig neugierig hinzu: »Wer ist denn seine Ex?«

Der Trooper schrieb inzwischen wieder. Mit vage nachdenklicher Miene blickte er auf. »Sie würden also sagen, dass Sie ihn zuletzt vor zwei Wochen gesehen haben?«

Miles lehnte sich zurück und musterte die Farbe an der Decke. »Ich kann mich nicht genau erinnern.« Hätte Officer Brown auch nur eine Spur Verbindlichkeit oder Bescheidenheit gezeigt, dann hätte Miles unter Umständen in seinem Kalender nachgeschaut, um seinem Gedächtnis auf die Sprünge zu helfen.

»Gut.« Brown setzte mit einem entschiedenen Stich seines Stiftes einen Punkt auf die Seite. »Reine Formalität. Wahrscheinlich schläft er irgendwo seinen Rausch aus.« Er ließ den Kugelschreiber klicken, als entlade er eine Waffe, steckte Stift und Notizbuch wieder in die Brusttasche und zog sich einen Stuhl von der Wand heran, den er Miles gegenüberstellte. Er setzte sich Knie an Knie vor ihn. Miles richtete sich auf und stellte die unberührte Kaffeetasse ab.

»Punkt zwei«, sagte Brown. »Soweit ich weiß, verbüßt ein Mitglied Ihrer Familie eine Haftstrafe?«

Miles wartete ab und fragte sich, welche Form diese Frage letztendlich annehmen würde. »In meiner Verwandtschaft gibt es einige, die möglicherweise noch sitzen. Ginge es etwas genauer?«

»So wollen Sie es also haben.« Brown starrte einige lange Augenblicke auf Miles herab.

»Entschuldigung, Trooper Brown, aber sind Sie aus einem bestimmten Grund so unhöflich?« Miles lächelte und bemühte sich, wieder freundlich zu werden.

Trooper Brown stutzte keinen Moment und lächelte auch nicht. »Ich mag keine Drogen, und Teufelsanbeter mag ich auch nicht.«

Miles blickte verblüfft drein. »Was? Nein. Ich meine, wer mag die schon? Na ja, Drogen … ich schätze doch, Sie haben nichts gegen Alkohol oder Schmerzmittel –, oder gehören Sie der Christian Science an?«

Der Trooper machte eine wegwerfende Geste. »Ihr Bruder hat in Seattle für einen der größten Drogenhändler gearbeitet. Ich möchte nicht, dass er sein Geschäft nach Alaska verlagert.«

»Erstens, Officer Brown, habe ich seit Jahren nichts mehr von Clive gehört. Zweitens bezweifle ich, dass er nach seiner Entlassung nach Alaska kommen wird. Und selbst wenn er hierherkäme, glaube ich kaum, dass er irgendwelche illegalen Aktivitäten aufnehmen würde. Cold Storage scheint mir nicht gerade vielversprechend, um einen Drogenhandel aufzuziehen. Außer, Sie möchten Ethanol oder Schmerzmittel umsetzen.«

»Sie sind Veteran … ehemaliger Army Ranger, nicht wahr?«

»So ist es«, antwortete Miles geduldig.

»*Sie* sind der Mann auf diesem Foto?« Das war weder eine Frage noch eine Einladung, mehr zu erzählen. Es klang eher wie eine Anschuldigung.

»Ich weiß, welches Sie meinen.« Miles' tonlose Antwort sollte weitere Kommentare verhindern.

»Na, das war ja was.«

»Ja, das war was, allerdings.«

»Trotzdem will ich nicht, dass Ihr Bruder hier oben Drogen verkauft.«

Miles fragte sich allmählich, ob Trooper Brown an irgendeinem neurologischen Schaden oder vielleicht einer Form des Tourette-Syndroms litt, die sich in zusammenhanglosen Äußerungen manifestierte. »Trooper Brown, hat das irgendetwas mit Teufelsanbetung zu tun? Falls nicht, werde ich die Augen nach Mouse Miller offenhalten und Ihnen Bescheid geben, sobald ich irgendetwas über ihn erfahre. Und sollte mein Bruder hier auftauchen und irgendwelche illegalen Geschäfte betreiben, werde ich Sie auch darüber informieren.«

Brown beugte sich vor. »Ich habe da etwas gehört. Ich habe so einiges über einen gewissen Weasel gehört, über Drogenschmuggel an der Küste, über seine kranken Filme und seine Versammlungen. Also, es ist mir egal, ob Sie eine Art Kriegsheld sind – wenn ich Wind davon bekomme, dass Sie Satanisten mit Rauschmitteln versorgen oder Ihr Bruder wieder im Geschäft ist, wenn er auch nur ein einziges verdächtiges Paket erhält oder einen einzigen seiner alten Komplizen in Seattle anruft, dann bringe ich ihn und jeden, der ihm Beihilfe leistet …« Trooper Brown machte eine Pause und starrte Miles eindringlich an. »… so schnell zurück hinter Gitter, dass Ihnen schwindelig wird.«

Reisekrankheit, dachte Miles, geht eher mit Übelkeit als mit Schwindelgefühlen einher. »Hören Sie, wir haben uns wohl auf dem falschen Fuß erwischt.« Er bemühte sich um eine freundlichere Stimme. »Sie waren noch nie hier, oder? Ich zeige Ihnen gerne den Ort, gebe Ihnen eine kleine Führung. Es wäre doch nützlich, wenn Sie sich hier auskennen. Und wir können herumfragen, ob jemand Mouse gesehen hat.«

»Danke für das Angebot.« Brown lächelte eisig. »Aber ich finde mich gut allein zurecht. Bin schließlich in Alaska zur Welt gekommen.«

»Ah!«, sagte Miles, als entschuldigte und erklärte das alles. Er ging zur Tür der Praxis und hielt sie auf.

»Ich will Ihnen eines klarmachen.« Brown ragte über Miles auf. »Ihr Bruder hat einen alten Komplizen namens Jake Shoemaker. Ein schlauer Kerl, macht große Geschäfte in Seattle, und großes Geld. Ihr Bruder hat diesen Jake Shoemaker nicht verpfiffen, und – sagen wir, Jake ist ihm etwas schuldig.«

»Schön, sagen wir«, entgegnete Miles und lächelte dem Trooper ins finstere Gesicht.

»Wir haben Grund zu der Annahme, dass Ihr Bruder versuchen wird, wieder mit Jake Shoemaker in Kontakt zu treten. Außerdem ist mir bekannt, dass die Strafverfolgung in Washington größtes Interesse daran hat, Jake Shoemaker festzunageln. Falls Sie also von Clive hören, richten Sie ihm aus, dass er sich auf der Stelle bei mir melden soll. Verstanden? Sollte er in diesem Bundesstaat auch nur ein Gramm Stoff verkaufen, wird er viel länger einsitzen als die sieben Jahre, die er eben verbüßt hat. Wenn er uns dagegen hilft, Jake aus dem Verkehr zu ziehen, braucht er sich eine ganze Weile keine Sorgen mehr zu machen. Haben Sie das verstanden?«

»Verstanden, Trooper, aber soweit es mich betrifft, ist das alles rein hypothetisch. Ich habe nichts von meinem Bruder gehört, und ich bezweifle ehrlich, dass ich je wieder etwas von ihm hören werde.«

»Tatsächlich!«, bellte der Trooper. »Nun, wir wissen, dass derzeit über Cold Storage Drogen ins Land geschmuggelt werden. Jetzt, zu dieser Zeit.«

»Jetzt gerade? Oje. Dann gehen Sie wohl besser jemanden verhaften!«

Der Trooper legte die Hand auf den Türknauf. »Ihre Mutter heißt Annabelle. Nicht wahr?«, fragte Brown, als wüsste er über Miles komplett Bescheid, bis hin zu seinen Gedanken.

»So ist es, sie heißt Annabelle. Wissen Sie, das ist eine hervorragende Idee. Sie sollten sie unbedingt befragen.«

Mit dieser Antwort hatte Brown nicht gerechnet. Er blinzelte.

Miles trat zu ihm und stieß dem großen blauen Polizisten so fest den Zeigefinger auf die Brust, dass sie beide die kugelsichere Weste unter der Uniform deutlich spürten. »Aber die würde ich anbehalten, falls Sie Annabelle irgendwelchen Scheiß über Clive erzählen wollen.« Miles zog die Augenbrauen hoch und reckte das Kinn. »Und wenn Sie schon mal da sind, fragen Sie sie doch auch gleich nach Teufelsanbetern.«

Brown wandte sich ab und ging hinaus.

»Ich muss raus aus diesem Kaff«, murmelte Miles mit einem Seufzen. Das Einzige, was ihn im Augenblick davon abhielt, sofort zum Bootssteg zu gehen und zu verschwinden, war die Aussicht darauf, dabei sein zu können, wenn Annabelle sich Trooper Brown zur Brust nahm.

Annabelle lebte allein in einem feuchten Holzhaus am Ende des Bohlenwegs, ein paar Stufen den Hang hinauf. Seit drei Monaten ging es ihr nicht gut, und Miles hatte sie zu überreden versucht, sich im Krankenhaus in Sitka untersuchen zu lassen. Sie hatte ein chronisches Herzleiden und Diabetes, und in letzter Zeit hatte sie außerdem stark abgenommen und war sehr blass. Miles vermutete eine neue Erkrankung, etwas noch Ernsteres, aber wissen konnte er es nicht. Annabelle auch nicht. Miles wollte herausfinden, was da los war, Annabelle nicht.

Daran dachte Miles, während er beobachtete, wie Brown

den Bohlenweg entlangstapfte. Miles hatte seine Mutter auch schon zu überreden versucht, nach Arizona zu ziehen, wo die Krankenhäuser sauber und warm waren und man herausfinden würde, was ihr fehlte, während sie Avocado-Sandwiches essen und sich Baseball-Spiele im Fernsehen anschauen konnte.

»Ich mag Avocados gar nicht. Was redest du für einen Unsinn?« Verbittert hatte sie den Kopf geschüttelt. »Und außerdem, Arizona? Sehe ich aus wie ein Kaktus?« Sie hatte erneut den Kopf geschüttelt und dann aus dem Fenster geschaut – Thema beendet.

Miles wusste, dass Arizona nicht das Problem war. Annabelle wollte Cold Storage nicht verlassen, weil sie auf Clive wartete. Sie stellte sich vor, wie ihr älterer Sohn, groß und langgliedrig, zur Haustür hereinspaziert kam. Dann würde er ihr eine verrückte Geschichte erzählen, welchen Leuten er unterwegs begegnet war und in welche Abenteuer die ihn verwickelt hatten. Wie immer. Miles war ein guter Junge, aber Clive brachte sie zum Lachen. Clive würde sie hochheben und im Kreis herumwirbeln, während Miles sich sorgte, was sie sich dabei brechen könnte.

Seit kurzem zog Annabelle die Möglichkeit in Erwägung, dass sie vielleicht nicht mehr am Leben sei, wenn Clive schließlich nach Hause kam. Dennoch wollte sie Cold Storage nicht verlassen. Sie vermutete Krebs als Grund dafür, dass sie so stark abgenommen hatte und sich immer schwächer fühlte, aber sie machte sich keine großen Gedanken darum. Das Essen, das Miles kochte, schmeckte ihr. Sie schaute gern die alten Filme auf den Videokassetten, die sie einfliegen ließ. Am späten Nachmittag saß sie gern in der Küche und stickte, während der Wasserkessel auf dem Ofen brodelte, und sie hörte gern dem Regen zu. Der Tod war keine große Sache, sagte sie sich. Zumindest wartete sie unter ihrem eigenen Blechdach auf ihn und nicht in irgendeinem Betonbunker.

Miles ließ noch ein paar Minuten verstreichen, ehe er sich auf den Weg machte. Was die Satanisten anging, so gab es in Cold Storage nur zwei Zeichen des Höllenfürsten: einmal im Zusammenhang mit einer Band namens Boomerang Bombers, gegründet von zwei Jungs – die hatte vor etwa sechs Jahren für Aufruhr an der Schule gesorgt. Die beiden Schüler namens Ajax und Billy hatten Pentagramme auf die Trommeln gemalt, die der Schule gehörten. Dafür hatten sie sich schriftlich entschuldigen und während der nächsten Ferien zwei Wochen lang in der Schule arbeiten müssen. Soweit Miles wusste, waren die Boomerang Bombers nie irgendwo aufgetreten, doch aus Solidarität mit der einzigen Death Metal Band an der gesamten Küste hatte sich der Mann namens Weasel den Namen der Band und ein Pentagramm auf die Schulter tätowieren lassen. Das hatte das Gerücht geschürt, Weasel sei eine Art satanischer Mentor der Jungs. Für Weasel war das viel zu hoch, dachte jeder, der ihn kannte.

Als das Gemeindehaus in Sicht kam, vermutete Miles, dass Trooper Brown jetzt wohl abreisen würde. Eine laute, kreischende Stimme drang wie dunkler Rauch aus den Fenstern. Miles konnte die Worte nicht verstehen, aber alte Leute strömten zur Tür heraus. Manche stützten sich auf Stöcke, andere hatten eine Gehhilfe, doch alle kamen erstaunlich schnell voran. Sie bewegten sich, als stünde das Haus hinter ihnen in Flammen.

Miles erreichte die Tür im selben Moment, in dem Trooper Brown herausschoss. Sein Gesicht war puterrot, wie nach einem schweren Sonnenbrand, und er versuchte, sein Notizbuch einzustecken, hatte aber offenbar Schwierigkeiten, die Brusttasche an seinem Hemd zu finden. Miles sagte kein Wort. Der Polizist sah ihn, wandte den Blick ab und ging noch zwei große Schritte weiter weg vom Gemeindehaus.

»Haben Sie meine Mutter gefunden? Ich glaube, sie müsste da drin sein«, sagte Miles gelassen und ohne eine Spur von Sarkasmus.

Doch Trooper Brown hatte es vor Wut die Sprache verschlagen, vielleicht stand er auch unter Schock. Sicher hatte er sich solche Sachen noch nie von einer alten Dame in einem Rollstuhl anhören müssen. Annabelle konnte vermutlich von Glück sagen, dass er nicht sein Pfefferspray benutzt hatte.

»V… W… V…«, stammelte der Trooper.

»Verlassen Sie nicht die Stadt?«, half Miles nach. »Keine Sorge, wir bleiben hier. Und wir halten Augen und Ohren nach Mouse offen. Ich wünsche Ihnen einen guten Flug.« Miles winkte, drehte sich um und betrat das Gemeindehaus.

Bob Gleason stand direkt hinter der Tür und überfiel Miles geradezu. »Bei Gott, das hättest du sehen sollen. Sie hat ihm eine volle Ladung verpasst. Ich sage dir, ich habe dreißig Jahre in Holzfällercamps verbracht, aber ein paar dieser Ausdrücke waren mir neu.« Er grinste.

Miles schaute zu Annabelle hinüber, die ganz allein dasaß. Tränen liefen ihr über die Wangen. Er ging zu ihr und reichte ihr eine Papierserviette. »Du hast da was am Kinn.« Er sah sie nicht an und machte auch sonst kein Aufhebens.

»Du bist ein Schatz«, sagte die alte Frau. Sie nahm die Serviette, hielt seine Hand einen Augenblick lang fest und atmete dann ein paar Mal tief durch, als müsste sie sich von einer gewaltigen Strapaze oder einem Albtraum erholen. »Das war kein echter Polizist, oder?«, fragte sie.

»Ein State Trooper. Er hat dich also gefunden, was?«

»Oh Gott, Miles.« Annabelle lächelte zu ihrem jüngeren Sohn empor. »Weißt du, wie dein Vater so einen genannt hätte?«

»Ja, ich kann mir ein paar Bezeichnungen denken.« Bei der Erinnerung an seinen Vater lächelte er ebenfalls.

»Ein paar ordentliche Ausdrücke hätte er für den gehabt«, schniefte Annabelle.

»Ja, das glaube ich auch.« Miles lachte.

»Meine Güte«, schnaufte sie. »Erinnerst du dich an deinen Onkel George?«

»Vage«, antwortete Miles. »Ich war noch sehr klein, als er gestorben ist.«

»Tja, er war ein guter Mann, und er war bei der Polizei, ehe er herkam. Ich habe dir bestimmt schon mal erzählt, wie er damals Slip und Ellie nicht verhaftet hat, oder?«

»Ja, hast du, Ma.« Ihr Sohn lächelte und tätschelte ihren dürren Arm.

»Wenn dieser Hornochse von einem Trooper glaubt, ich würde Clive verpfeifen, ehe er überhaupt irgendwas angestellt hat, dann … tja, dann … weiß ich auch nicht.«

Miles lächelte sie an. Seine Mutter würzte ihre Wortwahl gern mit Verbrecherjargon, den sie hauptsächlich aus Travis-McGee-Romanen hatte. Ihm war aufgefallen, dass sie noch mehr solcher Ausdrücke benutzte, seit Clive im Gefängnis saß. Miles nahm an, das sei ihre Art, Loyalität zu ihrem ungebärdigen Sohn zu zeigen.

Sie saß da, rauchte eine Zigarette und wirkte erstaunlich ruhig für eine Frau, die offenbar gerade einen Gesetzeshüter mit ein paar ausgesuchten Kraftausdrücken bedacht hatte.

»Glaubst du wirklich, dass Clive bald kommt?« Sie starrte in die Rauchkringel, die ihren Kopf einhüllten.

»Ich weiß es nicht, Ma.«

Sie ließ den Blick über die halb geleerten Teller schweifen, die die Leute bei ihrer Flucht zurückgelassen hatten: Hackbraten, Kohl, Kartoffelsalat und Wackelpudding. Sie lächelte.

»Sag mal, Miles?« Annabelle blickte zu ihrem Sohn auf. »Würdest du etwas für mich tun?« Sie drückte ihre Zigarette aus und schob die Brille höher auf ihre Nase.

»Sicher, Ma.« Und fragte besorgt: »Worum geht es denn?«

»Könntest du mir ein Ei kochen?«

Bob Gleason applaudierte.

Als der Staub sich gelegt hatte, schlichen sich die alten Leutchen nach und nach wieder ins Gemeindehaus – sie hatten ihr kostenloses Abendessen nicht vergessen. Miles saß allein in einer Ecke, lauschte den Gesprächen und aß etwas von seinem eigenen Hackbraten mit Karottenpüree. Bob und ein Freund aus Juneau erledigten den Abwasch. Die beiden lachten und scherzten mit den Leuten im Saal. Als sie fertig waren, machte Miles sich noch ein Sandwich und wickelte es zum Mitnehmen ein. Sobald er das Wasserflugzeug des Troopers starten hörte, stopfte er das Sandwich in seinen Wollmantel und ging hinab zum Schwimmdock, wo sein Ruderboot vertäut war.

Seit Jahren hatte Miles keinen Königslachs mehr gefangen. Er hatte Stunden in diesem Boot damit verbracht, eine Angelschnur durchs Wasser zu ziehen. Er benutzte die richtige Ausrüstung, angelte in der richtigen Tiefe und mit der richtigen Geschwindigkeit, und dennoch war ihm keiner an die Angel gegangen. Er besaß eine Genehmigung zum Fischen für den Eigenbedarf und hatte genug Rotlachs gefangen, den er für den Winter räuchern konnte. Silberlachse und Ketalachse hatte er eingefahren, als die vorbeigezogen waren. Aber nichts reichte so ganz an einen Königslachs heran. Dieses elektrisierende Zupfen an der Schnur und das Zischen, mit dem sie von der Rolle lief und in die grüne Tiefe gezogen wurde. Es war so lange her, dass er dieses Gefühl zuletzt genossen hatte. Er sehnte sich danach wie ein alter Mann nach der Jugend.

Er ließ den Blick über den Himmel schweifen, prüfte die Windrichtung anhand der Wimpel in der Takelage der wenigen Boote, die noch im Hafen lagen. Und allen Widrigkeiten zum Trotz platzte er heute Abend nur so vor Optimismus.

Auf dem Steg fielen ihm die morschen Stellen in den Planken auf. Die Fäulnis kroch vom Wasser durch die Pfähle empor und fraß am Rand des Ortes. Miles roch Schimmel, rußigen Dieselrauch aus kaputten Schornsteinen, einen Hauch Fischschleim und das Thermalwasser in dem alten Betonbecken, das leicht nach Eiern stank.

Es war Frühling, ihm blieb also noch genug Tageslicht zum Angeln. Die Heringe hatten dieses Jahr spät vor der Küste gelaicht, und er hatte gehört, dass Königslachse draußen am Ausgang der Bucht gefangen worden seien. Er war fest entschlossen, einen nach Hause zu bringen.

Miles besaß ein Aluminiumboot mit einem besonders launischen Außenbordmotor. Er hatte mit dem Ding gekämpft, es beschimpft, ihm sogar Gewalt angedroht. Erst in den vergangenen drei Monaten hatte sich sein Verhältnis zu dem unleidlichen Stück Technik geändert – nun bemühte er sich, es als eine Art Lehrer zu betrachten. Ein Lehrer mit dem Temperament eines wilden Tieres. Wenn man von einem solchen Außenborder etwas wollte, musste man seine Tugenden beweisen, wie Verständnis und Geduld. Wenn man einfach so hinging und am Seilzugstarter herumzerrte, floh die Seele der Maschine augenblicklich aus dem Motor hinaus in die kalte Luft, und am Heck hing nur noch ein träger Klumpen Metall. Dann konnte man an diesem Seil ziehen, bis einem die Knöchel bluteten, Zündkerzen auswechseln und Kraftstoff-Filter reinigen – ganz egal. Der Motor war jenseits. Miles kam es beinahe so vor, als beobachte der Außenborder ihn von den Bäumen am Ufer aus, während er fluchte und zog und wieder fluchte, bis sein Sweatshirt dampfte und ihm der Schweiß in den Augen brannte.

Im Boot legte Miles alles sorgfältig zurecht. Der Trooper hatte ihm schlechte Laune gemacht. Er holte tief Luft und ließ sie langsam ausströmen, ehe er sich mit leiser, sanfter Stimme an seine gesamte Ausrüstung wandte.

»Also, mein altes Mädchen, ich habe gehört, da draußen soll es Fische geben. Was hältst du davon, heute mit mir da rauszufahren?« Er tätschelte den Motor und überprüfte die Kraftstoff-Mischung. Wann immer er dazu kam, würde er etwas von dem frischen Benzin in dem gut verschlossenen Kanister unter der Luke hinzufügen. Er drückte ein paar Mal die Handpumpe, um Kraftstoff anzusaugen, und zog den Choke zur Hälfte heraus. Dann ruckte er dreimal am Seil, bis der Motor hustete.

Er schloss den Choke, drehte den Gasgriff halb auf und hielt dann inne, um ein paar Worte zu sprechen, auf die er sich vor Monaten festgelegt hatte. Er änderte nie etwas daran. Mit vollkommen ernster Stimme, ohne jeden Anflug von Ironie, sagte er: »Ich danke dir dafür, dass du dein Leben lang schwer gearbeitet hast. Und ich verspreche dir, dass ich dich heute gut behandeln werde.«

Die Sonne hing tief hinter dünnen Wolkenfetzen. Auf der anderen Seite der Bucht bemerkte Miles einen Raben, der ihn beobachtete. Ganz allein saß er da, zuckte mit den Schultern und schüttelte das Gefieder im Wind. Einsam, dachte Miles, der vermisst die empfindliche Seele des Außenbordmotors.

Das Licht am Ausgang der Bucht schimmerte silbergrau über dem dunkelgrünen Meer. Hinter ein paar Inseln im Westen lag nur der Pazifik und dann Kamtschatka im fernen Asien. Im Osten ragten schroffe Hänge sechshundert Meter hoch über der Bucht auf und gingen in die stärker zerklüfteten, erodierten Berghänge der äußeren Küste über. Hier weitete sich der Himmel, und der Wind frischte auf. Hier waren die Wellen höher, und die Brise trug den Geruch der Brandung an der Küste heran. Während Miles über eine Kette glatter Wellen hinwegglitt, passierte er hin und wieder eine Tasche warmer Luft, die nach den Zedern auf den vorgelagerten Inseln duftete.

Vor ihm kreisten Möwen über einem Fleck dunkler wirkenden Wassers, und Miles drosselte den Motor. Von Norden her rollten düstere Sturmwolken auf die Küste zu, doch im Süden trieben zarte, beinahe weiße Wolkenfetzen vor blauem Himmel. Die Möwen tauchten nach kleinen silbrigen Fischen. Heringe, vermutete Miles, obwohl er sie nicht genau erkennen konnte.

Rasch machte er seine Lachsrute einsatzbereit und drosselte den Motor so weit wie möglich. Er griff nach einem grünen Köder in Form eines kleinen Gummi-Tintenfischs. Der Haken zwischen den vielen »Armen« tanzte hinter einem silbrigen Blinker. Miles behielt die dunklen Wolken im Norden im Auge – er wollte nicht in starken Regen geraten. Er ließ den Blinker gut zehn Meter hinter sich herschleppen und befestigte die Schnur an einem Downrigger, der an einen kleinen Kran erinnerte. Das Stahlkabel mit dem Bleigewicht am Ende wurde per Handkurbel bedient. Er justierte seine Angelrolle und hielt den Daumen auf der einfädigen Schnur. Dann ließ er das Bleigewicht auf zwanzig Meter unterhalb des Bootes sinken und öffnete seine Rolle. Die Rute bog sich unter dem Gewicht der Bleikugel.

Miles befestigte die Rute in der Halterung und manövrierte mitten in den Kreis der tauchenden Vögel hinein. Wenn nichts anbiss, würde er es ein Stück weiter versuchen, in anderer Tiefe, mit anderen Ködern. Vorerst jedoch stieß er den Atem aus und lehnte sich in dem Plastiksitz zurück, der fest mit der hölzernen Sitzbank auf dem Boot verschraubt war.

Miles liebte diese gemächliche Art des Angelns. Seit seiner

Rückkehr nach Cold Storage wusste er ein ereignisarmes Leben richtig zu schätzen.

Von seinem Einsatz im ersten Golfkrieg war ihm nur ein praktisch unstillbarer Durst und ein Metallsplitter in der Schulter geblieben. Ein großes Nachrichtenmagazin hatte sein Foto abgedruckt – das, von dem der Trooper gesprochen hatte. Das Bild von Miles, der einem blutenden Kameraden in einen Hubschrauber half, war um die Welt gegangen. Jetzt bedeutete es ihm nichts mehr. Er konnte sich selbst auf diesem Foto nicht erkennen und wollte das auch nicht.

Miles' Vater, ein guter Fischer, war vor der Küste in einen Sturm geraten und verschwunden, als Miles noch klein gewesen war. Doch er hielt sich nicht lange mit der Trauer um diesen frühen Verlust auf. Er war mit seinem Platz im Leben zufrieden gewesen. Auch als vaterloser Junge hatte Miles die kleine Hütte am Wasser und die vielen tausend Morgen uralten Waldes hinter dem Hügel geliebt. Da war er wie sein alter Onkel Slip, der jeden unveränderlichen Stein und Baum dieser Gegend ans Herz gedrückt hatte. Slippery Wilson, handwerklich geschickt, hatte hart gearbeitet, sich aber nie für den Fischfang interessiert, und Miles glaubte allmählich, er könnte etwas von seinem Anglerpech geerbt haben.

Ein lautes Schnaufen irgendwo in der Nähe seines Bootes riss Miles aus seinen Gedanken. Er spielte an der Bremse seiner Rolle herum, zog erst an, gab dann wieder nach. Mittendrin schraubte er seine Feldflasche auf und kippte etwa die Hälfte des Wassers in einem Schwung herunter.

Wieder hörte er dieses Schnaufen und blickte sich um. Im Westen über dem schwankenden Horizont glühte der Himmel rosig. Den Blick aufs offene Meer versperrten Inseln – silbrig angestrahlte Buckel mit roten Kuppen in der tief stehenden Sonne.

Unter seinem Boot tummelte sich eine Wolke silbriger Fische im grünen Wasser. Miles hörte sie an der Oberfläche brodeln. Er streckte den Arm aus und stellte den Motor ab. Dicht an dicht sprangen die schillernden Heringe aus dem Wasser und trafen klatschend wieder auf. Die Luft roch kalt und ölig. Und darunter sah er große silberne Schemen unter seinem Bootsrumpf hindurchschießen.

Bebend vor Energie nahm Miles seine Angel aus der Halterung. Die Schnur rollte ab, und er bremste sie langsam. Gut dreißig Meter entfernt sprang ein großer Lachs aus dem dunklen Wasser wie ein gleißender Lichtstrahl. Miles zog kräftig an und spürte einen plötzlichen, schweren Ruck – sein Fisch war weg.

Die Wasseroberfläche lag still. Die silberne Wolke war weitergezogen. Doch da hörte er wieder dieses Schnauben und klammerte sich fest, weil er damit rechnete, von einem Orca gerammt zu werden, der dem Schwarm folgte.

Er blickte sich in alle Richtungen um, sogar nach oben, bis er einen Seelöwen etwa sieben Meter hinter sich entdeckte. Der Kopf ragte ruhig aus dem Wasser, scheinbar unabhängig von der Bewegung der Wellen. Seine Augen glänzten braun und mitfühlend, und aus seinem Maul hing in anmutigem Bogen ein Königslachs.

»Verdammt!«, brüllte Miles.

Der Seelöwe sah ihn an, schüttelte sich, schnaubte noch einmal kurz und tauchte dann ab.

»Du Mistvieh!«, schrie Miles über die Haube des Außenborders hinweg die gekräuselte Stelle an, wo das Tier verschwunden war. »Bring ihn mir zurück!«

Doch der Seelöwe war weg, und Miles war auf das angewiesen, was sein Tiefkühler hergeben würde. Brummelnd verfluchte er sein Pech, verknotete das lose Ende seiner Schnur, legte die Rute aufs Deck und riss am Seilzugstarter. Keine Reaktion. Er versuchte es noch einmal. Stille.

Er hätte nicht fluchen dürfen. Das wusste er. Und jetzt konnte er sich ebenso gut gleich damit abfinden, dass er ziemlich lange hier draußen treiben würde. Er würde hier sitzen, tief durchatmen und sich um den Geisteszustand bemühen, in dem es ihm gelingen könnte, die Seele des schrulligen Motors wieder an Bord zu locken.

Kapitel 3

Lester Frank war der einzige Tlingit, der fest in Cold Storage lebte. Rundherum lagen einige Dörfer der amerikanischen Ureinwohner: Hoonah, Sitka, Juneau, Angoon, sogar in Pelican gab es indianische Viertel. Cold Storage hatte Lester Frank, einen Künstler, der im Haus neben der Praxis wohnte. Miles hatte ihn einmal gefragt, warum er nach Cold Storage gezogen war, und Lester hatte auf seine charakteristische Art geantwortet: »Ich studiere die Weißen.«

Lester schnitzte Holz und schmiedete Silber. Er malte in Acryl und schuf Skulpturen aus Stein. Angeblich schrieb er an einem Buch über die Weißen mit dem Titel *Wagenburgen*, aber noch hatte niemand auch nur eine Seite des Manuskripts gesehen.

Lesters Haus bestand aus einem einzigen großen rechteckigen Raum mit einem rauchenden Holzofen in der abgesenkten Mitte, zu dem drei Stufen hinabführten. Sein Bett stand in einer Ecke, die Küche nahm eine weitere Ecke ein, und der restliche Raum gehörte Schreibtischen, Bücherregalen und Atelier. Als Miles den Steg entlangging, schob Lester den Kopf aus dem hafenseitigen Fenster und brüllte: »He, Doc! Wo sind die Fische?«

»Im Meer, wo sie hingehören.« Miles' Stimme war kaum laut genug, um bis zu Lester zu dringen.

»Ich habe Tacos. Reichlich, und gute Tomaten dazu. Komm rauf und iss was.« Er schloss das Fenster, ohne eine Antwort abzuwarten.

Miles ging in die Praxis und sah nach, ob es neue Nachrichten am Schwarzen Brett gab. Dann überprüfte er den Anrufbeantworter. Die Sendemasten oben auf den Bergkämmen wurden immer wieder umgeweht, und das Telefonnetz war sehr unzuverlässig. Im Winter ging manchmal wochenlang gar nichts mehr. Heute Abend hörte Miles einen sauberen Wählton, aber keine Nachrichten.

Der Himmel war schon fast dunkel und die Luft schwer vor Feuchtigkeit, als Miles die Stufen zu seiner Wohnung hinaufstieg. Er hängte seine Wolljacke vor den Ölofen, schnappte sich eine Flasche Cider aus dem Kühlschrank und ging nach nebenan zum Abendessen. Als er eintrat, konnte er Lester nur schemenhaft erkennen. Er stand am anderen Ende des großen Raums und legte gerade eine warme Tortilla auf einen Teller.

»Du kommst genau richtig. Ich habe Wild. Und Käse.«

»Ich habe keinen großen Hunger. Hab im Gemeindezentrum gegessen, ehe ich rausgefahren bin.«

»Du isst doch nie, was du da selbst gekocht hast. Das weiß ich genau. Also iss einen Taco, um Himmels willen.«

Miles nahm den Teller und aß den Taco. Mit Lester ließ sich so wenig streiten wie mit dem Wetter.

»Ich habe dich gesehen, weißt du? In deinem Boot, ehe du rausgefahren bist.« Lester stieg die drei Stufen hinab und setzte sich vor seinen gusseisernen Ofen.

»Und wobei genau?« Miles bemühte sich um einen gleichgültigen Tonfall.

»Ich habe gesehen, wie du zu diesem Schrotthaufen von einem Motor gebetet hast.« Lester schüttelte den Kopf und hielt ein leeres Glas in die Höhe.

Miles stieg zu ihm hinunter und schenkte ihm sprudelnden Cider ein. »Ein Gebet kann man das nicht direkt nennen.«

»Doch, irgendein albernes New-Age-Gebet.« Lester schnaubte in sein Glas. »Ich sage dir, Mann, du kriegst ein ganzes Kapitel in meinem Buch über die Weißen: der Mann, der zu seiner Hobbyausrüstung betet.« Lester lächelte.

»Das ist keine Hobbyausrüstung«, nuschelte Miles auf seinem Platz, einem Stück Baumstamm neben der Brennholzkiste. »Das ist ein denkendes Wesen.«

Lester verdrehte die Augen und klopfte seinem Freund auf die Schulter. »Ein denkendes Wesen? Na, ich weiß nicht. Dieser Motor hat mal einem Indianer gehört. Er mag einfach keine Weißen, das ist alles.«

»Warum nicht? Was haben die Weißen diesem Motor getan?«

»Woher soll ich das wissen?«, erwiderte Lester. »Sehe ich für dich aus wie ein Weißer?«

Sie aßen schweigend, während das Feuer im Ofen knackte und der Luftzug säuselte. Lester brauchte kein ständiges Gerede, um sich wohlzufühlen, was Miles gut passte. Er saß einfach da und aß seinen Taco.

Als sie fertig waren, machten sie sich über die Kekse her, die Lester aus Juneau einfliegen ließ. Wahrscheinlich hätte er sich die teuerste Markenware leisten können, die zu bekommen war, aber er kaufte lieber billiges Zeug in großen Packungen. Auf den ersten Blick wirkten die Dinger wie Kekse einer bestimmten Marke, die man wiederzuerkennen glaubte. Doch sobald man hineinbiss, wurde man daran erinnert, dass man sich in der Wildnis Alaskas befand, weit weg von kulturellen Zentren, wo die Leute vermutlich eine bessere Keksklasse genossen.

Miles spülte die trockenen Krümel mit Saft hinunter. Lester biss in einen Keks und starrte auf das Gitter vor dem Ofen. Das Feuer grollte, und ein Windstoß rüttelte an den Wänden des alten Holzhauses.

»Und, gehst du heute zum Filmabend?«, fragte Lester.

»Was gibt's denn?« Miles machte sich keine großen Hoffnungen auf eine Überraschung.

»*Bad Lieutenant.*«

»Herrgott, ist das nicht schon das dritte Mal?« Er griff nach einem Stück Holz, um es ins Feuer zu legen.

»Ich schätze eher, das fünfte Mal in den letzten sechs Monaten. Das liegt nur an Weasel. Er liebt diesen Film. Muss ihn wohl irgendwie glücklich machen.« Lester öffnete die gläserne Ofenklappe, und Miles warf sein Stück Holz ins Feuer. »Ich glaube, Weasel wäre gern Harvey Keitel«, fügte Lester hinzu und schloss die Klappe wieder. »Harvey Keitel flößt hässlichen weißen Männern den Glauben ein, sie seien immer noch sexy.«

Die Cold Storage Film Society bestand ausschließlich aus Männern. Nach einem wahrhaft fürchterlichen Streit wegen *Reservoir Dogs* hatten die Frauen ihren eigenen Filmclub gegründet, der sich immer dienstags traf. Jetzt kam es im Club der Männer offenbar zu neuerlicher Auflehnung.

»Nein, da gehe ich nicht hin«, sagte Miles. »Und du?«

»Vielleicht.«

Die beiden Männer saßen einige Minuten lang da und lauschten dem Feuer, das zischte und rauschend Luft ansog. Das neue Stück Holz war feucht. Ein Windstoß rüttelte am Haus, und Miles blickte zu den dunklen Fenstern hinüber, sah aber nur die Spiegelung der kleinen Lampe über Lesters Werkbank darin.

»Hast du Mouse in letzter Zeit getroffen?«, fragte Lester.

»Nein.« Miles wandte den Blick nicht vom Fenster ab. »Wollte er nicht nach Juneau fliegen?«

»Ich glaube nicht. Vor ein paar Tagen bin ich runter zu seinem Boot, und sein ganzes Zeug lag noch da, als wäre er eben von Bord gegangen.«

»Hast du das diesem Polizisten gesagt?«

»Teufel, nein. Von einem Trooper gefunden zu werden ist das Letzte, was Mouse brauchen kann.« Beide starrten noch einen Moment lang ins Feuer, dann fügte Lester hinzu: »Er sah gar nicht gut aus, als ich ihn zuletzt gesehen habe.«

»Nicht gut … wie meinst du das?« Miles wandte sich vom Fenster ab.

»Na ja, betrunken, blass, dünn, als könnte er jeden Moment umkippen.«

»Dann sehen eine Menge Leute hier gar nicht gut aus.«

Der Wind pochte ans Fenster, und die beiden Männer ließen dem Schweigen Raum.

»Ich wusste nicht, dass du einen Bruder hast, geschweige denn einen hochrangigen Gangsterboss-Bruder«, bemerkte Lester.

»Tja, man erfährt doch immer wieder etwas Neues.«

»Wird er herkommen?«

»Ich habe keine Ahnung.«

»Ich hoffe es.« Lester blickte zu ihm auf.

»Ach ja?« Miles hielt den Blick auf den Boden gerichtet. »Warum?«

»Für mein Buch, du weißt schon.« Er lachte, stand auf und tätschelte Miles kräftig den Rücken. »Ich mache besser mal weiter.« Auf seiner Werkbank steckte ein dünner Streifen Silber in einer Art kleiner Schraubzwinge. Lester griff nach einem Werkzeug und beugte sich darüber. Er verkaufte seine Arbeiten in zwei Galerien – eine in Seattle und eine in New York –, und beide erwarteten bald eine Lieferung von ihm.

Miles spülte seinen Teller ab, trocknete ihn und räumte ihn in den Schrank. Dann ging er nach Hause.

In der absoluten Gewissheit, dass ihn an seinem Ziel eine Menge Geld erwartete, gab Clive dem Fahrer fünfzig Dollar.

Er kraulte den Corgi am Kopf, ehe er ausstieg, doch der Hund ignorierte ihn jetzt.

Clives Hund Samson gehörte zu der Sorte Golden Retriever, die mit der Zeit breiter und breiter wurde. Man hätte ihn schon als lebendigen Couchtisch benutzen können. Samson war geradezu lächerlich gutmütig und treu. Clive erinnerte sich daran, wie Samson immer auf dem Teppich gelegen und mit ihm Baseball im Fernsehen geschaut hatte. Wenn Clive auch nur die geringste Bewegung machte, hob der Hund den Kopf und starrte ihn an, manchmal besorgt, manchmal aufgeregt, aber jedesmal in der Gewissheit, dass etwas Gutes geschehen und dass es von Clive kommen würde. Samson war Optimist.

Während der ersten Jahre im Gefängnis hatte Clive es nicht gewagt, an ihn zu denken. Er hatte Samson bei Oscar gelassen, weil niemand sonst da gewesen war, dem er den Hund hätte geben können. Er hatte sich gesagt, dass er sich auf Oscar verlassen könne und der Mann Hunde liebte. Doch in jenen ersten Jahren hatte er ein klares Ziel gehabt: Alles Gute dort draußen musste vergraben und vor dem Leben hier drinnen verborgen werden – vor allem innerhalb des Betonlochs, in dem er sich zu seinem Schutz isoliert hatte.

Oscar arbeitete für Jake Shoemaker. Allerdings hätte man schon sehr tief nachbohren müssen, um dahinterzukommen. Das Lagerhaus, das Oscar leitete, war als Little Switzerland bekannt. Es stand im Niemandsland der Lagerhallen, zwielichtigen Motels und Bodegas mit vergitterten Fenstern, in das man sich verirrte, wenn man die Ausfahrt zum Seattle Tacoma Airport verpasste. Um den asphaltierten Parkplatz waren kümmerliche Kiefern gepflanzt, und Oscar saß in einem fensterlosen Büro hinter der Tür des Gebäudes, das am dichtesten an dem hohen Maschendrahtzaun stand. Er war ein kleiner Mann mit

Mondgesicht und schütterem mausbraunem Haar, das er immer über den kahlen Oberkopf kämmte.

Er hing zurückgelehnt in seinem Stuhl und ließ klickend ein Butterflymesser auf- und zuschnappen. Seine Füße lagen auf einer geöffneten Schreibtischschublade, und im Halbdunkeln sah er noch bleicher aus, als Clive ihn in Erinnerung hatte.

»Hey, Mann, dein Hund ist tot«, sagte Oscar wie mitten aus einer Unterhaltung heraus.

»Was soll das heißen, tot?« Clive streckte den Arm aus, packte Oscar am Hemdkragen und zerrte ihn hoch.

»Lass mich los, verdammt.« Oscar biss die Zähne zusammen und hielt die Messerklinge ungeschickt dicht an Clives Ohr.

»Sag schon, was ist passiert?« Clive ignorierte das Messer. Stattdessen musterte er die dicken Lippen seines Gegenübers und bemerkte, dass ihm ein Zahn fehlte.

»Was soll ich sagen, Mann? Er war alt, und ich hab einen Haufen Tierarztrechnungen gekriegt. Wenn du deswegen einen Aufstand machen willst, darfst du mir das Geld gerne wiedergeben. Als wärst du so ein fürsorglicher Hundebesitzer gewesen. Scheiße!« Oscar ließ das Messer auf den Tisch fallen, und Clive drückte ihn langsam zurück auf seinen Stuhl. »Rühr mich ja nie wieder an. Klar?«, fügte Oscar hinzu, als müsse er sich selbst daran erinnern, dass er ein Mann war, mit dem man sich besser nicht anlegte.

»Hätte ich vielleicht ausbrechen, über den Sund schwimmen und ihn selber zum Tierarzt bringen sollen?« Clive setzte sich auf einen umgedrehten Papierkorb in der Ecke, sackte zusammen, und ihm traten Tränen in die Augen.

Clive hatte nicht geweint, als sie ihn verhaftet hatten. Auch nicht bei der Urteilsverkündung. Er hatte im Gefangenentransporter nicht geweint, der ihn zum McNeil hinausgebracht hatte. Nicht in der ersten Nacht im Schlafsaal, als er die Männer um seine Pritsche herum rascheln und schnaufen gehört hatte wie Bären auf einem Campingplatz. Nicht einmal, als er in der Schilderfabrik angegriffen und so schwer verletzt worden war, dass er Wochen auf der Krankenstation verbracht hatte.

Aber jetzt war er endlich draußen, Samson war tot, und er musste heulen wie ein Baby. »Ein guter Hund«, sagte er mit belegter Stimme.

»Ja, das war er.« Oscar tat so, als sortierte er Rechnungen. Er wollte Clive nicht weinen sehen – wollte überhaupt keine Schwäche sehen müssen. Er wartete noch einen Moment. »Ich hab einen neuen Hund. Willst du ihn haben?«

Clive schwieg eine Weile. Er dachte an Samson, den er sich in den letzten paar Monaten oft vorgestellt hatte, zusammengerollt auf der Decke in seiner Zelle. Er dachte an den Ausdruck in den Augen seines Golden Retrievers und daran, dass Samson da wahrscheinlich schon tot gewesen war. Dann blickte er sich in dem chaotischen Büro um, in dem überall Pappbecher und mit Kaffeeringen verzierte Ausgaben des Magazins *Soldier of Fortune* herumlagen. Es erstaunte ihn, dass er dieses kriminelle Leben jemals für irgendetwas anderes als erbärmlich gehalten hatte.

»Was für ein Hund ist das?« Clive wischte sich die Augen.

»Hässliches Mistvieh.« Oscar schaute zu Clive hinüber. »Ein Kunde hat ihn mir dagelassen, als Pfand für seine Schulden. Hat behauptet, das sei ein Kampfhund. Ein guter Wachhund für ein Lagerhaus, hat er behauptet. Ich meine, das verflixte Vieh ist groß und hässlich genug, um so ziemlich jeden zu vertreiben, aber er hört auf niemanden und nichts, kein Wort.« Oscar stand auf und nahm einen großen Schlüsselbund vom Schreibtisch. »Sieh ihn dir doch mal an. Kannst ihn haben, wenn du willst.«

Draußen schloss Oscar ein mit Stacheldraht bewehrtes Tor im Zaun auf. Clives Magen krampfte sich zusammen.

Oscar lachte. »He, Mann, hier, wir haben den Schlüssel.

Keine Angst, ich sperre dich schon nicht ein.« Er ließ die Schlüssel klimpern und lachte erneut.

»Ich muss ans Schließfach, Oscar«, erklärte Clive. »Kannst du das arrangieren?«

»Geht das mit Jake klar?«

»Natürlich geht das klar. Ich habe für ihn eingesessen, oder? Ich gehe davon aus, dass das vollkommen klargeht. Ruf ihn an, wenn du willst.«

»Ich weiß nicht. Da ist nicht mehr viel drin. Trotzdem, Jake würde mir die Eier abschneiden, wenn ich dich reinlasse.«

»Oscar, Mann, das gehört alles mir. Jake hat nur die Rechnung für das Schließfach bezahlt.«

Oscar blieb stehen, klimperte wieder mit den Schlüsseln und trat von einem Fuß auf den anderen. »Und«, fragte er, »du hast doch sicher nichts dagegen, mir was davon abzugeben?«

»Was abgeben? Bin ich vielleicht eine wohltätige Stiftung?«

»Ich meine ja nur, du könntest mir das Geld für die Tierarztrechnungen ersetzen, das ich ausgelegt habe. Weißt du, Mann, ich muss dich da gar nicht reinlassen.« Er sah Clive in die Augen.

»Wir werden uns schon einig.« Clive legte Oscar eine Hand auf die Schulter und drehte ihn um, in die Richtung, in die sie gegangen waren. »Schauen wir erst mal nach diesem Hund.« Sanft schob er den kleinen Mann vor sich her.

»Rühr mich nicht an, verflucht«, sagte Oscar schroff, um seine Würde zu bewahren.

Sie kamen zu einem weiteren abgezäunten Bereich. Darin stand eine kleine Hütte, an die ein seltsamer Hund gebunden war. Er sah aus wie eine wüste Kreuzung aus einem Rottweiler-Pitbull-Mix mit einem Wolf – ein brauner, schwarz gestromter Köter ohne ein Gramm Fett am Leib und mit halb abgebissenen Ohren.

»Gütiger Gott«, stieß Clive leise hervor.

Vor ihm standen über ein Zentner mächtiger Kopf, gewaltige Kiefer und breite Schultern. Der Blick des Hundes glitt suchend über den Hof und blieb an den Männern hängen. Langsam kam er auf sie zu mit dem irren Blick eines mexikanischen Straßenrüden auf Methamphetamin. Er sah kein bisschen aus wie Clives Golden Retriever. Eher wie etwas, das Golden Retriever zum Frühstück fraß.

»Wie heißt er?« Ein wenig Ehrfurcht schwang in Clives Stimme mit.

»Na ja, sein Vater soll ein richtig guter Kampfhund gewesen sein. Hieß Big Brother und muss diesem Typen einen Haufen Geld eingebracht haben. Er hat mir den da hiergelassen und gesagt, er heißt Little Brother, aber das ist auch egal. Er hört auf überhaupt nichts.«

»Beißt er?« Clive ging am Zaun des Zwingers entlang. Die dunklen Augen des Hundes folgten ihm.

»Darauf lasse ich es gar nicht ankommen«, erklärte Oscar. »Wenn ich ihn draußen haben will, öffne ich einfach den Zwinger und gehe. Er läuft auf dem ganzen Platz herum. Wenn ich ihn morgens wieder drin haben will, schnappe ich mir den hier, und er geht in seinen Zwinger.« Er nahm einen Stab mit einem großen Batteriefach an einem Ende von der Wand. »Ein Viehtreiber. Damit verladen sie auch Bullen auf Viehtransporter.«

»Und wie kommt er dann an die Kette?«

»Damit.« Oscar griff zu einem gepolsterten Handschuh mit dickem Ärmel dran, der Clive an eine Eishockey-Ausrüstung erinnerte. »Den hab ich von einem Typen, der Schutzhunde trainiert. Ich ziehe ihn über und mache die Kette an seinem Halsband fest. Er hat mich noch nicht richtig gebissen, aber, Mann, ich meine, schau ihn dir nur an.«

»Was soll das heißen, ›nicht richtig gebissen‹?« Clive trat näher an den Zaun.

»Er hat mich noch nie gebissen, aber ich weiß, dass er mich zu gern mal beißen würde.« Er drückte auf den Knopf an seinem Stab, und ein statisches Summen ertönte. Der Hund kauerte sich in einer Ecke zusammen. Oscar trat an den Zaun, schob den Viehtreiber durch die Maschen, und der Hund begann zu knurren und zu speicheln. Oscar schob den Stab noch weiter hinein, bis er den Hund erwischte. Das Tier stieß ein schrilles Jaulen aus und sackte auf dem Beton zusammen.

Clive packte Oscar am Ellbogen und zog ihn zurück.

»Ich hab gesagt, du sollst mich nicht anrühren, Mann!« Oscar wirbelte herum und starrte ihn böse an. Clive kannte diesen Blick: Oscar wollte jemanden umbringen, traute sich aber nicht. Clive hoffte, dass Oscar nie ins Gefängnis kam, denn da lernten auch Feiglinge das Töten.

Clive nahm ihm ruhig den Viehtreiber ab. »Schon gut.« Er lächelte. »Ich nehme den Hund.«

Als er an den Zaun trat, stand der Hund auf und schnupperte begierig mit erhobenem Kopf, als würde eine ängstliche Kuh von einem Kran in seinen Zwinger herabgelassen. Clive sah tiefe Narben an Hals und Schultern, und ein Hinterbein war krumm, als wäre es gebrochen und schlecht geschient worden.

»Little Brother … Ist das dein Name?«

Der Hund rührte sich nicht. Er sagte nichts. Clive beugte sich vor und lauschte aufmerksam.

Nichts. Als blickte man in einen Brunnenschacht.

»Na, dann nehme ich dich mal mit, Hund.« Er wandte sich dem hässlichen Mann zu und fischte seine Brieftasche aus der Hosentasche.

»Hier hast du fünfzig Dollar, für nichts, und mehr gibt's nicht. Jetzt lass mich an mein Schließfach.«

Oscar schnaubte verächtlich, grabschte nach dem Geldschein und wich langsam zurück, wobei er den Hund mit dem mächtigen Bollerkopf nicht aus den Augen ließ, der ihn beobachtete wie ein Stück Fleisch.

Am nächsten Morgen spazierte Miles vom Café zur Praxis den Bohlenweg entlang. Für heute waren mehrere Termine eingetragen, aber der Kalender spielte eigentlich keine große Rolle, denn die meisten Leute in Cold Storage machten sich nicht die Mühe, Termine zu vereinbaren und einzuhalten. Die Patienten schneiten einfach herein, wenn ihnen irgendetwas fehlte. Miles kam um die Ecke und sah Billy Cox im Eingang hocken und einen Apfel essen. Sein weiter grüner Poncho fiel von seinen Schultern bis zum Boden wie ein Zelt. Inzwischen war Billy ein Fischer, doch früher einmal war er der Sänger und Drummer eines Death-Metal-Duos mit Namen Boomerang Bombers gewesen.

»Hallo, Billy!«, grüßte Miles ihn und holte den Schlüssel aus seiner Hosentasche.

Billy sagte erst einmal nichts. Er aß seinen Apfel so konzentriert, als dürfte er seine Aufmerksamkeit keinen Moment lang auf etwas anderes lenken, weil der Apfel sich sonst in Luft auflösen würde.

»Miles, hast du schon mal einen richtig, richtig guten Apfel erwischt, wenn du mit einem miserablen Apfel gerechnet hattest?«, fragte Billy schließlich, während Miles die Tür öffnete.

»Ja, habe ich.« Miles wollte zur Sache kommen. »Wie fühlst du dich heute, Billy?«

»Ich meine, da beißt man in ein so matschiges Ding nach dem anderen und gewöhnt sich daran, aber dann erwischt man einen richtig guten.« Billy stand auf, und von seinem Regenponcho rann Wasser auf die Bohlen. »Und das macht einen irgendwie glücklich und gleichzeitig traurig.« Er steckte sich den letzten Rest Kerngehäuse in den Mund.

»Komm rein, Billy.« Miles schaltete das Licht im Wartezimmer ein. »Setz dich einen Moment, ich bin gleich so weit. Kümmerst du dich um den Kaffee?« Er kippte frisches Wasser in die Kaffeemaschine.

Die ganze Praxis maß etwa sechs mal zehn Meter. Sie war auf Pfählen über dem Wasser erbaut, auf der Meerseite des Bohlenwegs. Miles hatte ein kleines Büro, einen Lagerraum, einen abschließbaren Medikamentenschrank, ein sehr kleines Besprechungszimmer, in das gerade einmal vier Leute hineinpassten, das Wartezimmer mit der Kaffeemaschine und ein Behandlungszimmer. Die Praxis war sauber und nett dekoriert. Poster mit Gesundheits-Infos und gerahmte Naturfotos hingen an den frisch gestrichenen Wänden.

Nach dem Besuch des Troopers hatte Miles beschlossen, eine frische Kanne Kaffee müsse gekocht werden. Die dunkle Flüssigkeit rann blubbernd durch den Filter, und tropisch duftender Dampf verbreitete sich im Raum. Billy zog seinen Poncho aus.

Miles schaltete den Computer in seinem Büro an und sah nach, ob das Faxgerät irgendwelche kaum zu entziffernden Botschaften ausgespuckt hatte. Er machte einen raschen Kontrollgang, um sich zu vergewissern, dass alles in Ordnung war und der rote Metallschrank mit den starken Beruhigungs- und Schmerzmitteln sicher verschlossen war. Es befand sich nicht viel darin. Miles war nicht gern für einen größeren Vorrat von Zeug verantwortlich, das unter das Betäubungsmittelgesetz fiel, und ein paar Leute in der Fischereiflotte betrachteten Miles' roten Schrank offenbar als Füllhorn voll chemischer Seligkeit. Einmal war er sogar im Rahmen einer Spendenlotterie gebeten worden, eine kleine Führung durch seinen Betäubungsmittelschrank als Preis auszuloben. Keine Kostproben, nur einen Blick hinein. Miles hatte abgelehnt.

»Was macht der Kaffee, Billy?« Miles überflog den E-Mail-Eingang – hauptsächlich geschmacklose Witze, Werbung und langweilige Memos zu Vorschriften, die auf seine Praxis nicht zutrafen. Er nahm sich gerade genug Zeit dafür, um Absender und Betreff zu lesen und sie dann zu löschen.

»Ich habe den kolumbianischen genommen. Ist Ihnen das recht?«, rief Billy. »Der Deadman's Reach war alle.«

»Ich habe schon Nachschub aus Ketchikan bestellt. Schenkst du uns beiden eine Tasse ein, und wir treffen uns gleich im Behandlungszimmer?«

Miles blätterte hastig den Stapel Post durch, und sein Blick blieb an der Absenderadresse auf einem der Umschläge hängen. Der Brief war von der Dienststelle der Bewährungshilfe für das McNeil-Gefängnis. Darin stand:

Als zuständige Bewährungsstelle informieren wir Sie darüber, dass Clive J. McCahon Ihre Adresse als künftigen Aufenthaltsort nach seiner Entlassung angegeben hat. Wir bitten Sie, sich die beigefügte Information zur Aufnahme des genannten Strafgefangenen gründlich durchzulesen. Sollten Sie aus irgendeinem Grund nicht alle dort aufgezählten Bedingungen für die Aufnahme Ihres Angehörigen erfüllen können, wenden Sie sich bitte unverzüglich an unsere Dienststelle. Sofern Sie bereit sind, die Dienststelle bei der Überwachung und Wiedereingliederung des genannten Strafgefangenen zu unterstützen, ergänzen Sie bitte das beigefügte Formular mit Ihrem vollständigen Namen, Ihrer Sozialversicherungsnummer und Ihrer Anschrift. Die Zusendung der angeforderten Unterlagen obliegt allein Ihrer Verantwortung. Weitere Schritte unserer Dienststelle sind nicht vorgesehen.

Darunter waren Clives Geburtsdatum, seine Sozialversicherungsnummer und seine Vorstrafen aufgelistet. Ganz am Ende, wie der Haken an einer Angelschnur, stand das Entlassungsdatum. Miles warf einen Blick auf den Comic-Kalender auf seinem Schreibtisch: Clive war bereits vor drei Tagen entlassen worden.

»Es ist auch kein Zucker mehr da. Soll ich schnell zum Boot laufen und Ihnen welchen holen?«

Miles starrte seinen Kalender an.

»Mir macht das nichts aus, Miles. Ich trinke meinen Kaffee nie mit Zucker, aber wenn Sie Zucker wollen, auf dem Boot wäre welcher. Ist wahrscheinlich steinhart, aber ich breche Ihnen gern ein Stück ab.«

Miles schüttelte den Kopf, als erwachte er aus einem Traum. »Nein, schon gut, Clive.«

Schweigen aus dem Wartezimmer. »Was? Wie haben Sie mich eben genannt?«

»Entschuldige, Billy.« Miles schloss sein E-Mail-Programm und verließ das Büro. »Ich musste nur gerade an jemand anderen denken.«

»He, Mr. McCahon?«

»Ja?«

»Wussten Sie, dass dieser Trooper sich überall im Ort nach Ihrem Bruder erkundigt hat?«

»Ja, ich weiß.«

»Er hat sogar erzählt, dass es eine Art Belohnung gäbe, wenn wir ihn verpfeifen.«

»Das glaube ich nicht, Billy«, erwiderte Miles traurig.

»Mr. McCahon?«, begann Billy wieder. Die Kaffeemaschine gurgelte.

»Ja?«

»Ich finde, Ihr Bruder hört sich gar nicht so übel an.«

»Er ist schon in Ordnung.« Miles lächelte. »Ich meine, für einen Berufsverbrecher.«

Miles legte den Brief von der Bewährungshilfe beiseite. Was Clive anging, konnte er im Moment nichts unternehmen, aber vielleicht konnte er etwas für Billy tun. Obwohl er auch da unsicher war, denn Billys Probleme waren eher metaphysischer Art.

Billy war in El Cajon, Kalifornien, geboren worden und mit seinen Eltern nach Alaska gekommen, weil sein Vater fischen wollte. Der Mann verdiente etwas Geld, indem er mit seinem eigenen kleinen Boot Lachse reinbrachte, und Heilbutt und Kohlenfisch zusammen mit ein paar anderen Leuten, die teurere Genehmigungen besaßen. Als sein Vater das Fischen satthatte, setzte er sich nach Kalifornien ab. Billys Mom hatte irgendwann den Regen satt und verzog sich ebenfalls, als Billy sechzehn war. Die Veränderung war für ihn gar nicht so schwer, wie Außenseiter erwarten würden. Billy blieb einfach auf dem Boot. Die anderen Fischer unterstützten ihn bei Arbeiten, die er allein nicht schaffte. Er schloss sogar die Highschool ab und schuftete etwa sechzehn Wochen im Jahr hart. Während der restlichen nassen Monate las er und half freiwillig in der Schule aus. Die Stammesorganisation in Sitka bezahlte seine Krankenversicherung, weil seine Mutter einem Stamm in Kalifornien angehört hatte. Und das war ein Glück, denn Billys neue religiöse Interessen führten ihn jetzt öfter in die Praxis.

Er war inzwischen vierundzwanzig und hatte sich für den tibetischen Buddhismus entschieden. Die kleine Bücherei hielt nicht viele Werke über den tibetischen Buddhismus bereit, also gab er sich mit ein paar Büchern über den Dalai Lama und dem Film *Sieben Jahre in Tibet* zufrieden.

Nachdem er Bilder des lächelnden Dalai Lama gesehen hatte, war Billy zur Bibliothekarin der Schulbücherei von Cold

Storage gegangen, weil er wissen wollte, wie sein Name auf Tibetisch geschrieben wurde. Sie surfte ein bisschen im Internet herum, druckte ihm das Wort auf Tibetisch aus und gab es Billy gleich am nächsten Tag. Sie erzählte ihm auch, der Name des Dalai Lama bedeute »Ozean der Weisheit«. Billy malte die tibetischen Zeichen auf die Blätter seines Kajak-Paddels und glaubte, dass jedes Eintauchen des Paddels ins Meer einem Gebet gleichkäme.

Und dieser neuen Art des Gebets waren Billys häufige Besuche in der Praxis zu verdanken. Er paddelte mehr, als seit Menschengedenken irgendjemand gepaddelt hatte. Manchmal war er tagelang unterwegs oder brach mitten während der schlimmsten Sturmsaison auf. Wenn er in den Hafen von Cold Storage zurückkehrte, war er völlig durchnässt, und anscheinend verließ er sein Boot nicht einmal, um sich auszuruhen.

Miles bog vorsichtig Billys Finger zurück, wollte die eitrigen Blasen an den Handflächen untersuchen. »Billy, warum wickelst du dir nicht etwas um die Hände oder ziehst einfach Handschuhe an?«

»Handschuhe werden nass, und sie reißen irgendwann und machen es noch schlimmer. Die Haut muss eben noch ein bisschen mehr abhärten.«

»Du könntest dir wenigstens einen besseren Sitz besorgen. Die Geschwüre an deinem Steißbein verheilen einfach nicht. Warum suchst du dir nicht erst mal eine andere Möglichkeit, durch die Welt zu gondeln, bis deine Haut verheilt ist? Tut deine Schulter noch weh?«

Billy schüttelte den Kopf. Er hörte nicht zu. In Wahrheit kam er nur hierher, um mit dem einzigen Menschen in Cold Storage zu sprechen, der sich ein wenig für ihn zu interessieren schien.

»Ich habe mich entschieden«, sagte Billy. »Ich werde es tun.« Er verteilte Salbe auf seinen Händen.

»Was tun?« Miles hegte Hoffnung. »Eine Weile auf das Kajak verzichten?«

»Nein«, erwiderte Billy. »Ich werde mit dem Kajak nach Seattle fahren.«

»Du willst es auf der Fähre mitnehmen?«

»Nein.« Billy klang völlig ernst. »Ich werde nach Seattle paddeln.«

»Tatsächlich?« Miles bemühte sich, den sarkastischen Tonfall nicht allzu deutlich werden zu lassen.

»Seine Heiligkeit kommt dorthin. Nach Seattle. Er wird eine Rede halten, in der Oper oder so. Und ich werde da sein.« Billy sah Miles mit großen Augen unverwandt an.

»Aber warum musst du dorthin paddeln?« Miles bedeutete ihm aufzustehen, damit er sich die entzündeten Wunden an seinem Steißbein ansehen konnte.

»Ich werde Spenden sammeln für die Befreiung Tibets. Sie wissen schon, wie bei so einem Spenden-Marathon, aber eben im Kajak. Die Leute spenden Geld für jede Meile, die ich geschafft habe.«

»Du meinst, du bringst in Cold Storage Leute dazu, Geld zu spenden?« Es fiel Miles schwer, nicht gemein zu klingen. »Also, Billy, ich weiß nicht …«

»Hören Sie doch zu, Mr. McCahon, die müssen ja bloß dann bezahlen, wenn ich es bis nach Seattle schaffe. Das sind etwa achthundert Meilen. Kein Mensch wird glauben, dass ich das schaffe, richtig? Ich meine, rechtzeitig zum Besuch des Dalai Lama in vier Monaten. Also werden sie sich in die Spenderliste eintragen. Wenn ich nur fünf oder sechs Leute dazu bringe, kann ich Seiner Heiligkeit ein paar Tausender übergeben.«

Miles sah den Burschen an und versuchte, sich einen Einwand gegen diesen Plan zurechtzulegen. Doch der zerschundene junge Mann redete weiter. »Das Geld ist natürlich nicht das Wichtigste. Ich werde ja den ganzen Weg über beten. Und wenn ich in Seattle ankomme, bin ich bereit. Ich werde ihm etwas Geld geben können und wahrscheinlich eine Chance haben, ihn persönlich zu treffen.« Er musste endlich einmal Luft holen. »Er ist ein guter Mensch, Mr. McCahon. Wenn ich so weit gepaddelt bin, wird er mich kennenlernen wollen.«

Billy reckte auf der Untersuchungsliege den Hintern in die Höhe, und Miles reinigte das eitrige Geschwür an seinem Steißbein. Er sprach kein Wort, während er die Wunde mit Wasser und Alkohol spülte und das Blut von den Wundrändern tupfte.

»Was halten Sie davon, Mr. McCahon?«

»Ich finde, du solltest hierbleiben und stattdessen meinen Bruder kennenlernen.«

Miles wusch sich die Hände und sah auf die Uhr. Von der Praxis aus musste er zu Fuß zu seiner Mutter gehen. Der Bohlenweg zog sich von der Ortsmitte aus noch einen knappen halben Kilometer weit nach Süden die Steilküste entlang. In seinem Anschluss wand sich ein Schotterweg durch den Wald zur Mündung eines Baches. Auf dem ebenen Fleckchen nördlich des Bachlaufs hatten sie die Schule gebaut. Auf dem Weg dorthin musste man an der Ruine von Ellie's Bar vorbei. An einer der hinteren Ecken war das Blechdach weit herabgesackt, und vor die kaputten Fenster waren rissige Planen genagelt. Obwohl die Bar längst geschlossen war, hielten sich ein paar besonders hingebungsvolle Trinker aus diesem Küstenabschnitt noch immer gern dort auf.

Mouse Miller besaß ein uraltes winziges Holzboot und schlief in der Bar, wenn er in der Bucht ankerte. Er war ein sehr kleiner Mann, passend zur Größe seines Bootes. Er hatte einen langen Bart und trug fast das ganze Jahr über ein- und dasselbe Hemd. In eine der letzten Kellnerinnen von Ellie's Bar war er so inbrünstig verliebt gewesen, wie wohl kaum jemand sonst an dieser Küste je wen geliebt hatte. Den Großteil der Geldscheine, die an die tropfende Decke der Bar geheftet waren, hatte er gestiftet.

Wenn er in Cold Storage war, trank Mouse oft bis zur Besinnungslosigkeit. Er zündete in der Bar Kerzen und Petroleumlampen an und soff den Schnaps, den er von seinem Boot mit heraufgebracht hatte. Tagelang trank er und unterhielt sich ab und zu mit der toten Kellnerin. Manchmal stöhnte er laut und hämmerte an die Bar, und hin und wieder heftete er einen weiteren Schein als Trinkgeld an die Decke. Miles dachte daran, dass er sich wirklich im Ort nach Mouse erkundigen sollte, aber es kamen ja jede Menge Leute zu ihm in die Praxis. Er brauchte den versoffenen alten Fischer nicht zu suchen.

Der Wind blies einen leichten Regenschauer heran und stöhnte in den Bäumen auf dem steilen Hang über dem Bohlenweg. Miles schlug seinen Kragen hoch und erklomm die Stufen zum Haus seiner Mutter.

Ein schwacher Geruch nach Moder und gekochtem Kohl hing in der Küche. In einer Ecke stand der Ölofen, ein großer metallener Kasten mit einem verchromten Gitter wie der Kühlergrill eines neunundvierziger Ford Coupé. Auf dem Gitter stand ein kupferner Teekessel, und an Stangen, die an der Wand darüber befestigt waren, hingen Geschirrtücher zum Trocknen. Sie bewegten sich sacht in der flimmernden Hitze.

Neben dem Elektroherd brodelte leise eine Kaffeemaschine vor sich hin.

»Hol dir eine Tasse Kaffee«, rief Annabelle von nebenan. »Und dann setz dich zu mir.«

Miles schenkte sich einen Kaffee ein und ging damit ins Wohnzimmer.

Annabelle ruhte in einem Sessel. Sie trug einen Pullover über Nachthemd und Morgenmantel, und ihre Füße steckten in dicken Wollsocken und merkwürdigen Hausschuhen, auf denen über den Zehen die Köpfe zweier Comic-Mäuse saßen.

»Hallo, mein Schatz! Was gibt's Neues?« Ihre Stimme knarrte trocken.

»Nichts Besonderes, Ma.« Er rückte einen Stuhl vom Kartentisch dicht vor die Füße der alten Frau und setzte sich. Lange betrachtete er die plüschigen Mäuse-Schuhe, ertappte sich dann dabei und wusste nicht, was er sagen sollte.

»Ich habe dich noch nie mit Mäusen an den Füßen gesehen«, brachte er schließlich heraus.

Annabelle wackelte mit den Zehen. »Ach, ich weiß, dass die Dinger potthässlich sind, aber sie passen so gut über meine Strümpfe. Mir ist morgens immer ein bisschen kalt.«

»Äh, Mom ...«, begann er. »Ich finde wirklich, dass du nach Sitka fliegen und dich untersuchen lassen solltest. Es könnte ja auch etwas ganz Simples sein, das sich mit ein paar Tabletten in Ordnung bringen lässt. Bitte lass mich dich zum Arzt bringen.« Er nippte an seinem Kaffee. Obwohl seine Stimme ganz locker klang, war dies eines der wichtigsten und schwierigsten Gespräche, die er je geführt hatte.

»Tja, wenn ich eine Million Dollar hätte. Ich denke nicht daran, das viele Geld für einen Flug nach Sitka auszugeben.« Sie berührte Miles' Hand, als wollte sie ihn beruhigen, doch dann rüttelte und schüttelte es ihren zierlichen Körper, sie rang nach Luft und hustete beängstigend stark und tief aus der Brust. Miles fürchtete, sie werde sich noch eine Rippe brechen, wenn sie so heftig hustete.

»Ich kann dafür sorgen, dass der Flug mit Mitteln der Praxis bezahlt wird«, sagte er. Er stellte seine Kaffeetasse weg und reichte ihr ein Taschentuch aus der kleinen Schachtel, die in ihrer gehäkelten Hülle auf dem Beistelltisch neben ihrem Stuhl stand.

Annabelle spuckte in das Taschentuch, zerknüllte es rasch und warf es in einen Mülleimer neben ihrem Sessel.

Miles griff in seine Tasche und fühlte nach dem Brief der Bewährungsstelle mit der Nachricht von Clives Entlassung. Er wusste, dass er es seiner Mutter erzählen sollte. Er spürte sogar, wie seine Hand schon den Brief hervorziehen wollte, doch er bremste sich.

»Mom, sei nicht böse«, stammelte er, »aber ich habe den Eindruck, dass du nicht nach Sitka möchtest, weil du nur auf Clive wartest. Falls das der Grund sein sollte …«

Sie hob eine Hand, um ihn zu unterbrechen. »Neulich habe ich etwas wirklich Verrücktes erlebt. Ich bin ganz sicher, dass ich meinen alten Vogel gesehen habe. Mein Buddy saß in den Bäumen. Das kann nicht sein, oder?«

»Nein, ich glaube nicht.« Miles strich mit dem Daumen über den Brief in seiner Tasche. Er sagte ihr nichts von Clive. Er wusste selbst nicht, warum. Er redete sich ein, dass er sie nur schützen wollte.

Das Wasser ließ den Kessel klappern, und die fettige Flamme rumorte im Ölofen. Draußen auf dem Fjord arbeitete sich ein Fischerboot hinaus an die Küste. Miles konnte den alten Motor mühsam tuckern hören, und beinahe auch die Möwen, die kreischend um das Heck flatterten. Oben auf den Bergen pfiff der Wind durch Bäume, die schon seit achthundert Jahren dort standen. Manche hatte er umgeweht, und sie verrotteten zu neuem Boden. Alles auf den Hängen war alt, doch der Regen war noch viel älter, und er fiel wieder einmal auf Cold Storage herab, wie er es stets getan hatte und immer tun würde.

Sie schwiegen. Der Wind wehte, und ein Zweig klopfte immerzu ans Fenster.

»Du hast nichts davon mitbekommen, dass er wieder da ist?«, fragte sie unvermittelt.

»Wer?«, fuhr er erschrocken hoch.

»Buddy«, sagte die alte Frau und blickte durch ihre dicken Brillengläser zu ihm auf. »So lange leben Papageien gar nicht, oder?«

Sie beugte sich vor und hustete derart heftig, dass er ihren Oberkörper weiter nach vorn drückte. Die schwere Brille fiel ihr in den Schoß. Er rieb ihren Rücken zwischen den Schultern, bis der Hustenanfall abebbte. Dann holte er ihr ein Glas Wasser, und nachdem sie die Brille wieder aufgesetzt hatte, blickte sie so müde zu ihm auf, wie er sie noch nie gesehen hatte.

»Hol mir irgendwelche Tabletten«, stieß sie hervor, »oder starken Hustensaft.«

»Ist gut, Ma.« Er stand auf.

»Würdest du mir noch einen Gefallen tun, mein Junge?« Ihre Stimme klang schwach.

»Ich werde dir kein Ei kochen, falls du mich darum bitten wolltest.«

»Nein.« Sie lächelte. »Steck mir noch diesen Film da in den Videorekorder. Ich habe ihn gestern Abend angeschaut und bin mittendrin eingeschlafen.«

Miles rollte den Fernsehtisch näher an den Sessel heran, sortierte die Kabel und schaltete Fernseher und Videorekorder ein. Der staubige Bildschirm flackerte und schimmerte silbrig. Dann erschien Bedford Falls, und da war James Stewart, der verzweifelt nach den verlorengegangenen achttausend Dollar suchte. Onkel Billys Rabe erschien und hüpfte auf den Tresen von »Building and Loan«.

Annabelle winkte ihrem Sohn nach, als er zur Tür ging, und er winkte zurück. Keiner von beiden sagte ein Wort.

Miles lief den Bohlenweg entlang zur Praxis und dachte daran, dass sein Bruder nach Hause kommen wollte. Trotz der Ankündigung dieser Bewährungsstelle schätzte er die Chance, dass sein Bruder tatsächlich hier auftauchen würde, auf weniger als fünfzig Prozent. Zumindest konnte er hoffen.

Ein leichter Nieselregen fiel, und die Sonne stieg über dem Felsenkamm im Südosten empor. Ihre Strahlen ließen einen silbrigen Streifen auf dem Wasser schimmern. Lärmende Möwen landeten auf den Trümmern der Fischfabrik, die in den fünfziger Jahren an der Stelle erbaut worden war, wo einst das Badehaus der norwegischen Fischer gestanden hatte. Miles spürte bis tief in die Knochen eine Art tödlicher, endgültiger Gewissheit, dass er aus dem Krieg heimgekehrt war.

Er würde die Praxis aufmachen, aber heute würde nicht viel passieren. Er wollte das Krankenhaus in Sitka anrufen, ein paar Leute würden mit ihren einfachen Beschwerden und dem Wunsch nach einem Schwätzchen hereinschauen. Nichts würde heute passieren, und morgen auch nicht. Selbst wenn sein Bruder nach Hause kommen sollte, war es hier zu langweilig, als dass Clive sich lange beschäftigen könnte. Falls Clive in Cold Storage etwas erleben wollte, würde er seinen Wirbel schon selbst mitbringen müssen, und genau das bereitete diesem Trooper wahrscheinlich solche Sorgen.

Kapitel 4

»Bedaure«, säuselte Jake Shoemaker in seinem ungewöhnlich höflichen Tonfall. »Mir ist klar, dass ich dir Unannehmlichkeiten bereite.« Oscar saß auf dem Sofa, die Hände im Rücken gefesselt. »Ich meine, das muss mehr als unangenehm sein, geradezu beängstigend, kann ich mir denken.«

Ein Stück silberfarbenes Klebeband verschloss Oscars Mund, seine Haut war weiß, die Augen weit aufgerissen und rot gerändert. Die Blutspritzer auf seinem gelben Poloshirt stammten von ihm.

Jake mochte solche Szenen gar nicht. Ihm war bewusst, dass ihn irgendeine alte Angst antrieb, wenn es zu Gewalttätigkeiten kam. Wahrscheinlich etwas ganz Einfaches wie etwa die Angst zu versagen. Er wollte nicht allzu gründlich darüber nachdenken.

Jakes Vater hatte als Holzfäller in den östlichen Cascades gearbeitet. Er hatte die Wälder immer verlassen wollen, es aber nie getan. Manchmal hatte er nach Feierabend Jake und seine Ausrüstung in den Pick-up gepackt und war hinauf zu einem grünen See gefahren, umgeben von staubigen Hügeln. Das hölzerne Ruderboot am überwucherten Ufer war um die Rudergabeln reichlich morsch gewesen. Jake hatte immer im Heck gesessen, während sein Vater vorsichtig ruderte, um die Dollen nicht aus der Bootswand zu reißen.

Jake erinnerte sich an das ölverschmierte blaue Holzfällerhemd, das sein Vater stets getragen hatte, weit aufgeknöpft über der Brust, die von der Sonne rötlich braun verbrannt war. Er erinnerte sich daran, wie sein Vater eine Dose Bier geöffnet, zum ersten und einzigen Mal die Angel ausgeworfen, sich zurückgelehnt und immer dieselben Worte gerufen hatte: »Hier, Jungs, Futter!« Jake verstand nicht, was zum Teufel sein Vater und er dort getan hatten. Ihnen war es nie gelungen, auch nur einen Fisch zu fangen, und das machte ihn wütend.

Wenn Jake an seinen Vater dachte, erinnerte er sich auch an seinen Geruch: Schweiß und Kettensägen-Benzin. Der Geruch des Versagens, der wie Dampf um ihn aufstieg.

Heute trug Jake ein schwarzes Seidenhemd, keine Krawatte, eine weiche Lederjacke und eine Wollhose. Er zupfte einen Fussel von dem feinen Wollstoff, während Oscar auf dem Sofa zappelte.

Er sah zu, wie Oscar vornüber kippte. Die Backen des alten Mannes blähten sich unter dem Klebeband, das bis um den schütteren Hinterkopf gewickelt war. Seine Hände zitterten, und die engen Schnüre um die Handgelenke ließen sie blau anlaufen.

»Ich bin nur schlecht gelaunt«, erklärte Jake. Er mochte dem Mann auf dem Sofa nicht zuschauen, also sprach er zur Decke hinauf, als redete er mit jemandem im Himmel. »Ich weiß, ich sollte das nicht an dir auslassen, aber schließlich geht es ums Geschäft. Wir reden von einer Menge Geld.«

Das hier war ein Teil seines Geschäfts, den Jake hasste. Er hatte gar nichts gegen Oscar, nichts Persönliches, doch in seinem Lager fehlte nun eine große Summe Bargeld und, schlimmer noch, gewisse wichtige geschäftliche Aufzeichnungen. Er war zwar sicher, dass Oscar sie nicht gestohlen hatte, aber höchstwahrscheinlich wusste Oscar, wer das getan hatte, und vor allem, wohin dieser Jemand verschwunden war. Die unangenehme Szene war nichts weiter als ein geschäftliches Missgeschick – ein Mitarbeiter hatte etwas vermasselt. Jake war eigentlich Schriftsteller, und dies hier war nur der Job, mit dem er seine Brötchen verdiente. Und solche Jobs hatten immer ihre lästigen Seiten.

Jake war schon seit Wochen so gereizt. Wohin er auch ging, überall sah er die Werbung für *Stealing Candy.* Anscheinend hatte man jedes zweite Gebäude in Los Angeles mit den Filmplakaten tapeziert. Das ärgerte ihn maßlos. Jake konnte kaum mehr irgendwohin fahren, ohne dass er irgendwann die Stirn auf sein Walnussholz-Lenkrad hätte schlagen mögen.

Jake hatte mehrere Drehbücher geschrieben. Zwei waren bisher verfilmt worden – erotische Filme, die manchmal unzutreffenderweise als Soft-Pornos bezeichnet wurden. Er hatte gehofft, das Publikum würde die Kunst hinter den Etiketten sehen, die irgendwelche hirnlosen Geldmacher auf seine Werke geklebt hatten. Beide Filme waren jedoch nur auf Video herausgebracht worden, eine große Enttäuschung. Er hatte von der Premiere eines seiner eigenen Kinofilme geträumt – in der Limousine vorfahren, im Blitzlichtgewitter den roten Teppich entlanggehen, mit den Stars für die Presse posieren, winkend und lachend, und geistreiche persönliche Bemerkungen mit dem Regisseur austauschen. Aber dazu würde es so bald wohl nicht kommen. Die Premiere von *Stealing Candy* stand an, und er war nicht eingeladen. Nicht mal eine Freikarte würde er bekommen. Das machte ihn rasend.

Oscar versuchte zu sprechen, doch das Klebeband hielt. Jake erhob sich und warf Oscar eine Jacke über den Kopf. Oscar kullerte auf den Boden und warf sich krampfhaft hin und her.

»Du liebe Zeit«, sagte Jake, als spräche er besänftigend mit einem fiebernden Kind. »Nun beruhige dich doch. Dir wird nichts Schlimmes passieren.« Er wickelte ein Stück Kabel mehrmals um Oscars Fußgelenke.

Jake hatte das Exposé und auch die erste Fassung des Drehbuchs geschrieben, das als *Stealing Candy* verfilmt worden war. Jakes Drehbuch mit dem Titel *Who's Your Daddy Now?* war bei einem Produzenten von Paramount gut angekommen. Jake hatte sogar eine Halbjahres-Option und einen Nebenrechts-Deal mit Viacom herausgeschlagen. Natürlich hatte er noch keinen Star an der Hand gehabt, und dummerweise hatte er dem ernsten jungen Harvard-Studenten vertraut, den er für die Ausarbeitung des Drehbuchs angeheuert hatte. Und jetzt sah er überall sieben Stockwerke hohe Bilder eines Cameron-Diaz-Klons mit einem blutigen Messer in der Hand.

Jake liebte den Film. Er liebte die Atmosphäre in einem dunklen Kinosaal, die kühle Luft, das erwartungsvolle Rascheln und Raunen der Leute, die alle in dieselbe Richtung schauten, gespannt auf eine neue Welt, die gleich vor ihnen erstrahlen würde. Er hasste den Moment, wenn ein Film zu Ende war und das Licht anging, das die verschüttete Cola und die klebrigen Verpackungen auf dem Boden beleuchtete. Das glich allzu sehr dem echten Leben, wie der Geruch eines schmutzigen Holzfällerhemds oder ein nervtötendes Husten. Dieses Leben lehnte er ab. Er zog den Erfolg vor. Und den Film.

Oscar hatte sich in die Hose gemacht, und sein Urin lief als gelbes Rinnsal langsam über den Boden auf Jakes Schreibtisch zu.

»Tut mir leid«, sagte er und sah auf die Uhr. In einer halben Stunde war er mit einem Freund zum Lunch verabredet. Er holte die Neun-Millimeter aus seiner Schreibtischschublade, lud sie durch und trat vorsichtig über das Rinnsal hinweg, um die Tür zu schließen.

»Keine Sorge, Oscar«, sagte er mit einer Spur von echtem Mitgefühl in der Stimme. »Es wird kaum wehtun, wenn die Kugel deinen Schädel trifft. Du wirst einen kurzen Druck spüren und eventuell ein leichtes Brennen, aber das geht gleich vorbei.«

Oscar zappelte sich von der Jacke über seinem Kopf frei. Er blickte zu Jake auf und schien sich zu entspannen – seine geballten Fäuste lockerten sich, und er hörte auf, an den Fesseln herumzuzerren, die in seine Haut schnitten. Er lag nur noch da und erwartete den mächtigen Windstoß, der seinen Schädel durchpusten würde.

»Wach endlich auf, Oscar«, sagte Jake sanft, als wollte er ihn tatsächlich wecken. »Wenn du das Geld nicht genommen hast, brauchst mir doch nur zu sagen, wer es war. Dann arbeiten wir gemeinsam daran, es zurückzuholen. Hörst du nicht?« Seine Stimme klang drängend.

Oscar schüttelte heftig den Kopf, nickte dann zum Zeichen, dass er hörte und verstand, und Jake beugte sich vor und nahm eine Ecke des Klebebandes zwischen Daumen und Zeigefinger.

»Das wird ein bisschen wehtun«, warnte er und riss das Klebeband ab.

»Clive McCahon!«, stieß Oscar hervor. »Clive hat das Geld genommen! Vor drei Tagen. Er hat gesagt, er soll was für dich abholen, und ich könnte dich ruhig anrufen, hat er gesagt, aber ich meine … du weißt schon … verdammt, es war Clive, verstehst du? Einer von deinen Jungs. Ich meine, da war ich mir sicher. Einer von deinen Jungs. Er ist in den Knast gegangen, ohne irgendjemanden zu verpfeifen. Außerdem dachte ich, das Zeug in dem Fach würde ihm gehören. Verdammt, Jake, ich konnte nicht ahnen, dass er dich beklauen wollte. Ehrlich, wie hätte ich darauf kommen sollen? Du musst mir glauben …«, brabbelte Oscar.

Jake beugte sich vor und tätschelte ihm die Wange. »Clive McCahon? Der sitzt im Gefängnis.« Er hob die Waffe vor Oscars Augen.

»Nein, nein! Er ist draußen!«, keuchte Oscar. »Gerade entlassen. Das kannst du doch nachprüfen. Ehrlich, check es ruhig ab.«

Jake richtete sich auf. Er rieb sich mit der Pistole das Kinn. »Ich glaube dir. Ja, Oscar, ich glaube dir, aber du schuldest mir trotzdem etwas. Irgendetwas musst du mir schon geben, Oscar. Verstehst du?«

»Was du willst«, keuchte Oscar und richtete sich mühsam zum Sitzen auf.

»Fährst du Fahrrad?«, erkundigte sich Jake und tippte nachdenklich mit der Pistole an sein Bein.

»Nein … nein.« Oscar blickte mit einer Art sprungbereiter Panik zu ihm auf, als sei er bereit, sofort das nächste Fahrrad zu besteigen.

»Nicht, aha. Spielst du Basketball?«

»Nein …« Oscar versuchte sich wieder aufs Sofa hochzustemmen. Jake hob einen Fuß und stellte ihn auf Oscars Schulter.

»Soll das heißen, du fährst weder Fahrrad noch spielst du Basketball? Joggst du wenigstens oder so?«

»Nein, Jake. Ich jogge nicht.« Oscars Stimme zitterte.

»Dann wird dir das ja nicht viel ausmachen, Kumpel.« Jake hob die Pistole ein Stückchen an und schoss Oscar ins linke Knie.

Auf dem Flughafen von Seattle kniete Clive vor dem Sperrgepäck-Schalter und versuchte, Little Brother zum Betreten einer teuren, nagelneuen Transportbox zu bewegen. Der Hund hatte offenbar nicht vor, auch nur eine Pfote hineinzusetzen.

Clive hatte es gerade damit probiert, selbst hineinzukrabbeln. Er dachte, er könnte Little Brother überzeugen, indem er ihm zeigte, wie einfach das war. Die Taktik brachte keinen Erfolg.

»Würdest du wenigstens einmal darüber nachdenken, in die Box zu gehen?«, fragte Clive höflich. Der Hund stand da, den Kopf fast bis zu dem glatten Linoleumboden gesenkt, und sagte nichts. Clive musste sich eingestehen, dass er beinahe erleichtert war, denn er fürchtete sich ein wenig vor dem, was aus diesem Maul kommen könnte, wenn der Hund doch etwas sagen würde.

»Tja, die andere Option wäre eine längere Schiffsreise.« Clive kroch rückwärts aus der Box. »Aber ich fürchte, auch da werden sie dich in so eine Kiste stecken.«

Hinter ihm erschien ein Mann vom Sicherheitspersonal, der irgendeinem Promi den Weg freiräumen sollte. Er packte Little Brothers nietenbesetztes Lederhalsband. Der Hund knurrte lauter als die Gangschaltung eines Sherman-Panzers. Die Haare auf seinem Rücken waren gesträubt von vorne bis hinten, und seine angespannten Muskeln zeichneten sich so deutlich ab wie die eines klatschnassen Braunbären, der gerade ein Flussufer hinaufstürmt.

Sämtliche wartenden Passagiere wichen einen Schritt zurück. Der Mann vom Sicherheitsdienst legte die Hand an den Griff seiner Waffe. Clive nahm ihn beim Ellbogen und sprach ruhig und freundlich mit ihm, um ihm klarzumachen, dass er es ernst meinte.

»Tun Sie das nicht.«

»Ja… Schon klar.« Der sichtlich erschütterte Mann bedeutete seinem Kollegen, die Promi-Prozession auf der anderen Seite entlangzulotsen. »Ich komme in fünf Minuten wieder, und wenn dieser Hund dann nicht hier weg ist, muss ich die Tierinspektion anrufen.«

»Das ist ein guter Plan«, sagte Clive. »Haben die auch einen Wasserwerfer? Vielleicht können wir ihn da reinspülen.«

Clive wollte noch mehr sagen, doch die angenehme Stimme

einer körperlosen Frau hallte auf einmal durch die Luft: »Clive McCahon, Clive McCahon, bitte kommen Sie zum Büro der Alaska Airlines.« Clive blickte sich um, zückte einen Hundert-Dollar-Schein und gab ihn einem Vietnamesen, mit dem er sich zuvor kurz unterhalten hatte.

»Sorgen Sie dafür, dass niemand meinen Hund erschießt, ja?«

»Kein Problem. Alles gut«, sagte der Mann unbekümmert, und Clive ging die Flure des Seattle Airport entlang zum Alaska-Airlines-Büro. Dort nannte er der höflichen Mitarbeiterin seinen Namen und wurde in ein kleines Besprechungszimmer geführt, wo Jake Shoemaker und die überaus effiziente Miss Peel auf ihn warteten.

Clive nickte beiden zu. »Jake. Miss Peel.« Allen im Raum war bewusst, dass Jake einmal mit Miss Peel geschlafen hatte. Sie hatte es sofort bereut, während er sie immer gern daran erinnerte.

»Clive, setz dich, verdammt noch mal. Du kannst nicht einfach mein Geld stehlen. Was zum Teufel hast du dir dabei gedacht? Du weißt doch ganz genau, was ich dir dafür antun muss.« Jake spielte an den Verschlüssen der Aktentasche herum, die vor ihm auf dem Tisch lag. Miss Peel hatte noch kein Wort gesprochen.

»Miss Peel«, sagte Clive und wandte sich ihr zu, »gut sehen Sie aus. Sie schwimmen wohl täglich im warmen Meer?«

»Clive.« Sie hielt den Blick auf die schwarze Tischplatte zwischen ihnen gerichtet. »Das Gefängnis ist Ihnen offenbar gut bekommen.«

Miss Peel – deren Vorname Ann lautete, doch Clive hatte kaum je gehört, dass jemand sie so ansprach – war eine wahrhaft glamouröse Person. Ihr Äußeres ließ eine vage hispanische Abstammung erahnen. Sie trug das schimmernde rabenschwarze Haar schulterlang mit einem kurzen Pony. Ihre dunklen Augen glänzten und funkelten wie Brunnen. Ihr Anblick machte Männer ein wenig verrückt – genau deshalb nahm Jake sie zu geschäftlichen Terminen mit. Aber weil er ihr nie selbst Avancen machte, glaubten viele Leute, er sei schwul. Clive glaubte eher, dass Jake ein wahrer Gentleman sein könnte oder einfach Angst vor so viel Schönheit hatte.

»Freut mich auch, Sie zu sehen«, sagte Clive zu ihr und wandte sich dann Jake zu. »Und du, du kleines Arschloch ... Erstens: Das ist mein Geld, und es sind meine Unterlagen, nicht deine. Zweitens: Du wirst mich nicht im Besprechungsraum von Alaska Airlines erschießen, dazu bist du viel zu scharf auf deine Bonusmeilen. Ich weiß das. Und ich weiß, dass du an der Sicherheitskontrolle deinen echten Pass vorgelegt hast, also kannst du mich nicht einfach abknallen und hier rausspazieren. Das wäre dämlich. Außerdem weißt du auch, dass jeder, der den Sicherheitsbereich betritt, von Dutzenden Kameras aufgenommen wird. Was bedeutet, dass die Flughafenpolizei sich wahrscheinlich gerade die Bänder vornimmt, nachdem sie deine diskrete kleine Durchsage gehört haben. Himmelarsch. Wie hast du es als Verbrecher überhaupt so weit gebracht?«

Jake richtete sich auf. »Hör mal, Mann, darüber haben wir doch schon gesprochen. Kriminalität bedeutet hart verdientes Geld. Der Stress. Die ganzen Arschlöcher – nichts für ungut – und all die Waffen, wer braucht das denn? Du weißt, wovon ich rede. Ich hingegen nehme kriminell verdientes Geld und stecke es in weniger stressige Geschäfte. Alle anderen sahnen ab. Computer, was für ein Schwachsinn. Dot-coms, Herrgott! Diese Firmen bestehen aus pickeligen Jungs, die bis elf Uhr am Vormittag schlafen, nichts produzieren, was irgendwer versteht, und eine Million Dollar dafür wollen – und die kriegen sie, verdammt. Das ist mir schleierhaft. Ich mache wieder in

Immobilien. Damit kann man im Grunde nicht falschliegen, du verstehst schon … Stressfreier geht es nicht.«

»Und dein Stresslevel geht mich was genau an?« Clive hielt den Blick immer noch auf Miss Peel gerichtet, die jedoch nicht zu ihm aufblickte.

Jake fummelte an den Verschlüssen des Aktenkoffers herum. Jetzt konnte Clive ihm den Stress ablesen, und offenbar hatte es etwas mit ihm zu tun. »Da ist dieser furchtbar lästige Staatsanwalt. Die können einem das Leben echt zur Hölle machen, weißt du? Was du dir geholt hast – mein Geld, und wie du daran gekommen bist … die Waffengeschichten, die Drogen … Das bedeutet zwanzig Jahre, heißt es.«

Clive beugte sich zu ihm vor. »Du hast keine Waffengeschichten. In der Hinsicht warst du konsequent. Du hast nie jemanden ermordet. Dieser philippinische Zwischenhändler in Yelm vor ein paar Jahren, das war ein dummer Unfall, weiter nichts, und jeder weiß das.«

»Schon klar. Ich habe nie Geschäfte mit Gangs gemacht, nie Gangs beliefert. Nur an diese reichen Yuppies. Aber das FBI behauptet, sie könnten Waffen irgendwelcher Gangs zu mir zurückverfolgen.«

»Schwachsinn. Das war das Jagdgewehr deines Milchmann-Papis, das aus seinem Lieferwagen gestohlen wurde. Davon habe ich ihnen erzählt, und es ist auf Band. Das können sie nicht benutzen.«

»Aber wenn du dich gegen mich wendest, kriegen sie mich dran.«

»Herrgott, Jake.«

»Weißt du was, mein Junge, du kannst das Geld behalten.«

»Halt endlich die verdammte Klappe, Jake. Merkst du nicht, wie das klingt? Als wolltest du mich bestechen, damit ich für dich lüge. Ich behalte das Geld *und* die Unterlagen, weil beides mir gehört. Ich behalte die Papiere und das Geld, weil ich aus dem Geschäft aussteige. Ich setze mich zur Ruhe. Ich gehe zurück nach Alaska, weil ich mit dir und diesem Leben nichts mehr zu tun haben will. Ich nehme mir das Geld, und ich werde nicht dafür lügen. Wenn mich jemand fragt, sage ich die Wahrheit: dass du mit Drogen und Waffen nichts zu schaffen hattest. Nur mit Drogen. Das FBI steht auf Drogen und Waffen. Tja, du hast eben nur mit Drogen gehandelt. Ende. Klar, du besitzt eine Waffe, aber das ist ja wohl dein verfassungsgemäßes Recht.« Clive stand auf und schaute auf Miss Peel hinab. »Zweiter Zusatzartikel zur Verfassung der …«

»Du meine Güte.« Endlich blickte sie zu ihm auf. »Warst du etwa der Gewinner dieses Diktatwettbewerbs von McNeil Island, über den alle Zeitungen berichtet haben?«

»Ann, wenn du mich heiraten würdest, hätten wir dem FBI so viel zu bieten, dass es ihnen ein hübsches Anwesen irgendwo in Amerikanisch-Samoa wert sein dürfte. Was sagst du dazu?«

»Hm, ich kann kaum widerstehen. Bestialische Hitze, die Amöbenruhr und du. Lass mir ein wenig Bedenkzeit.«

»Tu das«, sagte Clive. Jake starrte bedrückt seinen Aktenkoffer an und schwieg. Clive verneigte sich leicht vor Miss Peel.

»Bis dann. Muss meinen Flieger erwischen.«

Als er den Besprechungsraum verließ, setzte Miss Peel ein säuberliches »x« ans Ende der letzten Zeile ihrer Aufzeichnungen. Sie klappte ihren Notizblock zu, strich ihren Rock glatt und stand auf, ohne Jake eines einzigen Blickes zu würdigen.

Als Clive zum Gepäckschalter zurückkehrte, um seinen Hund aufzugeben, wartete Little Brother in der Flugbox auf ihn. Offenbar hatte er entschieden, dass es an der Zeit war, es sich mit seinem neuen Kauspielzeug bequem zu machen.

An seinem Platz in der First Class wollte ihm die Stewardess den schweren Parka abnehmen, aber Clive behielt ihn lieber auf dem Schoß. Sie brachte ihm einen Gin Tonic in einem schweren Pseudo-Kristall-Glas.

Clive schaute aus dem Fenster. Die Stadt Seattle war ein Wirrwarr aus Leitungen und Beton. Wohnhäuser und Schuppen und Geschäfte und Einkaufszentren, alle verbunden durch ein Netz aus zermalmtem Gestein und Asphalt. Der Anblick erinnerte Clive an ein Brombeergestrüpp, in dem Amseln nach Futter suchten.

An einer Ladeluke war eine geringfügige Beschädigung festgestellt worden, und per Lautsprecher wurden ein paar Minuten Wartezeit verkündet. Clive hörte den Piloten leise lachen – eine Maus war irgendwie da hinaufgeklettert und hatte ein winziges Loch in die Dichtung einer Luke genagt. Die Reparatur würde ein paar Sekunden dauern, und dann könne es losgehen.

Clive bildete sich einen Moment lang ein, das fröhliche Gekicher von Mäusen zu hören. Er hob sein Glas und stieß einsam auf sie an.

Bald raste das Flugzeug die Startbahn entlang, reckte die Nase in die abgasgeschwängerte Luft und folgte einer weiten Kurve über die Bucht, während die Sonne hinter prächtig rot erleuchteter Luftverschmutzung versank. Auf dem violetten Meer pflügte sich ein Öltanker gen Norden voran. Weit unter Clive blieb ein Pappkarton mit seinem Namen und seiner Häftlingsnummer darauf zurück – er ließ seine alten Klamotten und seine Zeit im Gefängnis hinter sich.

Die Stimme des Piloten unterbrach seine Gedanken. Das Flugzeug würde umkehren und wieder in Seattle landen müssen. Offenbar wies ein Warnlämpchen auf ein Problem mit einer Ladeluke hin. Es bestehe kein Grund zur Sorge, sie würden in Kürze landen und nach einer schnellen Reparatur gleich wieder in der Luft sein, in ein oder zwei Stunden.

Clive trank einen großen Schluck Gin Tonic und zog sich seinen dick gefütterten neuen Parka über die Knie, um Beine und Schoß zu wärmen.

Miles ging den Bohlenweg entlang zurück zur Praxis. Jedes Mal, wenn er an Ellie's Bar vorbeikam, dachte er an Mouse Miller. Er hatte sich selbst davon überzeugt, dass Mouses Boot im Hafen lag. Er hatte sogar den Hafenmeister und ein paar der anderen Fischer, die auf den Booten wohnten, nach ihm gefragt, doch niemand hatte ihn gesehen.

Am Vormittag wirkte Ellie's Bar gespenstisch, doch jetzt am Nachmittag sah sie so unbelebt aus wie immer, ein Leichnam mit gesplitterten Fenstern ohne jedes Funkeln. Es nieselte, aber nicht so stark, dass Wasser trübselig von den Dachtraufen tröpfeln würde. Kein Brett klapperte im Wind, keine rostigen Nägel kreischten, keine schwarze Katze fauchte. Dennoch fand Miles die alte Bar in solchen Augenblicken am gruseligsten.

Er eilte den Bohlenweg entlang und schlug gegen die Kälte den Kragen hoch. Es hatte keinen Zweck, sich von Sorgen runterziehen zu lassen, die keinem etwas brachten. Er hatte zu tun, und er würde sich nicht in unausgegorenen Möglichkeiten verzetteln.

Der Regen hörte auf, die Sonne schnitt eine Bahn durch die Wolken, und der Wald links von ihm erstrahlte, als die Wolken beiseite rückten. Winzige Regenperlen an den Sträuchern glitzerten wie Diamanten. Die Erlen zeigten die ersten grünen Knospen, und an den Ranken der Lachsbeeren hatten sich kleine grüne Fäuste aus Blättchen gebildet. Eine Halsbanddrossel flatterte zwitschernd im Schutz des dunklen Daches der alten Fichte umher. Unter dem Bohlenweg flitzte ein Flussotter vorbei und trat eine kleine Lawine von Kieseln los. Miles sog all das auf und war einfach glücklich, da zu sein, wo er gerade war.

In der Praxis machte er sich ein paar Notizen und ging dann nach oben in die Wohnung. Er zog Jogginghose und Badelatschen an, schnappte sich frische Arbeitskleidung und Shampoo und ging zum Badehaus.

Wie die meisten Gebäude in Cold Storage bestand auch das Badehaus aus alten Brettern, die müde in ihren Holzrahmen hingen. Nach dem schmalen Eingang gelangte man durch eine zweite Tür in einen Umkleideraum, dessen hölzerne Wände sogar gestrichen waren. Bänke und Kleiderhaken waren daran aufgereiht.

Vor einem Bündel Kleidung auf einer der Bänke stand ein Paar rote Gummistiefel. Der Geruch von Marihuana überlagerte den Eiergestank des Wassers. Miles wusste sofort, wer da drin war.

Mouse Miller hatte einen einzigen Matrosen beschäftigt: Weasel nannte sich so, seit er auf Mouses Boot angeheuert hatte, und er hatte den Namen behalten, als er längst nicht mehr auf dem winzigen Kutter arbeitete. Er wurde viel lieber Weasel genannt als Julius, wie sein richtiger Name lautete. Weasel lebte jetzt an Land und verbrachte seine Zeit hauptsächlich damit, Marihuana zu rauchen und Filme zu gucken, die er mit den regelmäßigen Vorratslieferungen aus Juneau einfliegen ließ. Das Gras zog er selbst in Hydrokultur auf seinem Schwimmhaus, und er schien stets einen guten Vorrat davon zu ernten.

Den Strom dafür bezog er aus einem alten Wasserkraftwerk, das die Fabrik vor Jahren gebaut hatte. Solange es regnete, produzierte es Strom. Solange es Strom produzierte, konnte Weasel die riesigen Lampen betreiben, die über den flachen Pflanzkübeln seiner Grasplantage hingen. Als sie die Stromversorgung des Ortes zu überlasten drohten, erklärte man ihm, dass sich seine Rechnung vervierfachen würde durch eine neue »anteilige« Umlage der Kosten. Seitdem sparte er am Licht.

Einige Leute im Ort hielten Weasel für einen echten Verbrecher. Ein Holzfäller namens Tiger Johnson war fest davon überzeugt, dass Weasel einer der größten Drogenbarone der Westküste sei. Zu seiner ausgefeilten Theorie gehörten schwarz getarnte Boote, Hubschrauber und mitternächtliche Fahrten zu U-Booten vor der Küste. Doch das klang allzu drastisch für Weasel.

Außerdem hatte Miles ihm eines unmissverständlich klargemacht: Sollte sich auch nur ein Gramm von seinem Pot im Besitz eines Schulkindes wiederfinden, würde Weasel sein Schwimmhaus durch ein bedauerliches Unglück verlieren – einen Brand oder ein Leck. Und diese Warnung beherzigte Weasel.

Miles hatte ein wenig herumgeschnüffelt. Offenbar verkaufte Weasel seine Ernte an wenige, ausgewählte, ihm persönlich bekannte Kunden: Erwachsene ohne Kinder und einige Fischer, die nach Cold Storage kamen, um ihren Fang zu verkaufen oder eine Schlechtwetterfront abzuwarten. Den Rest behielt Weasel für sich selbst.

Einige Leute hatten also versucht, ihn aus dem Ort zu jagen. Andere hatten versucht, ihm die Drogenfahndung auf den Hals zu hetzen. Doch Weasel ließ sich nicht so leicht vergraulen. Die Drogenfahnder hatten keine Lust, nur wegen etwas Marihuana bis nach Cold Storage rauszufliegen – zumindest bis zum Besuch von Trooper Brown und seiner Satanistenjagd. Miles fragte sich, ob das neu erwachte Interesse des Troopers an Cold Storage nun Weasels Lebensstil beeinträchtigen würde.

Miles ging über den grau-grünen Betonboden des Baderaums, vorbei an den altmodischen gusseisernen Wannen mit den Klauenfüßen an einer Wand und auf das große Becken zu. Eine einsame nackte Glühbirne drei Meter über ihm leuchtete schwächlich wie Mittwintersonne im Nebel.

»He, was geht ab?« Weasel, ein magerer Mann mit Pferdeschwanz, saß auf dem Beckenrand und ließ die Füße ins Wasser baumeln. Durch den Dampf lächelte er zu Miles empor. »Auch einen?« Er hielt Miles einen dicken feuchten Joint hin – reine Höflichkeit, denn er wusste, dass Miles weder rauchte noch trank.

»Nein danke, Weasel.« Miles kam der Gedanke, dass Weasel einen Kiffer-Knigge hätte schreiben können. »Sag mal, weißt du, wo Mouse ist? Ich habe ihn schon seit einer Weile nicht mehr gesehen.«

»Keine Ahnung.« Weasel stieß eine langgezogene Rauchfahne aus. »Aber ich würde mir keine Sorgen machen, Doc. Er holt immer wieder mal was aus seinem Boot. Ich behalte es im Auge, und mir scheint, als wäre er ab und zu da gewesen. Ich wette, er hat sich in der Bar niedergelassen.«

»Mir ist nur aufgefallen, dass ich ihn in letzter Zeit nicht gesehen habe.« Miles musterte die grünen und weißen Bahnen, die das herabrinnende Kondenswasser an den Wänden hinterlassen hatte.

»Tja«, sagte Weasel, »wenn ich ihn sehe, sage ich ihm, dass er mal bei dir vorbeischauen soll.«

»Das wäre nett.« Miles hängte sein Handtuch über das Treppengeländer und sank langsam ins heiße Wasser hinab. Er lehnte den Kopf an die Betonstufe, schloss die Augen und ließ die Hitze allmählich bis in seine Knochen dringen.

»Hab dich gestern beim Kinoabend vermisst«, bemerkte Weasel seufzend.

»*Bad Lieutenant* habe ich schon gesehen, Weasel.« Miles hielt die Augen geschlossen. »Ich hatte keine Lust auf eine Wiederholung.«

»Nee, wir haben *Get Carter* geschaut. Mit Stallone. Weiß auch nicht, niemand außer mir wollte den *Lieutenant* sehen.

Das Stallone-Video war gerade gekommen, und da hab ich mir gedacht, was soll's?« Weasel zog nachdenklich an seinem Joint, wobei er ein Auge zukniff und das Gesicht von der Glut abwandte. Dann wusch er sich mit Waschlappen und Seife die Achselhöhlen.

»Wie war er?«, fragte Miles. »Der Film, meine ich. Taugt er was?«

Weasel stieg aus dem Bottich und tauchte den Kopf in einen Plastikeimer mit kaltem Wasser. Mit Schwung richtete er sich wieder auf, so dass sein blonder Pferdeschwanz wie ein dickes nasses Tau durch die Luft flog. »Das Original fand ich besser«, erklärte er. »Ich meine, die Stallone-Version war die reinste Modenschau. Da saß kein Haar schief.«

Miles schüttelte den Kopf. Er vertraute Weasels Urteil. Der Mann mochte eine ungesunde Vorliebe für Harvey Keitel hegen, aber von Actionfilmen verstand er was.

»He ...«, leitete Weasel zu einem neuen Thema über. »Hast du unseren Freund und Helfer kennengelernt, der hier zu Besuch war?«

»Oh ja.«

»Ich wusste gar nicht, dass du einen Bruder hast, Mann. Cool.«

Miles stieg aus dem Bottich, seifte sich ein und spülte den Schaum mit frischem Wasser ab. »Ja, ist es«, bestätigte er. »Ziemlich cool.«

Für Weasel waren im Badehaus eine begrenzte Anzahl von Gesprächsthemen akzeptabel: Filme, die Gewerkschaftshistorie, die Solo-Musik von Robbie Robertson (nach dessen Ausstieg bei The Band), die Nutzungsmöglichkeiten von Hanf in der Industrie sowie seit neuestem die Murakamis Romane. Über diese Geschichten sprach er wie über heilige Offenbarungen.

Miles ging nicht davon aus, dass irgendeines dieser Themen ihm bei seinem familiären Problem weiterhelfen könnte. Also stieg er zurück in den Bottich, ließ sich hinabsinken und blieb so lange unter Wasser, wie er konnte.

Als er wieder auftauchte, sprach Weasel, als hätten sie ihre Unterhaltung keinen Moment unterbrochen. »Willst du mal was total Verrücktes hören? Deine Mom ... kommt die doch vorhin bei mir vorbei und fragt, ob ich ein bisschen Gras für sie hätte.«

»Das ist nicht dein Ernst.« Miles trieb langsam vom Rand des großen Bottichs in die Mitte. »Unmöglich.«

»Sie hat Krebs, hat sie gesagt, und wollte Gras von mir haben. Ich wusste nicht, dass sie Krebs hat, Mann. Tut mir leid.«

»Ich glaube nicht, dass das eine gesicherte Diagnose ist.« Miles bemühte sich immer um Professionalität, und dazu gehörte auch, dass er vertrauliche Dinge für sich behielt. »Hast du ihr welches gegeben?«, fragte er.

»Hat mir schon leidgetan, aber weißt du, ich dachte, vielleicht will sie mich reinlegen oder so. Also habe ich behauptet, ich wüsste nicht, wovon sie redet. Sie hat dann ziemlich traurig dreingeschaut.« Weasels Hände waren inzwischen weiß und schrumpelig vom warmen Wasser, und er inspizierte sie, während er weiter über Miles' Mutter sprach. »Da hätte ich ihr beinahe welches gegeben. Weil sie so enttäuscht ausgesehen hat, verstehst du? Das ist echt übel. Krebs ... Scheiße!«

»Ja.« Miles blickte in die dampfige Dunkelheit empor. »Scheiße, das kann man wirklich sagen.«

Weasel tauchte ins heiße Wasser und kam prustend wieder hoch. »He, Miles, hast du Mouses Exfrau schon nach ihm gefragt? Die weiß bestimmt, wo er steckt.«

»Wer ist seine Exfrau?«

»Ach was, hast du echt keine Ahnung?«, entgegnete Weasel.

»Mrs. Cera aus der Fischfabrik. War lange mit Mouse verheiratet. Hat ihn schließlich wegen der Sauferei verlassen, aber sie passt immer noch ein bisschen auf ihn auf.«

»Danke, Weasel.«

Das Badehaus wurde nur von dem geborstenen Oberlicht über dem Bottich erhellt. Die beiden Männer saßen ein paar Minuten schweigend nebeneinander. Vom Rand des Oberlichts klatschten dicke Tropfen laut ins Wasser.

»He, Miles?«

»Ja?« Miles griff nach seinem Handtuch.

»Gib mir Bescheid, wenn dein Bruder hier auftaucht, Mann. Würd ihn gern kennenlernen.«

»Mache ich«, sagte er, frottierte sich das Haar und streckte den Rücken.

Am nördlichen Ende des Bohlenwegs stand die alte Fabrik, eine Ansammlung von Gebäuden mit grün-weißer Holzverkleidung, die wie aus dem Boden emporgewachsen wirkten. Die alten Leute in der Stadt nannten diese Farbe immer »Fabrik-Grün«. Das Hauptgebäude erinnerte an eine Scheune mit großen Schiebetoren zur Meerseite hin, wo die Fischerboote festmachten, um ihren Fang abzuladen.

1952 hatte Old Country Seafoods eine Konservenfabrik an der Stelle errichtet, wo das Badehaus und das Landurlaubs-Lager der Fischer gestanden hatte. Der ehemalige Polizist wurde Betriebsleiter, und der altgediente Holzfäller verlegte sich aufs Fischen. Die Kinder dieser Gründer blieben und bastelten sich ein Leben in der Bucht zurecht. Als Tiefkühlfisch die Fischkonserven teils vom Markt verdrängte, wurde die Konservenfabrik zu einem Kühlhauslager umgebaut, das dem Ort schließlich seinen Namen gab. Und als dann frischer Fisch noch lukrativer wurde, verkauften die Fischer ihren Fang direkt in Sitka oder Juneau, wo es Flugplätze für den Weitertransport gab. Daher hatten die ältesten Einwohner von Cold Storage mitangesehen, wie das Örtchen entstanden, gediehen und wieder verkümmert war – innerhalb einer Generation. Dass ihre Kinder den Niedergang dessen erleben mussten, was das kleine Paradies der Eltern gewesen war, verlieh dem Ort diese melancholische Atmosphäre.

In dem kleinen Laden vor dem Hauptgebäude konnte man Fischköder, Milch, Dosensuppe und auch einen neuen Zahnriemen für den Dieselmotor kaufen. Gleich an der Tür lagen ein paar Kisten Äpfel und ein Stapel Zeitungen. Im Fabrikgebäude glänzten die Rinnen, Behälter und Werkbänke aus Edelstahl in der grellen Beleuchtung. Der nasse Geruch von Desinfektionsmittel und kaltem Fisch hing in der Luft, Generatoren und Kompressoren brummten, doch als Miles die Halle betrat, hörte er hauptsächlich das kehlige Wummern eines Ghettoblasters.

Das Kühllagerhaus wurde mit einer Restmannschaft betrieben, die den Fisch von ein paar Booten verarbeitete. Kürzlich war ein Fang Kohlenfisch reingekommen. Die Mitarbeiter putzten und köpften die Fische, und dann ging die Ware an einen Verpacker in Sitka.

Die Matriarchin der großen philippinischen Familie war Mrs. Cera. Sie führte den Familienzweig wie eine Vorarbeiterin, obwohl diesen Titel streng genommen ihr Neffe trug. Ihr jetziger Ehemann arbeitete als Koch im Lemon Creek Gefängnis in Juneau – gutes Gehalt, tolle Zusatzleistungen. Ihr Sohn wohnte eigentlich bei seinem Vater und besuchte in Juneau die Highschool, doch vor drei Wochen hatte er Ärger bekommen. Mrs. Cera hatte dafür gesorgt, dass er fortan in Cold Storage zur Schule gehen würde, obwohl er in der Football-Mannschaft war und sich als Ringer eine landesweite Platzierung erkämpft hatte. Wenn Anthony fleißig lernte und sich über Frühjahr und Sommer aus sämtlichen Schwierigkeiten heraushielt, wollte sie ihm im Herbst erlauben, nach Juneau zurückzukehren – rechtzeitig zur Auswahl der Schulmannschaft. Vor dem Abflug hatte er seinen Vater bearbeitet, doch bei seiner Mutter brauchte er das nicht einmal zu versuchen.

Mrs. Cera gab offenbar eine Filettierparty. Der »Kragen« des Kohlenfischs, eine dünne Schicht festen Fleisches zwischen den Brustflossen und den Kiemen, musste vom Kopf getrennt werden. Dieses Fleisch enthielt zwar besonders viel gesundes Fett, aber die Abschnitte waren zu klein für die industrielle Verarbeitung. Aus ihnen ließ sich eine sehr schmackhafte Mahlzeit zubereiten, wenn man genug Kohlenfisch-Köpfe hatte und die Zeit, das Fleisch herauszulösen.

Ed und Tina, ein Lehrer-Ehepaar, trennten an einem hohen weißen Tisch die Kragen von den reptilienhaft wirkenden Fischköpfen. Miles' Nachbar Lester, der Silberschmied, entschuppte sie dann, während Anthony schmollend an einem offenen Fenster ganz hinten stand und rauchte. Er hielt sich inzwischen für einen Großstadtburschen, was seine Verbannung hierher sehr schmerzlich machte. Mrs. Cera war im Büro mit Papierkram beschäftigt. Drei weitere Ceras zogen gerade ihre Arbeitskleidung aus, um eine Pause einzulegen und zu Abend zu essen. Vielleicht würden sie später wiederkommen, wenn die Gäste ihrer Tante mit ihren Fischköpfen fertig waren.

Ed und Tina wohnten seit drei Jahren in Cold Storage – die ersten Lehrer, die es so lange hier ausgehalten hatten, und außerdem das erste verheiratete Lehrerteam an der Schule. Sie teilten sich den gesamten Unterricht für die dreißig Schüler und hatten die Klassen eher nach dem Temperament der Kinder als nach deren Alter zusammengestellt. Tina war gut in Mathematik vom Kindergarten bis zur zwölften Klasse, hatte aber keine Geduld für das Chaos, das kleine Kinder mit ihren ständigen »Projekten« anrichteten. Sie war einfach nicht der Fingerfarben-Typ. Ed schon. Er ging mit seinen Klassen nach draußen, ließ die Kinder Insekten fangen und mit Ton herummatschen. Die Umwelt erkundeten sie bei Fahrten auf Fischerbooten, die er organisierte. Er hatte großen Spaß daran, in Gezeitentümpeln herumzuwaten, und es machte ihm nichts aus, wenn ihm Wasser in die Stiefel schwappte – Hauptsache, ein Drittklässler konnte mal eine Krabbe in der Hand halten oder die zarten Tentakel einer Seeanemone sehen. Tina blieb trocken und dokumentierte diesen Unterricht. Aber sie liebte es, ihrem Mann zuzuschauen, ihn in diesem wilden, unberechenbaren Klassenzimmer agieren zu sehen. Sie liebte seine Fähigkeit, diese trägen Kinder wieder zum Staunen zu bringen.

Sie waren seit einer halben Stunde mit den Kohlenfischköpfen beschäftigt, als Ed in die Kiste neben dem Tisch griff und einen roten Fisch mit einem riesigen runden Bauch hochhielt. Der Kopf war beinahe so groß wie ein Football-Helm, und die Kiefer sahen beängstigend aus.

»Ist das nicht wunderschön?« Ehrfürchtiges Staunen lag in Eds Stimme. »Das ist ein Sebastes – gehört zur Familie der Stachelköpfe. Dieses Tier hier ist im Meer geschwommen, ehe die ersten Flugzeuge es überquert haben. Es hat schon gelebt, als Amelia Earhart im Südpazifik verschwand und die Japaner Pearl Harbor bombardierten. Es könnte sogar noch älter sein. Angeblich werden sie bis zu zweihundert Jahre alt.«

Miles und Lester betrachteten den seltsamen Fisch, den Ed sich dicht vors Gesicht hielt. Miles dachte an Annabelle. Er dachte an Ellie Hobbes, die Annabelle großgezogen hatte. Ellie war eine glühende Verehrerin von Amelia Earhart gewesen.

»Wurde Earharts Flugzeug eigentlich je gefunden? Ich glaube, ich habe neulich etwas darüber im Fernsehen gesehen.«

»Ich weiß nicht.« Lester zuckte mit den Schultern. »Ich habe keinen Fernseher.«

Mrs. Cera kam aus dem Büro. Die zierliche Frau, noch in Arbeitsschürze und mit einem Netz über dem kurzen Haar, lächelte ihre Freunde an dem Arbeitstisch an. Doch als ihr Blick auf Anthony in der Ecke fiel, runzelte sie finster die Stirn, und die Musik verstummte wie von Zauberhand.

»Na los.« Sie gab ihrem Sohn einen Wink. »Geh dich waschen und iss. Ja?« Ihre Stimme war sanft, aber bestimmt.

Anthony nahm die kleine Mappe voller CDs, ging hinaus und stieg die Treppe zu den Arbeiterhäuschen am Waldrand hinauf. Mrs. Cera kam zu Miles herüber und zog ihn ein Stück beiseite, vor ihr Büro.

»Miles«, sagte sie leise, »ich habe gehört, dass dieser Polizist Ihnen Ärger macht. Das tut mir schrecklich leid.«

»Kein Problem.«

»Ich hätte ihn nicht rufen sollen, aber ich mache mir Sorgen um Mouse. Ich fürchte, er könnte sich tatsächlich zu Tode gesoffen haben. Und ich hatte gehofft, dieser Polizist würde ihn aufspüren.« Beinahe flüsternd setzte sie hinzu: »Ich wollte nicht, dass er Ihnen oder Ihrer Mutter Ärger bereitet.«

»Schon gut«, sagte er. »Wann haben Sie ihn denn zuletzt gesehen?«

»Vor zehn Tagen. Er sah schlecht aus, verstehen Sie? Ganz dürr und kreidebleich.«

»Hat Mouse angedeutet, wo er hinwollte? Hat er zum Beispiel irgendwelche Freunde erwähnt?«

»Miles, er hat auf dieser Welt keine Freunde. Verstehen Sie? Mouse hat keine richtigen Freunde mehr. Würden Sie die Augen offenhalten, Miles?«

»Wir finden ihn schon.« Miles richtete sich auf. »Machen Sie sich keine allzu großen Sorgen.«

Er blickte zum Ausgang, doch sie sagte: »Nein. Bleiben Sie. Schneiden Sie sich ein paar Kragen ab. Nur zu.« Sie gestikulierte in Richtung der Arbeitstische und hob die Stimme, so dass alle sie hören konnten. »Nehmen Sie sich, so viel Sie wollen«, rief sie und deutete auf die Kiste voller Kohlenfischköpfe. »Wir haben genug. Kommen Sie rauf und sagen Sie Bescheid, wenn Sie fertig sind, damit jemand hier abschließt, ja?« Sie schloss die Tür.

Miles zog sich eine Schürze über und schnappte sich ein Messer.

Es war still in der alten Fabrik. Die Kompressoren waren verstummt, und Miles hörte nur das leise Brummen der Lampen über dem Tisch und den trommelnden Regen auf dem Blechdach. Die Nachbarn arbeiteten eine Weile schweigend, schnippelten die fettigen Fleischstücke aus den Fischköpfen, und jeder hing seinen Gedanken nach.

Eds Messer rutschte an einem besonders harten Knorpel ab, und die Klinge fuhr durch seinen Gummihandschuh. Er riss die Hand zurück, hielt sich mit der anderen den Daumen und traute sich offenbar nicht hinzuschauen. Sanft nahm Tina seine Hand, löste die Faust und lächelte. Das Messer hatte die Haut nur leicht aufgeritzt – es blutete nicht einmal.

Ein kleines Wunder, dachte Miles. Ein weiterer Beleg für das Übermaß an Glück hier in Cold Storage. Wäre das in Oakland passiert, hätte Ed sich den Daumen abgesäbelt, und Miles würde jetzt den abgetrennten Finger in einen Beutel mit Eis stopfen.

Er nahm sich den nächsten Fischkopf vor und lächelte in sich hinein.

Nach einer Weile bemerkte Ed: »Mann, Mann, Miles, dieser Polizist hat echt was gegen deinen Bruder.«

»Das habe ich auch gehört.«

»Wird er wirklich hierherkommen?«, fragte Tina ein wenig bange.

»Keine Ahnung«, antwortete Miles, »aber er ist kein gefährlicher Psychopath oder so was.«

»Ach, das habe ich gar nicht gemeint, Miles. Ich finde es großartig, dass du einen Bruder hast.« Sie ließ ein Stückchen Fleisch in ihre Plastiktüte fallen. »Ich weiß auch nicht – wie dieser Polizist von ihm gesprochen hat, das klang ein bisschen beängstigend, weiter nichts.«

»Clive ist nicht beängstigend«, erwiderte Miles. »Er ist… emotional und vielleicht etwas seltsam, aber das ist auch schon alles.«

»So jemanden haben wir hier nicht.« Lester wischte ein paar Kiemenfetzen von seinem Messer.

»Nicht, dass mir das Thema unangenehm wäre, aber…« Eds Stimme klang, als wollte er dringend das Thema wechseln. »Ich habe gehört, dass Clint Eastwood auf seiner Yacht hierherkommen will.«

»Ach Quatsch«, sagte Tina.

Diese Art Klatsch war zum Standard-Gesprächsstoff im Ort geworden. Die internationale Seglerszene hatte die äußere Küste entdeckt, und jeden Sommer wurden mehr Filmstars an den unwahrscheinlichsten Orten gesehen: Russell Crowe in einem Fliegenfischerladen in Sitka, Minnie Driver im Fitness-Studio in Juneau… Das Gerücht, dass Clint Eastwood von einer Yacht aus nach Drehorten für irgendein Filmprojekt suche, hielt sich hartnäckig. Irgendjemand hatte sogar erwähnt, er habe ein Fischerhäuschen an der südlichen Chatham Strait gekauft.

»Tja, die Wahrheit lautet: Mein Bruder kommt hierher.« Miles blieb beim letzten Thema. »Er kommt nach Cold Storage. Ich werde für ihn verantwortlich sein, also braucht ihr euch keine Sorgen zu machen. Das geht schon in Ordnung.« Seine Stimme klang strenger, als er beabsichtigt hatte.

Tina runzelte die Stirn, strich sich eine Strähne aus den Augen und sah Miles einen Moment lang an. Ed legte das Messer weg, zog die Handschuhe aus und steckte das Haar seiner Frau wieder unter deren Mütze.

»Na klar geht alles in Ordnung«, sagte Tina schließlich, ohne damit wirklich etwas zu sagen.

Miles suchte nach einem neuen Gesprächsthema, doch Lester kam ihm zuvor.

»Annabelle hat Krebs, habe ich gehört.«

»Sie hat alles Mögliche«, erwiderte Miles.

»Weasel erzählt es im ganzen Ort herum.« Lester bearbeitete weiter seinen Fischkopf.

»Hat sie wirklich Gras bei ihm gekauft?«, flüsterte Ed.

»Na ja, wenn sie Krebs hat, kann ich das verstehen«, warf Tina ein. »Gute Idee.«

Miles schwieg. Für ein Schwätzchen erschien ihm Krebs nicht das passende Thema, und er wusste nicht, ob seine Mutter tatsächlich Krebs hatte. Aber es war zwecklos, sich gegen die Flut lokaler Gerüchte zu stemmen, vor allem, da er eben nicht genau Bescheid wusste. In Cold Storage war Klatsch ein beinahe offizielles Kommunikationsmedium. Die Leute fanden darin so etwas wie Zusammenhalt, wenn auch nicht unbedingt die Wahrheit. Weasel war zum Experten für die Krankheit von Miles' Mutter geworden, während Miles selbst nichts zu bieten hatte – weder Sachkenntnis noch unmittelbare persönliche Erfahrung –, was er Weasels Behauptung entgegensetzen konnte.

»Ach, zum Teufel«, sagte Lester und legte das Messer weg. »Ich gehe jetzt nach Hause. Ich füttere gern drei Weiße mit durch, die vielleicht zum Abendessen kommen möchten, aber mehr nicht. Ich werfe ein paar dieser Kragen in die Pfanne – nur ein paar, alles klar? Das wird kein großes Festmahl.« Damit schnappte er sich seinen Eimer voller Abschnitte und ging. Die übrigen nickten und schnippelten weiter.

»Danke für die Einladung, Lester, aber wir haben schon Reis aufgesetzt«, rief Tina ihm nach.

»Ich komme nachher mit ein paar hübschen Glasperlen als Tauschobjekten vorbei«, sagte Miles, und Lester gab ein Brummen von sich, ehe er die Tür schloss.

Es regnete wieder, aber nicht stark. Die Bucht lag im Dunkeln, und Miles hörte an der schwarzen Hügelflanke hinter sich den Wasserfall eines kleinen Bachs plätschern. Der Wind rauschte in den Bäumen, und schwache Fetzen eines UKW-Senders drangen aus irgendeinem kaputten Fenster heraus.

Er bog vom Bohlenweg ab, ging die Treppe hinauf. Wie oft hatte Annabelle diese Strecke in den letzten paar Wochen geschafft? Er hatte gesehen, wie sie sich praktisch am Geländer nach oben hangeln musste. Einmal hatte er ihr seine Hilfe angeboten, doch sie hatte ihn angefahren, als hätte er versucht, ihr die Handtasche zu rauben. Miles wollte ihr noch einmal zureden, sich in Sitka untersuchen zu lassen, aber wenn sie vital genug war, diese Stufen zu erklimmen und zu Weasels schwimmendem Häuschen zu marschieren, um etwas Gras zu kaufen, dann war sie vielleicht doch nicht so schwer krank.

Seit ein paar Monaten dachte Miles daran, Cold Storage zu verlassen. Der Mangel an alleinstehenden Frauen im passenden Alter, sein Pech beim Fischen und immer häufiger auch das Gefühl, für die Gesundheit einer Ortschaft verantwortlich zu sein, die ihre schlechten Gewohnheiten genüsslich kultivierte – das sorgte dafür, dass er die große blaue Fähre nachdenklich betrachtete, wenn sie alle vier Wochen kam und wieder ablegte.

Doch ein Monat nach dem anderen verging, und er war nie ganz bereit, sich ein Ticket zu kaufen. Er kam von hier. Seine Familie, seine Leute kamen von hier, und er musste zugeben, dass er sich nirgendwo sonst auf der Welt so wohl fühlte. Es war unsinnig, diesen Ort zu lieben oder zu hassen, denn dieser Ort machte ihn zu dem, der er war. Und ob sich daran etwas änderte, ließ sich nicht erzwingen.

Er setzte einen Fuß vor den anderen und dachte nach. Vielleicht war bei Annabelle wirklich nicht mehr nötig, als die Dosierung ihrer Medikamente anzupassen und sie zu einer Ernährungsumstellung zu bewegen. Vielleicht nahm sie einfach ihre Herzmedikamente nicht wie verschrieben ein und war deshalb matt und deprimiert. Vielleicht … alles Mögliche.

Aber eines stand fest: Bei Weasel Drogen zu kaufen würde weder ihr Leben verlängern noch ihre Symptome bekämpfen, sollte sie tatsächlich Krebs haben. Miles würde ein ernstes Wort mit ihr reden. In Gedanken ging er alles durch, was er ihr sagen wollte. Er würde sich nicht mit einem vagen Versprechen abspeisen lassen, dass sie »mal darüber nachdenken« werde. Sie musste zu ein paar Untersuchungen in die Praxis kommen.

Er klopfte an ihre Haustür, trat ein und ging um die Ecke in die Küche. Der Teekessel stand auf einer lodernden Flamme. Sämtliches Wasser war verkocht und der Boden schwarz verkohlt. Er schaltete den Gasherd aus. Es war heiß in der Küche, aber kein Dampf hatte sich an den Fenstern niedergeschlagen. Von hier aus konnte er gerade so die Hausschuhe seiner Mutter auf der Fußstütze des Liegesessels sehen.

»Ma?«, flüsterte er. Er wollte sie nicht wecken.

Miles legte die Kohlenfisch-Kragen in den Kühlschrank und ging ins Wohnzimmer. Seine Mutter saß halb aufrecht in ihrem Liegesessel, die Fernbedienung in der rechten Hand. Ihre

Augen waren offen und ihr Mund weit geöffnet, als schnappte sie nach Luft. Sie war tot.

Miles wollte ihren Puls prüfen, doch ihr Arm war bereits zu schwerem, steifem Ton abgekühlt. Also setzte er sich ein paar Minuten zu ihr und überlegte, was er jetzt tun sollte.

Er schaltete den Videorekorder an. James Stewart rannte durch die verschneiten Straßen von Bedford Falls. An der Tür seines zugigen alten Hauses drängten sich schon seine Freunde.

Das Telefon auf Annabelles Küchentheke klingelte, doch Miles rührte sich nicht. Obwohl es elfmal klingelte, ging er nicht ran.

Kapitel 5

Das Flugzeug tauchte durch die Wolken hinab und schaukelte derart heftig, dass die Sitze in der First Class in ihren Verankerungen knirschten. Clive blickte aus dem Fenster und sah unter sich eine graue Welt aus Stein und Wasser. Die Wellen brachen weiß schäumend über den Felsen. Kleine Boote zerrten an ihren Ankerketten. Das Flugzeug kämpfte sich durch den Scherwind, der an den Felsgipfeln aufgewirbelt wurde. Es bebte, drehte stückweise ein und landete mit einem relativ sanften Rumpeln. Clive öffnete die Augen. Er war erleichtert, aber nicht begeistert darüber, dass er jetzt in ein kleineres Flugzeug umsteigen musste.

Im Transferbereich des Flughafens Juneau setzte Clive sich hin, trank einen Espresso und schob ein paar Stückchen eines Muffins durch die Gittertür in die Transportbox. Little Brothers glänzende rosige Zunge schleckte jeden Krümel auf und dann noch Clives Finger. Die ganze Zeit über sprach Clive in beruhigendem, beinahe vertraulichem Tonfall mit ihm.

»Alaska wird dir gefallen. Das Klima ist am Anfang gewöhnungsbedürftig, aber es wird dir gefallen.«

Der hässliche Hund ohne Ohren hob den Kopf und starrte ihn an. Clive beugte sich vor und lauschte, doch er hörte nur ein leises Schnüffeln. Das Schweigen des Hundes verunsicherte Clive – es war wie ein Kanalschacht in einer dunklen Straße, dessen Deckel Rowdys gestohlen hatten.

»Und du wirst allgemein wahnsinnig beliebt sein, davon gehe ich aus«, fügte er schließlich hinzu.

Allerdings hatte Clive seine Mutter in Cold Storage nicht erreichen können. Er hatte mehrmals bei ihr angerufen, doch es war niemand rangegangen. Es lag mindestens zehn Jahre zurück, dass er zuletzt zu Hause gewesen war. Er kannte niemanden mehr in Juneau und war nicht einmal sicher, ob seine Mutter und sein Bruder überhaupt noch in Cold Storage wohnten.

Clive und Miles waren mit kleinen Flugzeugen und schlechtem Wetter aufgewachsen. Ihre Großmutter war eine gute Pilotin gewesen und hatte einen eigenen kleinen Flugservice betrieben. Es irritierte ihn, dass er hier am Flughafen niemanden erkannte. Andererseits war das nicht überraschend. Er verabscheute das Fliegen. Er hatte nie Anekdoten mit den Jungs auf dem Flugplatz ausgetauscht, die die meist einmotorigen Maschinen der Buschpiloten beluden. Er prahlte nie mit den Abenteuern seiner Großmutter. Und er hatte nie wirklich Vertrauen in die Physik und Mechanik des Fliegens entwickelt. Nicht, dass er Spucktüten gebraucht hätte – er glaubte einfach nicht, dass Fliegen möglich war, ganz egal, wie viele Beweise dafür er mit eigenen Augen sah.

Er hatte gerade beschlossen, sich ein Taxi zu suchen, in einem Hotel zu übernachten und erst morgen rauszufliegen, als eine Angestellte um die Ecke kam und ihn benachrichtigte, dass sie es jetzt »mal versuchen« würden. Der Gedanke, dass ein kleines Flugzeug »mal versuchen« würde zu fliegen, behagte Clive nicht sonderlich, doch er hob ergeben die Hände. »Dann los!«, sagte er.

Der Pilot, ein jovialer Kerl in Karohemd und Outdoor-Hose, lächelte herzlich. »Ich glaube nicht, dass diese Transportbox in die Beaver passen wird, aber der Hund darf so mit Ihnen in die Kabine«, erklärte er. Obwohl sich auch das für Clive nicht gut anhörte, widersprach er nicht, denn solche Konfrontationen hatte er längst aufgegeben.

Die DHC *Beaver* war eine einmotorige Propellermaschine mit einem kleinen Fahrwerk, das sich unter die beiden Schwimmkörper aus Aluminium einziehen ließ. So konnte die Beaver auf der Startbahn in Juneau abheben und dann in Cold Storage auf dem Wasser landen. Das Flugzeug, vor dem Clive jetzt stand, sah für ihn eher aus wie ein seltsames landwirtschaftliches Gerät.

Er ging um das Heck herum und sah zwei Männer etwas verladen, das wie seine Transportbox aussah, allerdings in zwei Teilen. Die Männer hatten die beiden Kunststoffschalen getrennt, ineinandergelegt und dann noch Clives Koffer hineingepackt. Das Ganze hievten sie nun in den Frachtraum hinter der kleinen Passagierkabine.

Little Brother stand mutterseelenallein auf dem Vorfeld. Sein Kettenhalsband schimmerte im milchigen Sonnenlicht, das es durch die Wolken schaffte.

»Ich weiß nicht, aber …« Der Pilot steckte den Kopf aus der offenen Tür. »Ihr Hund wollte wohl lieber auf Sie warten …« Seine Stimme klang nun skeptisch. »Er scheint ein wenig reizbar zu sein.«

»Er ist nur sehr sensibel.«

»Tja, das Fliegen wird ihm schon gefallen. Bestimmt schläft er einfach durch, bis wir landen. Das tun die meisten.« Er zögerte und warf noch einen Blick auf den Hund. »Sie haben ihn doch im Griff, oder?«, fragte er.

»Oh, klar, kein Problem. Machen Sie sich keine Gedanken.«

»Er ist ziemlich …« Der Pilot druckste herum. »… beeindruckend.«

»Beeindruckend beschreibt es gut«, sagte Clive und stieg ohne seinen Hund die kleine Treppe zur Tür hinauf. »Bösartig würde auch passen.«

Einer der Burschen, die das Gepäck verladen hatten, ging

auf Little Brother zu und blieb etwa drei Meter vor dem gefährlichen Ende des Vierbeiners stehen. Er wandte sich zu Clive um und rief: »Wollen Sie ihn da hochtragen?«

»Eher nicht.« Clive kletterte auf seinen Sitz.

»Was soll ich denn jetzt machen?« Die Stimme des Jungen zitterte.

»Tja, wenn wir abheben und er noch da herumsteht, können Sie ihn behalten.« Little Brother wirkte müde. Er blickte sich auf dem Vorfeld um, erst in die eine Richtung, dann in die andere. Er senkte den Kopf und tat einen kleinen Schritt auf das Flugzeug zu. Der Junge wandte sich ab, und der Pilot warf den Motor an und schloss langsam die Tür.

Little Brother kletterte hastig die Treppe herauf und sprang auf den Sitz neben Clive. Vorsichtig tätschelte Clive die massigen Muskeln in seinem Nacken, und der ansonsten drahtige Hund ließ sich auf dem Sitz nieder und legte den Kopf in Clives Schoß. Sein Atem erfüllte die Kabine mit dem Geruch von rohem Hackfleisch.

Der Flug gen Westen war laut und holprig. Das Flugzeug buckelte förmlich, und der simple Sternmotor brüllte so laut, dass Clive sich die Zeigefinger in die Ohren steckte. Es wurde nicht besser, als sie die Icy Strait erreichten und sich dem Meer näherten. Das Flugzeug sackte immer wieder ab und schlingerte im starken Südwestwind. Clive schaute dem Pilot dabei zu, wie er Wasser und Wolken beäugte und sich bemühte, eine Höhe mit ruhigerer Luft zu finden. Es sah übel aus.

Der Pilot behauptete, das sei alles kein Problem, solange die Sicht so gut blieb. Clive hielt sich unauffällig an Little Brothers Halsband fest und kraulte ihn hinter den fehlenden Ohren. Der große Hundekopf – riesig wie ein Goldfischglas – senkte sich auf Clives neuen Parka. Das Flugzeug sackte ruckartig ab und schoss wieder hoch, und alle beide schlossen die Augen. Sie könnten auseinandergerüttelt werden, ehe sie Cold Storage erreichten.

Das Flugzeug schwankte über die Berge von Chichagof Island hinweg. Die Welt unter ihnen sah aus wie ein brodelnder Kessel aus Felsen, Wasser und Wind. Rollende Wogen warfen sich gegen die vorgelagerten Inseln und schleuderten weiße Gischt von ihren Kronen.

Clive war so weit, den Piloten um einen Fallschirm zu bitten oder vorzuschlagen, dass sie umkehren und nach Juneau zurückfliegen sollten. Er öffnete die Augen, doch ehe er dazu kam, auch den Mund aufzumachen, deutete der Pilot aufs Wasser, reckte dann den Daumen in die Luft und begann mit dem Sinkflug.

Clive umklammerte seine Knie und hielt die Augen weit offen. Wellen prügelten auf die Schwimmkörper ein, das Flugzeug hopste ein paar Mal und kam dann auf dem Wasser zum Stehen. Sie waren in Pelican.

Clive und Little Brother sahen schweigend zu, wie der Pilot einem kahlköpfigen Mann im roten Regenmantel ein Seil zuwarf. Langsam wurden sie an den Steg gezogen, und der Pilot reichte dem Mann einen gepolsterten Umschlag.

»Großartig, Tommy!«, sagte der. »Danke, dass du es gleich vorbeigebracht hast. Bist du auf dem Weg nach Cold Storage?«

»Ja, Harry. Solange die Wolken mitspielen. Hast du was?«

Der Mann bückte sich und hob einen Müllsack an. »Hättest du Platz, diesen Lachs für Miles mitzunehmen? Ich hab ihm einen versprochen. Der arme Kerl kriegt selber einfach keinen.«

»Ja, Platz habe ich. Aber wenn wir nicht landen können«, fügte er hinzu, »behalte ich ihn. Einverstanden?«

»Alles klar.«

Der Mann gab ihm den schwarzen Plastiksack, und der Pilot stopfte ihn unter seinen Sitz. Tommy würde also wieder abheben, den Katzensprung nach Cold Storage rüberfliegen und dann zurück nach Juneau, nach Hause. Clive blickte aus dem Fenster. Er kannte Pelican gut. Alles war an dem einzigen Bohlenweg am Ufer zusammengedrängt, was ihn irgendwie an ein russisches Fischerdorf erinnerte. Cold Storage war ganz anders. In Pelican gab es kluge Kinder und hübsche Mädchen. Zumindest war das Clives bleibender Eindruck gewesen. Einem Kind, das sich auf dem Bohlenweg von Cold Storage mehr schlecht als recht durchschlug, kam Pelican vor wie das Paris von Südwest-Alaska.

Little Brother roch den Fisch. Er hob die Nase von Clives Schoß. Seine Augen wurden schmal und nahmen einen raubtierhaften Ausdruck an, und seine Muskeln spannten sich. Er hatte auf den zwei Flughäfen kaum etwas zu essen bekommen. Er versuchte vom Sitz zu klettern, kratzte und rempelte gegen die Sitze und gegen Clive.

»Gibt's ein Problem?«, brüllte Tommy über die Schulter.

Ein felsiger Hügelkamm glitt ein paar hundert Fuß unter ihnen vorbei.

»Ein paar Minuten, dann haben wir's geschafft«, fügte Tommy hinzu. »Behalten Sie diesen Hund noch so lange im Griff?«

»Alles bestens«, brüllte Clive. »Wir amüsieren uns prächtig hier hinten.«

Er versuchte, Little Brother seinen neuen Parka um die Schultern zu schlingen, doch der Hund schien auf wundersame Weise zu wachsen. Bald würde er so groß sein wie ein Büffel, dachte Clive.

Wenn Tommy über die Schulter zurückschaute, konnte er nur noch eine gewaltige gestromte Hundebrust sehen, die sich an seinen Sitz drängte. Der dröhnende Motor wurde von einem tiefen Knurren übertönt.

»Ein paar Minuten«, wiederholte er mit schwacher Stimme.

Clive zog an Little Brothers Halsband, aber der Hund hatte nicht die Absicht, sich zu beruhigen. Er wandte den Kopf und grub die Zähne in den Parka um seine Schultern. Wütend riss und zerrte er daran herum. Federn und Hundesabber flogen bis an die Windschutzscheibe.

Tommy fuhr die Landeklappen aus und setzte zur Wasserung an, doch jetzt flatterten Hundertdollarscheine über seine Schultern und landeten in seinem Schoß. Er zwang das Flugzeug hinab aufs Wasser. Federn und Geldscheine wirbelten durch die Kabine. Der Hund knurrte, Tommy kreischte, und Clive schloss die Augen.

Als sie das Schwimmdock erreichten, wartete dort niemand. Tommy sprang aus dem Flugzeug, vertäute es und setzte sich hart auf den Steg, den Kopf in den Händen. Etwa tausend Dollar in unterschiedlichen Scheinen klebten an seinem Haar, und in seinem Nacken kribbelten Federn und Hundesabber.

Dann rannte eine Schar Kinder den Steg entlang, um sie zu begrüßen. Sie kreischten fröhlich wie kleine Seevögel. Miles folgte ihnen mit ernster Miene.

In der Kabine war Little Brother damit fertig, Tommys Sitz in Fetzen zu reißen, und stürzte sich nun auf den Lachs. Blut, Schuppen und rohe Fischfetzen spritzten an die Fenster. Geldscheine, die ins Futter des Parkas eingenäht gewesen waren, tanzten wie Laub durch die Luft.

Tommy rappelte sich auf, kehrte zu seinem Flugzeug zurück und öffnete die Tür für die Passagiere. Little Brother, den Königslachs fest zwischen den Kiefern, rannte den Steg entlang, überquerte den Bohlenweg mit zwei mächtigen Sätzen und verschwand im Wald. Alle hörten, wie er durchs Unterholz brach und Steine lostrat. Niemand erbot sich, ihm nachzulaufen. Niemand rief oder pfiff dem Hund hinterher. Alle taten so, als sei er eine Art Unglücksbote, der glücklicherweise an ihnen nur vorbeigehetzt war.

Clive umklammerte seinen zerfetzten Parka und kletterte hinab auf den Schwimmkörper. Er hatte sich an einem von Little Brothers Zähnen die Hand aufgeschlitzt und war mit Sabber, Federn, großen Geldscheinen und seinem eigenen Blut beklebt.

Miles deutete auf das Wasser neben dem Steg. Ein angesabberter Klumpen Hundertdollarscheine trieb in Richtung Aleuten und Japan davon. »Ich nehme an, das ist dein Geld?«, fragte er ohne einen Funken Ironie.

»Miles«, sagte Clive sanft und breitete die Arme aus. »Komm her und lass dich umarmen, du Trottel!«

Miles schüttelte langsam den Kopf. Hinter ihm am steilen Hang verrieten zitternde Bäume, wo der gestromte Hund mit dem toten Fisch im Maul den Berg hinaufrannte.

Kapitel 6

Jake ließ die Speisekarte sinken und wartete auf den Kellner. Es war ein herrlicher Frühlingsabend in Seattle, und der Duft des Regens auf dem trockenen Asphalt trieb vom Parkplatz herüber. Jake sah sich im Restaurant um. All die jungen Millionäre in Jeans und T-Shirts. Alle tranken sie Kaffee zum Essen. Und alle erweckten sie den Eindruck, als hätten sie noch acht Stunden Arbeit vor sich, in irgendeinem Loft am Wasser, wo sie den großen Launch irgendeiner dämlichen Idee vorbereiteten, mit der sie ein paar Dutzend Millionen verdienen würden.

Jake wollte endlich raus aus dem Drogengeschäft, und noch dringender aus der Computerbranche. Die verursachte allmählich eine Anspannung wie ein großer Deal, bei dem man nie wusste, was der andere in der Aktentasche hatte, bis man ihm die eigene übergab. Da wurde zu viel Vertrauen in Fassaden gesetzt, die Lügner oder – schlimmer noch – schicke junge Kokser zusammenzimmerten.

Das Drogengeschäft hatte er verstanden. Es war greifbar und einfach. Die Leute hatten offenbar ein unstillbares Bedürfnis danach, high zu werden. Es gab immer irgendwelches Zeug, das sie wollten, und er lieferte dieses Zeug pfundweise. Klassisches Unternehmertum – Angebot und Nachfrage. Aber dieser Computerscheiß ... Die Leute investierten in Sachen, die noch kein bisschen Geld gebracht hatten und nie welches bringen würden. Sie steckten Geld in imaginäre Produkte, die niemand so richtig verstand, Herrgott. Es gab da ein Unternehmen, das im

Internet Leute miteinander in Verbindung brachte, damit sie Sachen verschenken und umsonst geschenkt bekommen konnten. Ohne dass irgendwelches Geld floss. Ein mieses Geschäft für einen Drogenhändler.

Jakes erste große Liebe war das Kino gewesen. Aber bisher hatten sich Filme für ihn auch nur als Millionengrab erwiesen. Da wären ja ein Dutzend Yachten noch günstiger. Wie Computer, so waren auch Filme ein mieses Geschäft für einen Drogenhändler.

Der Kellner brachte seine Calamari und eine Flasche einheimischen Zinfandel. Jake breitete die Serviette sorgfältig gerade über seinen Schoß. Langsam atmete er aus und trank einen Schluck Wein. Miss Peel hatte ihm eine Liste mit gerichtlichen Vorladungen gegeben, die ein Privatdetektiv hatte besorgen können. Sie stammte von einer Grand Jury, die einberufen worden war, um über die Prozessaufnahme gegen eine Reihe krimineller Unternehmungen im südlichen Seattle zu entscheiden. Die Liste nannte auch seinen Namen. Die Ermittlungen gegen den organisierten Rauschgifthandel zielten offenbar nicht hauptsächlich auf ihn ab, doch er galt als einer der »Capos«.

Herrgott, dachte er, *diese Arschlöcher. Stehen alle auf Francis Ford Coppola. Der Kerl hat die Welt verändert. Nicht ein einziger von diesen Typen hier ist Italiener.*

Jake konnte es kaum erwarten, ein neues Drehbuch zu beginnen. Er hatte sechs starke Ideen. Er würde sie ein bisschen entfalten, dann seine Fühler ausstrecken und die Idee, die am besten ankam, in ein vollständiges Drehbuch verwandeln. Eine davon war eine Komödie über einen alleinstehenden Vater, der ein Kind mit übersinnlichen Fähigkeiten adoptiert. Die größte Hoffnung setzte Jake jedoch auf seine Geschichte über zwei verheiratete Profikiller, die zur Eheberatung gehen – das würden alle haben wollen. Er dachte sogar daran, sämtliche anderen Ideen in die Tonne zu treten und sich nur die Profikiller-Pärchen-Story vorzunehmen. Den Titel hatte er schon: *Bis dass der Tod uns scheidet.*

»Tarantino ist ein Schlappschwanz«, brummte er und trank noch ein paar Schlucke Wein. Der Zinfandel war ein herber Weißwein mit einem Hauch Lavendel. »Ich kann echte Gewaltszenen schreiben«, sagte er sich. *Aber vorher sollte ich unbedingt Clive umbringen*, dachte er und nippte weiter.

Er brauchte wieder eine solide finanzielle Basis. Er brauchte Geld für dieses Projekt. Clive hatte ihm Geld gestohlen ... obwohl selbst Jake zugeben musste, dass Clive sich zumindest einen Teil davon verdient hatte. Die ganze Milchwagen-Nummer war Clives Idee gewesen, und eine verdammt gute obendrein. Man sah nett und präsentabel aus und klapperte am frühen Morgen diverse Häuser ab, ohne dass sich irgendwer was dabei dachte. Aber nun brauchte Jake das Geld, und er konnte das Risiko nicht eingehen, Clive am Leben zu lassen. Er musste ihn beseitigen, obwohl Clive auch nach seiner Verhaftung den Mund gehalten hatte. Verbrechen war ein beinahe so gefährliches Geschäft wie Hightech. Damit musste man eben klarkommen, wenn man Verbrecher sein wollte.

Jake ließ sich seine Calamari schmecken und blickte sich im Restaurant um, als hätte er eben die Stimme eines guten Freundes von irgendwoher vernommen. Er wollte nicht als Promi-Glotzer erscheinen, aber er hatte gehört, dass Bill Allen gern hier aß.

Clive war unter anderem deshalb ein so großartiger Geschäftspartner gewesen, weil er kein Kokain schnupfte. Außerdem war er klug und vorsichtig, recht ungewöhnlich für einen Kriminellen. Clive würde das Geld nicht auf den Kopf hauen – er würde es fein säuberlich irgendwo verstecken, wo er auch wieder drankommen konnte. Darum brauchte Jake sich keine Sorgen zu machen. Er befürchtete eher, was passieren könnte, wenn die Behörden Clive unter Druck setzten. Clive war an sich kein Verräter, aber er liebte das kriminelle Leben nicht von Herzen, er war zwar wild, aber kein geborener Lügner und Verbrecher. Das wusste Jake. Clive kam aus Alaska, und wenn er erst nach Hause zurückgekehrt war, würde er auf keinen Fall wieder ins Gefängnis gehen wollen. Die Drohung damit könnte ihn dazu bringen, alles Mögliche zu sagen. Solche Sachen bereiteten Jake immer Sorgen, ganz gleich, wie viele beruhigende Finanzpolster er angehäuft hatte. Selbst wenn er all sein Geld aus der Hightech-Branche abziehen und es in Immobilien und Goldbarren stecken würde: Clive McCahon, dessen Name zufällig ebenfalls auf dieser Liste von geplanten Vorladungen stand, musste ausgeschaltet werden.

Der Kellner servierte seinen Schwertfisch mit Mangochutney. Jake blickte auf den Teller hinab. Ein abstraktes Gemälde.

»Was ist bloß mit dieser Stadt los?«, brummte er vor sich hin. »Die Portionen sind so verdammt klein geworden.« Er steckte sich einen Bissen in den Mund, schloss die Augen und malte sich aus, er könnte hektarweise Grundstücke in den wohlhabendsten Städten von ganz Amerika erwerben. Nichts war sicherer als Immobilien. Damit ging man nie baden. Die Vorstellung war so entspannend und erholsam wie das Mittagsschläfchen, das er jeden Tag machen würde, wenn er sich endlich ganz und gar seinem Drehbuch widmen konnte.

Aber zuerst musste er Clive aufspüren, sich das Drogengeld zurückholen und den Scheißkerl umbringen.

Der Seniorentreff in Cold Storage war noch von der letzten Geburtstagsparty mit Krepppapier-Bändern in Rosa und Weiß behängt. Eloise hatte die Hälfte der Deko heruntergerissen, ehe

Gary entschieden hatte, dass sie lieber dranbleiben sollte. Und da es in dieser Frage keinen Kompromiss gab, stritten die beiden so lange darüber, bis es Zeit für Annabelles Gedenkfeier war. Der Saal blieb also halb dekoriert.

Clive trug ein Hawaiihemd unter einem blauen Pullover, den er in Seattle gekauft hatte. Er stand in einer Ecke und trank Punsch aus einem Pappbecher. Einer der Heizlüfter sprang an, wirbelte Staub durch den Raum und ließ die restlichen Krepppapier-Schlangen rascheln, die noch von der Decke hingen. Miles hatte kaum ein Wort mit seinem Bruder gewechselt. Er hatte sich nicht nach dem Hund erkundigt oder nach dem Geld oder was Clive in Cold Storage so vorhatte. Er hatte Clive nur zum Haus ihrer Mutter begleitet, ihm gezeigt, wie der Ölofen funktionierte, ein paar alte Fotoalben vom Speicher geholt und sie auf dem Küchentisch aufgestapelt.

»Dachte, da möchtest du vielleicht reinschauen«, sagte er dann und ging zur Tür. Die Hand schon auf dem Türknauf, drehte er sich noch einmal um. »Falls du ihren … ihren Leichnam sehen willst … komm runter in die Praxis. Sie wird morgen nach Juneau ausgeflogen und von da weiter nach Anchorage. Dort wird die Autopsie vorgenommen, und dann wird sie kremiert.« Er blieb stehen und starrte auf den Boden. »Also«, schloss er, »bis dann.«

Clive sah zu, wie sich die Tür hinter ihm schloss. Er stand da und starrte sie an, während die vertrauten Möwen über die Bucht hinwegriefen. »Hey … Hey … Hey …«, sagten sie.

»Hat mich auch gefreut, dich wiederzusehen«, sagte Clive durch die geschlossene Tür zu Miles.

Und am nächsten Vormittag stand er in dem Gemeindesaal, der sich allmählich füllte. Männer und Frauen trugen Teller und Platten herein, lachten und nickten ihren Nachbarn zu. Alice brachte einen ganzen gebackenen Lachs, Terry eine große Schale Heilbutt-Enchiladas. Es gab Kartoffelgratin, Räucherlachs, einen geräucherten Schinken und Blaubeertörtchen. Ellen kam mit einer Tüte Chips und marschierte schnurstracks zum Tisch mit dem Bier.

Annabelle war eine der Gründerinnen dieses Ortes gewesen. Sie hatte all die Veränderungen miterlebt, die andere nur aus Erzählungen kannten. Annabelles Mutter hatte Ellie's Bar gegründet, die Cold Storage zu bescheidener regionaler Berühmtheit verholfen hatte. Ellie's Bar war eine Art Ausflugsziel, wenn man mal ordentlich einen trinken wollte. Seit Alaska zum Bundesstaat geworden war, hatte es sieben Gouverneure gehabt, und alle waren mal auf einen Drink in Ellie's Bar gewesen. Dort tranken Anarchisten und Liberalisten. Demokraten ließen sich an der Bar fotografieren, und republikanische Abgeordnete trugen die Jacken aus Fliegerseide mit dem Namen der Bar darauf auch im Parlament. Diese Gedenkfeier für Annabelle sollte also von Rechts wegen ein bedeutsames Ereignis für den ganzen Ort sein, doch Miles befürchtete einen Nachmittag mit zu viel Alkohol, stark übertriebenen Anekdoten und Gezanke – wie so viele Nachmittage hier.

In der Mitte des Saals waren Stühle aufgestellt worden. Miles hatte sich gewünscht, der Pfarrer würde ein paar Worte sagen, aber der machte gerade Urlaub in einem Freizeitpark in Los Angeles mit seiner Nichte. Also hatte Miles überlegt, ob stattdessen die Gäste ein paar ihrer Erinnerungen an Annabelle erzählen könnten, diese Idee aber rasch verworfen. Erstens wäre Weasel da, der wahrscheinlich die Probleme des Filmclubs zur Sprache bringen und außerdem diverse Leute bitten würde, ihm das Geld zurückzuzahlen, das er ihnen geliehen hatte. Miles wusste noch lebhaft, was passiert war, als die Gäste bei Bob Williams' Gedenkfeier ein paar Worte hatten sagen sollen. Zwei hatten liebevoll von ihren Erinnerungen an Bob gesprochen, doch dann hatte jemand erwähnt, dass Bob manchmal seinen Hund auf dem Bohlenweg von der Leine gelassen hatte. Die Gedenkfeier war in einem Wortgefecht aus Vorwürfen und Gegenvorwürfen untergegangen, bis am Tisch mit den Erfrischungen eine Schlägerei ausgebrochen war, woraufhin die Witwe die Feier frühzeitig mit einem verstauchten Ellbogen verlassen hatte.

Eine solche Versammlung brauchte in Cold Storage einfach mehr Struktur. Aber Miles brachte nicht die Energie auf, einen halben Gottesdienst zu organisieren. Er legte sich ein paar Worte zurecht und gab sich damit zufrieden, alle so viel Bier trinken zu lassen, wie sie eben mitbrachten.

Er blickte sich im Saal um. Die Leute fingen jetzt schon an zu trinken. Clive stand in einer Ecke und unterhielt sich mit Tina. Sie starrte ihm in die Augen, griff sich gedankenverloren in den Nacken und strich eine Strähne zurecht. Clive schaute in diesem Moment zu Miles herüber. Er lächelte und widmete sich dann wieder Tina.

Ed saß allein auf einem der Stühle, die für den offiziellen Teil aufgestellt waren. Er hatte die Ellbogen auf die Knie gestützt und betrachtete seine Schuhe. Ein kleiner Junge flitzte an ihm vorbei und streifte sein Knie, und er wurde ruckartig aus seiner Versenkung gerissen.

Weasel stolzierte in einem sandfarbenen Sakko herein, und Billy Cox spuckte beinahe seinen Schluck Bier aus. Weasel zuckte mit den Schultern und hob mit den Fingerspitzen die eleganten Revers an.

»He, seht euch das an«, prahlte er. »Aus dem White Elephant. In Sitka. Von der letzten Heilbutt-Fahrt.«

Mrs. Cera kam mit einem großen Tablett geräucherter Kohlenfisch-Kragen. Anthony schlurfte hinter ihr drein. Ehe sie das Tablett auch nur auf dem Buffettisch abgestellt hatte, hielt Weasel schon ein Stück Kohlenfisch in der einen und eine schwitzende Bierflasche in der anderen Hand.

Miles entschied, lieber jetzt anzufangen, ehe die Leute beim zweiten Bier ankamen. Er war gerade auf dem Weg zu den Stühlen, als er Lester eintreten sah. Er trug saubere Arbeitskleidung, ordentlich gebügelt, sogar eine schwarze Seidenkrawatte, den Pferdeschwanz hielt eine silberne Spange zusammen, am Handgelenk glänzte einer seiner silbernen Armreifen. Er wirkte wie ein Abgesandter aus einem anderen, gediegeneren Land.

Lester nickte Miles zu. »Das wollte ich ihr schenken.« Er streifte den Armreif von seinem Handgelenk und reichte ihn Miles. Das massive silberne Schmuckstück war mit einem traditionellen Lachsmotiv graviert. Ehe Miles etwas sagen konnte, fuhr Lester leise fort: »Ich kann nicht bleiben.« Er wies auf den belebten Saal, als sei der Grund dafür offenkundig. »Aber komm später gern vorbei, wenn du Zeit hast.«

Miles steckte den Armreif in die Jackentasche und ging weiter an den Stühlen vorbei. Auf den Tisch mit den Blumen hatte jemand ein gerahmtes Foto von Annabelle gestellt – es zeigte sie als kleines Mädchen vor Ellies und Slips noch unfertiger Blockhütte. Mit halb zusammengekniffenen Augen spähte sie durch ihre dicken Brillengläser. Ihr Haar war zu zwei festen Zöpfen geflochten, und Ellie und Slippery Wilson saßen auf der zweiten Reihe eingepasster Baumstämme.

Miles hatte sich ein paar Stichpunkte zum Leben seiner Mutter notiert. Doch die Leute hier kannten sämtliche Einzelheiten. Er hätte erzählen können, wie stolz er auf eine Mutter gewesen war, die zu jeder Jahreszeit einen Fisch fangen konnte. Die über einen dreckigen Witz lachen, ihre eigene miserable Küche essen und laut rülpsen konnte, wenn sie Limonade getrunken hatte. Oder dass sie mehr über Tiere gewusst hatte als jeder andere Mensch, der ihm je begegnet war. Oder wie sehr sie seinen Vater geliebt hatte, selbst nachdem der Tod und der wilde Nordpazifik sie getrennt hatten.

Aber natürlich sagte er nichts von alledem. Er stand da, stammelte sein »Danke, dass ihr gekommen seid« und blickte auf seine Notizen hinab. Schließlich fuhr er sich mit der Hand über die Augen und wandte sich ab. Er wollte irgendwo anders sein.

Dann spürte er einen Arm um seine Schultern und hörte Clives Stimme.

»Mein Bruder will damit sagen, dass Annabelle ein guter Mensch war. Sie hat ihre Freunde geliebt. Sie hat diesen Ort geliebt. Sie hat zwei Söhne großgezogen, von denen einer ein guter Mensch ist, der sich gern um andere kümmert …« Clive drückte Miles' Schulter und fuhr fort: »… und der andere meistens nur Mist baut. Trotzdem war sie stolz auf ihre Familie. Sie war immer für eine gute Party zu haben, sie hat gern gegessen und getrunken, und sie würde auf keinen Fall wollen, dass all die leckeren Sachen hier umkommen. Also lassen wir es uns schmecken!«

Ein Drittel der Gäste hob die Bierflaschen und rief »Auf Annabelle!«, kein bisschen betreten und ohne jede Furcht vor dem, was sie jetzt von ihr trennte.

Bob Gleason schob sich mit seiner Gehhilfe zu Miles durch und streckte eine zitternde Hand aus.

»Beste Gedenkfeier seit langem«, sagte er und wandte sich ab. Doch ehe er zwei Schritte weit geschlurft war, kehrte er um. »Kennst du die Geschichte von ihrem schönen gelben Vogel?«

»Natürlich, Bob. Die Geschichte ist berühmt. Großmutter Ellie hat sie ständig erzählt – Mom hat ihren Nymphensittich auf dem kleinen Boot mit hierhergebracht …«

»Und irgendwo südlich vom Dixon Entrance ist er weggeflogen«, unterbrach Bob Gleason ihn. »Weißt du, ich glaube, sie hat immer gehofft, dass dieser Vogel nach ihr suchen und sie irgendwann hier finden würde. Fast ihr ganzes Leben lang. Ja, das glaube ich wirklich.«

»Kann sein, Bob«, war alles, was Miles zustande brachte.

»Sie war eine tolle Frau. Hab sie gemocht. Am liebsten hätte ich sie deinem Vater mal für ein Weilchen entführt.«

Miles verzog das Gesicht, obwohl ihm auch das bestens bekannt war. Er versuchte sich abzuwenden, doch Bobs klauenartige Hand krallte sich an seinem Arm fest.

»Und nachdem dein Vater mit seinem Boot gesunken war und sie … na, du weißt schon … frei war, tja, da erschien es mir irgendwie nicht mehr richtig.«

»Da hast du wohl recht, Bob.« Miles trat einen Schritt zurück, und der alte Mann wandte sich ab.

»Trotzdem, eine tolle Frau«, sagte er und schlurfte in Richtung Buffet davon.

Tina kam herüber, umarmte Miles und küsste ihn auf die Wange. »Bei dir hat sie wirklich ganze Arbeit geleistet, Miles«, sagte sie.

»Danke.« Er wollte seine Notizen in die Hosentasche stecken, doch Tina küsste ihn erneut, und er spürte die starken Muskeln zwischen ihren Schulterblättern, während sie ihn festhielt, und dann strömte die Luft aus ihm heraus, als dürfe er einfach hier in ihren Armen bleiben.

Aber es hatte sich schon eine Schlange von Leuten gebildet, die auf ihn warteten. Manche waren sehr froh, dass sie sich keine endlosen Reden anhören mussten. Alle wussten, wie Miles sich fühlte, denn Sprachlosigkeit war etwas, das sie bei sich und anderen gut kannten.

Also stand Miles da und umarmte jedermann. Freunde und Leute, die er kaum kannte. Säufer, die er nach diversen Stürzen vom Bohlenweg verarztet hatte, zornige Frauen, denen sein Tonfall oder die Zeitschriften im Wartezimmer nicht passten, und Fischer, die ihn für verweichlicht und untauglich hielten. Alle kamen sie mit ihren Umarmungen, hüllten ihn in ihre Bierfahnen, säuerliches Parfüm, Zigaretten und Fischschleim. Sie umarmten ihn, weil er einen geliebten Menschen verloren hatte, jemanden, für den er sich verantwortlich gefühlt hatte, und auch das begriff jeder von ihnen.

Der alte Walter Williams trat zu Clive und drückte ihm die Hand.

»Gerade erst aus dem Gefängnis entlassen, was?« Er fixierte ihn mit strengem, aber leicht glasigem Blick.

Clive stand fest mit beiden Füßen auf dem Boden und starrte zurück. »So ist es, Walter, und ich kann dir gar nicht sagen, wie froh ich darüber bin.«

»Tja dann, willkommen zu Hause, mein Junge.« Er hob den Arm und wies mit der gelähmten Hand schwach auf die versammelten Trauergäste. »Ach, weißt du, die Hälfte von uns hatte auch irgendwann mal mit Drogen zu tun. Sind nur nie erwischt worden. Und jetzt hol mir ein Bier, sei so gut.« Er setzte sich, und ein junges Mädchen brachte ihm einen vollen Teller und küsste ihn auf die Wange.

Jemand drückte Miles ein Bier in die Hand, und Tina kam mit etwas zu essen. Er setzte sich auf einen Stuhl und ließ den Blick durch den Saal schweifen in der Hoffnung, dass Mouse Miller sich eine Mahlzeit und Bier umsonst nicht entgehen lassen würde. Andere Schnorrer waren auch da, lächelten schwach und drängten sich zum Buffet durch, aber Mouse war nicht darunter.

Clive hatte noch nichts gegessen. Ständig wollte jemand ihm die Hand schütteln und mit ihm reden. Die Vorstellung, einem Mann die Hand zu schütteln, den man als Kind gekannt hatte und der jetzt ein Ex-Häftling war, erschien ihnen offenbar zu spannend. Jugendliche und alte Männer umdrängten ihn, und ein paar der jüngeren Frauen beobachteten ihn aus einigem Abstand.

Weasel gelang es, Clive in eine Ecke zu drängen und ihn zwanzig Minuten lang in ein Gespräch über die Filme von Harvey Keitel zu verwickeln. Das Problem an Weasels Methode der Konversation bestand darin, dass er nie eine Pause machte oder Fragen stellte. Er dozierte. Und jetzt hielt er Clive einen Vortrag über Harvey Keitel und die finstere Seite Amerikas – dem hatte Clive wenig hinzuzufügen.

Mrs. Cera brachte Miles einen besonders liebevoll angerichteten Teller mit Kohlenfisch-Stücken. Sie erklärte, ein paar »seien einfach perfekt aus der Räucherkammer gekommen«, und er sollte sie haben. Er dankte ihr, und sie hielt kurz sein Gesicht mit beiden Händen und verschwand wieder in der Menge.

Ein paar Leute, die genug gegessen hatten, wollten schon aufbrechen, doch dann kam jemand mit mehr Bier, irgendwer stöpselte einen Kasettenrekorder ein, und auf einmal erfüllte Glenn Miller den Raum. Weasel zog sein Sportsakko aus und legte mit Tina einen Swing hin. Ed lockerte seine Krawatte und begann eine Unterhaltung über die Feinheiten des Kohlenfisch-Räucherns mit Mrs. Cera. Miles nahm sich noch ein Bier, obwohl er seit seinem Abschied aus der Army kaum mehr welches getrunken hatte.

Jetzt begannen die alten Leute Geschichten zu erzählen. Viele handelten von Annabelle. Miles und Clive schlenderten durch den Saal, setzten sich hier dazu, dann dort. Sie saßen einfach da und hörten zu. Alte Frauen legten die alten Hände auf die Hände von Annabelles Jungen und ließen sie dort. Es gab Geschichten von Picknicks und riesigen Lachsen. Geschichten von Bären und langen, verschneiten Wintern. Geschichten über unerklärliche menschliche Güte und über Schulden, die nie beglichen wurden. Clive und Miles gingen von einem Grüppchen zum nächsten, und jede dieser Gruppen umfing sie mit ihrer ganz eigenen Herzlichkeit. Gläser klirrten, es wurde gelacht, und man erwähnte die Namen jener, die diese stürmische Küste längst verlassen hatten.

Es wurde stiller, als die meisten älteren Leute nach Hause gegangen waren. Clive unterhielt sich mit einer jungen Frau, die den Sommer über in der Fabrik arbeitete. Er aß Heidelbeerkuchen, trank schwarzen Kaffee und sah zu, wie sie auf ihrem Stuhl leicht schwankte und ihr Bier mit beiden Händen festhielt. Tina saß bei Miles und hörte Weasel zu, der von dem John-Sayles-Film *Matewan* erzählte. Sie lachte über seine Schilderung, doch ihr Arm lag auf der Rückenlehne von Miles' Stuhl, und er konnte ihren Unterarm an seinem Rücken spüren.

Billy ließ sich mit einer Tasse Kaffee, einer Flasche Cognac und einem Teller Donuts neben ihnen nieder. Er goss Cognac in seinen Kaffee und mampfte einen Donut. Puderzucker klebte an seinem Kinn, während er kaute und trank und Miles ansah, ohne ein Wort zu sagen.

Tina zog Miles auf die Füße, um »Pennsylvania Six Five Thousand« mit ihm zu tanzen. Sie wirbelten durch den Saal und stießen nur einmal mit den Klappstühlen zusammen. Es war dunkel draußen, als der Song ausklang.

Die letzten Gäste saßen nun alle an dem einen langen Tisch, an dem Billy immer noch Donuts aß. Miles setzte sich zwischen Tina und Clive. Das Mädchen aus der Fabrik schlief an Clives Schulter gelehnt.

»Neunundvierzig Tage«, platzte Billy unvermittelt heraus.

»Was?«, fragte Tina.

»Neunundvierzig Tage«, wiederholte Billy. »Sie hat neunundvierzig Tage Zeit, um einen neuen Körper zu bekommen.«

»Ah«, sagte Miles.

Tina beugte sich vor, um es Clive zu erklären. »Billy ist Buddhist.«

»Ah«, sagte Clive.

»Und er wird mit dem Kajak nach Seattle paddeln, um den Dalai Lama zu treffen«, fügte Miles hinzu.

»Ich werde Geld sammeln für die Befreiung Tibets«, erklärte Billy mit dem Mund voll Donut.

Clive sah ihn an und lächelte breit. »Himmel, irgendwas sollte in diesem Leben mal umsonst sein.« Er griff in seine Hosentasche. »Gib ihm das von mir«, sagte er und reichte Billy zehn Hundertdollarscheine.

»Wunderbar! Ich muss das fotografieren ...« Weasel stand auf, ging leicht schwankend zur Theke und holte die Polaroidkamera aus der Schublade mit dem Schreibkram. Alle drängten sich am Tisch zusammen, Clive und Billy in der Mitte, und Clive überreichte Billy das Geld, als hätte der im Lotto gewonnen. Weasel schoss das Foto und wedelte dann mit dem Polaroid herum, fächelte sich Luft zu.

»Billy«, sagte er, »das nimmst du auch mit, damit der Dalai Lama sieht, wer wir sind.« Er legte das Foto auf den Tisch, und alle sahen zu, wie sich langsam das Bild darauf ausbreitete. Es war ein wenig überbelichtet.

Billy nahm es und hielt es vorsichtig mit beiden klebrigen Händen. »Ich werde es ihm persönlich geben«, erklärte er entschlossen.

Billy starrte lang auf das Bild und die Hundertdollarscheine. Dann grinste er, steckte Geld und Foto in die Hosentasche, trank seinen Kaffee aus und wischte sich den Puderzucker von den Fingern. Zum Schluss leckte er sich die Fingerspitzen und lächelte wieder. »Geil«, sagte er.

Draußen auf dem Bohlenweg fiel Regen im Dunkeln. Clive hatte der jungen Frau hochgeholfen und sie an Tina übergeben, die versprach, sie zur Unterkunft der Fabrikarbeiter zu bringen. Alle sagten sich Gute Nacht und gingen ihrer Wege, doch Tina kehrte noch einmal um und gab Miles einen letzten Kuss, wobei sie die betrunkene Fischputzerin mit einem Arm aufrecht hielt.

»Schlaf gut, Kumpel«, sagte sie.

»Danke.«

»Ich hab dich so lieb!«, stieß das betrunkene Mädchen hervor.

»Danke«, sagte Miles und tätschelte ihr die Schulter.

Die beiden Brüder wandten sich dem Haus ihrer Mutter zu.

»Die hättest du nicht so wegschicken sollen«, sagte Clive. Er zog die Schultern hoch und schlug den Kragen seines Hawaiihemds auf.

»Wie – so?«

»Einfach so!« Clive klang empört. »Die lag mir den ganzen Abend mit ihrer unendlichen Sehnsucht nach dir in den Ohren.«

Miles fuhr herum und sah der jungen Frau nach, die in Richtung Fabrik davonwankte. »Ich kenne sie gar nicht«, sagte er. »Und sie ist wahrscheinlich noch zur Grundschule gegangen, als ich in die Army eingetreten bin.«

»Du musst ein bisschen aufmerksamer sein, Bruder.« Clive umging eine umgekippte Dose Lack, von der rote Tropfen zwischen den Bohlen hinabrannen. Kleine Pfotenabdrücke führten durch die scharlachrote Pfütze und weiter den Bohlenweg entlang, bis sie in der Dunkelheit verschwanden.

»Du bist jetzt wie lange da … ein paar Tage? Und fängst schon an, mich zu kritisieren?« Miles konnte seine Stimme nicht mehr freundlich klingen lassen.

»Was willst du, Miles?«, fragte Clive. »Soll ich sofort wieder verschwinden?«

Miles schwieg, und sie gingen weiter über die glitschigen Planken.

»So viel Mist ist passiert, nachdem du abgehauen warst.« Miles schwieg ein Weilchen. »Pop ist gestorben … und dann bist du einfach auf und davon … irgendwie hat sie nur noch von dir gesprochen, andauernd.«

Wind säuselte in den Bäumen, und ein Rabe hockte auf dem Geländer und kratzte sich am Schnabel.

»Und ich war die ganze Zeit hier.« Miles' Stimme klang müde. »Es stinkt mir, wie viel Beachtung dir immer geschenkt wurde«, sagte er.

»Ich war ja nicht mal hier«, sagte Clive.

»Eben.« Miles wandte sich von seinem Bruder ab.

Clive wollte weg. Er wollte zurück in die Stille seiner Zelle – Einzelhaft, zu seinem eigenen Schutz. Es war sinnlos, einem Bruder etwas erklären zu wollen, der wütend auf ihn war. Aus gutem Grund.

»Herrgott, du hast mit Drogen gehandelt«, sagte Miles, »während ich in Somalia gedient habe!«

»Ich weiß, Miles«, erwiderte Clive. »Das ist nicht in Ordnung. Ich habe viel falsch gemacht. Ich werde mich bemühen, besser zu werden, ein besserer Bruder.«

Der Kopf des Raben ruckte hin und her, von einem Bruder zum anderen, als überlegte er, auf wessen Seite er stand. Clive beobachtete ihn einen Moment lang, wandte sich dann halb um und ging zu dem schwarzen Vogel hinüber. Der Vogel blickte zu Clive und sagte klar und deutlich: »Sag ihm einfach die Wahrheit.«

»Kokain«, brachte Clive schließlich hervor. »Ich habe Koks verkauft. Damals habe ich mir eingeredet, das sei kein Crack.

Meine persönliche Rechtfertigung. Verkauft habe ich es an einen kleinen Kreis ausgewählter, reicher Kunden. Lieferung an die Haustür, frühmorgens. Und ich habe mir immer gesagt: Zumindest verkaufe ich es nicht an Jugendliche oder Asoziale, die ihre Kinder vernachlässigen.«

»Weißt du, wie du dich anhörst?«

»Ja, das weiß ich«, antwortete Clive. »Hör mal, es tut mir leid, dass ich euch im Stich gelassen habe. Ehrlich. Ich habe immer an euch gedacht. Aber, hör mal … diese Leute, die hier ständig von mir gesprochen haben, die hatten keine Ahnung, von wem sie da reden.«

»Genauso wenig Ahnung wie du von dem kleinen Bruder, an den du angeblich immer gedacht hast.«

»Wie ist es denn so, ein Held zu sein?«, erkundigte sich Clive.

»Beschissen«, antwortete Miles und ließ den Blick die Bucht hinauf- und hinunterschweifen. Einen Moment lang dachte er daran, seinen Bruder mit der vorgefertigten Antwort über Ausbildung und reflexhafte Reaktionen abzuspeisen, die er für solche Fragen bereithielt. Doch stattdessen sagte er: »Wenn man da auf einmal drinsteckt, ist man erst mal verblüfft. Man fragt sich nur: ›Das soll's jetzt gewesen sein? Darüber habe ich mir so viele Gedanken gemacht?‹ Und dann siehst du Menschen sterben und denkst dir … tja, das muss es wohl sein. Aber da kommt keine Musik wie im Film, und du hast gar keine Zeit, alles aufzunehmen, du machst einfach weiter, bewegst dich automatisch … Los, los, los, und wenn du es geschafft hast – falls du es schaffst –, *dann* kommt die Angst. Echt seltsam. Du fühlst dich keinen Moment lang als Held, du fühlst dich nur mies, weil du es geschafft hast und die anderen Jungs, die irgendwie mehr getan haben müssen, mutiger oder unvorsichtiger gewesen sein müssen … nicht. Ich weiß auch nicht.«

Sie gingen schweigend weiter. In der Ferne brauste der Wind

über die Bäume hinweg und in die Dunkelheit. Eine Straßenlaterne warf einen wackeligen Fleck Licht auf den Bohlenweg.

Miles dachte an das leere Haus seiner Mutter. Er dachte daran, dass sie für immer fort war, und zog gegen den Wind die Schultern hoch.

»Mir ist klar, wie viel ich über dich nicht weiß«, erklärte Clive schließlich, »und das gehört auch auf die Liste der Dinge, an denen ich schuld bin.« Er streckte Miles die Hand hin. »Ich war ein Verbrecher, aber jetzt bin ich keiner mehr, und ich würde dich gern besser kennenlernen.«

»Was bist du denn jetzt?«, fragte Miles, immer noch ein wenig zittrig.

»Weiß ich auch nicht genau, Bruder.«

»Dieses Geld aus deinem Parka – wird uns das Ärger bringen?«

»Uns?«

»Na ja, dir.«

»Nein, das glaube ich nicht. Es gehört mir. Das weiß sogar der Typ, dem ich es gestohlen habe.«

Miles blickte zu seinem Bruder auf. »Irgendwie finde ich das nicht sonderlich beruhigend.«

»Geld gehört im Grunde niemandem. Deshalb ist es ja Geld. Aber das wird jetzt Haarspalterei. Sag mir die Wahrheit: Hast du meinen Hund gesehen?« Clive lächelte seinen Bruder an.

»Das ist mal ein hässlicher Hund, Clive.«

»Ich habe dich nicht nach deiner Meinung über sein Äußeres gefragt«, erwiderte Clive. »Hast du ihn gesehen?«

»Nein«, antwortete Miles. »Nein, ich habe deinen Hund nicht gesehen.«

Sie wechselten einen Blick. Der Wind fegte wie eine Woge den Hügel hinauf, und im Dunkeln warfen die Bäume die Arme hoch. Die ersten dicken Regentropfen, die auf die Blechdächer und Zinkeimer des Ortes trafen, klangen nach einem kleinen Gamelan-Orchester. »Wir können ihn morgen suchen.« Miles trat vor und legte seinem Bruder eine Hand auf die Schulter. »Danke, dass du mir vorhin beigesprungen bist«, sagte er. »Bei meiner kleinen Blockade auf der Gedenkfeier.«

Clive erwiderte die Geste, so dass sie einen Moment lang Arm in Arm den Bohlenweg entlanggingen wie früher. »Nichts zu danken.«

Sie wandten sich der Treppe zu Annabelles Haus zu. Der Wind kreischte inzwischen, und ein Ast schrammte über ein metallenes Dach. Sie blieben stehen und blickten sich nach dem Geräusch um. Und dort oben, ganz vorn auf dem Dachfirst, saß ein ungewöhnlicher gelber Vogel mit orangefarbenen Flecken auf den Wangen. Clive sah ihn so deutlich wie eine Fata Morgana. Wortlos zeigte er nach oben, und der Vogel flog davon.

»Sieh mal«, flüsterte Clive, obwohl der Vogel schon weg war.

»Was denn?«, fragte Miles, folgte dem Fingerzeig seines Bruders, sah aber nichts.

»Ich habe wohl schon Halluzinationen.«

Als sie die Dunkelheit unter dem Vordach erreichten, hörten sie ein kehliges, tiefes Knurren. Miles schob sich an Clive vorbei, griff nach der Taschenlampe auf einem Wandbord neben der Tür und knipste sie an. Er ließ den Lichtstrahl durch die Dunkelheit schweifen.

Keine zehn Meter entfernt entdeckte er Clives gestromten Hund. Schwarze Äste tanzten über ihm im Sturm. Da saß er, die Stummel seiner Ohren aufgerichtet, leicht schnaufend und mit einer toten Katze im Fang. Die Pfoten der Katze waren mit roter Farbe verschmiert.

»Ich möchte die Gelegenheit ergreifen, mich für meinen Hund zu entschuldigen«, begann Clive.

»Wem auch immer diese Katze gehört, derjenige wird nicht

gerade glücklich sein«, murmelte Miles, beinahe so, als spräche er mit sich selbst.

»Tja, das kann er dann meinem Hund erzählen.« Clive wandte sich ab und ging ins Haus.

»Wie heißt er eigentlich?«

»Little Brother«, rief Clive durch die geschlossene Tür.

»Passt«, sagte Miles. Der stöhnende Wind mischte sich in das Knurren des hässlichen Hundes mit einer toten Katze im Maul.

Kapitel 7

Der Morgen war klar. Die Sonne war noch nicht über den Bergkamm gestiegen, und der Himmel über der Bucht schimmerte blau und silbrig. Im Westen schob sich eine Nebelbank von der Küste aufs Meer. Die müsste verdunsten, bis Billy dort ankam, und falls nicht, konnte er sich dicht an der äußeren Küste halten.

Sein schwer beladenes Kajak war am Dock für die Wasserflugzeuge vertäut. Es lag tief im Wasser, strahlte jedoch Tatkraft und Auftrieb aus, lang und schmal wie ein Eukalyptusblatt. Billy hatte es aus Sitka-Fichte und Segeltuch selbst gebaut, nach einem leicht abgewandelten traditionellen Bauplan der Aleuten. Der Bug stieg zu einer breiten, stumpfen Spitze in Form eines Drachenkopfs an. Billy hatte ein Augenpaar darauf gemalt, das über seinen Weg wachen sollte.

Sein Gepäck bestand aus ein paar Kleidungsstücken, einem kleinen Zelt, seinem Schlafsack und ein paar Seekarten. Er plante zwar, meist ein Lagerfeuer zu machen, hatte aber für alle Fälle auch einen kleinen Gaskocher dabei. Außerdem getrocknete Bohnen, Reis, Käse, Vitamintabletten und Schokoriegel. Er war ziemlich sicher, dass er mit seiner kleinen Angelrute und einem Kästchen voll Köder praktisch überall ein paar Barsche aus dem Wasser ziehen konnte. Zwei zusätzliche Paddel hatte er auf dem Rumpf befestigt.

Tina hatte Billy etwas für seine Reise geschenkt. Es war in einen Wachstuchbeutel gewickelt, mit Teerschnur zugebunden. Das *Tibetische Totenbuch*. Ein altes Bibliotheksexemplar, herausgegeben von Dr. W. Y. Evans-Wentz. Billy blätterte es durch und überflog jede Seite, als hätte er eine Landkarte vor sich.

»Ich habe mir gedacht, vielleicht ist das nützlich.«

»Cool!« Er umarmte sie und schloss die Augen, als wollte er sich diesen Moment fest einprägen. »Wusste ich's doch, dass du an mich glaubst.«

»Das habe ich nicht gesagt.« Sie flüsterte ihm ins Ohr: »Ich will nur, dass du zurückkommst, egal wie, und das könnte dir dabei helfen.« Sie drückte ihn ein wenig länger an sich als üblich.

Billy hatte sich einen brandneuen Seebeutel aus Seattle bestellt. Er war leuchtend gelb und enthielt das Wichtigste: seinen Pass, sein Reisegeld, Clives Spende für den Dalai Lama und ein paar selbst gemachte Flyer über seine Reise und die Spendensammlung. Ganz innen drin steckte das Foto von Annabelles Gedenkfeier. Tinas Buch packte er noch dazu.

Billy zog seine Stiefel aus, rollte sie zusammen und stopfte sie hinter den Sitz. Er schlüpfte in seine warmen Neoprenschuhe, ließ sich in das Kajak gleiten und rutschte in dem engen Cockpit herum, als zwängte er sich in eine neue Jeans. Eine Wasserflasche kam auf seinen Schoß, die zusammengerollte Regenjacke unter seine Knie. Dann zog er die Spritzdecke über den Kopf herunter und spannte sie fest über die Cockpit-Öffnung, schob die Unterarme in wasserdichte Gamaschen und blickte sich um.

Einige Möwen trieben wie winzige Eisschollen auf der Bucht. Tina war verschwunden. Kinder rannten mit einem fürchterlich klappernden roten Bollerwagen den Bohlenweg entlang. Aus Lesters Kamin stieg Rauch auf, der sich gespenstisch weiß vor der Bergflanke abhob. Billy löste die Fangleine vom Dock und stieß sich ab.

Er hatte gehofft, dass wenigstens ein paar Leute da sein würden, um ihn zu verabschieden, obwohl er wusste, dass er sich da sentimentale Illusionen machte. Er hatte Clives Geld und Spendenzusagen über zweitausend Dollar, falls er es bis nach Seattle schaffte, doch auch das Geld war in gewissem Sinne nur eine Illusion. Das Wesen dieser Fahrt bildete liebevolles Mitgefühl. Und obwohl das Mitgefühl eigentlich von ihm nach außen strömen und nicht ihm zufließen sollte, war er ein bisschen angefressen, dass niemand seiner Abreise groß Beachtung schenkte.

Er zog sein Paddel durchs Wasser. »Ich suche Zuflucht im Dharma«, murmelte er traurig und dachte sich, dass er noch ein ziemlich jämmerlicher Buddhist sein müsse.

Er paddelte an den Pfählen des Kühlhauses vorbei. Dicke Tropfen platschten von einem kaputten Rohr ins Wasser. Mit jedem Paddelschlag fühlte sich sein Boot schnittiger und stärker an, als freute es sich ebenfalls begierig auf die Fahrt. Ein dicker Rabe flatterte vom Dach des Kühlhauses herab und landete auf Billys Bug, und er hörte auf zu paddeln. Er hatte ein Erdnussbutter-Sandwich in der Jackentasche. Das fischte er heraus, brach eine Ecke ab und warf sie dem Raben zu. Der krächzte laut, fing den Brocken aus der Luft und flog davon, tief über das Wasser zurück in die Schatten unter dem Kai des Lagers. Billy beobachtete, wie der Vogel im Zickzack zwischen den Pfählen hindurchsauste. Er konnte noch die Luft an den Schwingen hören, als er wieder zu paddeln begann – in Richtung Seattle.

Die erste Landspitze erreichte er binnen Minuten. Von Westen wehte böiger Wind, und vor ihm lag eine Nebelbank. Sollte er die Bucht überqueren? Er schaute nach rechts, und da sah er es.

Sie hatten ein weißes Bettlaken etwa sieben Meter hoch in den Bäumen am Ende des Bohlenwegs befestigt. Darauf war etwas Rotes gemalt, das er kaum erkennen konnte, weil der Wind an den Ästen rüttelte und das Laken verzerrte. Er wandte das Kajak in Richtung des Banners und hörte zu paddeln auf.

Die Böe flaute ab, und die Äste regten sich nicht mehr. Unter dem Banner stand ein Haufen Leute. Billy sah, wie Tina den Arm hob und an einem Seil zog, das an einem Zipfel des Lakens befestigt war. Die roten Striche auf dem Stoff wurden zu Buchstaben: *WIR LIEBEN DICH, BILLY. WAS HIER IST, IST DORT.*

Die Kinder, die mit dem Leiterwagen den Bohlenweg entlanggerannt waren, hatten sich nun auf ihr Wägelchen gestellt und winkten, als flöge er in einem Heißluftballon davon. Clive stand neben seinem Bruder, und Billy hörte Miles übers Wasser brüllen: »Ich habe Medikamente in dein Boot gepackt. Salbe und Antibiotikum. Dachte mir, die brauchst du vielleicht.«

Billy hob die Hand und winkte verlegen.

Weasel zog sich die Hose herunter und ließ den nackten Hintern aufblitzen. »Und das hiiieeer!«, kreischte er. Die Kinder bogen sich vor Lachen, so dass sie beinahe von ihrem Wagen purzelten.

Clive winkte hoheitsvoll.

Jemand rief: »Grüß Seine Heiligkeit!«

Und das Mädchen, das im Lagerhaus jobbte, brüllte: »Du schaffst es, Billy!«

Billy winkte noch einmal und paddelte dann auf den Ausgang der Bucht zu, wo sich der Nebel von der Küste heranschob.

Clive trank eine Tasse Kaffee, schlenderte den Bohlenweg entlang und überlegte, was er tun sollte. Vor der Küste war ein Sturm angekündigt, aber noch war die Luft klar. Eine sanfte

Brise trieb über die Bucht und spielte mit dem Dampf, der aus seinem Becher aufstieg.

Clive hatte eine Woche damit zugebracht, den Hausstand seiner Mutter durchzugehen. Manchmal war Miles abends vorbeigekommen, und die beiden hatten begonnen, Kisten zu packen, waren aber jedes Mal im Schneidersitz auf dem Fußboden oder am Küchentisch gelandet, mit Stapeln alter Fotos. Sie unterhielten sich, halfen sich gegenseitig auf die Sprünge, wenn ihnen Namen oder Orte nicht einfallen wollten, und tauchten jeder in seine Erinnerungen ab.

Bisher waren nur wenige Kisten gefüllt. Annabelles Kleidung hing noch im Schrank im Schlafzimmer, die Bettwäsche lag unberührt im Wäscheschrank. Clive schlief in ihrem Bett, hatte sich jedoch Bettzeug von Miles geliehen, weil er ihres nicht benutzen wollte. Über Clives Vergangenheit oder das Geld, das er in seinen Parka eingenäht hatte, wurde nicht mehr gesprochen.

Little Brother streifte durch die Bäume der Hügelflanke bis ins nächste Tal. Clive stellte ihm jeden Abend eine Schüssel Hundefutter vor die Tür, die morgens leer war. Keine Katzen wurden als vermisst gemeldet, und nicht einmal nach der weißen Katze, die am Abend der Gedenkfeier ums Leben gekommen war, schien jemand zu suchen. Clive hätte den trauernden Katzenbesitzer sehr großzügig entschädigt, doch niemand meldete sich, was Miles nicht überraschte. Die meisten Katzen in Cold Storage gehörten nur sich selbst und ernährten sich von den Abfällen der Fischfabrik und aus den Mülltonnen des Ortes.

Miles war in der Klinik und behandelte Teddy, dessen Knie und Ellbogen nach einem besonders spektakulären Fahrrad-Stunt mit Holzsplittern gespickt waren.

Clive fand keine Ruhe. Er wollte keine Fotos mehr sehen, und Annabelles Haus fühlte sich immer beengter an. Ein Sturm war angekündigt, und Clive spürte die Vorboten heftiger Kopfschmerzen.

Er schlenderte ums südliche Ende des Bohlenwegs herum und prallte fast mit Lester zusammen, der sich aus Schraubzwingen und einem Notenständer eine improvisierte Staffelei auf dem Geländer des Bohlenwegs geschaffen hatte. Darauf stand ein Stück Hartfaserplatte, an dem er mit einem winzigen Messerspachtel herumkratzte.

»Hallo, Clive«, murmelte Lester.

»Lester.« Clive nickte.

Er betrachtete die Zeichnung auf der Platte: eine traditionelle Tlingit-Darstellung eines Raben. Die stilisierte Gestalt war aus Ovalen in dicken Messerstrichen zusammengesetzt, und Augen und Schnabel reflektierten die rundlichen Formen.

Ein Rabe flog über das Watt, um die Landspitze herum und außer Sicht. Lester wischte das Spachtelmesser an einem Lappen ab, tupfte an seinem Bild herum und sah dem Vogel nach. Clive betrachtete die stilisierte Zeichnung, dann den Vogel und wieder das Bild. Er wollte bereits fragen, warum Lester einen Raben beobachtete, wenn er doch offensichtlich nicht gegenständlich arbeitete. Aber er hielt den Mund, denn er erinnerte sich an Reste der Manieren, die er gelernt hatte, ehe er von Alaska fortgezogen war.

»Darf ich dich etwas fragen, Lester?«, begann er schließlich.

»Wird schon nicht schaden«, entgegnete der Künstler, ohne den Blick von seinem Werk zu heben.

»Glaubst du, dass Tiere mit Menschen sprechen können?«

Lester legte das Messer beiseite. »Ehe ich darauf antworte, möchte ich *dich* etwas fragen.«

»Schieß los.«

»Haben sie dir im Gefängnis irgendwelche Medikamente gegeben, um dich daran zu hindern? Ich meine Pillen, mit denen man die Stimmen nicht mehr hört?«

»Ich brauche keine Medikamente, Lester.«

»Auf die Gefahr hin, klischeehaft zu klingen, Clive – das behaupten sie alle.«

»Ach komm, Lester. Was ist mit all den alten Geschichten? Da haben Tiere oft mit Leuten gesprochen, nicht?«

Lester wischte sich die Hand an einem öligen Lappen ab. »Du meinst das ernst, oder?«

»Ja, ich glaube schon.«

»Und du sprichst nicht von Papageien und Beos, oder?«

»Nein.«

»Ein Mädchen, das im Lagerhaus arbeitet, vermisst nämlich ihren Papagei. Sie sucht wie verrückt nach ihm.«

»Es ist tatsächlich ein Papagei entflogen?« Clive dachte an die Vision auf dem Dach seiner Mutter.

»Okay…« Lester schob sich etwas mühsam durch das Schweigen. »Eigentlich sprechen Tiere nicht mit Menschen. Es ist eher so, dass Menschen früher einmal Tiere waren. Das war gar keine große Sache. Du redest doch auch mit deinem Hund – du erwartest nicht ernsthaft, dass er alles versteht, aber du sprichst mit ihm, und der Hund kapiert ungefähr, was du sagen willst, weil… weil ihr eine Beziehung habt. So war das auch früher mit den Tieren und den Menschen. In gewisser Weise waren sie alle miteinander verwandt. Sie sprachen miteinander, und obwohl sie wussten, dass nicht jedes ihrer Worte verstanden wurde… begriffen sie einander trotzdem.«

»Könnte das heutzutage auch passieren? Könnte jemand jetzt Tiere sprechen hören?«, fragte Clive mit leiser Stimme, unverkennbar verlegen.

»Reden wir jetzt wieder über die Sache mit den Pillen? Vielleicht solltest du dich da mal an jemanden wenden.«

»Nein. Ich will es nur wissen. Könnte das heutzutage passieren?«

»Warum zum Teufel fragst du *mich* das?«, schnaubte Lester. »Du bist doch nicht etwa so ein New-Age-Spinner, der mich gleich bitten wird, den Führer auf irgendeiner irren Visionssuche zu spielen, oder?«

»Nein. Ich erinnere mich nur daran, was die alten Leute erzählt haben, als ich noch klein war. Sogar ein paar von den norwegischen Fischern haben erzählt, dass sie Seehunde haben sprechen hören, und Vögel. Ich weiß noch, was die Indianer uns gesagt haben – wie man sich verhalten soll, wenn man auf einen Bären trifft, und was man dann sagen soll und so weiter. Ich … ich bin bloß …« Damit verstummte er und wandte sich ab.

»Moment mal«, rief Lester ihm nach, und Clive drehte sich wieder um. »Ja. Ja, das kann auch heute geschehen.«

»Und was würde es verursachen?«

»Dazu brauchst du nur dich selbst als menschliches Wesen zu überwinden. Es würde schon reichen, lange mit Tieren zusammenzuleben.«

»Und ist das etwas Schlechtes?«, fragte Clive.

»Sagen die Tiere dir, dass du Indianer massakrieren sollst?«

»Nein.«

»Dann wohl nicht.« Lester klappte seinen Malkasten zu. »Andererseits verstehe ich immer noch nicht, warum du mich danach fragst.«

»Weil die kauzigen alten Norweger längst tot sind.« Clive lächelte.

»Wird dir schon nicht schaden«, erklärte Lester und schraubte seine improvisierte Staffelei vom Geländer. »Versuch bloß nicht, in irgendeine Stammeskultur einzutauchen. Das ist ja so was von achtziger Jahre. Heute ist Schizophrenie angesagt. Nimm lieber die.«

»Danke für den Tipp«, sagte Clive, winkte zum Abschied und ging weiter.

Links von sich hörte er ein großes Tier das steinige Bachbett entlanglaufen. An den Mülltonnen vor dem Restaurant war ein Bär gesichtet worden, und einmal hatten die Hunde im Ort ganz früh am Morgen Alarm gegeben. Etwa zwanzig Meter entfernt raschelte es unter den Bäumen, und Clive begann zu flöten und zu pfeifen in der Hoffnung, dass der Bär ihn als Mit-Einzelgänger erkennen und in Ruhe lassen würde.

Deshalb pfiff er laut, als er um die Ecke bog und vor der halb verfallenen Bar stehen blieb. Da entdeckte er Little Brother auf einem Bruchstück des Daches, das etwa drei Meter vom Bohlenweg entfernt vor einem Lachsbeeren-Gebüsch gelandet war. Der große Hund lag in der Sonne, den Kopf auf den Vorderpfoten, die Augen halb geschlossen. Er wirkte zufrieden.

»Schön, dich zu sehen«, sagte Clive, als begrüßte er einen alten Freund, den er zufällig auf der Post traf.

Der gestromte Hund hob nur ganz leicht den Kopf, wandte ihn ab und sagte nichts.

Clive steuerte das halb verfallene Gebäude an. Die Sonne ging gerade über der Bergkette auf, und das Gebäude begann zu glitzern. Dampf stieg vom Dach auf. Clive blieb stehen und sah einen Moment lang zu. Das Dickicht war auf der Rückseite bis übers Dach gewuchert. Zwei knorrige Hemlocktannen neigten sich von der Hügelflanke dahinter weit nach vorn, als wollten sie der Bar Schatten spenden. Dies, so dachte Clive, war der Schlupfwinkel eines Zauberers, und in seiner Brust stieg etwas auf, das er erst später als Optimismus erkannte.

Ellie's Bar. Die wildeste und sagenumwobenste Kneipe an

dieser Küste. Seit dem Zweiten Weltkrieg hatten Fischer sich danach gesehnt, hier an Land zu gehen. Jetzt verschmolzen die morschen Bodendielen allmählich mit dem Moos. Clive brauchte nur leicht gegen die hölzerne Tür zu drücken, und sie kippte aus den Angeln. Er riss die Plastikplanen von ein paar Fenstern, um das Licht hereinzulassen, und als er sich dann umsah, wusste er, dass er den richtigen Weg eingeschlagen hatte. In der Mitte des Raums waren Stühle auf Tischen gestapelt, und an den Wänden reihten sich Sitznischen, abgetrennt durch hohe Zwischenwände. Hinter der Bar aus tiefschwarzem Holz standen noch verstaubte Flaschen, und Wasserflecken zierten die verputzte Decke. Von dieser hingen an Reißzwecken nasse Dollarscheine, schon seit vielen Jahren, wie verwelkte Blätter. In die Holzverkleidung des Tresens und die Ränder sämtlicher Sitznischen hatten die Leute die Namen ihrer Boote eingeritzt: *The Defiant, The Lisa M, The Samuel R Wiks, The Point Hope, Willie's Raider*. Die Namen hunderter Fischerboote zogen sich so um den ganzen Raum herum. Blechschilder mit Bierwerbung hingen an den Wänden, und eine uralte Dartscheibe aus Rosshaar verschwand fast unter grünem Moder. Ganz hinten stand ein Billardtisch mit nackter Schieferplatte und ledernen Taschen. Eines der Beine war durch den Boden gebrochen, so dass sich der Tisch nach vorn neigte wie ein gestrandetes Boot. Bunte Kugeln ruhten in den Ledertaschen und moderten.

Clive nahm einen Stuhl von einem der Tische, setzte sich und starrte vor sich hin. Da war irgendein Geruch unter dem Gestank von Fäulnis und ausgelaufenem Heizöl. Er konnte brutzelnde Hamburger riechen, Parfüm, und Bier, das schäumend über die Ränder dicker Glaskrüge schwappte. Er konnte die Kaffeemaschine gurgeln hören, die morgendlichen Stammgäste, die auf ein Schwätzchen vorbeikamen, er hörte Musik und Frauenstimmen, die über schlecht erzählte Witze lachten. Irgendetwas am Verfall dieser Bar zog ihn magisch an. Dies war das Gegenteil seines Betonbunkers in der Einzelhaft. Dies war ein Raum, den der Wald sich irgendwann zurückholen würde – ein vergänglicher, provisorischer Schutz vor dem Sturm. Im Gegensatz zur Haftanstalt war diese Bar von vornherein als Ort der Vergänglichkeit und der Flucht gedacht. Clive saß mit geschlossenen Augen da und versuchte, diesen Gedanken ganz zu begreifen.

Little Brother kam herein und legte sich auf eine Fußmatte am Ende des Tresens.

»Möchtest du Rausschmeißer werden?«, fragte Clive den großen Hund. »Ich könnte dich bestimmt einstellen, schließlich gehörst du jetzt zur Familie.«

Little Brother hob den Kopf, starrte einen Moment lang hinter den Tresen, wimmerte leise und ließ den Kopf wieder auf die Vorderpfoten sinken.

Clive ging zu ihm hinüber. Eine Matte und ein kleiner Kreis Teelichter in Schnapsgläsern lagen auf dem Boden. Dahinter war ein ziemlich neuer Schlafsack ausgebreitet, und unter der Bar, wo früher die Mülleimer gestanden hatten, lugte ein großer Rucksack hervor. Ein säuerlicher Geruch nach fauligem Fleisch zog Clive entgegen.

Da war ein Fuß in einem Gummistiefel. An einem Bein.

Clive ging an dem Hund vorbei und beugte sich zu dem reglosen Körper hinab. Die Hälfte des Schlafsacks lag quer über den Schultern des kleinen bärtigen Mannes. Clive drehte ihn herum. Der Leichnam war steif, hart wie nasser Ton unter der feuchten Wolljacke. Kleines Getier hatte sich schon an dem ungeschützten Gesicht gütlich getan, doch Clive konnte die Züge noch erkennen.

»Du musst der berühmte Mouse Miller sein, über den hier so

viel geredet wird«, sagte Clive. Er tätschelte dem alten Fischer die Schulter und ließ ihn wieder zu Boden sinken.

Ein Windstoß fegte klappernd durch die Bar und wirbelte trockenes Erlenlaub hinter den Tresen. Ein Blatt landete auf Mouse Millers totem, offenem Auge – und so verkündete der Sturm vom offenen Meer, dass er anrollte.

Kapitel 8

Bonnie hatte die Alaska-Kreuzfahrt auf der *SS Universe* als letzten Versuch gebucht, Ordnung in ihr Leben zu bringen. Welch ein Fehler das gewesen war, prasselte unablässig auf sie ein wie schwerer Regen.

Verkleidet als Little Bo Peep, mit der Rettungsstange vom Pooldeck als Schäferstab, stand sie auf der Backbordseite des unteren Achterdecks. Das Schiff befand sich auf der ersten Kreuzfahrt der Saison, von Valdez aus in Richtung Süden. Es war gegen neun Uhr abends, das Meer nahm die dunkle Farbe eines frischen Blutergusses an, doch die steilen Hänge der Fairweather Range erstrahlten noch in rosigem Licht. Auf dem Deck über ihr spielte die Band vom Oberlin College »You've Got to Ring Them Bells«, und ein kleiner Junge aus Belgien in einem pelzigen Alien-Kostüm lieferte sich einen Boxkampf mit zwei als Lämmer verkleideten japanischen Mädchen.

Bonnie blickte an sich selbst hinab. Das blaue Bo-Peep-Kleid flatterte und blähte sich im frischen Wind. »Wie bescheuert ist *das* eigentlich?«, fragte sie das zischelnde Meer unter ihr.

Bonnies Mutter hatte auf dieser Alaska-Kreuzfahrt bestanden und sie ihr zum siebenundzwanzigsten Geburtstag geschenkt. Sie hoffte ganz offensichtlich, dass Bonnie einen Mann kennenlernen würde, und Bonnie hatte viele Männer kennengelernt – fast alle über fünfzig und mit ihrer zweiten oder dritten Ehefrau unterwegs. Die erzwungene Fröhlichkeit an Bord des Kreuzfahrtschiffs machte sie traurig. Tanz gab es, ja – Rentner, die zu Big-Band-Nummern hin- und herschaukelten. Vorträge auch, und die anschließenden Fragerunden dominierten stets Professoren und Ingenieure im Ruhestand. Vermutlich wollten sie so ein bisschen von der Autorität zurückgewinnen, die sie mit ihrem früheren Beruf verloren hatten.

Aber warum war sie gerade jetzt traurig? Das wusste sie nicht. Gerade eben war sie sogar in Tränen ausgebrochen, während sie auf einer Bank auf den Beginn der Kostümparade gewartet hatte. Sie hatte allein neben drei Leuten gesessen, die Marvin Gayes »Heard It Through The Grapevine« aufführen wollten und sich dazu mittels schwarzer Mülltüten als Rosinen verkleidet hatten. Bonnie verabscheute sich selbst dafür, dass sie traurig war und im Stillen ständig lästerte. Schließlich war sie selbst als Little Bo Peep verkleidet, und niemand hatte sie dazu gezwungen, sich zu kostümieren. Dennoch hasste sie sich und diese Leute, die sie gar nicht kannte.

Sie zog eine Flasche Wodka aus der Schürzentasche und trank ausgiebig. Dann schaute sie in das graue Wasser hinab, das sich am Heck des Schiffs kräuselte. Kein Fisch durchbrach die Oberfläche – kein Leben erhob sich aus der Dunkelheit. In ihrer Brust löste sich ein Druck. Ihr rechter Fuß hob sich wie von selbst zum untersten Rohr der Reling, doch als sie spürte, wie sich ihr Gewicht darauf verlagerte, wusste sie, dass sie nicht über die Reling klettern würde. Sie konnte sich nicht umbringen, weil ihre Probleme nicht ernst genug waren für Selbstmord. Die vage Traurigkeit, die sie jetzt empfand, war nichts im Vergleich zu der Trauer, die ihre Mutter durchmachen würde, wenn sie von der Küstenwache erfuhr, dass man die Suche nach der Leiche ihrer Tochter eingestellt hatte. Nein – es gab zwar keinen klaren Grund dafür, weiterleben zu wollen, aber auch keinen ausreichenden Anlass, sich umzubringen.

Steuerbords versank die Sonne. Die Fairweathers verdunkelten sich und wurden wieder zu der grünlich-grauen Masse, die

Südost-Alaska darstellte. Bonnie schaute aufs offene Meer hinaus. Die Band stürzte sich in ein *Cabaret*-Medley. Ein Mann mit schütterem Haar und einer Haifischflosse aus Pappe auf dem Kopf spähte über die Reling über ihr, ließ den Blick schweifen, trank einen Schluck aus seinem Glas und verschwand in die Lounge. Bonnie stellte sich vor, wie ihr Leben unerbittlich weiterging, den restlichen Abend lang, den Rest dieser Schiffsreise und immer weiter, Jahr für Jahr. Sie würde es leben, würde lernen zurechtzukommen und akzeptieren, was immer das Schicksal ihr bringen mochte.

Sie wollte sich schon abwenden und zur Treppe gehen, als ihr etwas ins Auge fiel. Etwa fünfzig Meter vom Schiff entfernt ragte eine langgezogene Erhebung aus dem Wasser. Noch ein Wal, dachte sie und wartete auf den Blas, doch der kam nicht, und die Erhebung war flach und gerade, nicht annähernd so beweglich wie ein Walrücken. Sie sah genauer hin und erkannte, dass das längliche Ding aus Holz war – ein großes Stück Treibholz vielleicht. Dann reckte sich ein bleicher Arm aus dem Wasser.

Bonnie schrie. Sie schleuderte den nutzlosen Schäferstab in Richtung des Schemens, der bereits hinter dem Schiff verblasste, riss den nächsten Rettungsring von der Wand und warf ihn hinterher. Als zwei der Mülltüten-Rosinen das Oberdeck betraten, sprang sie herum und stieß zwischen unverständlichem Gekreische »Mann über Bord!« hervor.

Kaum hatte der Ring das Wasser berührt, war sein Rettungslicht aufgeflammt. Die Mülltüten-Rosinen sahen das kleine Lämpchen verloren im dunklen Golf von Alaska blinken und hörten die Schiffssirene heulen. Sie hielten sich die Ohren zu und wechselten einen dümmlich überraschten Blick, während die Maschinen die *Universe* verlangsamten.

Billy kam auf seinem Weg die Küste hinab nicht gut voran. Fast die ganze Woche lang hatten ungünstige Winde vorgeherrscht.

»Ich nehme Zuflucht zum Buddha, ich nehme Zuflucht zum Dalai Lama, ich nehme Zuflucht zum Dharma, ich nehme Zuflucht zum Sangha«, murmelte er beim Paddeln.

Billy musste eine Entscheidung treffen. Wenn er an Land gehen wollte, galt es erst einmal, eine sichere Stelle zu finden, und er würde Gefahr laufen, von der Brandung gegen die Felsen geschleudert zu werden. Der Sturm peitschte das Wasser auf, und das zehn Faden hohe Riff an diesem Küstenabschnitt ließ dramatisch hohe Wellen entstehen. Wenn er versuchte, über das Riff hinauszupaddeln, wo die See ruhiger war, würde er Mühe haben, sich im Sturm auf dem offenen Meer aufrecht zu halten, bis er eine Landzunge fand, hinter der er Schutz suchen konnte, oder eine sichere Durchfahrt an die Küste.

Er hörte zu paddeln auf, ließ sich von den Wellen auf und ab tragen, balancierte das Boot mit dem Paddel aus und hielt den Bug in den Wind gerichtet. Wenn der Wind weiter zulegte, würde er die Brecher so steil auftürmen, dass das Kajak am Vorderhang kentern konnte. Er hatte die Eskimorolle zwar geübt, erst in einem Schwimmbad in Sitka und dann ein paar Mal in einem See, aber er war nicht sicher, wie lange seine Kraft in kaltem Wasser reichen würde. Die ganze Nacht lang konnte er dem Sturm wahrscheinlich nicht standhalten.

Er ging also davon aus, dass er sterben musste. Er dachte an seine Eltern in Kalifornien, an die frühen Morgenstunden im Garten, als er noch klein gewesen war und seine Kinderfüße schwache Abdrücke im taufeuchten Gras hinterlassen hatten, die gleich darauf nicht mehr da waren. Er tauchte das Paddel wieder ein, doch er spürte seine Schwäche. Er schwand, genau wie diese Fußabdrücke. Er war traurig. Dann wütend. Dann hörte er jemanden lachen, das dumpfe Grollen des Unwetters und … »Nicht kämpfen«, sagte er zu sich selbst. Er drehte das Boot in den Wind und straffte die Schultern, um ihn einzufangen.

Der Wind wehte geradewegs auf die steile Küste zu. Das Meer brach sich donnernd an glitschigen Felsen und schleuderte die Gischt wie ausgeschlagene Wellenzähne zehn Meter hoch. Das Wasser brodelte und schäumte, und Billy schmeckte das Salz im Mund, während sein schmales Kajak durch diesen Tumult taumelte und stampfte.

Benommen schwebte er über der Angst. Kaum merklich verlagerte er sein Gewicht, das Boot durchschnitt einen Wellenkamm und glitt den Hang hinab.

Er hielt auf einen schmalen Kanal grünen, schaumgesprenkelten Wassers zu und spürte dann den plötzlichen Auftrieb eines Brechers unter sich. Er ruderte zurück, geriet in einen gebrochenen Wellenkamm, und kurz bevor das weiße Wasser über seine Schultern herabstürzen konnte, wurde das Boot in einen Strudel hinter einer Klippe gespült.

Es war, als träte man von einer geschäftigen Straße in einen stillen Raum – urplötzlich herrschte Ruhe. Das grüne Meer hob und senkte sich unter ihm, doch durch die Öffnung der kleinen Bucht brachen keine Brandungswellen herein. Billy griff mit zitternder Hand unter seine Spritzdecke und holte ein Halstuch heraus, um sich das Meerwasser aus den Augen zu wischen. Hoch über ihm auf einem Felsvorsprung kreischte ein Wanderfalke seinen Ruf in den Wind. Hundert Meter über sich sah Billy Bäume, die der Sturm hin- und herpeitschte.

Es gab keine flache Stelle am Ufer, wo er aus seinem Kajak hätte kriechen können, also trieb er reglos in dem Wasser, das an den steilen Klippenwänden auf und ab glitt. Er legte ein paar Bröckchen von dem Fisch, den er am Abend zuvor gefangen und gebraten hatte, auf seine Spritzdecke und aß sie mit zwei Stückchen durchweichtem Schiffszwieback und einer halben Rippe Schokolade. Das Ganze spülte er mit seinem letzten Schluck Wasser herunter. Und sein Boot neigte sich in ein Wellental.

Die Welle brach nicht, doch sie schwappte kraftvoll an der Klippe empor und wurde zurückgeworfen. Felsen erschienen in ihrem Tal, neue Kreisel bildeten sich. Die Flut kam, und das kleine Riff, das die winzige Bucht schützte, wurde schon beinahe überspült. Für Billy lief die Zeit ab – in wenigen Minuten würden die Wellen durchbrechen und sein winziges Boot zerfetzen. Wenn er die Nacht auf See überleben wollte, musste er reichlich Abstand zu den Felsen halten.

Billy hatte gar nicht daran gedacht, an Bord der *Universe* zu gehen, obwohl er sie von Norden her hatte kommen sehen. In der hereinbrechenden Dunkelheit waren ihre Lichter ihm ein Anhaltspunkt gewesen. Jetzt leuchtete sie wie eine Geburtstagstorte in der stockfinsteren Nacht, und diese Pracht erschien Billy erstaunlich nahe. Also paddelte er. Er paddelte sein Boot über die Brandung hinweg, bis die donnernde, reißende Küste hinter ihm lag und der Wind plötzlich abflaute.

Die Lichter kamen näher. Billy konnte die Reling erkennen, die Lichter aus den Kabinen, die einsame Gestalt einer Frau auf dem Achterdeck – sie trug ein Kleid und hielt eine Art seltsamer Angelrute in der Hand. Womöglich war er auf Kollisionskurs mit der *Universe*.

Er wollte nicht in die Heckwelle geraten, die das Wasser noch mehr aufwühlen würde. Doch seine Hände zitterten, die Spritzdecke hatte sich gelöst, seine Beine waren nass, er schlotterte. Der Adrenalinstoß, der ihn über die Brandung hinweggetragen hatte, war verebbt, und ihm war kalt und schwindelig. Die paar Bröckchen Fisch, Brot und Schokolade hatte er schon vor einer halben Stunde beim Paddeln verbrannt, und nun klapperten seine Zähne.

»Nicht kämpfen«, sagte er laut und griff nach einem Schokoriegel. Das Paddel fiel ihm aus der Hand. Reflexhaft packte er zu, und eine Welle erhob sich unter ihm. Er spürte, wie sein Boot ihr nachgab, und versuchte, es wieder aufzurichten, doch eine weitere Welle schlug ihm ins Gesicht und zog ihn dann hinab.

Seine Ausrüstung wurde aus dem Boot gespült. Wasserdicht verschlossene Vorratsbeutel trieben wie Quallen an ihm vorbei. Seine gelbe Dokumententasche schwamm davon, und er wollte ihr hinterherschwimmen, doch das Wasser war zu kalt, und er hatte keine Kraft mehr. Das Gewicht seines eigenen Körpers zog ihn unter die Oberfläche. Er drehte sich im Wasser um, hob den Arm und berührte den Rumpf seines gekenterten Kajaks.

Der Lichtschein des riesigen Schiffes fiel auf das Wasser. Billy hörte die Maschinen dröhnen. Die Bugwelle schwappte über ihn hinweg, und er tastete verzweifelt mit beiden Armen nach Halt in einer Welt, die allmählich schwarz wurde.

Die *Universe* hatte angehalten, und Bonnie stand an der Reling, deutete aufs Wasser und schrie. Von Station Nummer acht wurde ein Rettungsboot herabgelassen, und ehe die Mannschaft sie daran hindern konnte, sprang sie mit hinein. Die Männer an Deck wollten das Boot wieder hochhieven, doch der Seemann, der offenbar das Sagen im Boot hatte, bedeutete ihnen, es trotzdem zu Wasser zu lassen. Ein weiterer zog Bonnie eine Rettungsweste über. Sie ließ zu, dass er sie darin verschnürte, deutete aber weiterhin auf den Punkt in der Dunkelheit, wo sie gerade noch einen Arm aus dem Wasser hatte ragen sehen.

Das Rettungsboot kreiselte im Wasser, bis es den Männern gelang, den Motor anzulassen und Abstand zum Schiff zu gewinnen. Die Wellen schaukelten das kleine Boot heftig hin und her, und trotzdem blieb Bonnie auf der mittleren Ruderbank stehen und zeigte auf die Stelle. Drei Seeleute umklammerten ihre Beine und baten sie höflich, von der Bank zu steigen und vorsichtiger zu sein.

Das Rettungsboot tuckerte hinaus ins Finstere, und gleich darauf brannte ein Suchscheinwerfer von der *Universe* ein grelles Loch in die Nacht. Bonnie konnte ein gekentertes Kajak erkennen, und das Boot hielt darauf zu. Doch gut sechs Meter windwärts sah sie jemanden dicht unter der Wasseroberfläche treiben. Ohne zu zögern sprang sie ins Meer und schwamm los.

Das Wasser war so kalt, dass sie fürchtete, das Bewusstsein zu verlieren. Sie spürte die Kälte augenblicklich ihren ganzen Körper durchdringen, als flösse sie in ihren eigenen Adern. Sie schlug mit den Armen, doch die sperrige Rettungsweste hinderte sie am Schwimmen, also riss sie die Verschlüsse auf und streifte sie ab. Die Stimmen der Männer im Rettungsboot verschwammen hinter ihr. Plötzlich kämpfte sie gegen eine Art seltsame Schläfrigkeit, die sie wie aus dem Nichts überkam. Trotzdem schlug sie mit den Armen und war sich jedes einzelnen Atemzugs bewusst. Sie näherte sich dem Menschen, der da im Wasser versank.

Der Suchscheinwerfer folgte ihr über die Wogen. Das Licht färbte das schwarze Wasser grün, und als sie kurz innehielt und die Augen öffnete, sah sie einen Mann mit blasser, heller Haut. Die Arme seitlich ausgebreitet, trieb er direkt unter der Oberfläche, als hielte das Licht ihn oben. Ein paar Blasen blubberten zwischen seinen Lippen hervor, und er blickte zu ihr auf, als hätte er sie erwartet. Ihre letzte bewusste Erinnerung, bevor sie hinabtauchte und seine Jacke packte, war sein Gesichtsausdruck – er lächelte wie ein Heiliger.

Die beiden kamen auf der Krankenstation der *Universe* wieder zu sich. Sie steckten unter warmen Decken, die sich anfühlten, als kämen sie frisch aus dem Wäschetrockner. Heizkissen, deren Kabel sich unter den Decken hervorschlängelten, lagen auf Billys Brust und Bauch.

Der Schiffsarzt beugte sich über ihn und fragte ihn, ob er wisse, wo er sei.

»In der Mitte des Universums«, nuschelte Billy lächelnd.

»Ganz genau«, sagte der Arzt und tätschelte dem zitternden Mann die Schulter.

Billys gesamte Ausrüstung zerstreute sich in der Dunkelheit im Kielwasser des Kreuzfahrtschiffes. Als die Besatzung des Rettungsbootes die zwei Personen aus dem Wasser gezogen hatte, hatten die Männer sie so schnell wie möglich an Bord der *SS Universe* bringen wollen. Billys Zelt, sein Schlafsack, das Paddel und das Kajak selbst trieben hinter ihr auf dem Wasser. Die Vorratsbeutel verloren den Auftrieb, sanken hinab und ließen sich gut sechshundert Fuß tiefer auf dem Meeresgrund nieder, wo nur die langlebigen Sebastes sich zwischen den kahlen Felsen bewegten.

Doch die gelbe Tasche mit dem Geld für den Dalai Lama, Billys Pass, dem Foto von seinen Freunden und dem noch ungelesenen *Tibetischen Totenbuch* trieb auf dem riesigen schwarzen Meer, gedankenlos und unbesorgt.

Kapitel 9

Die Gedenkfeier für Mouse Miller konnte man nur mit Mühe und Not so bezeichnen. Ein paar seiner Freunde trugen die Reste von Annabelles Trauerfeier hinunter in die verlassene Bar. Mrs. Cera brachte etwas frischen Kohlenfisch und Kartoffelsalat vorbei, blieb aber nicht. Sie umarmte Miles und Clive, dankte Clive dafür, dass er Mouse gefunden hatte, und ging wieder. Ihre Augen waren rot gerändert, und Miles hatte diese starke Frau noch nie so traurig gesehen. Er begleitete sie zurück zum Bohlenweg und berührte kurz ihren Ellbogen, als sie schweigend den Heimweg antrat.

Weasel brachte einen zwanzig Kilo schweren weißen Königslachs samt zerstoßenem Eis im Bauch vom Hafen herauf und legte ihn auf den Tresen. Binnen einer Stunde hatte irgendjemand die beiden Grills hinter der Bar angeworfen, und die Kohlen waren beinahe so weit. Irgendjemand anderes hatte ein Foto von Mouse über dem Tresen aufgehängt.

Fischer standen auf dem unebenen Boden und reichten eine Flasche Schnaps herum. In einer Ecke spielte ein Deckarbeiter aus Juneau Cribbage mit Jerry Hughes. Als Miles und Clive die Bar betraten, war es erst zehn Uhr morgens, also baten sie um einen Kaffee. Weasel schenkte ihnen aus seiner Thermoskanne ein, und die drei stießen mit ihren Bechern auf das Bild über dem Tresen an.

»Auf starke Herzen«, sagte Miles und nippte an seinem Kaffee.

»Ach, das Herz war's also?«, fragte Weasel.

Miles nickte. Mouses Leichnam war noch am selben Vormittag, an dem Clive ihn gefunden hatte, nach Anchorage gebracht worden. Zwei Tage später hatten sie den Autopsiebericht bekommen. Mouse war an einem Herzinfarkt gestorben. »Er hat sich schlecht ernährt, täglich anderthalb Liter Whisky getrunken, und Herzerkrankungen gab's in seiner Familie schon öfter. Er war das, was man einen ›Risikopatienten‹ nennt.«

»Ach«, sagte Weasel, »das war's ja nicht allein.« Er nahm einen kräftigen Schluck aus seiner Bierflasche. »Er war in Ellies Kellnerin verliebt – Kelly. Sie hatte schwarzes Haar und einen hammermäßigen ...« Er hielt sich beredt eine Hand vor die Brust. »... Wortschatz, wirklich gigantisch. Die Königin der Kreuzworträtsel.« Er lachte. »Mouse wäre ihr beinahe ins Grab gefolgt, als sie gestorben ist. Ihr wisst doch, wie er Kreuzworträtsel geliebt hat.« Er rülpste und wischte sich mit dem Unterarm den Mund ab.

»Hat diese Kelly mit dem gigantischen Wortschatz Mouse denn auch geliebt?«, fragte Clive über den Rand seiner Kaffeetasse hinweg.

»Nicht so richtig. Ich meine, sie mochte ihn, ja. Aber sie hat diese Bar praktisch für Ellie geführt, und Mouse hat gern getrunken. Das war sozusagen eher eine geschäftliche Beziehung.«

»Auf die unerwiderte Liebe«, sagte Clive und hob seinen Becher, und die drei tranken. »Den Klebstoff, der uns alle zusammenhält.« Sie knallten ihre Becher auf den Tresen.

»Wie ist das eigentlich«, fragte Clive seinen Bruder, »wem gehört denn die Bar jetzt?«

»Ach, das ist kompliziert, wie bei fast jeder Immobilie in diesem Nest. Mom wollte sie nicht und hat sie an einen Kerl verkauft, der hat sich scheiden lassen, und die Tochter seiner Exfrau hat es mit einer Ratenvereinbarung an einen Typen aus

Juneau verkauft, der ein Hotel daraus machen wollte. Aber nachdem die Bank ihm dafür keinen Kredit gewähren wollte, hat er die Raten natürlich nicht mehr gezahlt, und sie hat sich wohl nie die Mühe gegeben, die Bar zurückzufordern.«

»Könnte man den Namen dieses Typen bei der Stadtverwaltung herausfinden, was meinst du?«

»Ich denke schon.« Miles stand auf. Er wollte zurück an die Arbeit. »Warum interessiert dich das?«

»Ich werde dieses Haus kaufen«, verkündete Clive, »und meine eigene Bar Schrägstrich Kirche eröffnen.«

»Deine *was?*«

Clive erklärte es ihm. Nach seiner Ankunft in Cold Storage hatte er sich nach einer Schanklizenz erkundigt. Der Stadtrat, der einigermaßen regelmäßig zusammentrat, hatte jedoch eine alte Anordnung gefunden, und diese gestattete im Ort nur so viele Schanklizenzen, wie es Kirchen gab. Der örtliche Baumarkt besaß eine Ausschanklizenz und verkaufte Bier – hauptsächlich kastenweise – und Spirituosen an die Einwohner und Fischer. In der einzigen Kirche am Ort durften die Katholiken, Lutheraner und Unitarier ihren Sonntagsgottesdienst feiern – in dieser Reihenfolge. Als Ellie's Bar geschlossen hatte, waren so viele Leute weggezogen, dass man die zweite Kirche aufgegeben hatte. Clives neue Bar würde also nur eine Ausschanklizenz bekommen, wenn es eine zweite Kirche gab.

Natürlich hätte Clive einfach den Stadtrat bitten können, diese lokale Vorschrift zu ändern. Doch da die vergangenen zwei Dutzend Versammlungen es nicht auf die beschlussfähige Anzahl von Ratsmitgliedern gebracht hatten, erschien ihm dieser Plan aussichtslos. Die Idee, sonntags nicht auszuschenken und stattdessen einen Gottesdienst abzuhalten, fand er hingegen gar nicht so schlecht.

»Mir ist schon aufgefallen, dass du neuerdings die Bibel liest«, sagte Miles. »Darf ich dich was fragen? Hast du zum Glauben gefunden, seit du aus dem Gefängnis entlassen wurdest?«

Alle in der halb verfallenen Bar lauschten. Die meisten lächelten erwartungsvoll.

»Bruder, ich sage dir was«, antwortete Clive. »Ich liebe Jesus Christus, wie Mouse seine Kelly geliebt hat. Unerschrocken, ohne mich zu schämen. Ich liebe Jesus, wie ich Duke Ellington und den großen Satchmo liebe, und die Musik von Bonnie Raitt und Joni Mitchell. Ich liebe Jesus wie *Hundert Jahre Einsamkeit* und die gesammelten Werke von P. G. Wodehouse. Ich liebe Jesus, wie Elvis seine Mama geliebt hat. Denn in Jesus finden wir Vergebung, Liebe, Freude und Glück.« Clive hob seine Bierflasche, als wollte er mit dem ganzen Raum anstoßen. »Diese Liebe wird für immer unerwidert bleiben, denn er hat uns sein Geschenk schon gemacht und ist wieder gegangen. Damit müssen wir uns wohl abfinden. Also trinken wir noch einmal auf den großen Mouse Miller, auf seine Liebste, die schöne und unerreichbare Kelly, und auf Ellie Hobbes, die anarchistische Mutter von Cold Storage!«

Die Bierflaschen hoben sich, und lauter Jubel war noch weit den Hügel hinauf im Wald zu hören.

Miles fühlte sich gespalten, was die Pläne seines Bruders für Ellie's Bar betraf. An sich eine gute Idee, und er war sicher, dass Clive erfolgreich eine Bar führen konnte. Doch das Geld bereitete ihm immer noch Sorgen. Miles wusste, dass die Scheine aus Clives Parka eines Tages Unglück über sie alle bringen würden, so oder so.

Clive machte sich deswegen keine großen Gedanken. Das Gespräch mit Lester und Mouse Millers Tod hatten sein Leben aus irgendeinem Grund in eine neue Perspektive gerückt. Entweder litt er an einer neuartigen Psychose, oder er hatte übernatürliche Kräfte entwickelt – die Fähigkeit, Tiere sprechen zu hören. Er fand beide Möglichkeiten nicht sonderlich beängstigend, solange die Tiere ihm nicht sagten, er solle Leute erschießen oder bestimmte Lottozahlen tippen. Also flog er drei Tage nach der Gedenkfeier für Mouse Miller nach Juneau und traf sich im Triangle Club mit dem derzeitigen Eigentümer von Ellie's Bar. Sie unterhielten sich über den Preis, und als der Mann vierhunderttausend Dollar verlangte, legte Clive einen Umschlag mit fünfundzwanzigtausend in bar auf den Tisch und einen Vertrag, der besagte, dass er sämtliche Verbindlichkeiten übernehmen würde, darunter ausstehende Steuerzahlungen und die möglicherweise astronomischen Kosten für die Sanierung des Umweltschadens, der durch ausgelaufenes Heizöl unter dem Gebäude entstanden war. Der Besitzer nahm das Geld, unterschrieb den Vertrag und gab eine Runde aus.

Ellies Erbin hatte er bereits kontaktiert. Sie wohnte in Lewiston, Oregon. Er bot ihr an, die Ratenzahlungen fortzusetzen, die der letzte Käufer eingestellt hatte, und sie war einverstanden. Ein bisschen Geld war immerhin besser als gar kein Geld, Anwaltskosten und eine vergammelte Bar in tausend Meilen Entfernung.

Diese Nachrichten lösten bei Miles eine Mischung starker Gefühle aus. Die Vorstellung, dass sein Bruder, der Ex-Häftling, ein legales Geschäft betrieb, wahrscheinlich sogar ein sehr erfolgreiches, machte ihn beinahe schwindelig. Diese Art Freude konnten wohl nur andere besorgte Geschwister nachvollziehen. Zugleich stieg ein Grauen in ihm auf, das nicht vage war, sondern eine scharfe Spitze hatte. Clive gab überall großzügig Geld aus, was ganz sicher Aufmerksamkeit erregen würde: die der Polizei zum Ersten, und irgendwann auch die desjenigen, dem das viele Geld in Clives Parka einmal gehört hatte.

Clive trieb sein Projekt voran, ohne sich von den Sorgen seines Bruders beeindruckt zu zeigen. Anfang Juni begann er mit der Arbeit am Gebäude. Ein junger Bootsbauer in der Nähe lieferte ihm bestes Zedern-Kernholz, und er kaufte neue Stützpfeiler für das Fundament. Er ließ einen Ingenieur kommen und die Kosten für die Entfernung des ölverseuchten Bodens schätzen. Dann engagierte er ein paar Jungs aus dem Ort, die das kontaminierte Erdreich aushoben und nicht einmal die Hälfte der Summe verlangten.

Clive reparierte das Dach und nutzte jeden Nachmittag, an dem die Sonne mindestens eine Stunde lang schien, um die Außenwände abzubeizen. Er strich das Haus weiß mit roten Akzenten und hängte ein neues Schild über die Tür. Es war viel größer als das alte und ragte markant über dem Bohlenweg hervor. Clive taufte die neue Bar Mouse Miller's Love Nest.

Billy begann das Leben an Bord der *Universe* zu genießen. Er bekam eine kleine Crew-Kabine direkt neben den Kabinen der Band, und er durfte mit den Passagieren im Speisesaal essen. Seit er aus dem Nordpazifik gefischt worden war, hatte er einen gewaltigen Appetit entwickelt. Er aß, als könnte er alles Leiden der Welt durch Vollpension beenden, und stellte sich auch bei jedem Mitternachtsbuffet und Eistresen an.

Bonnie hatte noch nie jemandem das Leben gerettet und war nicht sicher, was sich jetzt gehörte. Den Kapitän hatte es entsetzt, dass sie ins Wasser gesprungen war, und er wollte die gesamte Besatzung des Rettungsbootes feuern. Doch die Kreuzfahrtdirektorin überzeugte ihn schließlich davon, dass es viel werbewirksamer wäre, sie alle zu Helden zu erklären. Sie ließ Bonnie und Billy sogar zwei Abende nacheinander am Kapitänstisch sitzen und präsentierte sie nickend und lächelnd den Passagieren, die sie im Vorbeigehen anstarrten. Ein paar trauten sich, an den Tisch zu treten, Bonnie die Hand zu schütteln und ihren Mut zu bewundern.

Bonnie und Billy waren wie vor den Kopf geschlagen. Billy war hauptsächlich überwältigt von dem üppigen Essen und saß halb im Kalorienkoma am Kapitänstisch. Bonnie hingegen musste sich auf ganz neuem emotionalem Terrain vorantasten, weil sie jemandem das Leben gerettet hatte. Ihr altes Leben, ihre alte Melancholie, schien irgendwo im Kielwasser des schwerfälligen Kreuzfahrtschiffs zurückgeblieben zu sein.

Ihr gefiel dieses neue Gefühl, aber sie konnte es nicht recht benennen. Sie konnte es ihrer Mutter nicht beschreiben, als sie über das Satellitentelefon des Schiffs mit ihr sprechen durfte. Auch sich selbst konnte sie das Gefühl kaum erklären.

Also verliebte sie sich in Billy, denn er war der greifbarste Beweis für ihr Abenteuer. Sie glaubte, sie müsse ihn festhalten, wenn sie dieses neue Leben bewahren wollte.

Sie zog aus ihrer Kabine zu Billy ins Mannschaftsquartier.

»Es kommt mir nicht vor wie Liebe«, sagte sie, während sie sich zu ihm in die schmale metallene Schlafkoje quetschte. »Eher so, als würde ich aus einem Traum aufwachen.«

Sie küsste ihn, beide sogen den warmen Atem des anderen ein und spürten erhitzte Haut unter den Händen. Sie waren wieder lebendig, sie beide zusammen, und das genoss Billy sehr. Rückblickend erkannte er auch, dass er gern Krabbenküchlein mit frischem Spargel aß. Und er genoss es, mit einer schönen Frau zu schlafen, die ihm das Leben gerettet hatte.

Die Vier Edlen Wahrheiten lehrten, dass das Leben Leiden bedeutet und man das Leiden überwinden konnte, indem man das Begehren überwand. Doch er musste sich eingestehen, dass er dieses neue Leben nicht nur genoss, sondern jetzt danach gierte – umso mehr, weil er bisher gelebt hatte, ohne zu ahnen, dass es auf dieser Welt solche Genüsse gab. Seit er aus dem Pazifik gezogen worden war, gierte er nach dem Gefühl seines eigenen warmen Körpers. Mehr denn je glaubte er, ein miserabler Buddhist zu sein. Er wollte immer noch dem Dalai Lama begegnen, doch er konnte nicht von Bord gehen, ehe die *Universe* irgendwo anlegte. Also küsste er Bonnie und lag neben ihr in dieser schmalen Koje, als wäre er vom Himmel gefallen, vielleicht aus einem Düsenflieger, und sicher hier bei ihr gelandet. Also aßen und tranken sie und aalten sich in dem schmalen Bett aneinander, als sei die Haut des anderen eine köstliche Creme. In geborgter Abendkleidung stiegen sie scheppernd die metallenen Stufen hinauf und tanzten zur kleinen Band des Kreuzfahrtschiffs.

Die Band bestand aus Musikstudenten vom Oberlin College. Sie waren nur zu siebt, und das Kreuzfahrtunternehmen wollte sie unbedingt ein »Orchester« nennen, obwohl sie eindeutig eine Band waren. Rick, der Tenorsaxophon spielte, hatte die Band nach den letzten Weihnachtsferien gegründet. Er hatte seine Freunde so lange bearbeitet und sogar bedrängt, bis sie sich ihm zu diesem Gig angeschlossen hatten. Rick erinnerte ein bisschen an Bono, und er konnte jedes Publikum jeder Altersgruppe begeistern. Earl, der Schlagzeuger, war schwarz und trug einen dünnen Spitzbart und eine Hornbrille. Nix war jung, weiß und spielte Bass, als tanzte sie mit ihrem Instrument. Sie hatte kurzes braunes Haar und zahlreiche Piercings – für das Engagement auf der *Universe* musste sie sie verbergen und ein paar sogar herausnehmen und zuheilen lassen. Rick hatte ihr klargemacht, dass man Cole Porter unmöglich mit einem silbrigen Ziegenkopf in der Zunge spielen konnte. Nix hatte die Augen verdreht, aber den Zungenstecker entfernt. Der Rest der Band erinnerte Billy an Kinder auf einer Hochzeitsfeier, erhitzt und rotgesichtig in ihren schlecht sitzenden, ungewohnten Anzughemden.

Aber sie spielten für ihr Leben gern. Sie hatten drei Auftritte pro Abend und begleiteten dann noch verschiedene weitere Sänger. Sie spielten Musik der vierziger Jahre um sieben, fünfziger Jahre um neun, und um elf etwas, das als »Contemporary« bezeichnet wurde. Jeden zweiten Abend begleiteten sie danach die *Cabaret*-Sängerin oder spielten Broadway-Medleys für ein Opernsänger-Duo aus San Francisco.

Die Mitglieder der Band fanden Billy faszinierend. Die Vorstellung, wie er durch den finsteren Nordpazifik paddelte, hatte für sie etwas beinahe Mythisches. Spätnachts quetschten sich alle in ihre kleine Kabine, hockten sich auf den Boden und aßen Junkfood (das die Band offenbar der Kreuzfahrt-Cuisine vorzog), rauchten Gras und redeten über Alaska. Während dieser Versammlungen hielt Billy förmlich Hof, und er genoss die Rolle des Geschichtenerzählers, der aus dem Meer gefischt worden war.

Nix interessierte sich vor allem für seine Geschichten über Cold Storage. Sie hörte ihn gern von Lester und Clive berichten. Sie versuchte sich diese kleine Gemeinschaft auszumalen, die sich an eine Bergflanke klammerte, ohne Straßen, ohne Autos und praktisch unbeeindruckt vom Rest der Welt. Während sie eine Handvoll fettiger gerösteter Erdnüsse nach der anderen aß, lehnte sie den Kopf an die harte Wand und träumte sich dorthin.

Nix hatte einen Freund in Portland. Er war Geiger und sprang auch ab und zu an der Gitarre ein. Im Prinzip spielte er überall, doch am liebsten war ihm die traditionelle irische Musik. In Portland gab es eine richtige irische Szene, und Nix hatte viele Nächte in einem der drei Irish Pubs verbracht und ihm zugehört. Sie mochte diese Sessions, hatte aber ihren Freund zunehmend satt, der Gefahr lief, sich zum radikalen Katholiken zu entwickeln. Der Kreuzfahrt-Gig mit ihren alten

Freunden war Nix sehr recht gewesen als einfacher Ausweg aus dieser Situation. Ehe ihr Freund überhaupt mitbekommen hatte, dass etwas nicht stimmte, hatte sie alle ihre Sachen aus ihrer gemeinsamen Wohnung ausgeräumt und eingelagert und war an Bord gegangen. Schluss gemacht hatte sie dann per Telefon von einer Telefonzelle in Vancouver aus.

Manchmal erzählte Billy bis in die frühen Morgenstunden. Er erzählte von Walen, die sich den Rücken am Rumpf seines Fischerbootes rieben, von den Streitereien im Filmclub und dem Braunbären, der einmal ins Café eingedrungen war und sich aus der Kühltruhe bedient hatte. Er erzählte ihnen von Mouse Miller, der in die Kellnerin verliebt und verschwunden war, und von dem Fischer, dem ein riesiger Heilbutt ins Boot gesprungen war und ihn erschlagen hatte – der Fisch war dann auf seiner Trauerfeier serviert worden.

Die Band aus Oberlin lauschte und knabberte und träumte ihre eigene Disney-Version von Billys Abenteuern. Earl trommelte mit seinen Drumsticks auf den Oberschenkeln. Nix machte nebenbei ihre Fingerübungen. Bonnie lag auf einen Ellbogen gestützt nackt unter ihrer Decke und spielte mit Billys Haar, während er eine Geschichte nach der anderen über die Welt erzählte, die er hinter sich gelassen hatte.

Am letzten Tag der Fahrt legte das Schiff in Vancouver an. Billy erfuhr erst nachmittags, dass der Dalai Lama seine Rede in Seattle abgesagt hatte, weil offenbar Probleme mit der Sicherheit aufgetreten waren. Erleichtert atmete Billy auf. Er wusste, dass er nicht würdig war. Er hatte nicht mehr meditiert, er hatte seine Spendenfahrt nicht beendet, und das Geld war außerdem verloren. Es erfüllte ihn mit einem gewissen Frieden, dass auch der Dalai Lama seine Pläne geändert hatte.

Also beschloss Billy, an Bord der *Universe* zu bleiben. Die Band heuerte ihn als zweiten Schlagzeuger und Background-

Sänger an. Das ging bei der Kreuzfahrtgesellschaft ohne weiteres durch, weil sie immer einer zu wenig gewesen waren – ursprünglich gehörte noch ein Posaune-Spieler zur Band, der sich jedoch in der Woche vor der Abfahrt beim Skateboarden das Bein gebrochen hatte. Billy brauchte nur ein paar Formulare auszufüllen, und alles war erledigt.

Bonnie bekam einen Job in der Bordbibliothek. Der war nicht ganz so einfach zu ergattern, aber sie hatte den richtigen Leuten gegenüber ein paar Mal angedeutet, dass sie bei der Rettungsaktion im Pazifik eine Rückenverletzung erlitten haben könnte. Die Anwälte der Kreuzfahrtgesellschaft behaupteten zwar, das Unternehmen würde dafür keinesfalls haftbar gemacht werden. Doch als eine Mitarbeiterin der Bibliothekarin wegen Seekrankheit kündigte, bot man die Stelle Bonnie an.

An dem Nachmittag, an dem die *Universe* mit Bonnie und Billy als Angestellten Vancouver wieder verließ, glitzerte die Sonne auf dem Wasser, und ein paar Leute standen winkend am Pier. Bonnie winkte vom Deck aus ihrer Mutter zu, die nach Vancouver geflogen war, um ihre Tochter zur Heimkehr zu bewegen. Bonnie warf ihr Kusshändchen hinüber, ihre Mutter weinte. Billy sah prächtig aus in einer schwarzen Anzughose mit weißem Hemd und roter Fliege. Sie spielten einen Samba auf dem hinteren Deck, wobei er mit einem Rundholz auf einen Holzblock klopfte. Und so ließ die *Universe* langsam den Hafen hinter sich und begann ihre Fahrt zurück nach Alaska.

Kapitel 10

In der zweiten Juniwoche saß Jake Shoemaker an seinem Frühstückstisch in Seattle und schikanierte Miss Peel per Telefon. Miss Peel regte sich auf, und Jake wollte, dass sie sich beruhigte. Die Polizei war erneut da gewesen. Sie hatten das Lagerhaus durchsucht und nichts Belastendes gefunden, doch sie kamen immer wieder und setzten seine Leute unter Druck, damit sie ihren Boss verpfiffen. Jake musste dauernd irgendwem Händchen halten.

In einem Punkt hatte Clive recht gehabt: Miss Peel erwartete eine Menge Beziehungspflege. Sie wusste so viel, dass sie Jake für lange Zeit hinter Gitter bringen könnte. Außerdem war sie sehr klug – Jake traute ihr zu, dass sie heimlich Kopien von allem Möglichen angefertigt hatte und sie irgendwo in einem Schließfach aufbewahrte. Miss Peel hatte zahlreiche Bewunderer, darunter mehrere Promi-Sportler, berühmte Männer, die die Zeitungen praktisch wöchentlich erwähnten. Einer von ihnen liebte sie offenbar sehr, denn er schickte ihr ebenso oft Blumen, wie etwas über ihn in der Zeitung stand. Falls Miss Peel etwas Schlimmes zustoßen sollte, würde das nicht unbemerkt bleiben. Jemand würde dafür sorgen, dass mit Nachdruck ermittelt wurde. Außerdem war Jake ziemlich sicher, dass sie in ihrem Testament vermerkt hatte »Sollte irgendetwas an den Umständen meines Todes verdächtig erscheinen …« Doch zumindest vorerst konnte er ihr vertrauen. Die Spitzensportler schützten beide Seiten – sie wollte gewiss nicht, dass ihre Gangster-Verbindungen ans Licht kamen, solange sie bei diesen Jungs im Spiel war.

Jakes eigenes Schicksal fuhr Achterbahn. Einerseits hatte es sich als ein Glück erwiesen, dass Clive das Geld aus der Lagerhalle gestohlen hatte. Sonst läge dieses Beweisstück jetzt in irgendeiner Asservatenkammer, und Jake hätte keinerlei Hoffnung mehr, es je wiederzusehen. Andererseits war es ein Pech, dass er Oscar ins Knie geschossen hatte, denn der Mann war wütend und hatte sich aus dem Staub gemacht. Jake vermutete, dass Oscar ihn verpfiffen hatte – die Ermittler fragten ständig, ob jemand etwas von einer Waffe wisse, oder wo Oscar steckte.

Jake erklärte der Polizei, er werde natürlich dabei helfen, dieses Kuddelmuddel aufzuklären, sie bräuchten bloß einen Termin mit seinem Rechtsanwalt zu vereinbaren. Damit mussten die Ermittler sich begnügen und trampelten die Treppe hinab, während Jake ihnen lächelnd nachschaute. Sie würden bald genug feststellen, dass sein Anwalt ebenso wenig zu einem Gespräch mit der Polizei bereit war wie zum Verzicht auf sein Honorar.

Das Leben in Seattle nahm Fahrt auf. Der Immobilienmarkt sah gut aus. Aus irgendeinem Grund liehen die Banken Jake nur zu gerne ihr Geld. Doch diese Computerfreaks raubten ihm den letzten Nerv. Wenn sie nicht schmollten, weil er ihnen keinen Basketballplatz in ihrem Bürogebäude genehmigen wollte, beschwerten sie sich über den Kaffee, Herrgott noch mal. Jake hätte den ganzen Haufen am liebsten ertränkt wie einen Wurf Kätzchen.

Zu Jakes Verstimmung trugen auch die Bemerkungen seines Anwalts bei, der schon mehrmals angedeutet hatte, dass Jake irgendwo Bargeld für eine Kaution bunkern sollte. Er hatte Jake sogar klipp und klar gesagt, dass dies ein günstiger Zeitpunkt für einen ausgedehnten Angelurlaub in Mexiko sei. Aber Jake wollte nicht abhauen. Wenn man erst die Flucht antrat, musste man bereit sein, immer weiter wegzulaufen, und das ging nicht.

Er hatte für seinen Literaturagenten erreichbar zu sein. Er brauchte die Möglichkeit, Produzenten und Geldgeber zu treffen, falls sich jemand für eines seiner Drehbücher interessierte. Also besänftigte er Miss Peel und half ihr, aus seinen diversen Geschäften Geld für eine mögliche Kaution beiseitezuschaffen.

Seine kreative Energie konzentrierte er hauptsächlich auf *Bis dass der Tod uns scheidet*. Er hatte beschlossen, einen aktuellen Bezug einzubauen, indem er die beiden Hauptfiguren – ein Ehepaar, das zusammen als CIA-Agenten undercover arbeitete – zu Juden machte, und ihr Eheberater sollte arabische Wurzeln bekommen. Er hatte bereits eine Rohfassung der ersten Szenen, in denen das Paar zum ersten Mal den Therapeuten aufsuchte, und die waren witzig. Oder würden witzig sein, wenn er sie richtig poliert hatte. Er konnte sich schon vorstellen, wie alle möglichen Stars sich um diese Rollen prügelten. Er brauchte nur ein paar Monate lang Pause von diesen Ermittlern, Anwälten und Koksern. Wenn er sich das Geld von Clive zurückholen könnte, wären sämtliche Probleme mit einem Streich gelöst. Aber niemand wusste, wo Clive sich aufhielt.

Jake streckte die Fühler aus. Der Privatdetektiv seines Anwalts hatte Kontakte im McNeil, wo Clive eingesessen hatte. Niemand hatte irgendeine Spur zu ihm. Der Detektiv hatte Clives Akte studiert und mit den Leuten im Gefängnis gesprochen, die gern tratschten – nichts. Jake hatte einen Bericht erhalten, zusammen mit einer weiteren ungeheuerlich aufgeblasenen Rechnung. Die einzige brauchbare Information in dem Bericht stammte von einem Taxifahrer, der einen Mann, auf den Clives Beschreibung passte, bei sich hatte übernachten lassen. Dass Stilton Cheesewright, wie der Mann sich genannt hatte, Clive war, bezweifelte Jake nicht. Der Taxifahrer hatte erwähnt, dieser Cheesewright habe seinen Hund abholen wollen. Jake schnaubte und rieb sich verschlafen die Augen.

Er wusste, dass Clives räudiger Köter tot war, doch der neue Wachhund fehlte.

Jake kochte. Es war nicht so einfach, jemanden zu finden, der kein Zuhause, kein Auto und weder ein Postfach noch eine E-Mail-Adresse hatte. Noch schwerer war es, jemanden aufzuspüren, der alles bar bezahlte. Der Detektiv hatte seine Verbindungen zur Bewährungshilfe spielen lassen, aber rein gar nichts erreicht. Sein Kontakt wollte keine Adressen herausgeben und sagte dem Detektiv nur, dass Clive Verwandte in Alaska hatte. Bedauerlicherweise war Alaska verdammt groß.

Jake musste verlorenem Geld weiteres Geld hinterherwerfen. Das fand er überhaupt nicht lustig. Er dachte daran, diese Null von einem Privatdetektiv anzurufen und ihm zu sagen, dass er sich dahinterklemmen und ihm wenigstens den Namen eines dieser Verwandten liefern sollte. Himmel! Wie schwer konnte das schon sein?

Doch er wollte jetzt keinen zusätzlichen Stress mehr. Also atmete er ein paar Mal tief durch, nippte an seinem frischen Orangensaft und schlug die Zeitung auf. Und da, auf der dritten Seite der Rubrik »Vermischtes« im zweiten Teil, in einer kleinen Agenturmeldung, fand Jake genau das, was er suchte. Seine Augen weiteten sich, und er lächelte dankbar, wenn auch ein wenig ungläubig.

»Ich werd verrückt!«, rief er, griff nach seinem Orangensaft und stieß vor lauter Aufregung das Glas um.

In der ersten Juniwoche war Billy auf der dritten Kreuzfahrt der Saison. Er sang auf der Bühne »Do Nothing Until You Hear From Me«. Von Fahrt zu Fahrt durfte er mehr Solos singen, und er fand es herrlich, vor der Band zu stehen mit geschlossenen Augen, beide Hände am Mikrofonständer. Billy sang und spürte dabei das Schiff unter sich schwanken. Er stellte sich vor, wie die *Universe* auf dem grünen Wasser des Dixon Entrance nördlich von Vancouver Island schwebte, und malte sich den flachen, sandigen Meeresgrund dreihundert Faden unter seinen Füßen aus. Während er sang, spürte er, dass sich sein Geist löste, als sei er zuvor aufgewickelt gewesen. Hin und wieder warf er einen kurzen Blick zu den Tanzenden und fühlte das schwingende Meer in den Beinen. Er dachte an die Wellen und die Wale, die im Zwielicht unter dem Schiff schwammen. Wenn er seine verlorene Ausrüstung – das Kajak, das Päckchen mit dem Geld für den Dalai Lama – vor sich sah, die irgendwo im Nordpazifik trieb, empfand er keine Sehnsucht, keinen Verlust, nur eine Leichtigkeit, als wäre seine Schädeldecke abgenommen worden, so dass sein Geist nun aus seinem Körper aufsteigen konnte.

Daher war es eine böse Überraschung – ja, beinahe der Einsturz seiner Fantasiewelt –, als er drei Tage später mit einer Benachrichtigung aufs Postamt von Vancouver ging und einen Umschlag öffnete, der seinen arg mitgenommenen Reisepass, das *Tibetische Totenbuch* und einen Brief enthielt.

Auf Seite drei des »Panorama«-Teils der *Seattle Times* prangte ein etwas überbelichtetes Foto von ein paar Leuten an einem großen Tisch. In der Mitte stand ein ungelenker, langhaariger Bursche und nahm ein Bündel Geldscheine entgegen. Zwei Dinge an diesem Bild sprangen Jake förmlich an: Erstens war der Mann, der das Geld überreichte, kein anderer als Clive McCahon, und zweitens war es *sein* Geld, das Clive da verschenkte.

Die Überschrift des Artikels lautete: »Verlorene Spende findet doch noch zum Dalai Lama.« Über dem Bild mit Clive war ein größeres Foto von einem lächelnden Tibeter abgedruckt mit der Unterschrift: »Sekretär Seiner Heiligkeit des 14. Dalai

Lama mit dem wasserdichten Päckchen, das im Pazifik gefunden und nach Dharamsala, Indien, gesendet wurde.«

Ein Kästchen im Artikel brachte ein Zitat des Mannes: »Dank einer glücklichen Fügung hat dieses kleine Päckchen seine gefährliche Reise ins Ungewisse wohlbehalten überstanden. Seine Heiligkeit dankt Mr. William Cox aus Cold Storage, Alaska, und dem Unbekannten, der die großzügige Spende nach Indien weitergeleitet hat.«

Der Artikel schilderte, wie das Päckchen mit dem Poststempel von Kodiak in Dharamsala angekommen war. Offenbar hatte irgendein Fischer das wasserdichte Bündel gefunden und es anonym an den Dalai Lama geschickt. Der Journalist vermerkte dazu, dass William Cox derzeit als Musiker auf einem Kreuzfahrtschiff vor Alaska arbeite. Das letzte Foto zeigte Freunde und Nachbarn aus dem kleinen Fischerdorf, und einer von ihnen, der Krankenpfleger des Ortes, wurde mit den Worten zitiert: »Wir sind sehr froh, dass es Billy gut geht, und freuen uns, dass das Geld doch noch den Dalai Lama erreicht hat.«

»Ich werd verrückt!«, stieß Jake wieder aus und griff zum Telefon.

In Cold Storage war dieser Tag ein herrlicher Sommertag. Clive legte letzte Hand an die Zierleisten der Fassade und hörte dazu eine alte Schallplatte von Spike Jones. Er lächelte und wippte im Takt zu den Hupen und Flöten, die aus dem klappriger alten Plattenspieler kreischten. Little Brother lag auf einem Stück Blech für das Dach, wärmte sich in der Sonne und hob den Kopf, als ein Rabe auf dem Geländer des Bohlenwegs landete. Ein brauner Streifen Kartoffelschale hing aus seinem Schnabel. Der Rabe stolzierte das Geländer entlang und verhöhnte den großen Hund ohne Ohren.

»Hässlich. Hässlich. Hässlich«, sagte der Vogel.

Clive hob mahnend den Pinsel und erklärte seinem Hund: »Du verschreckst die Kundschaft, weißt du?« Little Brother warf ihm einen Blick zu, schwieg und widmete sich wieder der Beobachtung des schwarzen Vogels.

»Es ist dein Job, sie rauszuschmeißen, wenn sie Ärger machen, aber nicht, sie gar nicht erst hereinzulassen.«

Er stellte den Pinsel in den Farbeimer, ging zu Little Brother hinüber, hielt einen Meter Abstand und streckte langsam die Hand aus. Der gestromte Hund stand auf. Er wich zurück, und das schwere Metall bog sich unter seinem Gewicht. Er knurrte nicht oder fletschte die Zähne, sondern starrte Clive nur mit Augen an, die glommen wie Zigarettenspitzen.

»Schon gut, schon gut. Ich wollte dich nur bitten, andere Möglichkeiten zu erwägen.« Clive wandte sich ab und ging hinein.

In der Bar, die bereits inoffiziell geöffnet hatte, saßen fünf Männer und unterhielten sich über Billys unglaubliche Rettung. Tanzmusik trieb durch die offenen Fenster hinaus. Ein prächtiger, sonniger Tag in einem regnerischen Landstrich.

»Da geht der Kerl im Stockfinsteren beinahe unter und wird von einem Kreuzfahrtschiff rausgefischt, so ein Glück muss man haben.«

»Woher weißt du das?«, fragte Clive.

»Machst du Witze? Reporter rufen alle im Ort an. Sie lieben diese Story. Hast du noch mit keinem von denen gesprochen? Die freuen sich über jeden, der den Hörer abnimmt.«

»Reporter?« Clive beobachtete den Raben draußen. Der krächzte den gewaltigen Hund an und prahlte höhnisch mit seiner großartigen Kartoffelschale.

»Ja, Reporter. Die stürzen sich auf diese Geschichte. Wie das Geld, das du Billy gegeben hast, bis zum Dalai Lama in Indien gekommen ist.«

»Die fragen nach mir?«, fragte Clive vorsichtig.

»Die kennen deinen Namen nicht, aber die wollen wissen, wer die Leute auf dem Bild sind. Natürlich sagen wir keinem was über dich, Ehrensache. Nur, dass das Geld hier im Ort gesammelt wurde. Das ist doch okay, oder nicht, Clive?«

»Ja … ja, sicher ist das okay.« Clive beobachtete, wie der Rabe die Kartoffelschale fallen ließ, dem bellenden Hund zwei Mal ins Gesicht krächzte und sich dann in den blauen Sommerhimmel schwang. »Bye-bye! Bye-bye!«, rief er.

»Ja, ist okay«, wiederholte Clive.

»Gut. Können wir jetzt mal dein neues Fassbier probieren? Qualitätskontrolle, du weißt schon.«

»Unbedingt.« Clive griff nach dem Schlauch, um das rostige Fass unter der Bar anzuzapfen. Little Brother trottete herein und setzte sich auf den Schlafsack, der zum Gedenken an der Stelle lag, wo Mouse Miller gestorben war.

Billy las den Brief vom Sekretär des Dalai Lama mit einer Mischung aus Panik und Staunen. Er hatte die vergangenen neunundvierzig Tage auf dem Schiff verbracht wie ein Mann, der in einer Welt des erfüllten Begehrens wiedergeboren worden war. Er war aus dem Meer gerettet worden von einer Frau, die ihn lieben wollte, hatte sich mit Köstlichkeiten den Bauch vollgeschlagen und Geschichten von seinem früheren Zuhause erzählt, so ausgeschmückt, dass sie seinem Ego schmeichelten. Inzwischen kamen sie ihm beinahe selbst wie Märchen vor.

Doch nun hielt er seinen alten Reisepass in der Hand, seine alte Identität, und der roch nach Zuhause. Billy hielt sich den Pass unter die Nase und erschnupperte schwefeliges Wasser und Motoröl. Er blätterte darin herum und hatte auf einmal das unerklärliche Gefühl, als hätte dieses Dorf ihn gefangen gehalten. Die Geschichten in seinem Kopf sanken herab in seine Brust, wo die Wirklichkeit von Cold Storage – der Regen, das Gezanke und die Depressionen – wohl schon immer gehaust hatten. Im Gegensatz zu einem Kreuzfahrtschiff eignete Cold Storage sich prächtig für ein entsagungsvolles Leben.

Der Sekretär des Dalai Lama schrieb in seinem Brief, dass er Billys Kontaktadresse in Vancouver von der Presse erhalten habe und davon ausgehe, dass »Mr. Cox« seine Ausweispapiere und sein Buch gern zurückhaben wolle. Er dankte Billy für die großzügige Spende und wünschte ihm Gesundheit und Glück auf seiner Reise.

In das Buch hatte der Sekretär ein kleines Bild Seiner Heiligkeit gesteckt. Das offizielle Foto im Postkarten-Format zeigte den buddhistischen Mönch in seinem traditionellen Gewand. Mit einem Ausdruck von Würde und Klugheit blickte er in die Kamera. Doch als Billy das Foto betrachtete, war er sicher, dass der Dalai Lama in diesem Moment ein Lachen unterdrückte und genau wusste, wie albern Billy in seinem Frack aussah. Er steckte das Bild wieder in sein Buch und schlug mit schwerem Herzen den längsten Umweg zurück zum Pier ein.

Am Abend darauf begann der Stoff, aus dem Billys neues Leben gewirkt war, Fäden zu verlieren.

Schon vorher hatte es Meinungsverschiedenheiten innerhalb der Band gegeben. Die Kreuzfahrtdirektorin, eine betont muntere Australierin, war früher mit einer kleinen Theatertruppe in Key West auf Restaurantbühnen aufgetreten. Sie fühlte sich persönlich verantwortlich dafür, dass jeder einzelne Passagier, der das Schiff betrat, sich bestens amüsierte. Und sie nahm ihren Job sehr ernst. Bereits auf den letzten beiden Reisen hatte sie Beschwerden über die Band an Rick weitergegeben und erklärt, die »Contemporary«-Auftritte würden wohl »ein bisschen zu wild«. Angeblich hätten sie sogar eine Cover-Version von Jonathan Richmans »Roadrunner« gespielt.

»Halten Sie das wirklich für passend?«, hatte sie den Bandleader gefragt.

»Roadrunner« war Nix' Idee gewesen. Ihr fiel allmählich die Decke auf den Kopf. Während jeder Reise freundete sie sich mit zwei oder drei jüngeren Passagieren an und ermunterte sie, sich aktuellere Musik zu wünschen. Sie hatte schon alles ausprobiert, sogar Ska-Versionen bekannter Rhythm-and-Blues-Songs und Country-Walzer mit Hornbegleitung. Sie sah zu, wie Paare in Strickpullis und Segelschuhen fröhlich zu ihrer Musik tanzten und kein bisschen auf die schrägen Songtexte über rotes Haar und schwarzes Leder achteten. Die Kreuzfahrtdirektorin jedoch hörte sie.

Billys und Bonnies Kabine war zum inoffiziellen Clubraum der Band geworden. Also schien sie auch der beste Platz für ein klärendes Gespräch zu sein, obwohl Bonnie mit einer schweren Erkältung im Bett lag.

»Ehrlich, Rick, so lautete nicht der Deal.« Earl warf einen Drumstick auf die Kommode. »Du hast uns vielfältige Nummern versprochen. Du hast gesagt, das wird keine Umtata-Hotelballsaal-Cocktaillounge-in-der-Pampa-Geschichte. Herrgott, es ist viel schlimmer! Du hast gesagt, bei einem Auftritt pro Abend dürften wir die Musik selbst auswählen. Wenn das nicht mehr so ist, möchte ich es jetzt sofort wissen.«

»Wir haben einen Vertrag unterschrieben«, erwiderte Rick seufzend. »Wir arbeiten für die Kreuzfahrtgesellschaft, und die Direktorin hat mir einen Auftritt mit eigener Musikauswahl zugesagt – vorausgesetzt, dass die Musik zum Publikum passt und wir nicht so etwas wie Free Jazz oder experimentelles Zeug spielen.«

»Wir reden hier wohl kaum von Sun Ra«, warf Nix ein. »Es

geht doch nur um ein paar Nummern mit anderen Rhythmen. Wenn sie immer nur Polka hören wollten, hätten sie ein Polka-Orchester anheuern können. Und außerdem – eine Menge Leute mögen Richard Thompson.« Sie setzte sich neben Bonnie, die sich zur Wand drehte und sich ein Kissen über den Kopf zog.

Der Streit weitete sich aus. Sie diskutierten über Feinheiten der Nummern in ihrem Repertoire, es gab Vorwürfe und Gegenvorwürfe, der Trompeter bewarf Rick mit einer Handvoll Chips, und Ricks Gesicht verfinsterte sich vor Wut.

Draußen tollten Schweinswale in der Bugwelle des Schiffs. Sie zischten wie Torpedos durchs Wasser, schossen durch die Oberfläche empor und präsentierten der Sonne ihre schwarzweißen Körper. Passagiere an Deck jubelten ihnen zu, während die Band über ihr Arrangement von »Stardust« zankte.

»Jetzt hör doch mal, Rick!«, rief Nix. »Ich bestreite gar nicht, dass Hogie Carmichael ein verdammtes Genie ist. Ich will nur auch mal was anderes spielen.« Sie wippte leicht auf dem Bett auf und ab, die Arme fest an sich gepresst wie ein Kind, das gleich in Tränen ausbrechen wird.

»Moment mal«, sagte Billy von der oberen Koje her. Er hatte während der ganzen Zeit noch kein Wort gesprochen. Sämtliche Musiker verstummten und starrten zu ihm hoch. »Ich weiß genau, was wir machen.«

Kapitel 11

Gegen Ende Juli machten sich die Lachse auf ihren Weg die Flüsse hinauf, um zu laichen und zu sterben. Sobald sie sich im Süßwasser befanden, wurden sie buckelig und hakennasig – ihr Zerfall hatte schon begonnen. Doch draußen im Salzwasser waren diese Fische spät in der Saison leuchtend, schnell und quicklebendig. Und das waren die Fische, die Miles unbedingt fangen wollte.

Er hatte nichts von Trooper Brown gehört, war aber sicher, dass ihnen ein Besuch bevorstand. Clive hatte zu vieles in Bewegung gebracht, als dass er hier unbemerkt bleiben würde. Ausschanklizenz, Gewerbeanmeldung, Immobilienkauf, viel Geld, das die Hände wechselte … Weasel schien auch mehr zu tun zu haben als sonst: Er telefonierte ständig von den Telefonzellen am Dock aus, benutzte den Computer in der Bibliothek und fuhr sogar mit seinem alten Holzboot raus aus der Bucht. Jeder Tag ohne Trooper Brown vor der Tür erschien Miles als ein Glück, und wann immer er nicht in der Praxis sein musste, wollte er mit seinem Boot rausfahren – und sei es nur, damit er nicht da war, wenn Trooper Brown schließlich doch an die Tür hämmerte.

Abgesehen von gelegentlichen Gebeten zu japanischen Außenbordmotoren ging Miles das Fischen sehr praktisch an. Er hatte Erfolg bei allen möglichen Lachsen außer Königslachsen, und diese Schwäche ärgerte ihn. Lester hatte ihm erzählt, dass die Tlingit glaubten, diese Fische kämen nur zu jenen Menschen, die würdig seien, sie zu fangen. Miles hielt das für die Verkündigung eines geheimen Zirkels erfolgreicher Fischer. Er fragte sich allmählich, ob es auch eine Religion für beständige Pechvögel gab.

Er umrundete die Landspitze und huschte in den Windschatten der kleinen Inseln vor der nördlichen Öffnung der Bucht. Er spürte die Reste des Seegangs weiter draußen – die kleinen Wellen schaukelten sein Boot, obwohl sich kaum ein Lufthauch regte. Miles machte sich daran, seine Angelausrüstung aufzubauen und ins Wasser zu lassen. Er stellte den Motor auf knapp über Standgas und glitt in moderatem Tempo dahin.

Erst jetzt, mit gemächlich tuckerndem Motor und gespannter Angelschnur, vergaß er die kriminellen Unternehmungen seines Bruders. Er vergaß die plötzliche Abwesenheit seiner Mutter, die diese Welt verlassen hatte, und endlich vergaß er auch sein Anglerpech. Er saß einfach nur mit leerem Kopf in der warmen Sonne, und als sei ein leerer Kopf das entscheidende Element, damit sich endlich das Glück einstellte, kam es genau in diesem Moment.

Die Schnur straffte sich so heftig und schnell, als hinge auf einmal die ganze Welt am Haken. Miles riss die Angelrute hoch. Er kurbelte, und die Rute bog sich durch. Die Schiebebremse hielt nicht, und der Fisch bekam Freilauf. Miles zog die Bremse fester an und stemmte sich gegen die Rute. Dreißig Meter vor ihm durchbrach der Lachs die Wasseroberfläche und glitzerte im Sonnenschein. Miles keuchte, und seine Fingerknöchel färbten sich weiß, so fest hielt er die Angelrute.

Die Schnur zuckte und ruckte, und Miles lehnte sich zurück. Der Lachs tauchte unter dem Boot hindurch, und einen Moment lang glaubte Miles, er hätte ihn verloren, doch er kurbelte weiter und legte noch mehr Kraft in den Griff, bis er etwas Silbriges dicht an der Reling aufblitzen sah. Vorsichtig streckte er eine Hand nach seinem Netz aus. Er hielt die Angelrute hoch aufgerichtet und zog langsam das Netz durchs Wasser auf den müden Fisch zu.

Ein Blitz, ein Ruck, und die ganze silbrige Energie des Ozeans bebte auf dem Rand des Netzes. Miles versuchte, den großen Fisch mit einem Arm anzuheben. Zu schwer. Er versuchte es noch einmal, doch plötzlich erschlaffte die Schnur, der Haken flog im hohen Bogen aus dem Unterkiefer. Miles ließ die Angelrute fallen und warf sich mit dem Netz nach vorn.

Doch der Fisch war weg, die Rute hing halb im Wasser, und die verfluchte glitschige Energie zerstreute sich im Dunkeln.

»Scheiße!«, fluchte Miles und schleuderte die Angelrute ins Meer. »Verfluchte, gottverfickte Scheiße!« Er schlug sich vor Wut mit den flachen Händen auf die Oberschenkel. Dabei fiel sein Blick auf den Motor, und er versetzte auch dem Gehäuse einen Schlag. »Und du halt die Klappe!«, drohte er.

Der Motor ging aus. Doch als Miles am Seil zog, um den Motor wieder zu starten und die Angelrute zu bergen, die inzwischen gut zehn Meter weit abgetrieben war, sprang das Ding natürlich nicht an.

»Es tut mir leid«, sagte Miles. Seine Stimme zitterte leicht – er hörte sich an wie ein Mann, der jetzt entweder zu Gott finden oder das Fischen sein lassen würde.

»Es tut mir leid«, wiederholte er. Dann saß er da und wartete auf Vergebung.

Der Tag der offiziellen Eröffnung von Mouse Miller's Love Nest entwickelte eine Atmosphäre wie bei einer Sonnwendfeier. Überall in Cold Storage flatterten Flaggen, und am Fahnenmast vor der Bar waren die amerikanische und die alaskanische Fahne gehisst. Clive hatte bereits sechs Führungen durch die neue Bar absolviert, darunter eine für eine Gruppe Schulkinder.

In dieser Atmosphäre also landete Trooper Brown zu seinem

zweiten Besuch. Das Flugzeug traf um kurz nach neun Uhr morgens ein, und Miles war auch ans Dock gekommen, um Sachen für die Praxis abzuholen, die er in Juneau bestellt hatte. Der Pilot reichte gerade Clive drei Kisten Fracht für die Bar, als Ray Brown in seiner blauen Uniform die Rampe herunterpolterte.

Clive blickte auf, lächelte und streckte die Hand aus. »Ich bin Clive McCahon. Sie wollen vermutlich zu mir.«

Trooper Brown blieb rutschend stehen, und all das knarrende Leder der Täschchen und Halterungen seines Uniformgürtels verstummte abrupt.

»Ja, also, ich habe eine Vorladung für Sie. Sie müssen vor dem Staatsanwalt in Tacoma, Washington, eine Aussage machen und Beweismaterial vorlegen. Unter Strafandrohung.«

Clive überflog die Zettel. Dann betrachtete er den Boden um sich herum. »Was meinen Sie, Trooper – befinden wir uns oberhalb der Mittleren Hochwasserlinie?«

»Was geht mich das an?«

»Ich überlege nur«, sagte Clive und schob die Hand in die Jackentasche. Er förderte Papiere zutage, die in einem Gefrierbeutel gesichert waren. »Das Mittlere Hochwasser definiert die Küstenlinie. Solange wir uns oberhalb dieser Linie aufhalten, befinden wir uns im Stadtgebiet von Cold Storage, was einerseits gut für Sie ist und andererseits ganz schlecht.«

»Lassen Sie den Unsinn, McCahon. Der Staatsanwalt in Tacoma will Sie sehen, und zwar pronto. Und ich denke nicht daran, noch mehr Zeit mit Ihrem Fall zu verschwenden.«

»Richtig, Trooper Brown. Aber sagen Sie, kennen Sie Willa Perlmutter in Anchorage, Alaska? Bezaubernde Frau. Sind Sie Single, Trooper? Willa Perlmutter ist Single, soweit ich weiß. War sie jedenfalls, als ich eingefahren bin. Ganz reizende Frau, einen Verstand wie Voltaire und eine Figur wie ein brasilianisches Bademoden-Model.«

»Ich bin verheiratet. Schluss jetzt.«

»Zu schade. Sie ist Läuferin. Sehr temperamentvoll. Setzt sich energisch für die Interessen ihrer Mandanten ein. Willa Perlmutter aus Anchorage, Alaska, ist meine Anwältin.«

»Hören Sie, das ist mir völlig egal.«

»Weiß ich doch. Aber erstens haben Sie nicht das verdammte Recht, eine Vorladung von einer Bundesbehörde auf dem Grund und Boden dieser Gemeinde zu übergeben, so sieht's aus. Und zweitens – sofern Sie lesen können, was ich bezweifle – werden Sie feststellen, dass der Staatsanwalt höchstpersönlich der reizenden Willa Perlmutter die Kenntnisnahme ihres Schreibens bestätigt hat, demzufolge *sie* die richtige Adresse für sämtliche Korrespondenz, Vorladungen etcetera für besagten Clive McCahon ist, und zwar auf Dauer oder soweit es Sie und Ihren fetten Arsch betrifft, bis die Hölle zufriert.«

»Blödsinn, McCahon, der Fall gehört Washington.« Trooper Brown runzelte die Stirn, so dass sich zwischen tiefen Falten kleine Fettröllchen über seiner Nase bildeten.

»Nicht, dass das irgendeine Rolle spielt, Dickerchen, aber … Hatte ich schon erwähnt, dass Willa Perlmutters bezauberndste aller bezaubernden Eigenschaften ihre Zulassung als Anwältin sowohl in Alaska als auch in Washington ist? Sie, Trooper, können jetzt also Ihre Vorladung wieder einstecken und sich damit nach Anchorage und/oder Bremerton verziehen, wo die reizende Willa Perlmutter eines ihrer bezaubernden Büros hat, und sie ihr persönlich überbringen. Dann werden sie und ich monatelang auf meinem verfassungsmäßigen Recht bestehen, mich nicht selbst belasten zu müssen. Wir werden die Fragen der Staatsanwaltschaft eine nach der anderen daraufhin durchdiskutieren, ob ich sie beantworten kann und muss oder nicht, und letztendlich werde ich die entscheidende Frage beantworten, die den Lohn all dieser Mühe darstellen soll, und die Antwort lautet: Jake Shoemaker ist ein Trottel, der dem schnellen Geld hinterherrennt und zu viele schlechte Filme schaut. Er ist weder ein Informant noch ein Gangmitglied. Er übt gern sein verfassungsmäßiges Recht aus, Schusswaffen zu tragen, aber er ist kein Gangster.«

»Dann müssen Sie also den Lagerarbeiter angeschossen haben.«

»Wie bitte?«

»Oscar Laurentis. Wenn Jake doch so ein Gandhi ist, müssen Sie Oscar Laurentis die Kniescheibe zerschossen haben.«

Clive kam sich nicht mehr ganz so schlau vor. »Davon weiß ich nichts. Sprechen Sie mit meiner Anwältin. Wenden Sie sich an Willa. Diese Unterhaltung ist beendet.«

Brown gab ein Brummen von sich, wandte sich ab, stieg in das Flugzeug und knallte die Tür zu. Das dünne Ding wölbte sich nach außen, als Brown sich zur Seite neigte und nach dem Sicherheitsgurt tastete. Der Trooper klopfte dem Piloten auf die Schulter, und der Motor erwachte stotternd zum Leben.

Um zwölf Uhr mittags wurde Mouse Miller's Love Nest offiziell eröffnet, und eine Menge Leute drängten in die Bar. »Happy Together« von den Turtles lief auf dem Plattenspieler. Weasel saß an der Ecke des Tresens und erinnerte in seinem besten Hawaii-Hemd und der Fliegersonnenbrille an einen Drogendealer aus Florida. Um halb eins tanzten die ersten Gäste zu Kitty Wells. Ab zwei liefen The Doors, The Kinks und Marvin Gaye. Die Leute brachten etwas zu essen mit, vor dem Haus wurde gegrillt, und Tina und Miles halfen als Barkeeper aus. Ed lernte mit kniffligeren Stellungen auf dem Pooltisch umzugehen, und Clive stand hinter der Bar, blätterte in einer Bibel und bereitete sich auf seinen ersten Gottesdienst vor.

Er hatte daran gedacht, eine Satellitenschüssel zu installieren und einen Fernsehgottesdienst abzuspielen, aber dann entschieden, dass er keinen Fernseher oder sonstige Hightech-Unterhaltung in seiner Bar haben mochte. Das Love Nest sollte eine Oase der Ruhe von der amerikanischen Popkultur sein. Wenn jemand unbedingt irgendein Sportereignis verfolgen wollte, würde Clive versuchen, die Live-Berichterstattung im Radio zu finden, aber die Leute würden sich schon ansehen müssen, während sie zuhörten. Er hatte eine ziemlich teure Stereoanlage mit Kurzwellen- und Radioempfang und einen neuen Plattenspieler gekauft. Carl Erickson, ein arbeitsloser Holzfäller, hatte sich freiwillig für die Aufgabe gemeldet, auf die Fichte hinter der Bar zu klettern und ganz oben eine Antenne zu befestigen. Das hatte den Radioempfang gewaltig verbessert. Als Clive die Anlage zum ersten Mal ausprobiert hatte, war er an einen kubanischen Sender mit Tanzmusik geraten, während er die Zapfanlage reparierte.

Da eine Fernsehpredigt also nicht in Frage kam, blätterte er im Lukas- und Johannesevangelium herum und durchsuchte das Neue Testament kreuz und quer nach einer längeren Passage über die Macht der Liebe ohne allzu viele Forderungen nach Gehorsam und Gottesfurcht. Schließlich wollte er mit seiner ersten Predigt keine Gäste vergraulen.

Doch die Musik lenkte ihn immer wieder ab. Während er wippend und nickend Marvin Gaye lauschte, überlegte er, ob er für seinen Gottesdienst »What's Going On« auflegen und dann den Gästen das Wort erteilen sollte. Er knallte die Bibel zu und blätterte stattdessen in der Plattensammlung.

Im Haus seiner Mutter hatte er einen Haufen Schallplatten gefunden, darunter auch seine eigenen aus Kindertagen. Er plante, sie in einer Vitrine an der Bar auszustellen – wenn ein Gast eine bestimmte Platte hören wollte, könnte er den Barkeeper bitten, sie aufzulegen. Keine Spielautomaten würden die entspannte Atmosphäre des Love Nest ruinieren.

Clive hatte sich große Mühe gegeben, den uralten Poolbillard-Tisch aufzuarbeiten. Der Fußboden der Bar war verstärkt und geebnet worden, und der Tisch stand vollkommen waagerecht. Aber der Filzbezug und die Schieferplatte hatten sich irgendwie leicht verzogen und gewisse interessante Eigenheiten entwickelt, die einheimischen Spielern einen ordentlichen Vorteil verschafften. Eher ein hügeliges Putting Green als ein Billardtisch, hatte ein Gast bereits angemerkt.

Clive hatte das Geld, das früher von der Decke gehangen hatte, nach der Renovierung wieder dort angebracht, und jeder durfte gern auf die Bar steigen und weitere Scheine anpinnen. Die schöne Kellnerin, die Mouse Miller so geliebt hatte, war an Brustkrebs gestorben, deshalb wollte Clive jeden Dollar von der Decke und einen Teil der Einnahmen vom Eröffnungstag einer Frauenklinik in Sitka spenden. An einem Ende der Bar hatte er Kellys Foto aufgehängt, mit dem einzigen bekannten Bild von Mouse daneben. Der Fotograf hatte Kelly hinter der Bar abgelichtet, sie schien ihn sanft zu tadeln und der Kamera auszuweichen, als wollte sie nicht fotografiert werden. Ihre etwas verlegene Pose und das lachende Gesicht sagten Clive, dass diese Frau Mouses unerwiderter Liebe höchstwahrscheinlich würdig gewesen war. Sie wirkte intelligent und bescheiden zugleich – eine Frau, in deren Gesellschaft man sich gern einen verregneten Nachmittag vertrieb. Auf einem weiteren Bild waren Ellie Hobbes und Slippery Wilson zu sehen, die Gründer des Etablissements, auf der Spitze des neu errichteten Dachstuhls.

Das Foto von Mouse war etwa zwanzig Jahre alt und zeigte einen gesunden jungen Mann mit einer schmutzigen weißen Mütze und einer grauen Fischerjacke. Er stand in der Vertiefung seines kleinen hölzernen Fischerbootes an der Schleppangel-Vorrichtung. Er sah stark und tüchtig aus – einer der letzten wahren Jäger und Sammler. Auf dem Bild warf die

Sonne Lichtstreifen über die Bordwand und den Fischer bei der Arbeit.

Am Abend vor der Eröffnung hatte Clive die beiden Bilder mit dicken Schrauben durch die Rahmen befestigt, denn sie sollten ein fester Bestandteil der Bar sein. Er zog die letzte Schraube an, steckte den Schraubenzieher in die hintere Hosentasche, wischte sich die Hände an einem Tuch an seinem Gürtel ab und betrachtete sein neu begonnenes Abenteuer mit einem zufriedenen Seufzen. Das Love Nest war ein würdiger Rahmen sowohl zum Trinken als auch zum Beten.

Nach dem Abendessen lichteten sich die Stühle an der Bar, und Kinder rannten mit vollen Tellern hin und her. Clive legte auf, und Weasel bat immer wieder um »Fly Me to the Moon« von Frank Sinatra. Clive spielte den Song zweimal, doch als Weasel ihn ein drittes Mal hören wollte, berief Clive sich auf sein Hausrecht.

»Nein«, verkündete er. Dann ließ er eine ganze Seite *Music from Big Pink* von The Band laufen, während Weasel stumm auf seinem Barhocker saß.

Little Brother schien all die Menschen kaum zu bemerken. Er hielt sich in der Nähe seines Schlafsacks an der Ecke der Bar auf, döste vor sich hin und hob nur manchmal den Kopf, wenn er eine gereizte Stimme oder das Rumpeln eines hastig bewegten Stuhls vernahm.

»Dieser Hund wird eines Tages noch jemanden fressen«, bemerkte Lester.

»Solange es niemand ist, den ich mag …« Clive stellte ein Glas Eistee vor ihn hin und winkte ab, als Lester nach seinem Geldbeutel griff.

»Ich hoffe, du verstehst das jetzt nicht falsch …« Lester zögerte kurz. »Aber du hast mich doch neulich etwas gefragt, und ich habe nachgedacht.«

»Du meinst wegen der Tiere, die, äh … sprechen können?«

Lester nickte, schaute sich um und ließ den Blick über die fröhlichen Gesichter der Gäste schweifen. »Hast du mit noch irgendwem darüber gesprochen?« Er richtete den Blick wieder auf Clive.

»Nur mit den Mäusen in meinem Zimmer.« Clive lächelte.

»Hat der hässliche Köter je was zu dir gesagt?«, fragte Lester und wies mit einem Nicken auf Little Brother. Weder Lester noch der Hund lächelten, und beide starrten Clive durchdringend an.

»Das ist das Seltsame …« Clive beugte sich vor und sagte leise: »Der große Bollerkopf spricht nie. Stumm wie ein Grab.«

»Stumm …«, murmelte Lester vor sich hin. »Ich bitte dich nur … Also, falls er je etwas sagen sollte, erzählst du es mir dann?«

»Sicher, Lester, aber …«

»Auf den Wirt des Love Nest!« Lester reckte sein Glas Eistee in die Höhe und hob die Stimme. Alle wandten sich ihm zu, als er hinzufügte: »Und den besten Rausschmeißer weit und breit.«

»Auf das Love Nest!«, tönten Stimmen überall im Raum, um gleich wieder zu verstummen. Alle tranken und knallten dann die Gläser auf die Tische.

Der Abend verlief recht friedlich. Die meisten Gäste, die zur Eröffnung gekommen waren, gingen allmählich nach Hause. Ein harter Kern von Trinkern und Poolspielern blieb mit Dolly Parton auf dem Plattenspieler zurück. Robbie Robertson und Pearl Jam wichen der *West Side Story*. Clive drehte ein paar Betrunkenen den Zapfhahn ab, doch in der festlichen Atmosphäre hielt sich ihr beleidigter Protest nicht lange.

Die Sperrstunde rückte näher, und Clive schenkte mehr Kaffee – aufs Haus – und Cola aus als Cocktails. Tina und Miles waren inzwischen nach Hause gegangen. Weasel und Ed hatten sich verzogen, um sich ein paar Filme anzuschauen, die am Nachmittag mit dem Flugzeug gekommen waren. Sie hatten Clive eingeladen, rüberzukommen und *Das Piano* mitzugucken, wenn er hier fertig war, aber er hatte dankend abgelehnt.

Schließlich kehrte Ruhe ein, und Clive schaltete die Stereoanlage aus, um den Wind in den Ästen über dem Dach zu hören. Der Raum roch gut, mehr nach Kaffee als nach Zigarettenrauch, und die Möbel wirkten nach ihrem ersten Abend noch gar nicht müde.

»Gute Nacht«, sagte er laut zu seiner Bar und wandte sich dem Hund zu. »Und du? Du kannst mit mir nach Hause kommen, wenn du willst. Oder hierbleiben. Was wäre dir lieber?«

Little Brother stand auf und streckte sich. Auch er ließ kurz den Blick durch den leeren Raum schweifen, allerdings misstrauischer als Clive. Dann ging er zur Tür, blieb davor stehen und starrte geradeaus.

»Nach Hause also.« Clive schnappte sich die kleine Tasche mit den Einnahmen des Tages, und gemeinsam gingen sie hinaus in die Nacht.

Der Spätsommerhimmel war dunkel. Nur am westlichen Horizont hing ein silbriger Schimmer, und Clive blieb einen Moment lang stehen und blickte zu den dunklen Umrissen der Inseln hinaus, die dort wie Buckel aus dem Meer ragten. Der Wind seufzte immer noch. Er überlegte, ob er doch zu Ed und Weasel gehen und sich den Film anschauen sollte. Dann dachte er daran, die junge Frau ausfindig zu machen, die im Lager arbeitete. Doch ihm fiel ein, dass er gehört hatte, sie hätte ihren Papagei gefunden und sei mit einem der Langleinen-Fischer auf große Fahrt gegangen – sie würde wohl erst im Herbst wiederkommen, wenn überhaupt.

Also wandte er sich um und ging in Richtung Süden zum Haus seiner Mutter. Die hohen Erlen und das dichte Gestrüpp der Lachsbeeren verdunkelten seinen Weg. Vor den Stufen zu Annabelles Haus blieb der große hässliche Hund stehen und wartete auf Clive.

Seit ihrem Flug hierher vor drei Monaten hatte Clive Little Brother nicht mehr berührt, und auch sonst niemand in Cold Storage, soweit Clive wusste. Little Brother gehörte ganz selbstverständlich zur Bar, und man hätte ihn nicht als herrenlosen Streuner bezeichnen können, aber man konnte auch nicht sagen, dass er Clive »gehörte«.

Clive bemerkte, dass der Hund offenbar etwas vor ihnen anstarrte. Ein tiefes Knurren wie polternde Steine drang aus seiner Brust. Sein Blick war auf irgendein Phantom im Gebüsch gerichtet. Clive wollte um ihn herumgehen, doch der Hund tat zwei Schritte nach vorn und verstellte ihm den Weg.

»Ich hüpfe jetzt ins Bett. Was immer da draußen ist, du kannst dich allein darum kümmern.« Er ging halb um den knurrenden Hund herum, dessen Nackenfell sich sträubte. »Aber wenn du wieder eine Katze umbringst, ziehe ich sie dir vom Lohn ab.« Er versuchte noch einmal, an Little Brother vorbeizukommen, doch der Hund ließ ihn nicht weitergehen. Clive hob den rechten Fuß und stupste ihn mit der Schuhspitze an – der Hund rührte sich nicht.

Clive trat einen Schritt zurück und holte mit dem ganzen Bein aus, als wollte er ihn richtig treten. Da wandte Little Brother den Kopf, sah ihm direkt ins Gesicht und sagte: »Was habe ich dir getan, dass du mich nun schon zum dritten Male schlägst?«

Clive erstarrte. Auf dem Bohlenweg näherten sich leise Schritte.

»Was hast du gesagt?«, fragte Clive, den vor allem die eigentümliche Ausdrucksweise des Hundes überraschte.

Da sagte Little Brother: »Vor dir.«

Und Clive blickte auf – direkt in den Lauf eines großkalibrigen Revolvers am Ende von Jake Shoemakers ausgestrecktem Arm.

»Hallo, Clive«, sagte Jake nüchtern. »Ich muss dringend etwas mit dir besprechen.«

Little Brother fletschte die Zähne wie ein grinsender Alligator.

»Du hättest einen besseren Hund stehlen sollen.« Jake spannte den Hahn der mächtigen Waffe. »Hässlich genug ist er ja, aber als Schutzhund taugt er nichts.«

»Was hast du gesagt?«, wiederholte Clive.

Kapitel 12

Little Brother sprang nach dem Arm mit der Waffe. Clive hechtete zur Seite, rollte ins Lachsbeerengestrüpp und kullerte ein Stück weiter, bis er hart gegen einen besonders dicken, dornigen Stamm prallte. Er schaute nach oben und sah den großen Hund über dem am Boden liegenden Jake stehen – er schüttelte den Arm wüst hin und her, als sei er kaum noch mit der Schulter verbunden. Jake schrie und heulte, und sein Kopf schlug immer wieder auf die Bohlen, während der Hund ihn beinahe lautlos bearbeitete. Man hörte Little Brother nur durch Nase und Kiefer schwer atmen, während er an dem Arm riss und zerrte.

Clive stand auf und ging im Bogen, fast am Wasser entlang, zurück zum Bohlenweg. Er ließ sich Zeit und lauschte, wie der Hund leise grunzend seine Arbeit tat. Jakes Stimme wurde immer schwächer.

Einen Moment lang dachte Clive daran, einen Wattspaziergang zu Miles zu unternehmen und den Hund einfach beenden zu lassen, was er angefangen hatte. Er konnte auch zur Bar zurückgehen und noch ein paar Platten auflegen.

Doch dann hörte er Jakes Stimme über das Watt hallen. Er rief um Hilfe in dieser kläglichen, schwächer werdenden Stimmlage, die Clive so oft durch die Zellentür im Gefängnis gehört hatte. Wie das letzte Blöken eines sterbenden Tieres. Clive wollte niemandem erklären müssen, warum sein ehemaliger Partner im Drogengeschäft mit zerfleischter Kehle vor der Treppe zu Clives neuem Zuhause lag. Also kehrte er zum Bohlenweg zurück, suchte sich einen Querbalken, an dem er hochklettern konnte, und hievte sich empor.

Der Revolver war unter die erste Stufe zum Haus gerutscht. Clive stieg über Jake hinweg und nahm ihn an sich. Der Hund versuchte nun nicht mehr, Jake den Arm abzureißen, hielt jedoch das, was davon übrig war, immer noch zwischen den Zähnen. Im schwachen Lichtschein der Lampe über der Tür konnte Clive erkennen, dass der Unterarm gebrochen war, die Hand in einem schauerlichen Winkel schlaff herabhing und die Schulter mindestens ausgerenkt sein musste. Little Brother schnaubte wie ein Rennpferd in vollem Lauf.

»Nimm … ihn … weg«, würgte Jake hervor.

»Tja, Jake!« Clive kniete sich neben Jakes Kopf. »Er wird bestimmt loslassen, wenn er so weit ist. Bis dahin kann ich nicht viel machen.«

»Erschieß … ihn«, japste Jake.

»Was? Nicht doch, Jake. Das kann ich nicht tun. Ich meine, du wolltest mir gerade in den Kopf schießen. Hättest du wohl auch, wenn mein Hund mir nicht zu Hilfe gekommen wäre. Ich kann ihn doch nicht erschießen, nachdem er mich gerade eben gerettet hat. Das fände ich unfair.«

»Tu irgendwas …« Jakes Stimme wurde noch schwächer.

»Ich sag dir was.« Clive ließ sich im Schneidersitz auf den Bohlen nieder und legte den Revolver in seinen Schoß. »Dieser Hund hört gern schöne Sachen. Er lässt sich nichts befehlen, aber du könntest ja mal nett mit ihm reden und ihm sagen, dass all das Geld in dem Container rechtmäßig mir gehört hat.«

»Ffffffaaaggg«, stöhnte Jake.

»Und erzähl ihm auch, dass ich das viele Geld behalten werde, für unser neues Unternehmen hier in Cold Storage.«

»Na schön«, sagte Jake schwach.

»Und dass du nie wieder versuchen wirst, mir etwas anzutun, solange du lebst.«

»Ja ... nie wieder ...«

Little Brother ließ nicht los.

»Dann weiß ich auch nicht.« Clive zuckte mit den Schultern. »Du könntest ihm noch sagen, dass er ein braver Hund ist.«

»Braver Hund.« Jake schloss die Augen. Sein Kopf kippte schlaff zur Seite, bis die Wange auf die Bohlen traf. Little Brother stellte das Schnauben ein, und es wurde still. Clive hörte den Wind in den Bäumen des Hanges, aber keinen Laut mehr von seinem ehemaligen Auftraggeber.

Er wandte sich dem Hund zu. »Ich glaube, du hast ihn umgebracht«, bemerkte er ernst.

Little Brother blickte mit traurigen braunen Augen zu ihm auf, beinahe ein wenig verlegen. »Nein«, sagte der Hund schlicht.

Sämtliche Spannung war aus Jakes Körper gewichen, sein Arm war aus Little Brothers Maul gefallen und wie ein toter Fisch auf die Bohlen geklatscht.

Little Brother musterte Jake und betrachtete Clive. Offenbar fand er diese Unterhaltung ermüdend. Ohne ein weiteres Wort schob sich der hässliche Hund an Clive vorbei, stieg die Treppe hoch, kratzte an der Haustür, bis sie aufging, und verschwand im Haus.

»Ein Wunder, dass er ihn nicht umgebracht hat!«

Clive stand im übermäßig hell beleuchteten Behandlungszimmer und sah zu, wie Miles das Blut vom Arm seines ehemaligen Geschäftspartners wischte.

»Ein erstaunlich sauberer Bruch«, bemerkte Miles. »Ich meine, wenn man bedenkt, dass der Hund ihm erst den Unterarm gebrochen und dann die Schulter ausgekugelt hat.«

Jake hing an einem Tropf und am Blutdruck-Monitor. Seine Augen waren offen, blickten aber ins Leere und rollten hin und her, als läge er in einem Cabrio, das durch einen Tunnel aus herbstlichen Alleebäumen fuhr.

»Ich habe ihm so viel Demerol gegeben, dass er praktisch nichts mehr spüren dürfte«, fuhr Miles fort. »Und das ist auch gut so, denn er muss noch einiges durchstehen, bis wir diese Schulter wieder eingerenkt haben.«

»Tja, ich überlasse ihn gern dir«, sagte Clive. »Morgen früh mache ich wieder auf, ich brauche ein bisschen Schlaf.«

»Ich brauche dich hier.« Miles' Stimme klang ruhig, aber bestimmt. »Erst musst du seinen Blutdruck überwachen, während ich ihn zusammenflicke, und dann musst du die Schulter nach hinten ziehen, damit ich sie eingerenkt bekomme. Dazu müssen wir mindestens zu zweit sein.« Miles blickte sich um. »Außer, du bringst deinen Hund dazu, mir zu helfen.«

»Ach, hör auf. Ich kann diesen Hund zu gar nichts bringen.« Clive zog seine Jacke aus. »Er macht nichts außer fressen und furzen.«

»Und«, fügte Miles hinzu, »Leute zerfleischen, die dich umbringen wollen.«

»He, damit hatte ich nichts zu tun. Was da passiert ist, war eine Sache zwischen Jake und dem Hund. Die hatten wohl noch eine Rechnung offen.«

»Schon gut«, sagte Miles. »Hauptsache, du bleibst hier und hilfst mir, die Schulter wieder einzurenken.«

»Sicher helfe ich dir. Aber lass diesen vorwurfsvollen Tonfall, ja? Ich habe nichts Verbotenes angestellt.«

»Tut mir leid, Bruder. Ich weiß. Renken wir besser zuerst die Schulter ein und nähen dann, okay?« Miles stellte sich auf einen Stuhl, packte den verletzten Arm oberhalb des Bruchs und schob ein Knie hinter Jakes Schulter. »Halt ihn kräftig fest«, sagte er freundlich zu seinem Bruder. »Er wird wahrscheinlich ganz schön zappeln.«

Am nächsten Nachmittag wurde Jakes Blick allmählich klarer. Er wand sich, weil sein Arm festhing. Dann sah er, dass der Arm geschient und hochgelagert war und dass Clive und Miles am Fußende seines Bettes standen. Sie lächelten. Jake kniff die Augen zu und öffnete sie wieder. Es fühlte sich an, als sei eine Seite seines Körpers von Bienen zerstochen worden. Er machte die Augen erneut zu, denn der Raum drehte sich um ihn, und ein Gefühl wie ein elektrisches Kribbeln pulsierte durch seinen Arm.

»Ich werde Sie in ein Krankenhaus bringen, damit die sich ansehen, was ich an Ihnen vollbracht habe«, erklärte Miles. »Aber Sie müssen sich erst etwas erholen, bevor Sie losfliegen.«

»Nein«, ächzte Jake. »Keine Polizei.«

Miles wandte sich seinem Bruder zu. »Ich vermute, das ist der Eigentümer des vielen Geldes?«

»Ehemalige Eigentümer, Miles.« Clive trat ans Bett. »Das haben wir alles geklärt, nicht wahr, Jake?« Er beugte sich vor, über den geschienten Arm hinweg, und Jake wich zurück. Der eingespannte Ellbogen bremste ihn abrupt, er verzog das Gesicht und ließ sich stöhnend zurücksinken.

»Mehr Schmerzmittel«, flehte er.

»Bald«, sagte Miles.

»Ich bin der rechtmäßige Eigentümer dieses Geldes. Es gehört mir, genauso wie alles, was ich damit gekauft habe. Na gut, mir und dem Hund. Nach dem, was er gestern für mich getan hat, muss ich ihn wohl großzügiger beteiligen.«

»Dieser Kerl könnte dich anzeigen, Clive. Ich meine, dein Hund hat ihn übel zugerichtet.« Miles warf Jake, der sich ans Kopfende des Bettes drückte, so weit es ging, einen mitfühlenden Blick zu.

»Dann müsste zunächst mal irgendwer beweisen, dass ich überhaupt für diesen Hund verantwortlich bin. Ich meine, er lebt praktisch sein eigenes Leben. Und zweitens: Wenn Jake in ein Krankenhaus kommt und auch nur andeutet, dass dieses hässliche Biest mein Hund sei, werde ich den Bundesbehörden wohl meine Unterlagen über Jake aushändigen müssen. Ich habe nichts zu verlieren. Anhand meiner alten Geschäftsbücher kann man genau nachvollziehen, woher dieses Geld stammte. Sie werden einer allzu gründlichen Prüfung vielleicht nicht lange standhalten, aber es wird reichen, um der Polizei einen guten Eindruck davon zu vermitteln, warum Jake sich so für mich interessiert. Ich habe meine Strafe abgesessen. Ich habe nicht gegen meine Bewährungsauflagen verstoßen ... jedenfalls nicht schwerwiegend. Ich habe mir ein neues Leben aufgebaut, und da kommt dieser Drogenhändler und greift mich mit einer Waffe an. Also hat mein Hund ihn gefressen.« Clive tätschelte sacht Jakes geschienten Arm. »Na ja, etwa zur Hälfte.«

Jake atmete scharf durch die Nase ein und versuchte noch einmal, auf die andere Seite des Bettes zu entkommen.

»Nein«, fuhr Clive fort, »wenn die Polizei seinen Namen in den Computer eintippt, dann blinkt und bimmelt das Ding wie ein Flipper. Jake wird den Teufel tun, ins Krankenhaus zu gehen.«

»Wir müssen ihn irgendwo unterbringen.« Miles verlor allmählich die Geduld.

»Darf ich etwas dazu sagen?«, flüsterte Jake.

»Er könnte bei mir bleiben.« Clive wandte sich Miles zu. »Aber ich weiß nicht, ob das dem Hund recht wäre. Womöglich wacht der hässliche Köter mitten in der Nacht auf und hat Appetit.« Clive lächelte bei diesem Gedanken.

»Entschuldigung.« Jakes Stimme zitterte.

»Ich bin aus der Nummer raus. Ich nehme keine Patienten

mit nach Hause. Herrgott, wenn ich damit anfangen würde, hätte ich bald den halben Ort bei mir wohnen. Kommt nicht in Frage, Clive.« Miles wandte sich vom Bett ab, als wollte er die Unterhaltung beenden.

»Je länger ich darüber nachdenke, desto mehr finde ich, dass ich ihn auch nicht aufnehmen kann«, erwiderte Clive. »Was würde unser Freund, Trooper Brown, davon halten, wenn er feststellt, dass ich mit einem halb zerfleischten Kriminellen zusammenlebe? Ich muss an meinen guten neuen Ruf denken. Nein, bei mir kann er nicht einziehen.«

»He, Doktor, hören Sie mal!«, brüllte Jake und hob den Kopf vom Kissen. »Wenn Sie nicht sofort Ihren Arsch in Bewegung setzen und mir mein Schmerzmittel bringen, dann schieße ich Ihnen die Eier ab, sobald ich aus diesem Bett aufstehen kann, so wahr mir Gott helfe.«

Miles sah auf seine Armbanduhr. »Ich gebe Ihnen gleich noch etwas Demerol. Aber ich wiederhole es gerne, bei mir können Sie nicht unterkommen. Und es ist mir egal, welchen meiner Körperteile Sie gern durchlöchern würden.«

Jake ließ den Kopf zurücksinken und stöhnte in tiefster Erschöpfung.

Ein paar Stunden später ruhte Jake in einem soliden Campingsessel vor Lesters Holzofen.

»Das nenne ich mal einen übel zugerichteten Weißen«, bemerkte Lester. »Hat dein Hund ihn gefressen und wieder ausgespuckt?«

»Ich sage dir doch, es ist eigentlich nicht mein Hund, Lester.« Clive brachte eine große Tüte Lebensmittel herein und stellte sie auf der Küchentheke ab. »Ich habe Hackfleisch und ein paar Dosen besorgt. Milch und Frühstücksflocken und etwas Brot. Und ein Glas Erdnussbutter, glaube ich. Jake ist weiß Gott kein mäkeliger Esser.« Clive blickte mit einem Lächeln zu dem Mann im Liegestuhl hinüber. »Aber ich muss dir etwas erzählen, Lester. Wegen Little Brother. Er spricht doch.«

»Was hat er gesagt?« Der Indianer beugte sich vor.

»Als Allererstes hat er sich darüber beschwert, dass ich ihn mit dem Fuß angetippt habe.«

»Du hast ihn getreten?«, fragte Lester erschrocken.

»Nein. Himmel. Das war bloß ein Stupser.«

»Hat er noch etwas gesagt?«

»Nein. Er hat mich nur vor Jake gewarnt.«

»Ist er ein Engel oder so?«

»Wer, der Hund? Ach Quatsch, Lester, das ist bloß ein Hund.«

Der Kunsthandwerker saß einen Moment lang still da und starrte seinen Ofen an. Schließlich wandte er sich dem Verletzten zu und erkundigte sich: »Was führt Sie nach Cold Storage?«

»Ich wollte den da umbringen und mir mein Geld zurückholen.« Jake reckte das Kinn in Clives Richtung.

»Oh … aha.« Lester legte Holz nach. »Also haben Sie ein Mörder-Arrangement gebucht: Flugticket, Hotel und Munition zum Supersparpreis?«

»Ist jeder in diesem Nest ein verdammter Komiker?«

Lester fütterte das Feuer weiterhin mit kleinen Ästchen, und die Flammen erhellten sein Gesicht. »Nein, die meisten Einwohner von Cold Storage sind Säufer oder depressiv, aber wir haben auch unsere lustigen Momente.«

Eine Weile herrschte Schweigen. Das Feuer knackte, und Clive faltete die Einkaufstüte zusammen.

»Zum Beispiel, wenn ein Killer von einem Hund gefressen wird«, sagte Lester trocken. »Sie müssen schon zugeben, dass das verdammt lustig ist.«

»Ich verschwinde mal«, sagte Clive und besann sich dann

seiner Manieren. »He – danke, Lester.« Er warf Jake einen Blick zu und sagte: »Wenn du dich besser fühlst, komm runter in die Bar. Ich spendiere dir einen Kaffee.« Er ging zur Tür und machte ein weiteres Mal kehrt. »Du hast keine Schusswaffen im Haus, oder, Lester?«

»Mein Jagdgewehr und einen Revolver, wegen der Bären. Die sind sicher weggeschlossen.«

»Gut.« Clive legte die Hand auf die Türklinke. »Pass bloß auf, dass der gute alte Jake da nicht rankommt. Jetzt verstehen wir uns ja großartig, aber wenn er sich wieder besser fühlt, könnte es ihm einfallen, mir den Kopf wegzublasen. Okay, bis später dann.« Er zog die Tür hinter sich zu.

Lester rieb sich die Hände, stand auf und streckte sie dicht an den Ofen, um sie zu wärmen. »Also, Jake, was machen Sie beruflich, außer Leute umbringen?«

»Ich bin im Filmgeschäft.« Er sah dem Tlingit, der ihn bei sich aufgenommen hatte, nicht ins Gesicht.

»Hammer«, entgegnete Lester. »Wo haben Sie mitgespielt?«

»Ich habe das Drehbuch zu *Stealing Candy* geschrieben, aber die haben den Film gründlich versaut.« Jake lehnte sich zurück, doch in einem Campingsessel gab es nun mal keine bequeme Sitzposition, schon gar nicht mit dem Arm in einem Kunststoffgips. Er verzog das Gesicht.

»Echt? Über diesen Film habe ich doch was gelesen. Verdammt, Jake, Sie müssen's draufhaben. Warum sind Sie noch auf den Job als Mörder angewiesen?«

»Das ist eine lange Geschichte«, jammerte Jake.

»Ja, ja, jeder hat seine Geschichte.« Lester ging zu seiner Werkbank hinüber und setzte seine Lupenbrille auf. »Ich habe auch eine Geschichte. Sogar ein Buch, an dem ich gerade arbeite, und das ließe sich verdammt gut verfilmen.«

»Oh mein Gott«, stöhnte Jake.

»Okay, ich vertraue Ihnen mal. Es heißt *Wagenburgen* und ist ein Krimi, aber im Grunde geht es darin um die Weißen in Nordamerika. Also, da ist dieser indianische Undercover-Ermittler, der …«

Lester kam in Fahrt. Der Wind rüttelte am Dach, und wenn Jake richtig hingehört hätte, dann hätte er den Ruf eines Reihers vernommen, der das Watt unterhalb des Hauses nach Fischen durchstöberte. Das Feuer im Holzofen knackte, und obendrauf brodelte der Teekessel. Jake schloss die Augen und versuchte, jeglichen Laut auf der Welt auszublenden.

In anderen Teilen Amerikas war im August Hochsommer, doch in Cold Storage begann der Herbst. Es hatte bereits zwei Wochen lang dauerhaft geregnet. Menschen, die daran nicht gewöhnt waren, liefen vor eine emotionale Wand. Miles putzte gerade die Praxis – er wollte früh nach Hause gehen und ein Nickerchen machen. Als er gerade die Mülltüte zuknotete, klingelte die Glocke über der Praxistür. Er stellte die Tüte in eine Kiste, um den Inhalt später zu verbrennen, und ging hinaus ins Wartezimmer.

Da stand Tina, beide Hände vors Gesicht geschlagen, und weinte.

»Bist du verletzt?«, fragte Miles. »Tina, ist etwas passiert?«

Miles hatte schon Schlachtfelder erlebt, verödeten Boden unter heißer Sonne und staubige Trümmerfelder voll Stofffetzen, verlorener Verbände und ausgebrannter Lastwagen, die nach Diesel und verzweifelten Frauen rochen. Sein Job hier zu Hause kannte Schlachtfelder anderer Art. Die Leute kamen oft in seine Praxis, um sich auszuweinen. Manche kamen wegen eines frischen Kummers, der sie überrascht hatte. Andere kamen regelmäßig, nach einem bestimmten Schema – bedingt durch den Mond, das Wetter oder irgendeinen persönlichen

Zyklus, der sie immer wieder zu einer überwältigenden alten Verletzung zurückführte. Solchen alten Kummer gab es in Cold Storage reichlich.

In jedem Dorf hoch im Norden lauert solche Dunkelheit: all die Schrecken der Kindheit, die Männer, die Kinder zu Opfern gemacht und ihnen ein Grauen eingeflößt haben, das sie ihr Leben lang begleiten wird, die Flüchtlinge aus familiären Kriegen, ebenso traumatisiert wie Soldaten an der Front. Manche schwören sich von Jugend an, dass sie nie wieder in diese Situation geraten werden, und doch passiert das den meisten. Manche, die sexuelle Gewalt in der Familie erlebt haben, kennen kein anderes emotionales Terrain und können es nicht einfach verlassen. Wenn sie den Umständen nach eigentlich glücklich sein müssten, kommen sie sich vor wie Ausländer mit abgelaufenem Visum – als rechneten sie damit, dass irgendeine Geheimpolizei sie abholen und in ihr wahres Leben zurückbringen würde. Alaska hat über siebenhundert Dörfer dieser Größe. Ganz egal, wie viel Öl noch im Boden steckte und wie weise es verwaltet wurde, manchmal fragte sich Miles, ob ein moderner Verstand ohne reichlich chemische Helferlein in einer steinzeitlichen Welt zurechtkommen konnte. Die meisten Leute in Cold Storage tranken zu viel, einige lebten allein und mieden andere Menschen, doch sie alle entgleisten ab und zu und landeten schließlich in Miles' Praxis.

Bei Tina vermutete Miles eher akuten Kummer. »Was ist passiert?«

Sie hob den Kopf, blickte zur Decke auf und hielt den Atem an.

»Was passiert ist?«, wiederholte sie. »Ach … es tut mir leid, Miles, nichts ist passiert … es ist nur … nur …« Wieder schlug sie die Hände vors Gesicht und weinte.

Er legte eine Hand auf ihre Schulter und führte sie mit sanftem Druck zum Behandlungszimmer. »Komm rein«, sagte er leise. »Du brauchst nicht hier draußen herumzustehen.«

Sie setzte sich auf die Kante der Behandlungsliege und begann zu reden. Ihre Schultern bebten unter dem Schluchzen, das einen gepressten Wortschwall vom nächsten trennte. Miles saß auf dem Rollhocker, die Ellbogen auf den Knien, blickte sie an und lauschte ihrer Stimme in dem kleinen Raum.

»Wahrscheinlich das Wetter«, erklärte sie und putzte sich die Nase. »Wusstest du, dass hier im Jahr über fünftausend Liter Regen pro Quadratmeter fallen?«

Miles schüttelte den Kopf.

»Die Leute in Seattle glauben, bei ihnen würde es ständig regnen, aber da sind es bloß neunhundertvierzig Liter. Also ehrlich …« Ihre Tränen verebbten immer noch nicht. »Neunhundertvierzig. Das ist gar nichts … aber das Schlimmste ist, dass wir hier nur fünfzehn echte Sonnentage pro Jahr haben. Fünfzehn!« Wieder begann sie zu schluchzen, wegen der fünfzehn sonnigen Tage, vermutete Miles.

»Was noch?«, fragte er.

Sie starrten einander eine Weile an. Regen klimperte tonlos auf das Blechdach. Sie konnten Kinder hören, die einen rumpelnden Leiterwagen über den Bohlenweg zogen.

»Wie geht's Ed?«, fragte Miles, und bei Tina brachen alle Dämme.

Es gibt so viele Menschen mit gebrochenem Herzen: Eltern und ihre Kinder, Ehepaare, die hartherzigen wie die sensiblen. Sie tun einander mit allen Waffen, die ihnen zur Verfügung stehen, grauenhafte Dinge an. Diese emotionalen Schlachten glichen in Cold Storage eher Duellen betrunkener Ritter mit Breitschwertern: grob und ungenau. Doch wenn ein solcher Hieb traf, war die Wirkung oft vernichtend. Nicht der Regen, der die fischreichen Ströme füllte und seine Gamelan-Musik auf den Blechdächern spielte, machte die Menschen traurig. Das taten die Unglücksfälle und Irrwege der Liebe in ihrem Leben. Aber der Regen half nicht gerade.

Als Teenager hatte Miles für diese Menschen nicht viel Mitgefühl aufgebracht. Leute in Büchern und Filmen und auch im echten Leben hatten Schlimmeres überlebt. Unvergleichlich Schlimmeres. Jeden Tag überlebten Menschen schlimme Dinge. Nicht, dass der jugendliche Miles geahnt hätte, wie sie das schafften.

Doch als Tinas Tränen endlich auch Worte durchließen, entfaltete sich eine nicht untypische Geschichte: Ed liebte Tina nicht – zumindest befürchtete sie das. Er rückte von ihr ab. Das neue Schuljahr würde bald beginnen, und er war mürrisch und distanziert. Ganz allein zog er los, um Anschauungsmaterial für die Klassenzimmer zu sammeln, und wenn er zurückkam, hängte er seinen Regenmantel auf und sagte kein Wort. Im Bett drehte er sich von ihr weg und stellte sich schlafend. Tina starrte auf seinen Rücken und schritt in Gedanken ihren gemeinsamen Weg ab – wo sie gewesen waren, wohin sie steuerten. Und sie stellte fest, dass sie sich keine stimmige Zukunft mit ihm ausmalen konnte, ja, nicht einmal einen groben Entwurf.

So war es natürlich nicht immer gewesen. Von ihrer ersten Begegnung an hatten Ed und Tina eine gemeinsame Geschichte gehabt. Jedenfalls hatte Tina es so empfunden. Die Geschichte zweier abenteuerlustiger junger Menschen, die nach Alaska gingen, um die wilde Natur, die andere Leute sich nur vorstellten, tatsächlich zu berühren, darin herumzulaufen und sie zu studieren. Zwei Menschen, die einander brauchten für ihr Ziel – wie Fahrer und Steuermann bei einer Rallye. Doch jetzt hatte sie den Eindruck, dass Ed gern fuhr *und* navigierte, das eigentlich schon immer getan hatte und nun bereit war, allein weiterzufahren.

Miles wurde allmählich ungeduldig. Ein Gedanke baute diesen Druck in ihm auf: *Was geht mich die Traurigkeit dieser Frau an?*, aber er wusste schon im selben Moment, dass sie ihm nicht gleichgültig war. Eine halbe Welt weit weg stapften seine Freunde immer noch über ein Schlachtfeld, wo Rauch aus verkohlten Löchern im Boden quoll und Witwen ihre Vermissten beweinten. Tapfere Männer ließen ihr Leben, um Fremde zu retten, und hier stand er und hörte sich diese milde Variante persönlichen Leides an. Dennoch hörte er weiter zu, denn er konnte nichts anderes tun. Schmerz – ganz gleich, wie leicht oder schwer – besitzt die magische Fähigkeit, in jedes Gefäß zu fließen, das er findet. Ähnlich wie das Glück, aber offenbar viel häufiger.

Tina erzählte Miles von damals, als sie und Ed mit der Fähre hierhergekommen waren. Sie hatten den gemieteten Umzugswagen in Bellingham auf die Fähre manövrieren müssen. Tina hatte sich hinter den Lastwagen gestellt und Ed eingewiesen, hatte gewunken, geschrien und gestikuliert, während Ed auf der Fahrspur hin- und herrangierte. Schließlich hatte er ein Auto touchiert und die Außenspiegel beider Fahrzeuge abgerissen. Brüllend vor Wut war Ed aus dem Laster gestiegen.

»Meine Anweisungen waren richtig«, hatte Tina protestiert.

»Aber du hast so gestanden, dass ich dich nicht sehen konnte«, hatte er sie angeschrien.

»Und wessen Schuld war das, frage ich dich, Miles?« Tina brachte auf der Liege eine Art trotzige Schmollhaltung zustande.

Miles zuckte mit den Schultern und rutschte ein wenig hin und her. »Er hätte den Spiegel richtig einstellen können«, sagte er, »oder anhalten und sich etwas Besseres einfallen lassen.«

»Vielleicht war ich auch nur am falschen Ort, zur falschen Zeit, und habe versucht, mit dem falschen Mann zu reden.« Sie putzte sich die Nase und lächelte.

Auch Miles lächelte, streckte die Hand aus und legte sie auf ihre. Sie bedeckte seine Hand mit ihrer anderen, und so saßen sie schweigend da. Beide starrten auf ihre Hände in Tinas Schoß hinab, bis Miles aufstand. Doch sie hielt ihn fest.

»Danke, dass du mir zugehört hast, Miles. Das hilft. Wirklich. Was ist mit dir, brauchst du mal jemanden zum Reden?«

»Nein«, antwortete er. »Mein Leben ist nicht so interessant.«

Sie drückte seine Hand und bemerkte: »Du siehst aber komisch aus.«

»Mir geht es gut. Glaube ich.«

»Woran denkst du?«

»Daran, was für ein miserabler Lachsfischer ich bin.« Seine Stimme klang ernster, als er erwartet hatte.

»Das ist ja übel, Miles.«

Sie schmiegte die Hände an seine Wangen und küsste ihn auf den Mund, so fest und so lange, dass er die Hände um ihre Taille schlingen musste. Der Regen, weder Tränen noch Musik, fiel weiter auf das Blechdach, ließ einen zarten Rhythmus im Raum erklingen und glitt langsam an den Fenstern hinab.

Kapitel 13

Die Tür zur Praxis ging auf, und sie hörten Eds Stimme im Wartezimmer. »Miles, hast du jemanden da?«

Miles hatte beide Arme um Tina geschlungen. Er löste einen, strich ihr mit dem Handrücken über die Wange, und sie blickte ihm fest in die Augen. Sie sah weder erschrocken noch besorgt aus, auch nicht schuldbewusst. Miles war beinahe unmäßig glücklich.

»Einen Moment«, sagte er zu ihr und ging hinaus ins Wartezimmer.

»Tina ist hier, im Behandlungszimmer. Kommt sicher gleich raus.«

»Fehlt ihr was? Was ist los, Miles?« Ed reckte sich auf die Zehenspitzen, um über Miles' Schulter zu spähen, als könnte er Tina dann durch die geschlossene Tür sehen. »Sie ist einfach aus dem Klassenzimmer gerannt. Ich musste alles allein fertig machen.«

»Sie war durcheinander.«

»Ja, aber wo liegt denn das Problem? Wird sie wieder?«

»Ich denke doch. Aber wo das Problem liegt, muss sie dir selber sagen.«

»Braucht sie irgendwelche Medikamente? Kannst du ihr was geben?«

Miles fiel auf, dass Ed ihm ganz schön viele Fragen über seine eigene Ehefrau stellte.

»Nein«, erwiderte er. »Ich glaube nicht, dass sie Medikamente braucht. Wenn es ihr nicht bald besser geht, könnte ich ihr einen Telefontermin mit einer Therapeutin in Sitka besorgen. Vielleicht muss sie nur mal mit jemand anderem reden.«

»Jemand anderem?« Ed ließ die Worte in der Luft hängen.

»Einer Therapeutin, in Sitka«, wiederholte Miles, um den hängenden Faden abzuschneiden. »Ich sehe mal nach ihr.«

Miles kehrte ins Behandlungszimmer zurück, und Tina packte ihn, zerrte ihn zu sich heran und küsste ihn noch wilder.

Er fuhr mit den Händen über ihre Schulterblätter und hinab zur Taille. Er zog sie an sich, spürte ihre Beine an seinen, ihre Brüste an seiner Brust, und seine Hände zitterten an ihrem starken Rücken. Dann löste er sich von ihr.

»Ich weiß nicht, Tina … Du musst mit ihm reden. Sprich noch mal mit ihm wegen des Lastwagens auf der Fähre.«

»Ich will mit dir schlafen, Miles«, sagte sie. »Habe ich gerade beschlossen.«

»Hm, das können wir auch in Betracht ziehen«, sagte Miles, als unterhielten sie sich über alternative Behandlungsmöglichkeiten – womöglich stimmte das sogar. »Aber wir dürfen uns nicht hier in der Praxis treffen, und ich möchte, dass du mit Ed sprichst.«

»Du bist ein guter Kerl, Miles.« Sie küsste ihn ein letztes Mal und ging dann an ihm vorbei zur Tür.

Miles blieb zurück. Er wollte jetzt nicht mit den beiden in einem Raum sein. Er zog die Papierauflage von der Behandlungsliege, überprüfte die Anschlüsse sämtlicher Messgeräte und guckte sogar im Papierkorb nach, ob da drin nicht irgendetwas lag, das seiner Aufmerksamkeit bedurfte, ehe er die Tür zum Wartezimmer öffnete.

Es war leer. Also betrat er sein Büro und trug Tinas Besuch ins Praxisbuch ein – als »Gesundheitsberatung, keine Behandlung«.

Er hatte Magenschmerzen. Mit Tina zu schlafen würde definitiv als größere Veränderung in seinem Leben zählen. Und als größeres Ereignis in Cold Storage, wenn es sich erst einmal herumsprach, und das würde es ganz sicher. Daran hatte Tina wahrscheinlich gar nicht gedacht. Vielleicht war sie noch so neu hier, dass sie es für möglich hielt, irgendetwas geheim zu halten, was mit Sex zu tun hatte.

Die Leute würden es merken. Da gab es zunächst einmal die offensichtlichen verräterischen Hinweise – jemand wurde dabei gesehen, wie er zu unerklärlicher Uhrzeit ein fremdes Haus verließ, oder durch einen nur halb geschlossenen Vorhang beim Knutschen beobachtet. Das waren ganz normale Risiken in einem Dorf, die aber nicht die beinahe wundersame Fähigkeit der Leute erklärte, Sex förmlich zu wittern. Die Bewohner von Cold Storage waren unheimlich scharfsichtig, was die Körpersprache von Liebespärchen und kleinste Veränderungen in ihren Gewohnheiten anging.

Edna Whelaby hatte einmal auf Miles' Behandlungsliege gesessen und ihm erzählt, dass sie sich keinen Liebhaber im Ort leisten konnte, weil hier alle »ein verdammtes Sex-Radar haben«. Edna war damals dreiundachtzig gewesen und kurzzeitig solo. Miles kannte sie schon sein Leben lang und musste sich überwinden, sie um eine Erklärung dieses »Sex-Radars« zu bitten. Zu seiner Verlegenheit erfüllte sie diese Bitte gern.

»Ach, bei Jesus' Fußnägeln, Miles … Jeder im Café, jeder im Postamt oder in der Bibliothek merkt sofort, wenn man mit jemandem geschlafen hat. Die wissen es einfach. Als hätten sie Antennen dafür, ein spezielles Radar. Winzige Kleinigkeiten … Lippenstift, den man sonst nicht auflegt. Jemanden necken, wenn man das sonst nicht tut, oder ihn *nicht* necken, obwohl alle das erwarten. Das sind Anzeichen, Miles, und die Leute hier in der Gegend haben da einen sechsten Sinn. Eine einzige gemeinsam verbrachte Nacht kommt dich teuer zu stehen, wenn du dir deinen nächsten Kaffee holst. Und es gibt nicht genug Männer, die das aushalten können«, klagte sie. »Ich überlege schon, ob ich nach Juneau ziehen sollte.«

Miles war skeptisch gewesen. Er hatte gedacht, die alte Dame übertreibe, um ihre gewaltige Lebenserfahrung zu unterstreichen. Doch bald darauf hatte sich zu seinem eigenen Erschrecken dieses Sex-Radar auch bei ihm eingestellt. Er sah eine Frau leicht erröten, als der Name eines bestimmten Mannes fiel. Er bemerkte, dass ein Fischer, der sein Geld sonst immer auf die Theke geknallt hatte, es der Kellnerin des Cafés stattdessen in die Hand drückte. Und nicht nur das – so hätte es ja auch ein Flirtversuch sein können –, nein, ihre Finger schlossen sich ein wenig seltsam um das Geld, so dass sie unauffällig seine Fingerspitzen berührten. Außerdem war da etwas in der Art, wie sie sich über das Kühlregal beugte und lächelte, wenn er eintrat, und manchmal kam sie hinter der Theke hervor, wenn er ging.

All das sagte Miles, dass die beiden miteinander schliefen. Und das wusste er, weil er in den Jahren, seit er hierher zurückgekehrt war, mit niemandem geschlafen hatte. Ihm waren feine Antennen für sämtliche Aspekte des Begehrens gewachsen, als hätte die Einsamkeit, die er sich nicht einmal selbst eingestanden hatte, seine Sinne geschärft. Einsame Menschen spüren Verliebte wie eine ausgetrocknete Zunge die Feuchtigkeit. Diese Liebe ist zwar nicht ihre eigene, fühlt sich aber dennoch für sie an wie ein ersehnter Segen.

Miles öffnete die Tür und trat hinaus in den stillen Tag. Weasel winkte ihm vom Bohlenweg aus zu, und Miles wurde ein wenig übel. Er hatte sich an spärliche Portionen Zuneigung gewöhnt, und diese drei Küsse eben waren zwar aufregend gewesen, doch jetzt verspürte er Bauchweh, als hätte er ein reichhaltiges Mahl viel zu schnell verschlungen.

Jake lag in Lesters Wohnatelier auf einer Matratze auf dem Boden. Er hielt mit der gesunden Schulter ein Telefon ans Ohr gepresst und lauschte Miss Peel. Sie sprach mit einer Dringlichkeit, die ihn an das Geräusch einer Schreibmaschine erinnerte, wenn die Zeile zu Ende war. Sie hatte offenbar eine Vorladung bekommen, die sie aufforderte, vor einer Grand Jury auszusagen. Jake bemühte sich, sie zu beruhigen, obwohl der Schmerz in seinem Arm sich immer noch durch seinen Oberkörper bis ins Gehirn vorarbeitete wie ein kreischender Bohrer. Er wiederholte noch einmal, dass er ihr natürlich nicht empfehle, die Vorladung zu ignorieren, hielt dann kurz inne, las ihr eine Kontonummer bei einer Bank in Arizona vor und zwei Adressen in Tucson. »Ja, ja. Wiederholen Sie bitte die Daten.« Pause. »Gut. Danke, Miss Peel. Ihnen auch, meine Liebe, Ihnen auch. Viel Glück und gute Reise. Ja, alles Gute.«

Er legte auf, wartete mit zusammengebissenen Zähnen, bis der Schmerz nachgelassen hatte, und starrte zur Decke hoch. Lester gravierte ein Stück Silber, das ein Armreif werden sollte.

Der Schmerz ebbte ab, und er ließ sich vorsichtig wieder auf seine Matratze sinken. »Also, wie kommt es, dass du hier wohnst?«, fragte er. »Ich meine, warum lebst du nicht in einem von diesen, du weißt schon … Indianerdörfern?«

»Ich bin auf Kundschaftermission.« Lester spähte durch seine Uhrmacherbrille auf das Werkstück hinab.

»Du hast mir erzählt, dass du seit zehn Jahren hier wohnst. Das ist ganz schön lange zum Auskundschaften. Wann willst du losschlagen?«

»Wir sind ein sehr geduldiges Volk.«

»Blödsinn.« Jake stemmte sich mühsam auf dem gesunden Arm hoch, damit er Lesters Gesicht sehen konnte. »Ich wette, du bist aus deinem alten Leben rausgeflogen. Ich kenne ja noch nicht viel von diesem Kaff, aber ich glaube kaum, dass jemand hier leben würde, außer, um sich vor irgendwas zu verstecken.«

»Mit der Zeit nimmt es dich ein.« Lester blieb ganz bei seiner Arbeit.

»Ja, wie Fußpilz«, stimmte Jake zu.

»Genau.« Lester blickte zu Jake auf der Matratze hinüber und öffnete den Mund, um mehr zu sagen. Er war versucht, sich zu rechtfertigen, eine Erklärung vorzubringen, doch er hielt sich zurück und sah stattdessen wieder auf den Armreif hinab.

Er gravierte ein Bärenmotiv. Der Bär war das Totem der Sippe seiner Mutter. Er dachte daran, Jake von den verschiedenen Sippen mit ihren strengen Regeln und Rivalitäten untereinander zu erzählen, von der komplexen Struktur, in der Etikette, Politik und uralte Fehden eine große Rolle spielten und die jeder Tlingit kennen musste, um friedlich in einem der Dörfer leben zu können. Er dachte daran, Jake zu erzählen, dass er damals erst mit dem Trinken aufgehört hatte, als es schon zu spät gewesen war, doch er bremste sich. Er war gerade nicht bei Stimmung, einem mäßig interessierten Weißen den »Indianer für Anfänger«-Vortrag zu halten.

»Also«, fragte er, »was hältst du von meiner Idee für die Story?«

»Die hat keinen Bogen.«

»Was soll das heißen, keinen Bogen?«, erwiderte Lester ein wenig gereizt.

»Na, Bogen, Herrgott. Du weißt schon – der Spannungsbogen, der Anfang, Mitte und Ende der Geschichte verbindet. Pass auf.« Jake holte tief Luft und fuhr in dozierendem Tonfall fort: »Der Film behandelt grundsätzlich immer eine Sache, die einer Person geschieht. Mehr nicht.«

»Das stimmt nicht.« Lester ließ sein Messer fallen. »Zum Beispiel *Jurassic Park*, worum geht es da?«

Jake starrte an die Decke.

»Es geht um die Gier des Menschen und seine Arroganz gegenüber natürlichen Systemen, die er nicht versteht«, erklärte Lester, griff nach einem anderen Werkzeug und machte sich wieder an die Arbeit.

»Das ist die Botschaft, aber nicht die Story. *Jurassic Park* handelt davon, wie ein abgehobener Wissenschaftler entdeckt, dass er Kinder eigentlich liebt. Das ist die eine Sache, die sich im Lauf des Films verändert. Am Anfang hasst er Kinder, und am Ende sitzt er in dem Hubschrauber und knuddelt sie. Das ist die Story.«

Lester wies mit seinem Werkzeug auf Jake. »Der Anwalt wird gefressen.«

»Stimmt, und das war eine tolle Szene. Aber das ist eine Zugabe, ein bisschen Action, die sich abspielt, während der abgehobene Professor allmählich eine Beziehung zu den Kindern aufbaut. Deine Story besteht nur aus Zugaben. Kleine Häppchen Action, verbunden durch diese wenig plausible Mission deines indianischen Polizisten, aber die Hauptfigur verändert sich praktisch gar nicht. Am Anfang ist er ein sarkastischer Prolet, und das bleibt er auch bis zum Schluss. Er frisst bloß hundertzwanzig Minuten Film weg, indem er mit heißen Frauen schläft und ätzende weiße Männer umbringt. Ein interessantes Setup, aber keine Story.«

»Du brauchst deine Ansichten mir gegenüber nicht zu beschönigen, weißt du? Immer nur raus damit.« Lester nahm ein winziges Fleckchen Silber von der Werkbank auf und legte es vorsichtig in ein Vorratsglas mit ähnlichen Fleckchen. »James Bond verändert sich auch nicht«, fügte er beinahe trotzig hinzu.

»James Bond ist eine verdammte Marke und keine Figur. Das Problem bei deinem Cop ist, dass er nur immer die bösen

Jungs umbringt, aber nie jemanden rettet. Er lernt nichts dazu, und keine Sau wird sich nach dem Film an ihn erinnern.«

»Du willst also, dass er sich verändert?« Lester blickte durch seine Uhrmacherbrille auf.

»Verdammt, Lester, ich hab ganze zehn Minuten mit deinem hochnäsigen Arschloch verbracht und hätte ihn schon anbetteln mögen, sich endlich zu verändern.«

»Das ist so eine typisch weiße Sache, oder? Du willst, dass ich ihn ums Feuer tanzen lasse, ihn zu irgendeinem mystischen heiligen Mann mache, der dem Publikum ›sympathisch‹ ist, interessant für die Masse, ja?« Lester war unverkennbar verärgert.

Jake starrte weiterhin an die Decke. Er konnte den Regen aufs Dach prasseln hören. Kein Verkehr rauschte, keine Hupen, keine Sirenen – nur der Regen, das Feuer im Ofen und der Wind ums Haus. Er lag da und musterte die von Hand behauenen Deckenbalken.

»He, Lester«, sagte er. »Ich finde, du solltest die linke Hand zum Gravieren benutzen. Gäbe einen groben, primitiveren Effekt.«

Lester hielt inne. »Du weißt einen Scheiß über das Silberschmieden, über mich oder sonst irgendwas, soweit ich das beurteilen kann.«

Jake sah ihn nicht an und antwortete ganz ruhig. »Zu zwei Dritteln hast du recht. Ich habe keine Ahnung vom Silberschmieden und weiß nichts über dich. Aber mit Filmen kenne ich mich aus, und deine Idee ist beschissen, jedenfalls so, wie sie im Moment dasteht.«

Lester stand auf, als wollte er auf den Verletzten am Boden zugehen.

»Und komm mir nicht mit diesem Mist von wegen ›ums Feuer tanzen‹. Es ist mir egal, ob deine Figur sämtliche Einwohner von Washington, DC, ermordet und sich zum Kaiser ausrufen lässt. Egal, ob er Mystiker oder Republikaner ist. Ich sage dir nur: Wenn du nicht weißt, wer er ist, und wenn er sich nicht durch irgendeine Herausforderung wesentlich verändert und irgendwem hilft – zur Not sich selber – dann wirst du nicht mal Sitting Bull dazu kriegen, sich deinen Film anzusehen.«

Lester tat einen Schritt weg von seiner Werkbank, dann den gleichen Schritt wieder zurück und setzte sich. »Ich denke mal darüber nach«, sagte er.

»Lass ihn ein Haustier haben«, schlug Jake vor. »So was sorgt dafür, dass die Leute sich in eine Figur einfühlen.«

»Ich gebe ihm einen hässlichen Hund, der Weiße frisst.«

»Könnte funktionieren«, stimmte Jake zu. »Du könntest einen Buddy-Film daraus machen – ein Mann und sein Hund.«

Vor der Haustür waren Schritte zu hören, jemand stampfte sich Matsch von den Stiefeln, und Jake stemmte sich auf seinen gesunden Arm, als Miles hereinkam und seine Jacke an einen Haken neben der Tür hängte. So nass, dass man sie vor den Ofen hängen musste, war die Jacke offenbar nicht.

Lester hob leicht den Kopf, sagte: »Hallo, Miles«, und arbeitete weiter.

»Ich bin gekommen, euch zu verkünden, dass Tina McCarty mit mir schlafen will. Hat sie mir gerade gesagt. Ihr werdet früher oder später eh davon hören, also erzähle ich es euch lieber gleich.«

Das Feuer knackte und schleuderte einen kleinen Funken durch das Gitter auf das rußgeschwärzte Stück Blech unter dem Ofen.

»Ach, Miles, das ist doch nichts Neues. Jeder weiß, dass sie mit dir schlafen will«, entgegnete Lester ungerührt.

»Ich bin erst seit zwei Tagen hier, und sogar ich weiß es«, bestätigte Jake.

Miles ließ sich ernüchtert auf den Baumstumpf sinken, auf dem Lester sonst sein Brennholz hackte. »Dass du lügst, weiß ich«, sagte er zu Jake. »Aber du, Lester – mal ehrlich, du wusstest nicht, dass sie mit mir schlafen will, oder?«

»Mann, Miles, da laufen schon Wetten.« Lester griff in die Hosentasche und holte einen Notizzettel heraus. »Jedes Datum zwanzig Dollar. Ich habe auf den sechzehnten November gesetzt.« Er wedelte mit dem Stück Papier.

»Sechzehnter November? Wer am nächsten den Tag trifft, an dem wir tatsächlich …«

»Ist um zweihundertvierzig Dollar reicher.« Lester blickte durch seine Lupenbrille auf. Seine Augen sahen dahinter aus wie verschwommene Untertassen.

Jake griff mit dem gesunden Arm in seine Hosentasche. »Ich steige ein.« Doch Lester winkte ab.

Miles ließ den Kopf in die Hände sinken. »Sie ist Dorfschullehrerin! Sie ist mit einem Dorfschullehrer verheiratet!«

»Oh ja«, sagte Lester, »deshalb waren sämtliche Tipps innerhalb von zwei Tagen belegt – ausverkauft.« Er steckte den Zettel wieder in die Hosentasche.

»Tja, ich werde euch enttäuschen, Lester.« Miles richtete sich auf und straffte die Schultern, als hätte gerade jemand nach ihm gerufen. »Ich werde nicht mit ihr schlafen. Das habe ich gerade beschlossen.«

»Ach, schauen wir mal. Für mich bleiben noch drei Monate. Ich finde, mein November sieht ganz gut aus. Es wird verdammt kalt und einsam hier im November. So um den Wahltag herum, denke ich. Ich muss Profit aus deinem Sexleben schlagen, weil ich bei der Wahl schon auf Gore gesetzt habe, und ich fürchte, das wird nichts.«

»Also, ich nicht.« Miles klang ein wenig zittrig, aber entschlossen.

»Was? Du setzt auf Bush?«, fragte Lester mit Abscheu in der Stimme.

»Nein. Ich werde nicht mit Tina schlafen.«

»Ich bin froh, dass wir das geklärt haben«, sagte Lester, den Blick wieder auf seine Arbeit gerichtet.

»Geht denn im Dezember noch was?«, erkundigte sich Jake. »Weihnachten kann ziemlich hart sein. Und ein Eierlikör hier, ein Mistelzweig da ...«

»Du kannst einsteigen, aber ich sage dir, das wäre reine Geldverschwendung. November, ganz sicher. Egal, was dieser Wicht sagt. Wenn ein Mann verkündet, nicht mit einer Frau schlafen zu wollen, dann bedeutet das: Entweder er hat schon oder steht kurz davor. Der da ...«, Lester wies mit einem Nicken auf Miles, »... ist ein bisschen aufrichtiger als die meisten Weißen, deshalb gebe ich ihm noch bis November. Dein Geld könntest du mir genauso gut gleich in die Hand drücken.« Lester stand auf, ging zu Miles hinüber und klopfte ihm auf die Schulter. Dann trat er an den Schreibtisch in der Ecke und holte einen Notizblock heraus.

»Mach dir keine Gedanken, Miles. Hat sich doch nichts verändert«, sagte er. »Es wusste schon vorher jeder Bescheid, und jetzt weiß auch jeder Bescheid. Also alles wie immer.« Er brachte den Block zu Jake. »Da wir gerade davon sprechen ... unser guter Jake wird mir beim ›Bogen‹ meiner Story unter die Arme greifen. Du bist also gerade rechtzeitig gekommen, Miles.«

Lester schob sich die Uhrmacherbrille hoch auf die Stirn und setzte sich neben Jake auf den Boden.

»Reden wir über Veränderungen«, sagte er zu dem verwundeten Gangster.

Kapitel 14

Im Reha-Zentrum Madera Canyon südwestlich von Green Valley, Arizona, hing die Septembersonne wie eine üppige Orange am Himmel. Oscar Laurentis saß da, nach der sechsten Operation endlich von den Verbänden befreit. Seine Trainingseinheit sollte gleich beginnen. Auf eines hatte er während seiner Tätigkeit für Jake bestanden: Oscar hatte die beste private Krankenversicherung, die zu haben war.

Doch ansonsten besaß er herzlich wenig, und deshalb hatte er die Versicherungsleistungen voll ausgeschöpft, um sein Bein wieder in Form zu kriegen. Die Chirurgen hatte er gleich zu Beginn informiert, dass er ein Top-Kandidat für diverse Profiliga-Fußballvereine in Europa sei und nur etwas aus der Form durch einen radikal neuen Trainingsplan. Er würde ein Bein wie Pele bekommen, jawohl, auch wenn er kaum wusste, wer das war.

Oscar hatte in seinen diversen Klinikbetten viel Zeit damit verbracht, Krimis zu lesen. Längst kultivierte er seinen Rachedurst. Außerdem schaute er eine Menge Bronson- und Tarantino-Filme. Kalte Rache konnte so unglaublich sexy sein. Oscar war überzeugt, dass Frauen genau das lieben mussten: den Mann, der seine Wut zügeln konnte, um sie dann im Dienste der Gerechtigkeit zu entfesseln. Jedenfalls schien es in all diesen Büchern und Filmen so. Die Frauen standen darauf. Oscar hatte seine eigene gerechte Sache zu vertreten. Er war ein Opfer. Er würde ein hammermäßiges neues Bein bekommen. Jetzt brauchte er bloß noch eine mächtige Kanone. Sogar

Entschädigung würde er von der Versicherung kassieren. Ann Peel half ihm, den Höchstbetrag rauszuschlagen, solange er nur der Polizei gegenüber Jakes Namen nicht erwähnte. Schön, kein Problem. Die Frauen standen sowieso nicht auf staubtrockene Gerichtssäle. Sie wollten einen Mann, der seine Sache selbst in die Hand nahm.

Ja. Das würde er tun. Eines Tages. Erst mal würde er eine Weile hierbleiben. Es gefiel ihm. Außerdem wusste er eh nicht, wo Jake steckte – wahrscheinlich sehr weit weg.

Heute war ein Riesenauftrieb im Reha-Zentrum. Irgendein Baseball-Spieler würde für die Patienten T-Shirts und Autogrammkarten signieren, um sie aufzumuntern und so weiter. Oscar blickte die Veranda entlang, beschattete eine Hand mit den Augen und sah einen massigen, offenbar spanischstämmigen Mann.

»Wer ist denn der Schrank da?«, fragte Oscar seinen Nachbarpatienten, der von der Hüfte abwärts komplett eingegipst war.

»Keine Ahnung. Heißt Manny irgendwas. Hat letztes Jahr über dreihundert geschlagen.«

Doch da, neben Manny irgendwas, stand Miss Peel und winkte wie ein kleines Mädchen auf dem Riesenrad. Sekunden später klapperten ihre Absätze über die Marmorfliesen auf sein hochgelegtes, mehrmals vernähtes Bein zu.

»Ooooscar! Du meine Güte, Sie sehen … also, Sie sehen gut aus. Sie haben sogar zugenommen! Die kümmern sich hier wohl bestens um Sie. Wie *geht* es Ihnen?«

Sie beugte sich vor und küsste ihn vorsichtig auf die Wange, so dass ihrem Make-up nichts passierte. Dabei hielt sie sich die rechte Hand vor die Brust, um zu verhindern, dass ihr baumelnder Goldschmuck ihm ins Gesicht schlug oder er ihr in die Seidenbluse gucken konnte.

»Ich, äh, prima, Ann ... äh, Miss Peel.«

»Ach, bitte, Ann! Und, haben Sie von Jake in Alaska gehört?«

Während der nächsten zwei Stunden signierte Manny Baseballs und ließ sich mit Patienten fotografieren, während Oscar und Miss Peel sich über die Einzelheiten von Jake Shoemakers Leben austauschten – und über die Möglichkeiten der finanziellen Absicherung seiner ehemaligen Angestellten.

Der Herbst zog von Norden heran. Die Jäger hielten sich näher am Ort, damit die heftigen Unwetter sie nicht weit draußen überraschten. Die Kinder blieben in der Siedlung, weil es kaum noch lange genug hell war, den Bohlenweg zu verlassen und hinauf in die Schluchten zu wandern. Das Gefieder der Enten wechselte die Farbe. Die Gänsesäger wurden heller, und die Eisenten bildeten schimmernde weiße Flöße.

Die Bären kamen nicht mehr in den Ort, um im Abfall zu wühlen, und der schwere Oktoberregen spülte die Kadaver der Lachse hinaus in die Bucht. Nach den heftigsten Regengüssen war das Meerwasser wochenlang braun wie Tee, und manchmal trieben die gespenstischen toten Fische mit ihren Fetzen fauligen Fleisches dicht an der Oberfläche und starrten mit leeren Augenhöhlen in den Himmel.

Das Badehaus brummte, obwohl die Leute nicht mehr schmuddelig und verschwitzt waren wie im Sommer. Männer zu den Männer-Zeiten und Frauen zu den Frauen-Zeiten. Sie alle wärmten die blassen Körper im heißen Wasser auf, denn die Kühle drang ihnen allmählich bis auf die Knochen.

Mrs. Cera erlaubte Anthony, nach Juneau zurückzukehren, und er bewarb sich für die Ringer-Mannschaft. Eines Tages würde er mit etwas über 74 Kilo Schülerchampion werden, sich im letzten Kampf einen Finger brechen und nach Cold Storage zurückkehren.

Little Brother konnte inzwischen aus einer Schüssel fressen, sogar wenn Menschen in der Nähe waren. Er streunte nicht mehr durch die Berge und fraß nie wieder eine Katze, die irgendwer vermisst hätte. Jeden Abend, nachdem Clive die Bar geschlossen hatte, trottete der Hund den Bohlenweg entlang und die Stufen zu Annabelles Haus hinauf. Er wartete, bis Clive ihm die Tür öffnete, ging vor ihm hinein und ließ sich auf einer Decke neben dem Ölofen nieder. Wenn Clive an seinem Ruheplatz vorbeikam, hob er den ambossförmigen Kopf und starrte auf Clives Knöchel. Die beiden fühlten sich in der Nähe des jeweils anderen wohler und entspannter, aber Little Brother hatte kein Wort mehr gesagt, seit er Jake fast den Arm abgerissen hatte. Clive sprach mit dem großen Hund, wenn er ins Bett ging. Er machte ein bisschen Smalltalk, redete über das Wetter oder seine unbedeutende Liste von Besorgungen am nächsten Tag. Little Brother hob dann mühsam den Kopf, starrte Clive an, als wollte er sagen: »Sprichst du mit mir? Warum?!«, und ließ den Kopf wieder auf die Vorderbeine sinken. Clive hatte den Eindruck, dass sein Hund einfach nicht zur geschwätzigen Sorte gehörte und nur das Wort ergriff, wenn er etwas wirklich Wichtiges zu sagen hatte.

Jeden Sonntag hielt Clive eine Predigt im Love Nest. Er hielt sich an sein Hauptthema, die Liebe, und umkreiste langsam die Sache mit dem Gehorsam. Er las seiner Gemeinde die Geschichte von Jonas vor, hauptsächlich wegen des Wurms, dem Gott befahl, den Baum zu vernichten. Von der Mühsal schlechthin, dem Buch der Prediger, hielt er sich wohlweislich fern.

An Halloween schneite es, doch die Schneeflocken waren so dick und nass, dass sie sich sofort zu einem rutschigen Belag auf dem Bohlenweg auflösten. Erst hundert Meter weiter oben sammelten die Zweige der Fichten und Hemlocktannen weiße Kissen.

Nach der heiß umkämpften Wahl waren die Leute ein paar Wochen lang sauer. Aber niemand in Cold Storage hatte sich sonderlich für das Rennen um das Präsidentenamt begeistert. Fast alle waren sich einig, dass bei der Wahl etwas nicht mit rechten Dingen zugegangen sei, aber niemand konnte genau sagen, welche kriminellen Machenschaften dahintersteckten und wer die Strippenzieher waren. Theorien gab es dennoch reichlich.

Die Filmclubs trafen sich weiterhin, und schließlich brachte Weasel Fernseher und Videorekorder des Männerclubs für einen Abend die Woche ins Love Nest. Clive war bereit gewesen, diese eine Ausnahme von seiner »Keine Popkultur«-Regel zu dulden, und hatte sowohl dem Männer- als auch dem Frauen-Filmclub angeboten, sich in der Bar zu versammeln. Die Frauen hatten höflich abgelehnt – nicht, weil sie etwas gegen das Ambiente gehabt hätten, sondern weil sie selbst einen sehr schönen Treffpunkt im hinteren Raum der Bibliothek direkt am Wasser hatten. Und, wie einer der Männer bemerkte: »Die wollen ihre Freuden nicht vermischen, weil sie Angst haben, sich damit alle zu verderben.«

Im Jemen wurden mehrere amerikanische Seeleute von einer Gruppe Menschen ermordet, die etwas gegen die USA hatten. Ein paar Leute in Cold Storage hängten gelbe Bänder an ihre Zäune, doch die meisten Einwohner wussten nicht mal genau, was die Bänder bedeuteten, vermuteten vage Patriotisches.

Miles schlief im November nicht mit Tina McCarty, was Lester ihm nur schwer verzieh. Stattdessen reisten Tina und Ed nach dem zweiten Elternsprechtag des Schuljahrs für ein verlängertes Wochenende nach Juneau und kamen mit Geschenken für die Schulkinder zurück. Tina schenkte Miles einen Wollpullover, den sie in einem irischen Laden gekauft hatte, und Miles fiel auf, dass Ed immer öfter bis spät abends im Love Nest saß und trank, sogar unter der Woche.

Jakes Schulter tat noch wochenlang weh. Er kratzte sich unter dem Gips mit langen Stückchen Feuerholz und beklagte sich lauthals und ausgiebig, wann immer er Miles oder Clive sah. Miles flehte ihn an, die Schulter in Sitka röntgen zu lassen, doch Jake weigerte sich. Er versuchte Miss Peel zu erreichen, doch sie ging nicht an ihr Handy und rief auch nicht zurück. Schließlich kam die automatische Mitteilung, die Rufnummer sei nicht vergeben. Aus irgendeinem merkwürdigen Grund fand er das geradezu befriedigend.

Jake verbrachte die Tage auf der Matratze in Lesters Atelier und arbeitete an ihren Ideen für eine Story. Er hatte Lester davon überzeugt, den Roman sein zu lassen und die Story stattdessen zu einem Drehbuch umzuschreiben. Also saß er auf dem Boden, den eingegipsten Arm auf Kissen hochgelagert und mit einem großen Brett auf dem Schoß, das Lester sonst zum Verlegen von Fleisch benutzte. Zwanzig große Blätter Fleischerpapier waren darauf befestigt, jedes in sechs Felder unterteilt – ein Feld entsprach etwa einer Minute Laufzeit.

Jake und Lester diskutierten ausgiebig über jede Einzelheit der Handlung und jede noch so geringfügige Veränderung in der Entwicklung der Hauptfigur. Jake schrieb mit Bleistift, und nicht selten radierte er mit einem großen pinkfarbenen Radiergummi ganze Szenen wieder aus, den Bleistift zwischen die Zähne geklemmt. Manchmal lauschte er nachts auf seiner Matratze dem Wind in den Bäumen und fand diesen Klang gar nicht so einsam, wie er sich das früher vorgestellt hätte.

Im Lauf der Zeit erkannte Jake, dass er und Lester tatsächlich etwas Originelles und Unerwartetes schufen. Es fühlte sich vertraut an, war aber auf den zweiten Blick vollkommen neu. Und Jake vergaß die Ranch bei Santa Monica, die dot-com-Aktien und Immobilien-Investments. Er dachte nur noch an Lesters Story und die eigenartige Verwandlung des schönen Kontinents namens Nordamerika.

Manchmal skizzierte Lester auch Schauplätze oder Requisiten, die Jake sich nicht bildlich genug vorstellen konnte. Die klebte Jake dann auf seine großen Blätter Fleischerpapier. Das Script wuchs, und seine anderen Drehbuch-Ideen hatte er ganz vergessen. *Bis dass der Tod uns scheidet* erwähnte er nicht einmal mehr. Seit dieser hässliche Hund ihm beinahe den Arm abgerissen hatte, hatte er etwas über sich selbst gelernt: Er war ein geborener Kritiker. Ja, ein so guter Kritiker, dass er an seinen eigenen Ideen nicht arbeiten konnte. Schließlich wurde ihm klar, dass er zu der Sorte Schriftsteller gehörte, die gern über ihre Geschichten sprachen, es im Grunde aber nicht mit ihnen aushielten. Ein Profikiller-Paar, das zum Eheberater ging, war eine gute Idee, solange es eine Idee blieb. Allein beim Gedanken daran, die Story niederzuschreiben, wurde ihm beinahe schlecht, denn sein erster Impuls war nun einmal, Ideen zu zerpflücken.

In Lester hatte er den perfekten Partner gefunden. Lester war ein sprudelnder Quell von Ideen. Die meisten waren furchtbar, das musste Jake zugeben, aber aus irgendeinem Grund schien es Lester nicht zu stören, wenn ein Einfall nichts taugte. Er ließ sich davon keineswegs bremsen und brachte einfach immer weiter neue Ideen hervor.

Lester hatte einen festen Standpunkt. Das war für Jake schwer zu verstehen, aber Lester *war* jemand, im Gegensatz zu den meisten Leuten, die ihm bisher im Filmgeschäft begegnet waren. Die hatten nur jemand sein wollen.

Selbst wenn Jake das Risiko hätte eingehen wollen, dass die Polizei immer noch nach ihm suchte – er hatte nicht genug Geld, um weit zu reisen. Im Moment kam Clive für fast alles auf: Essen, Kaffee, Medikamente. Doch letztendlich war es weder Geldmangel noch Angst vor der Polizei, was ihn in Cold Storage hielt.

Dieses Dorf hatte etwas an sich … der Geruch des Holzofens und das Klappern der Wägelchen, in denen die Leute ihre Einkäufe den Bohlenweg entlangzogen … irgendwie formlos oder eher ungeformt. Es fiel Jake schwer, sich das einzugestehen, aber sein Vater hätte sich genau so einen Ort ausgesucht. Jake konnte den alten Mann beinahe vor sich sehen, wie er an der Bar saß oder einen großen Fisch aus dem Boot hievte, um ihn seinen Kumpels zu zeigen. Und wenn Jake an solche Dinge dachte, wurde sein Körper solider, fester, als sei da noch etwas in seiner Brust – abgesehen von den Prellungen –, das ihm das Gefühl gab, gar nicht weiterziehen zu wollen.

Ihm gefiel die gemächliche Routine in Cold Storage: Kaffee, Arbeit, Besuche bei Nachbarn, die den Nachmittag hauptsächlich damit zu verbringen schienen, auf dem Bohlenweg hierhin und dorthin zu laufen. Er freute sich immer schon darauf, jeden Abend um neun hinunter zum Love Nest zu spazieren. Ab und zu kam Lester auch mit, trank einen Kaffee und hörte sich mit Jake ein paar alte Platten an. An einem solchen Abend mitten im November geschah etwas, das alles in Cold Storage für lange Zeit verändern sollte.

Der erste richtige Schnee des Jahres fiel auf den Bohlenweg, und die einzigen Fußspuren darin stammten von Lester und Jake. Im Love Nest spielte Ed Poolbillard mit dem jungen Lutherischen Gastpfarrer, und Clive spielte Charlie Parker. Die Sichtweite war in alle Himmelsrichtungen stark eingeschränkt, so dass seit drei Tagen kein Flugzeug mehr gelandet war. Weasel war vor einer Weile mit der Nachricht hereingekommen, dass ein kleines Boot am Steg angelegt habe. »Wer düst denn bei so beschissenem Wetter in der Gegend herum?«, hatte er sich laut gewundert.

Lester führte gerade seine Kaffeetasse an die Lippen und nickte noch im Takt der Musik, als die Tür des Love Nest aufging. In einem perfekt filmreifen Augenblick erschienen vor dem Schneegestöber draußen die Silhouetten zweier Gestalten in der Tür.

Little Brother blickte auf und knurrte.

Bonnie Sue Mellon und Billy Cox stapften mit Trekking-Rucksäcken herein und schoben dick umwickelte Koffer auf improvisierten Kufen aus Sperrholzbrettern vor sich her. Sie seien wegen der Anzeige hier, dass die Bar eine neue Hausband suche.

Clive erwiderte verblüfft: »Es gab gar keine Anzeige.«

»Dann dürften wir ja nicht allzu viel Konkurrenz haben«, sagte Bonnie und stellte ihren Verstärker vor dem Tresen ab.

Kapitel 15

»Ihr werdet schon was bringen müssen, ehe ich euch anheuere«, sagte Clive zu den Neuankömmlingen. »Ich liebe nämlich diesen Plattenspieler.«

Die Band hörte ihn kaum, denn sie waren damit beschäftigt, sich einen Platz zum Spielen und Steckdosen zu suchen. Nix zog ihren Mantel aus und schaute nach einem Garderobenhaken. Sie trug einen goldenen Stud in der Unterlippe und eine goldene Rose in einem Nasenflügel. In ihrem kurzen goldbraunen Haar schimmerten blaue Strähnchen, und auf Clive wirkte sie wie ein Feenkind, das sich in seine Bar geschlichen hatte, um sich kurz aufzuwärmen, ehe es durch ein Fenster wieder hinaus in den Wald flatterte.

»Hey, du Süßer!«, quietschte sie und ging neben dem hässlichen Hund in die Hocke.

»Ich würde ihn lieber nicht …«, begann Clive, doch sie saß schon auf dem Boden und umschlang Little Brothers Kopf mit beiden Armen. Sie knuddelte ihn wie ein geliebtes Stofftier. »… anfassen …« Clives Stimme erstarb.

Die Augenlider des Hundes sanken genüsslich herab. Er keuchte, und die Zunge hing ihm albern seitlich aus dem Maul.

»Du bist ein großer Kuschelbär, ja, das bist du, nicht wahr?«, quietschte Nix und drückte ihn an sich.

Little Brothers gefleckte Zunge fuhr ihr übers Gesicht, und sie fiel lachend hintenüber und wischte sich mit dem Ärmel die Wange.

»Na, na, keine Zungenküsse beim ersten Date!« Immer noch

lachend stand sie auf, während Clive sie staunend beobachtete. »Ich bin Nix«, sagte sie zu ihm. »Ich spiele den Bass. Sie werden uns lieben.« Sie streckte ihm die Hand hin.

»Haben Sie auf alle Tiere so eine Wirkung?« Clive wies auf Little Brother, der nun neben Nix stand und anbetungsvoll zu ihr aufblickte.

»Oh ja«, sagte sie. »Ich liebe Tiere. Und sie lieben mich.« Clive hielt immer noch ihre Hand, als wollte er sie behalten, und sie entzog sie ihm.

»Dann dürften Sie hier viele Freunde finden.« Clive konnte nicht aufhören, sie anzustarren.

Sie blickte sich um und lächelte die drei Gäste gewinnend an. »Ja, ich glaube auch, wir werden das Geschäft beleben. Auf jeden Fall.« Sie streckte ihm wieder die Hand hin. »Ich bin übrigens Nix.«

»Das haben wir schon besprochen, Nix.« Clive ergriff trotzdem ihre Hand.

»Stimmt, haben wir.« Sie ließ sie ihm und lächelte. »Haben wir.«

Lester rief: »Sagten Sie gerade, Ihr Name sei Nix?«

»Ja«, antwortete sie.

»Das ist ulkig – ich glaube, Clive hat sich Ihren Namen auf den Hintern tätowieren lassen.« Der indianische Kunsthandwerker-Schrägstrich-Drehbuchautor spähte über den Rand seiner Kaffeetasse zu den beiden hinüber.

»Tatsächlich?« Nix wandte sich mit einem neugierigen Blitzen in den Augen wieder Clive zu, und zum ersten Mal, solange er zurückdenken konnte, spürte er, dass er errötete.

»Nein … Quatsch … er macht bloß Witze.« Er nahm sich ein sauberes Glas und begann, es mit einem schmutzigen Wischlappen zu polieren. »Hören Sie gar nicht hin.«

Doch sie wackelte mit erhobenem Zeigefinger und zwinkerte ihm zu. »Darüber reden wir später«, sagte sie, schnappte sich ihren Bass und brachte ihn in die Ecke, wo ihre Band gerade alles aufbaute. Little Brother folgte ihr dicht auf den Fersen.

»Du kriegst heute keinen Schluck mehr«, zischte Clive Lester zu.

»Kein Problem«, sagte der und knallte die leere Kaffeetasse auf den Tresen. »Schlafen werde ich sowieso nicht mehr können.«

Die Band war in Vancouver gefeuert worden, nach einem spektakulären Streit mit der Kreuzfahrtdirektorin der *SS Universe*. Sie hatten immer lebhaftere Musik gespielt und auch ihre Kleidung in subtilen kleinen Schritten verändert, bis Nix in Billys Frack auftrat und Billy in einem schulterfreien Abendkleid. So tobten sie dann durch ein Medley von The Talking Heads. Das reiche ja wohl, um ihren Vertrag vorzeitig zu kündigen, erklärte die Direktorin, doch die Gewerkschaft sorgte dafür, dass die Band die Gage für den Rest der Saison und sogar noch eine Abfindung obendrauf bekam. Sie beschlossen, eine neue Tanzkapelle zu gründen. Das war Billys Idee gewesen, und er hatte sich schon die Einzelheiten überlegt, während er den Reißverschluss an dem Abendkleid hochzog.

Jetzt waren sie also zu siebt: Bass, Schlagzeug, Gitarre, Saxophon, Posaune, Trompete und Gesang. Bonnie als Managerin bestand darauf, dass sie sich einen »Gig im Holzfällercamp« suchten – einen Ort, wo sie abgeschieden von der Öffentlichkeit an ihrem Sound feilen konnten. Das war wichtig. Ihnen schwebte eine Band vor, die Einflüsse des Swing, der Squirrel Nut Zippers und der traditionellen kanadischen Musik verband, vielleicht noch mit einem Schuss New Yorker elektronischer Avantgarde à la Arthur Russell. Nix spielte ihren Bass oft mit dem Bogen. Bonnie bezeichnete das Ziel als jazzigen psychedelisch-maritimen Swing-Sound, und einen Namen hatten sie auch schon: Blind Donkey.

Von einem Teil ihrer Abfindung hatten sie eine tragbare Soundanlage gekauft, und so dauerte es nur Minuten, bis sie ihr Equipment in der Ecke hinter dem Billardtisch aufgebaut hatten und mit ihrer ersten Nummer begannen. Zu Anfang klangen sie ein bisschen dilettantisch. Weil sie den Wirt beeindrucken wollten, stürzten sie sich in eine Swing-Version von »Sailor's Hornpipe«, doch ihre Finger waren kalt, und die Bläser klangen verwischt. Also verkürzten sie das Stück und gingen zu einer Ska-Version eines irisch-kanadischen Folksongs namens »The Wreck of the Edmond Fitzgerald« über, die ihnen besser glückte. Billy bekam begeisterten Applaus für seinen Gesang und verbeugte sich tief. Er freute sich, wieder zu Hause zu sein, und lächelte alle an, sogar den Billardtisch und den Hund in der Ecke.

Zum Abschluss ihrer Hörprobe spielten sie eine ihrer eigenen Kompositionen, eine Instrumental-Ballade, die Billy mit dem Titel »Love Is the Answer, But What Was the Question?« ankündigte. Die Bläser begannen mit einer Art Fanfare in Moll, dann griff das Saxophon die Melodie auf und spielte sie zweimal durch, ehe der Rest der Band einstimmte. Das Lied hatte etwas Einsames, Sehnliches – wie ein Nebelhorn bei Nacht oder ein Zug, der an einem Schlachthaus vorbeirattert. Es machte einen traurig, doch steckte kein bisschen Selbstmitleid darin. Das Leben ist einfach verdammt kurz, sagte es einem, und wir können uns glücklich schätzen, hier zu sein. Das war genau der Song, zu dem Mouse Miller gern getanzt hätte. Diese Melodie hätte er gesummt, während er Dollarscheine an die morsche Decke der verlassenen Bar heftete.

Mitten in der Ballade betrat Miles die Bar und blieb wie angewurzelt stehen. Er schloss nicht einmal die Tür hinter sich. Er war überrascht, eine Live-Band zu sehen, so viele Fremde, und den heimgekehrten Billy. Vor allem aber war er überrascht von der eigenartig bewegenden Melodie aus dem Saxophon.

»Gefällt dir die neue Hausband?«, fragte Clive.

»Nicht schlecht.« Miles wollte jetzt nicht reden. »Gar nicht schlecht.«

Bonnie lehnte am Türrahmen und schaute zu, wie die Band das durchzog, was sie hundertmal geprobt hatten, und sie lächelte. *Nicht alles geschieht zufällig*, dachte sie.

Der Song war zu Ende. Bonnie applaudierte zusammen mit den anderen, während die Musiker nickten und sich verneigten. Rick küsste sein Saxophon und ging an die Bar.

Lester, Jake und der Geistliche umringten Billy. Lester übernahm die gegenseitige Vorstellung, und der Pastor klopfte Billy auf die Schulter. Ed unterhielt sich mit Nix, während sie ihre Bassgitarre abwischte und ausstöpselte. Clive starrte in sein Kassenbuch und versuchte, ein paar Zahlen zu addieren.

Und Bonnie wandte sich Miles zu, weil sie beide als die einzigen Menschen im Raum nicht mit etwas anderem beschäftigt waren. »Ich bin Bonnie Sue Mellon«, sagte sie, und Miles stellte sich ebenfalls vor.

»Kennen Sie den Wirt hier?«, fragte sie.

»Er ist mein Bruder. Aber ziehen Sie daraus keine falschen Schlüsse. Wir kennen uns praktisch kaum.«

Bonnie sah ihn mit zusammengekniffenen Augen an, als versuchte sie herauszufinden, ob er das ernst meinte oder nicht. »Glauben Sie, er wird uns anheuern?«

»Das wird er«, sagte Miles. Ed und Nix lachten laut über irgendetwas, und Clive schien das deutlich zu beobachten.

»Wird er versuchen, uns hinterrücks über den Tisch zu ziehen?« Bonnie war bewusst, wie sich das anhörte, aber sie nahm ihre Aufgabe als Managerin sehr ernst.

»Nein. Wenn überhaupt, dann macht er das ganz offen. Sind Sie die Managerin?«

»Das klingt lahm, nicht?« Sie zuckte mit den Schultern und zog die Nase kraus. »Erinnern Sie sich an die Leute, die in der Highschool Manager von irgendwas waren? Manager der Fechtmannschaft oder des Schachclubs …« Sie wandte sich ab, plötzlich sehr verlegen.

»Manager einer Band ist doch ganz was anderes. Und die spielen wirklich gut. Wie um alles in der Welt sind Sie denn an Billy geraten?«

»Ich habe ihn aus dem Meer gezogen.« Sie sah Miles nicht an.

»Na, sehen Sie? Das ist schon mal das Gegenteil von lahm. Diese Typen in der Highschool hatten keine solchen Antworten parat.«

»Aber es stimmt. Er war aus seinem Kajak gekippt, und ich bin diejenige, die ihn aus dem Wasser gezogen hat«, sagte sie. »Das ist kein Scherz.«

»Ich weiß.« Sie gingen hinüber zur Bar, und er klopfte auf den Tresen, um auf sich aufmerksam zu machen. »Und ich für meinen Teil will mich dafür bedanken, dass Sie ihn nach Hause gebracht haben. Also, was hätten Sie gern?«

»Ich möchte den Wirt kennenlernen.« Sie sah Clive auf sich zukommen und streckte die Hand aus.

Clive, der ältere Bruder, hatte sich Miles immer überlegen gefühlt, rein im biologischen Sinne – er hatte kaum einen Gedanken an seinen jüngeren Bruder verschwendet, während sie noch klein gewesen waren. Als Miles die ersten Schritte im Wohnzimmer machte, spielte Clive in den Wäldern hinter dem Haus. Als Miles T-Ball spielen lernte, spielte Clive Baseball in der Jugendliga. Und als Clive Verbrecher wurde, war Miles Student. Erst jetzt, als diese junge Frau auf ihn zukam, wurde Clive klar, dass er vielleicht doch keinen so großen Vorsprung vor Miles haben wollte.

Bonnie und Clive verhandelten über die Vergütung für Blind Donkey. Sie bemühte sich, stets zu lächeln, strich jedoch immer wieder nervös das Haar zurück. Ein Pokerspieler hätte das ihren »Tell« genannt. Clive nickte und versuchte, ernst dreinzuschauen, und trommelte mit den Fingern auf seinem geschlossenen Kassenbuch.

Miles wusste, dass das Geld, das Clive in seinen Parka eingenäht hatte, allmählich zur Neige ging. Bald würde er auf eine neue Einkommensquelle angewiesen sein.

Im Herbst war die Bar zwar gut besucht gewesen, aber kaum profitabel, selbst in einem Dorf voller Alkoholiker. Und diese bildeten keineswegs Clives Stammgäste. In der Bar war es tagsüber zu sonnig, und abends wurde zu viel gelacht. Die ernsthaften Säufer blieben lieber zu Hause und tranken in ihren Höhlen, wo sie niemand sah und sie sich nicht mit der Welt auseinandersetzen mussten.

Jetzt war Dezember, und in einem Örtchen wie Cold Storage konnte sich kein Mensch eine siebenköpfige Live-Band leisten. Andererseits war Dezember, also hoffte Miles, dass sie bleiben würden.

Er beobachtete Bonnie, die mit seinem Bruder feilschte, und musste lächeln. Sie hatte eine nette Art, sich durchzusetzen – als ginge es ihr darum, was das Beste für ihr Gegenüber war, während sie gleichzeitig ihre eigenen Ziele verfolgte.

»Mehr kann ich euch nicht anbieten. Sieht das hier aus wie die Copacabana?«, sagte Clive gerade.

Bonnie blickte sich um. Mit der Band hatte sich die Anzahl der Personen im Lokal mindestens verdoppelt. Jetzt, da ihr Auftritt vorbei war, zogen Lester und Jake ihre Jacken an und verabschiedeten sich. Ed unterhielt sich noch angeregt mit Nix, aber der Geistliche war schon nach Hause gegangen. Es war Samstagabend.

»Das sieht aus wie eine Bar, die dringend eine Live-Band braucht«, entgegnete sie.

»Ganz Ihrer Meinung«, sagte Clive. »Also, mein letztes Angebot: Ihr könnt alle bei mir wohnen. Es gibt noch eine kleine Hütte hinter dem Haus, die wir als zusätzliches Zimmer nutzen können. Abendessen geht auf mich, und Getränke kosten fünf Dollar pro Abend, für jeden. Ihr spielt mindestens donnerstags bis montags, und wenn wir über die Woche gerechnet Gewinn machen, beteilige ich euch an den Einnahmen. *Wenn* wir irgendwann Gewinn machen. Vielleicht zwischen Weihnachten und Neujahr. Mehr geht wirklich nicht.«

Billy trat zu Bonnie und flüsterte ihr etwas ins Ohr. Sie nickte und wandte sich wieder Clive zu. »Die Band kann Essen und so weiter in Juneau einkaufen, und Sie bezahlen den Transport hierher. Und Sie gewähren mir Einblick in die Bücher, damit ich selbst sehe, ob Sie Gewinn machen oder nicht.«

Clive lächelte und schüttelte den Kopf. »Die ist vielleicht zäh, Billy. Hast du ein Glück, dass sie da war, als du mitten im Nordpazifik aus deinem Kajak gekippt bist.« Er streckte die Hand aus, fügte dann aber noch rasch hinzu: »Keine Sonderflüge. Ich übernehme die Frachtkosten, solange eure Sachen zusammen mit den Lieferungen für die Bar kommen.«

Bonnie warf Billy einen Blick zu. Der zuckte mit den Schultern und nickte. Sie schüttelte Clive die Hand, und es war abgemacht: Blind Donkey war offiziell die Hausband von Mouse Miller's Love Nest.

Clive holte eine Flasche Champagner hervor, die jemand ihm zur Eröffnung geschenkt hatte. Er hatte sie erst mal im Eiswürfel-Behälter verbuddelt. Jetzt schenkte er den Champagner in Biergläser aus, und die Mitglieder der Band stürmten die Bar.

»Ich will«, verkündete Clive, als brächte er einen Toast aus, »dass ihr diesen letzten Song jeden Abend als Letztes spielt.«

Die Band hob die Biergläser mit Champagner und stieß auf ihr ungeheures Glück an.

»Love Is the Answer!«, rief Nix.

Sie tranken den Champagner, und dann begann die Band ihr Equipment abzubauen. Clive unterhielt sich mit den Bläsern über die Möglichkeit, ein kleines Podium zu errichten, auf dem sie zukünftig spielen könnten. Sie maßen mit großen Schritten verschiedene Ecken ab und suchten nach einem neuen Platz für den Billardtisch. Nix trat zu Bonnie und Miles, immer noch begleitet von Little Brother. Der hässliche Hund brachte Ed offenbar dazu, gehörigen Abstand zu Nix zu wahren.

»Alles klar? Können wir gehen?«, fragte Nix.

»Sieht so aus«, antwortete Bonnie.

»Ed – ich glaube, der ist Bio-Lehrer oder so – hat gesagt, er zeigt mir, wo wir wohnen werden. Und er würde mich morgen gern auf eine kleine Kajaktour mitnehmen, wenn du nichts dagegen hast.« Ihre Stimme klang ein wenig fragend, als wüsste sie nicht recht, ob sie Bonnie um Erlaubnis bitten musste, wollte es aber trotzdem tun.

»Klingt nett. Pass auf dich auf, ja? Hier passieren die komischsten Sachen beim Kajakfahren.« Bonnie lächelte.

»Tue ich doch immer.« Nix ging zur Tür, und Ed hielt sie ihr auf. Als sie die Schwelle erreichte, blieb sie stehen, beugte sich vor, umarmte den massigen Hals des Hundes und küsste ihn auf die sargförmige Schnauze. »Gute Nacht, Kleiner«, zwitscherte sie. Fröhlich winkte sie den anderen zum Abschied, zwinkerte Little Brother zu und verschwand mit Ed. Doch irgendetwas von ihr hing weiter im Raum wie das Echo eines Glockenschlags.

Little Brother stand da, betrachtete noch eine volle Minute

lang die Tür und tapste dann langsam hinüber zu seiner Decke. Mit einem tiefen Ächzen ließ er sich darauf fallen, sein Unterkiefer schlug hörbar auf den Boden. Er stieß ein langgezogenes Seufzen aus, das nach einem Stöhnen klang.

»Na, großartig«, brummte Clive.

»Was ist denn?«, fragte Miles.

»Das hat mir gerade noch gefehlt. Mein Rausschmeißer hat Liebeskummer.«

Am nächsten Tag trafen sich Ed und Nix in der Nähe des Stegs, an dem die Wasserflugzeuge festmachten. Er hatte die beiden Kajaks dorthin gebracht, weil Nix hier leichter einsteigen konnte. Es schneite immer noch, doch kein Lufthauch regte sich. Lautlos rieselten die Schneeflocken ins milchig grüne Meer.

Nix war dick eingemummelt, trug Hut, Handschuhe und Fleecejacke. Darüber zog sie noch die Schwimmweste, die Ed ihr gab. Sie hörte sich seine Anweisungen zum Paddeln an und ein paar weitere beruhigende Erklärungen: Das Wasser sei zwar sehr kalt, aber sie würden nicht weit paddeln, und sie solle einfach keine plötzlichen heftigen Bewegungen machen. Sie hatte etwas Mühe, in dem furchtbar schmalen Boot Platz zu nehmen, doch als sie sich vorsichtig vom Steg abstieß, hatte sie das Gefühl zu schweben. Sie bewegte sich so leicht wie eine Wolke, die über den Himmel glitt. Schnee sammelte sich auf ihrem Hut, ihren Handschuhen und dem Kajak.

Ed stieg in sein Kajak und paddelte auf den Kai des inneren Hafenbeckens zu. Er tat nichts lieber, als Leuten die Welt um Cold Storage herum zu zeigen. Vor allem wollte er Nix alles zeigen, was es zu sehen gab. Er wollte sich den Mund fusselig reden. Er wollte ihr den Küstenregenwald und das Watt erklären und den Lauf der Flüsse, die in die Bucht mündeten. Er wollte ihr alles über diesen Ort erzählen, und während er sein Paddel gleichmäßig ins grüne Wasser tauchte, sammelte er in Gedanken sämtliche Geschichten, die er kannte: über Hirsch und Bär und Lachs, über den Zackenbarsch und die Vogelwelt der Küste. Am liebsten alles auf einmal. Aber er war vernünftig genug, gar nichts zu sagen.

Es herrschte gerade Ebbe, und so konnte er unter dem Landeplatz der alten Konservenfabrik hindurch in einen Wald geteerter Pfähle gleiten. Manche ragten schief und krumm aus dem Wasser. Ein kaputtes Rohr tropfte, und alles hallte wie in einer Höhle. Ein paar Möwen schwammen neben ihnen her, gaben ihr leises Gackern von sich und ruckten mit dem Kopf auf der Suche nach den kleinen Fischen, die dicht unter der Oberfläche vorbeischossen. Ein Stück weiter weg trugen die Wellen eine andere Gruppe Möwen zu neuen Fanggründen. Wieder andere hielten sich an die Pfähle, die mit Muscheln verkrustet waren. Blutrote Seesterne klammerten sich ans Holz, und unter ihnen ließen Seeanemonen die schlaffen Tentakel hängen. Direkt unter der Wasseroberfläche konnte Nix einzelne Seeanemonen zum Leben erwachen sehen – sie erblühten im Wasser wie Seidenblumen.

Ed zeigte auf das hintere Ende des Landungsstegs am Ufer, wo die Schatten am tiefsten waren. Sie blickte sich um und entdeckte einen Fischreiher, der sie beobachtet hatte. Der Vogel stieß einen lauten Ruf aus und erhob sich ein wenig schwerfällig in die Luft. Er kam ihr beinahe prähistorisch vor, als er über sie hinwegflog, den langen Hals gestreckt, die Flügel mit ihren zwei Metern Spannweite nur halb ausgebreitet. Er flatterte ein wenig ungelenk durch das Pfahlwerk, doch sobald er unter dem Steg heraus war, breitete er die Flügel richtig aus und flog mit langen, gleichmäßigen Schlägen durch den fallenden Schnee davon. Nix lachte und deutete mit einem Fäustling hinterher.

Sie paddelten noch eine Stunde am Ufer entlang, beobachteten Fischotter, die über den Strand flitzten, und trafen auf eine Robbe, die sie mit neugierigem, menschlich wirkendem Blick musterte. Nix fand all das herrlich, doch sie begann vor Kälte zu zittern, und Ed schlug vor, schnell zum Hafen zurückzupaddeln, damit ihr wieder warm wurde.

Ed war zum Bersten voll mit Dingen, die er Nix erzählen wollte. Er wollte ihr von seinen Schülern erzählen und den Projekten, die er für sie geplant hatte. Davon, wie alt Sebastes wurden und wie man im Frühjahr Junglachse in den Flüssen sammelte. Nix hatte die Aura des Exotischen. Ed sah sie an und hatte das Gefühl, dass sich eine Tür öffnete. Er wusste nicht, wo diese Tür hinführte oder wer auf der anderen Seite sein mochte, aber das erschien ihm nicht problematisch. Er sah sie nur an und fühlte eine Gelegenheit – und wenn er sich die jetzt entgehen ließ, könnte er eine solche Chance nie wieder bekommen. Er hatte nicht erwartet, dass sein Herz so übervoll sein könnte, und ihm war klar, dass das sowohl dumm als auch gefährlich war. Aber er hatte noch nicht genug Liebeserfahrung mit Tina gesammelt, um zu wissen, dass er die Anflüge von Hemmung oder Beschränkung, die er empfand, ernster nehmen müsste.

Nix war voller Staunen. Sie fühlte sich dankbar und sah mit geröteten Wangen und großen Augen so aus, als sei sie verliebt. Doch das war sie nicht, jedenfalls nicht in Ed.

Sie verliebte sich gerade in diesen Ort, diesen Wald im Meer, und in das Erlebnis, so durch den Schnee zu paddeln. Sie hatte schon vermutet, dass Ed sich vielleicht in sie verguckt haben könnte, aber das war sie gewöhnt. Viele Männer verliebten sich in die Bassistin – der Bass machte sexy. In Bars war es auch ziemlich leicht, Männer abzuschütteln. Es gab immer reichlich Ecken, in denen man verschwinden konnte, und andere Leute, mit denen man verschwinden konnte. Doch als sie an diesem Morgen zum Hafen zurückpaddelte und den winzigen Ort betrachtete, der tatsächlich aussah wie ein Dorf in einer Schneekugel, wurde ihr klar, dass sie sich dringend eine andere Taktik zulegen musste.

Der Bug ihres Kajaks stieß dumpf an den Steg. Ed war schon ausgestiegen und half ihr, es zu vertäuen.

»Das war fantastisch«, sagte sie. »Vielen Dank, Ed, diesen Ausflug werde ich nie vergessen.«

»Ach, gern geschehen.« Er klatschte die behandschuhten Hände zusammen und trat von einem Fuß auf den anderen. »Hör mal, ich habe eine Sauna hinter dem Haus, die wollte ich nachher anheizen. Ihr könnt gern vorbeikommen. Du kannst die ganze Band mitbringen. Erst essen wir was, dann gehen wir in die Sauna, wärmen uns mal richtig durch, du weißt schon.«

»Das klingt gut. Ich frage die anderen. Lernen wir auch deine Frau kennen?« Nix strahlte ihn herzlich an. Damit wollte sie verhindern, dass ihre Frage schlüpfrig klang. Das sollte beiläufig und freundlich rüberkommen, doch sie sah, wie Eds Miene sich veränderte.

»Ja … klar … ihr könntet Tina kennenlernen, und dann gehen wir in die Sauna. Das wäre toll. Die Sauna könnte in einer Stunde so weit sein.«

»Weißt du, Ed, das ist heute vielleicht doch keine so gute Idee. Wir wollten die Bühne aufbauen und unser Equipment und das Repertoire auf den aktuellen Stand bringen. Wie wär's, wenn du heute Abend mit Tina in die Bar kommst? Eure Drinks gehen auf mich, was meinst du? Dann können wir was für die Sauna ausmachen.«

»Klar … schön.« Einen Moment lang wäre Ed beinahe verzweifelt, wie nur frisch Verliebte verzweifeln können. Doch dann verstand er, dass sie damit ja gesagt hatte, sie wolle ihn wiedersehen, und seliger Optimismus ließ ihn schweben, wie nur frisch Verliebte schweben können.

»Prima, wir sehen uns heute Abend«, sagte er und winkte ihr nach, als sie die Rampe zum Bohlenweg hinaufging.

Der große Graureiher war ebenfalls zum Hafen geflogen und hatte sich auf einem der Lichtmasten niedergelassen, um die ganze Weite der Bucht zu überblicken. Er sah zu, wie Ed die Spritzdecken in die Boote stopfte und Nix die Rampe hinaufging und die Welt sich mit Schnee füllte.

In Clives Haus wurde der Rest der Band gerade erst wach. Bonnie machte Rührei, und Rick schnippelte Frühlingszwiebeln. Clive stand am Fenster und trank eine Tasse Kaffee. Earl, der Schlagzeuger, lag in seinen Schlafsack gewickelt auf dem Sofa und schaute sich *Ist das Leben nicht schön?* im Fernsehen an. Er hatte eine Woche lang bei einer Rhythm-and-Blues-Band in Victoria gearbeitet, es dann satt gehabt, das Angebot einer Salsa-Band in Winnipeg abgelehnt und beschlossen, mit der Band nach Alaska zu gehen.

»Mann, ich *hasse* diesen Mr. Potter«, bemerkte er. »Ich meine, der Typ *hat* diese verdammten achttausend Dollar. Das kotzt mich jedes Mal an, wenn ich den Film sehe. Dem würde mehr als ein Bein fehlen, wenn ich in dieser Bank arbeiten würde, das kann ich euch sagen.«

»Die brauchen dich in Bedford Falls, Mann!«, rief Rick von der Küche herüber.

»Verdammt«, brummte Earl. Er stand auf und schlenderte in Unterwäsche in die Küche. »Ich würde Onkel Billy seine achttausend beschaffen, *lange* bevor sie diese Party veranstalten und was noch alles.« Er hielt den Zeigefinger an Ricks Schläfe und bog den Daumen zurück, als spannte er einen Hahn. Rick lachte und schob die Frühlingszwiebeln mit dem Messer in die Rühreier.

Earl zog wegen Clive diese Show ab, und den anderen Bandmitgliedern war das klar. Sie wussten, dass Earl in Anwesenheit von Barbesitzern immer viel »schwärzer« war als sonst – vielleicht eine Art Abwehrmechanismus. Sie mochten ihn so oder so, aber sie wussten, dass er kein »Ghettokind« war. Er kam aus einem wohlhabenden Viertel in Toronto, sein Vater war Kieferorthopäde, und seine Mutter gab zu Hause Klavierunterricht. Vor Oberlin hatte er an der McGill University studiert. Und an der Highschool wahrscheinlich Hockey gespielt. Er war ein verdammt guter Schlagzeuger, und Rick wollte ihn in der Band halten.

Billy war unten auf seinem Boot und sah nach dem Rechten. Weasel hatte versprochen, sich darum zu kümmern, und er hatte das Nötigste getan, aber das alte Boot fühlte sich kalt und klamm an. Die Polster und das Bettzeug waren modrig geworden. Das Dach der Kabine leckte – neben dem Radaraufbau sickerte Regen herein. Nichts fühlt sich so kalt an wie ein vernachlässigtes altes Holzboot. Das ist eine Kälte, die bis zu den Knochen durchdringt. Billy saß auf der Kante seiner Koje und fragte sich, was er wieder hier in Cold Storage machte. Sobald er den Fuß auf sein Boot gesetzt hatte, war sein altes Leben hochgeschossen und ihm vors Gesicht geschlagen. Sein altes Leben fühlte sich an wie dieses Boot. Kalt, beengt und kaum noch brauchbar. In die Traumwelt von Cold Storage einzutreten erforderte Willenskraft, und Billy wusste nicht, ob er stark genug war, sich dieses Leben zurückzuholen. Und ob er das überhaupt wollte.

Er kramte herum und versuchte den Ofen anzuzünden, um zumindest den Mief aus dem Bettzeug zu vertreiben. Er packte einiges von dem Zeug aus, das er aus Vancouver mitgebracht hatte, stieß auf das *Tibetische Totenbuch* und hielt es einen Moment lang in der Hand, ehe er es wieder in seinen Rucksack steckte. Er schaltete den Ölofen ab, schloss eine alte Wärmelampe an das Verlängerungskabel an, das ihm Strom vom Festland lieferte, schnappte sich alles, was nicht vermodert war, und schleppte es hoch zum Bohlenweg. Er würde mit Bonnie und der Band bei Clive einziehen.

Billys altes Leben war weg. Es hatte ihn verlassen, als er vor der Küste ins Meer gefallen war. Wie sein neues Leben aussehen würde oder wem es tatsächlich gehörte, musste sich erst noch herausstellen, aber eines war sicher: Es gehörte im Winter nicht auf dieses Boot.

Der Winter schlenderte von einem dunklen Tag zum nächsten. Lester und Jake arbeiteten an ihrem Drehbuch, und Blind Donkey spielten im Love Nest. Trooper Brown war offenbar in einem anderen Teil des Landes auf Verbrecherjagd, denn niemand in Cold Storage hatte wieder von ihm gehört.

Im Januar häufte sich der Schnee zwei Wochen lang immer höher auf dem Bohlenweg, bis ein Hochdruckgebiet vor der Küste für klaren Himmel sorgte. Es senkte die Temperatur auf unter zehn Grad minus, der Schnee verkrustete, und das Dorf war wie mit eisigem Zuckerguss überzogen. Die Schule machte früher Schluss, und die Kinder gingen Schlittschuhlaufen auf dem kleinen See hinter dem Wasserreservoir der Fabrik. Ed begleitete sie, während Tina in der Schule blieb und den Unterricht vorbereitete.

Ein paar Fischer brachten Königslachs rein, und ein Taucher aus der Gegend holte Königskrabben vom Grund der Bucht. Das Café bot nun sonntagmorgens ein »Königsbuffet« an: Krabben, Krabbenomelette, Eier nach Wunsch, gedünsteten Lachs und Bagels, die aus Juneau eingeflogen wurden. Es kostete fünfundzwanzig Dollar pro Person, war aber »all you can eat« – jedenfalls, bis irgendetwas ausging.

Das Buffet wurde für die Band zum festen Ritual nach dem Auftritt am Samstagabend. Wenn sie es bis elf Uhr vormittags ins Café schafften, war ihnen eine Mahlzeit sicher, die ihnen für den Rest des Tages reichen würde. Ihr Vertrag sah vor, dass sie am Sonntag nach dem Gottesdienst auftraten, und am Sonntagabend probten sie meistens, wenn nur die Stammgäste zuhörten und zwischendrin Schallplatten liefen.

Miles aß seinen letzten Bissen Krabbenomelette im Café und beobachtete Kinder, dick eingemummelt mit Mützen und Handschuhen, die den Bohlenweg entlangrannten. Ihre Schlitten rutschten hinter ihnen her, und durch die beschlagenen Fensterscheiben – die Kaffeemaschine war am Morgen übergelaufen – sahen sie aus wie Weihnachtsfiguren. Miles war zufrieden.

Er trank seinen Tee aus und wollte gerade aufstehen, als Tina zur Tür hereinkam. Sie lächelte die Kellnerin an, winkte den beiden Gästen zu, die auf den hohen Hockern an der Bar saßen, hielt jedoch direkt auf Miles' Tisch weiter hinten zu und setzte sich.

»Wenn ich mich scheiden lasse, wirst du dann mein Freund?«

Noch vor ein paar Monaten, ehe Clive nach Hause gekommen war und das Love Nest wieder eröffnet hatte, hätte Miles diese Frage vielleicht anders beantwortet. Doch nun überlegte er kurz und fragte: »Wärst du als Freundin eher eine Betty oder eine Veronica?«

»Betty oder Veronica?«

»Du weißt schon, aus den Archie-Comics.« Er stand auf und holte noch eine Kanne Tee vom Buffet.

Sie schlug die Speisekarte auf. »Ich bin eine Betty. Definitiv.«

»Oje, ich weiß nicht. Ich war immer eher ein Veronica-Typ Mann«, entgegnete Miles.

»Zunächst mal«, sagte sie und beugte sich eindringlich vor, »bist du kein Veronica-Typ Mann. Jeder Mann hält sich für den Veronica-Typ, und das ist Blödsinn. Ihr wollt mit Veronica schlafen, ihr würdet Veronica vielleicht sogar heiraten, weil sie so reich ist, aber ihr werdet euch irgendwann scheiden lassen und bei Betty landen. Aber wie du meinst. Ich kann mich ändern. Betty… Veronica… beides kein Problem.« Sie strich sich das Haar aus dem Kragen ihres Pullis und lehnte sich zurück. Unübersehbar irritiert fuhr sie fort: »Was ich wissen will, ist, ob du für mich da sein wirst, wenn ich mich scheiden lasse?« Sie klappte die Speisekarte zu, wandte den Kopf und sah ihn an.

Miles rührte Milch und Zucker in seinen Tee und blickte in die bräunlichen Wirbel hinab. Der Bursche, der in der Küche Geschirr spülte, ließ eine Salatschüssel fallen, und jemand beschimpfte ihn.

»Ich glaube nicht, dass man sich so sehr verändern kann«, erklärte er. »Ich glaube, du musst schon entweder eine Betty oder eine Veronica sein. Sonst dürfte man ja auch sagen, dass man ein Reggie oder ein Moose werden könne, obwohl man in Wahrheit ein Jughead ist…«

Er verstummte mitten im Satz, plötzlich verlegen. Sie starrte ihn eine Weile an. In der Küche schlug jemand ein Ei in die Pfanne.

»Machst du dich über mich lustig?«, fragte sie.

»Äh … ich glaube nicht«, sagte er mit einer peinlich berührten Grimasse. Er wünschte, er könnte diese Unterhaltung zurückblättern wie eine Buchseite.

Clive kam herein und zog seine Handschuhe aus. Er blickte sich um und kam zu ihnen herüber.

»Was sagst du: Welche Figur aus den Archie-Comics bin ich?«, fragte Tina laut.

Clive nahm seinen Hut ab, rutschte auf die Sitzbank neben Tina, hob den Deckel der Teekanne an und spähte hinein. »Oh Mann… Da muss ich überlegen…« Er ließ den Deckel zufallen und musterte sie dreimal von oben bis unten, ehe er antwortete.

»Du bist insgeheim eine Veronica, willst aber, dass der Rest der Welt dich für eine Betty hält.« Er wickelte den Schal von seinem Hals, betrachtete sie noch einmal gründlich und bekräftigte sein Urteil dann mit einem Kopfschütteln.

Tina war getroffen. »Na schön. Bin ich eben eine Veronica. Aber werden wir ein Paar, wenn ich mich scheiden lasse?«

Mittlerweile lehnten die Köchinnen am Tresen, die Ellbogen aufgestützt, und warteten auf die Antwort.

»Ups… Ich hatte diese Unterhaltung völlig falsch eingeschätzt.« Clive wandte sich ab, winkte Meredith in der Küche zu, stand auf und ging zur Theke hinüber.

»Und ihr Jungs haltet euch wohl beide für Reggies?« Tinas Stimme wurde schriller, als könnte sie jeden Moment nach ihrem Butler kreischen.

»Das ist total typisch Veronica«, rief Clive zurück. Er lud seelenruhig weiter Bagels, Frischkäse und prähistorisch wirkende Krabbenbeine auf seinen Teller.

»Ja«, sagte Miles gedehnt, als betrachte er Tina in einem ganz neuen Licht.

»Aber…« Clive setzte sich und knackte eines der knapp vierzig Zentimeter langen Krabbenbeine an der Tischkante. »… um deine Frage zu beantworten, ich *glaube* nur gern, dass ich ein Reggie bin. Tatsächlich bin ich viel eher ein Jughead, aber mit etwas von Dilton Doileys Intelligenz.«

»Und dein Bruder?« Tina lehnte sich zurück und verschränkte die Arme.

»Mein Bruder hätte gern, dass man ihn für einen Archie hält, obwohl er in Wahrheit Mr. Weatherbee ist.«

»Mr. Weatherbee?« Miles' Stimme klang nicht besonders kampflustig.

»Oh ja«, beharrte Clive. »Weatherbee. Schon als kleiner Junge hatte er so etwas Frustriert-Autoritäres.«

Die Tür ging auf, und Nix kam herein. Sie sah aus, als sei sie Ski oder Schlitten gefahren. Ihr lief die Nase, ihre Wangen waren gerötet, und Little Brother hing an ihren Fersen. Sie blieb stehen und sagte zu ihm: »Tut mir leid, Schätzchen. Du musst draußen warten, aber ich bringe dir nachher vielleicht etwas raus.«

Er sah sie einen Moment lang an, als spielte er den Verständnislosen. Sie deutete auf die Tür und machte ein finsteres Gesicht. Langsam ging er rückwärts hinaus, wandte sich um, fand einen schneebedeckten Tisch am Fenster und sprang hoch. Er drehte sich darauf zweimal um sich selbst und legte sich dann so hin, dass er mit traurigen Augen suchend ins Café starren konnte.

Nix schlenderte durch Dampf und Lärm, zog sich die Strickmütze aus und wickelte den langen Schal von ihrem Hals. Clive stand auf und winkte sie zu ihrem Tisch herüber.

»Oh, riecht das gut hier. Ich habe Hunger.« Sie setzte sich Tina gegenüber, ließ den Parka von den Schultern gleiten, die Arme aber unsicher in den Ärmeln stecken. Clive lächelte und lud sie zum Frühstück ein. Sie wollte gerade zum Buffet hinübergehen, als Tina sie am Arm packte.

»Findest du nicht, dass ich eine Betty bin?«, fragte sie flehentlich.

»Meinst du Betty Geröllheimer aus *Familie Feuerstein*?«

»Oh Gott.« Tina barg das Gesicht in den Händen und begann beinahe zu schluchzen. Draußen hob Little Brother den Kopf und spähte angestrengt zu ihnen herein.

»Aber das könnte es sein!«, rief Clive aus. »Betty Geröllheimer!«

»Die ist scharf.« Miles lächelte, als denke er an eine lange zurückliegende Affäre. »Insgeheim hatte ich immer viel für Betty Geröllheimer übrig.«

»Ich auch!« Nix legte eine Hand auf Miles' Schulter. »Ich bin ja so froh, dass du das sagst. Ich dachte schon, ich wäre die Einzige. Diese entzückende Figur, das knappe Lederkleidchen … Miaaaau.« Nix stand auf und schlenderte zum Buffet hinüber.

»Betty Geröllheimer war mit einem Vollidioten verheiratet«, stöhnte Tina.

»Dafür fand ich sie verdammt sexy«, rief Nix herüber, »und außerdem war ihr Mann ein liebenswerter Idiot.«

Meredith machte Nix Rührei mit Krabbenfleisch und Käse obendrauf und legte noch zwei getoastete Käsebrötchen auf ihren Teller. Nix holte sich einen Becher schwarzen Kaffee und ließ sich wieder am Tisch nieder.

»Mein Mann ist in dich verknallt«, bemerkte Tina nach einer Weile. Clive und Miles erstarrten. Meredith kam aus der Küche geschossen, um nichts zu verpassen.

»Ich weiß«, sagte Nix entschuldigend. »Das tut mir leid. Ich habe ihn in keinster Weise ermuntert. Glaubst du mir?«

»Ich … denke schon.« Tina zögerte. »Aber vielleicht machst du unbewusst irgendetwas, das ihm Hoffnung gibt?«

Nix nahm sich ein Brötchen, und der geschmolzene Käse zog einen langen Faden. Das ganze Restaurant sowie der Hund draußen vor dem Fenster, alle warteten, während sie kaute und schluckte.

»Wenn ich so darüber nachdenke«, sagte sie, »ist Ed eindeutig Barney Geröllheimer. Er ist nett. Nett zu mir. Aber ich will nicht mit ihm schlafen, und schon gar nicht würde ich mich zwischen ihn und diese bezaubernde Betty drängen.« Als sie die Sexbombe von Steintal erwähnte, verdrehte sie schwärmerisch die Augen.

Tina lächelte. Meredith kehrte in die Küche zurück und holte eine Schüssel Haferflocken für das Buffet. Daneben standen Schälchen mit Joghurt, Rosinen und braunem Zucker. Tina sah hinüber.

»Ich nehme doch das Frühstücksbuffet«, sagte sie. »Ich bin schließlich eine ganz neue Betty.« Sie klang erstaunt, doch Nix hielt ihr die erhobene Hand hin, und Tina klatschte sie ab.

Der Rest der Band tröpfelte nach und nach herein. Alle stampften sich den Schnee von den Füßen, ehe sie die Tür öffneten, und pusteten in die hohlen Hände, sobald sie drin waren. Earl kam zu ihrem Tisch und begrüßte sie mit: »Die Krabben sind noch nicht aus, oder?«

Waren sie nicht.

Miles brachte seine Kanne Tee zum Tresen, wo Bonnie auf einem Barhocker über der Speisekarte brütete.

»Wir schauen eigentlich nur dann in die Speisekarte, wenn wir mit niemandem reden wollen, aber da du noch recht neu hier bist, könnte ich das falsch interpretieren«, sagte Miles zu ihrer Wange.

»Was?« Bonnie blickte auf. »Entschuldigung, Miles, ich war in Gedanken.«

Er setzte sich. Billy kam zur Tür hereingefegt, nickte Bonnie zu und ging weiter zu dem Tisch ganz hinten.

»Billy hat ja einen total veränderten Look.« Miles drehte sich um und musterte die Jeans, den schwarzen Smoking, das unrasierte Gesicht und die neue Frisur, die da auf die Bläser zuschlenderten. »So einen halb struppigen, ungekämmten Model-Look nach dem Motto ›Huch! Ich wusste gar nicht, dass ich so sexy bin‹.«

»Sag bloß.« Bonnie blickte nicht auf.

»Darf ich dich zum Frühstück einladen?« Seine gute Laune hielt sich tapfer und würde wahrscheinlich durchhalten, bis das Wetter in ein paar Tagen umschlug. Wenn der Südwind heranrauschte und den ganzen Ort in eine graue, matschige Sauerei verwandelte.

»Nein, ist schon gut, Miles.« Sie lächelte schwach. »Ich möchte nur etwas Toast und Kaffee. Aber ich komme gern auf dein Angebot zurück, sobald ich dich die Speisekarte rauf und runter schröpfen kann.«

»Du siehst aus, als würdest du daran denken, von hier wegzugehen.«

Bonnie sah ihm in die Augen. »Nein ... nicht direkt ... na ja, ich weiß nicht. Es gefällt mir hier, Miles.« Sie blickte dem Teller mit Toast entgegen, den Meredith vor ihr auf den Tresen sinken ließ, als könnten auch Antworten darauf liegen. »Weißt du, seit Monaten steht mein Leben ziemlich auf dem Kopf. Ich bin ein paar Mal rechts abgebogen, statt geradeaus weiterzufahren, wie alle es von mir erwartet haben.«

»Und jetzt hat das glamouröse Rockstar-Leben dich ernüchtert?«

»Nein, das ist es nicht. Ich bereue es nicht, dass ich nach Cold Storage gekommen bin, ich finde es toll hier ...« Sie verstummte.

»Aber?«

Bonnie blickte aus dem beschlagenen Fenster an Little Brother vorbei, der auf dem kalten Tisch wartete. Schnee rieselte um die Masten der Boote im Hafen. Das Wasser war flach und mattgrün, und die Flocken versanken darin, ohne die Oberfläche zu kräuseln. Eine Krähe hockte auf dem Geländer des Bohlenwegs. Schnee sammelte sich auf ihrem Rücken.

»Ich weiß nicht, was ich hier mache.« Das hörte sich an, als wäre ihr dieser Gedanke gerade erst gekommen. »Ich bin immer noch nicht sicher, ob ich am richtigen Ort bin und das Richtige tue.« Sie stellte ihren Becher ab, wandte sich ihm zu, öffnete den Mund, sagte aber nichts. Sie senkte den Blick auf ihren Kaffee und nahm keine Notiz vom Geräusch der Tür, von einem Gast, der hereinkam, und einem anderen, der ging.

Miles sagte schließlich: »Ach, Bonnie, ich glaube, das kann niemand ganz sicher wissen.« Er spielte mit der feuchten Schnur an seinem Teebeutel.

Die Krähe auf dem Geländer stolzierte hin und her und stocherte mit ihrem spitzen Schnabel in die Luft, bis ein Kind mit einem Schlitten den Bohlenweg entlanggeschossen kam.

»Ich dachte, dich beschäftigt etwas anderes«, sagte Miles.

»Nein …«, antwortete Bonnie gedehnt. Sie sah ihn an, als erwarte sie eine Gardinenpredigt.

»Ich dachte, du fragst dich, ob du Billy lieber nicht hättest retten sollen.«

»Nein, das nicht.« Sie sah Miles an. »Das war etwas Gutes. Das Seltsame ist nur … so unglaublich romantisch das klingt, dass ich ihn aus dem Wasser gezogen habe und so weiter – ich liebe ihn einfach nicht.«

»Und das soll seltsam sein?« Er zog die Augenbrauen hoch.

»Das ist doch schrecklich, oder nicht?«

»Was? Nein. Das ist nicht schrecklich. Ins Meer zu springen und ihn zu packen war eine Entscheidung, die du in diesem Moment getroffen hattest. Das bedeutet doch keinen Vertrag«, erklärte Miles.

Bonnie schüttelte den Kopf und sah ihm direkt in die Augen. »*Das* ist mir klar, Miles, aber … du weißt schon … dass ich seit ein paar Monaten mit ihm schlafe, könnte ihm den Eindruck vermitteln, ich sei in ihn verliebt.«

»Menschen machen dauernd Fehler.« Miles lächelte sie an.

»Ich nicht.«

»Na, willst du dann mit Billy zusammenbleiben, weil du ihn gerettet hast?«

»Nein.«

»Also, wo willst du hin? Was willst du tun?« Miles nahm sich ein dreieckiges Stück gebutterten Toast von ihrem Teller.

»Vielleicht muss ich nur mal eine Weile irgendwohin, wo es warm ist.« Seufzend zog sie die Schultern hoch.

Miles stand auf und streifte seine Handschuhe über. »Möchtest du mit ins Badehaus?«

Bonnie senkte den Blick und trank langsam einen Schluck Kaffee. Draußen schwang sich die Krähe vom Geländer in die Luft und schüttelte den Schnee ab, der von ihrem Gefieder spritzte. Cold Storage, Alaska, war zu klein, dachte Bonnie, doch dann flatterte die Krähe am selben Himmel davon, der sich über den ganzen Pazifik spannte, auch über Hawaii und die Japanische See. Der Vogel war entweder für immer verschwunden oder irgendwo gleich um die Ecke.

»Ja.« Sie stand auf und ging direkt zur Tür.

Clive wandte sich um und beobachtete die beiden. »Kommst du nachher in der Bar vorbei?«, fragte er seinen Bruder. »Ich brauche deine Unterschrift auf dem allerletzten Formular. Ich habe versprochen, die bald abzuschicken. Könntest du das machen?«

»Äh … ja …« Miles versuchte, zugleich zur Tür und hinüber zu seinem Bruder zu schauen. »Ja …«

»Nicht jetzt gleich. Du musst los.«

»Äh … ja …«

»Geh schon!«, sagte Clive, und Miles ging.

Zu seinen besten Zeiten war das Örtchen Cold Storage das Sommerquartier der Lachsfischer-Flotte gewesen. Damals hatte es hier einen Laden gegeben, in dem man alles bekam, was man zum Fischen und für die Instandhaltung von Booten brauchte, außerdem drei Schiffsbauer, einen Schweißer, eine mobile Sägemühle und ein passables Angebot an Bauholz. Der Hafen hatte eine eigene Imbissbude gehabt, und über den beiden Bars hatten drei professionelle Vollzeit-Huren gewohnt. Als in einem der

Puffs ein Kurzwellenradio und eine hohe Antenne auftauchten, mit der man spätnachts Funksignale aus fernen Orten empfangen konnte, beklagten sich die Alteingesessenen darüber, dass die Zivilisation ihr Dorf eroberte.

Das Badehaus hatte feste Zeiten für Männer und Frauen, doch im Sommer, zur Hauptsaison, galt die ungeschriebene Regel, dass nach elf Uhr abends beide Geschlechter das Becken benutzen durften. Spät im Juni war der Himmel um elf Uhr nachts dunkelviolett, und wenn man den Bohlenweg entlangspazierte, musste man damit rechnen, im Zwielicht die erstaunlich weiße Haut der alten norwegischen Fischer leuchten zu sehen, die nackt und dampfend am Geländer vor dem Badehaus standen und sich bei einer Dose billigem Bier über Fischpreise unterhielten. Ging man an ihnen vorbei, nickten sie einem knapp zu, ohne sich auch nur ein bisschen ihrer kalkweißen Nacktheit zu schämen. So zivilisiert war Cold Storage doch noch nicht, dass ein Mann nicht splitternackt mitten im Ort herumstehen konnte.

Heutzutage war das Becken sonntags ab Mittag wegen Reinigungsarbeiten geschlossen. Diverse Freiwillige meldeten sich für diesen Dienst, kamen jedoch eher zufällig dazu oder eben gar nicht. Obwohl Miles und Bonnie um Punkt zwölf mit Handtüchern und Badebürsten eintraten, war das Badehaus also leer. Weasel, der übel verkatert aussah, tauchte zwar auf, platzte aber nicht gerade vor Begeisterung ob der Aussicht, das Wasser abzulassen, die Felswände abzuspritzen und das Betonbecken zu schrubben. Miles schlug vor, dass er und Bonnie den Reinigungsdienst übernehmen würden, und Weasel zeigte ihnen lächelnd die Putzeimer und machte sich wortlos davon.

Miles drehte das Schild an der Tür um – »Wegen Reinigungsarbeiten geschlossen – das Klopfen könnt ihr euch sparen, wir lassen euch sowieso nicht rein« – und schloss die Tür ab.

»Was müssen wir machen?«, fragte Bonnie.

»Erst mal wärmen wir uns im Becken auf. Dann lassen wir das Wasser ab, schrubben das Becken, wischen den Boden drum herum und putzen die Umkleide.« Miles knöpfte sein Hemd auf. »Im Fundsachen-Regal da liegen ein paar Badeanzüge. Du kannst einen davon nehmen oder in Unterwäsche arbeiten. Ich ziehe mich normalerweise einfach aus, sofern du nichts dagegen hast?« Er hielt inne, sah sie an und bemühte sich, vollkommen ungerührt dreinzuschauen, nachdem er gerade vorgeschlagen hatte, nackt das Badehaus zu putzen.

»Ist mir recht. Ich würde nicht so gerne irgendeinen fremden Badeanzug anziehen«, sagte sie, schlüpfte aus ihrem Parka und setzte sich auf die Bank, um ihre Stiefel auszuziehen.

Der Ölofen erwärmte die Luft auf kaum mehr als null Grad. Sie zogen sich aus, gingen nach nebenan und stiegen die Betonstufen zu dem im Boden versenkten Becken hinab. Miles füllte einen Plastikeimer mit heißem Wasser, trug ihn zu einem der Ablaufgitter und kippte sich das Wasser über den Kopf. Bonnie tat es ihm gleich. Das Klatschen des Wassers auf dem Betonboden klang in Bonnies Ohren wie prasselnde Murmeln. Dann gingen sie zum Becken und ließen sich ins warme Wasser sinken.

Das Oberlicht über ihnen war mit Schnee bedeckt, der an den Rändern schmolz. Das einzige Geräusch im Raum war das satte Platschen der Tropfen, die von dort ins heiße Wasser fielen, in dem die beiden einander gegenüberlagen. Ihre weiße Haut färbte sich rot, sie lehnten die Köpfe an den Beckenrand und ließen die Beine treiben. Der Betonzuber war so groß, dass ihre Beine sich berühren konnten, aber keiner mit den Zehen an den Rand gegenüber reichte.

»Bist du in irgendjemanden hier verliebt, Miles?«, hallte Bonnies Stimme durch die Stille.

»Nein.« Sie lauschten den Tropfen.

Bonnie wandte sich ab, drehte sich im Wasser herum und tauchte verlegen mit dem Kopf unter. Prustend kam sie neben Miles' ausgestreckten Beinen wieder an die Oberfläche. Ihm fiel auf, dass ihr Haar sehr kräftig war und rötlicher, als es auf den ersten Blick gewirkt hatte.

»Entschuldigung. Ich wollte nicht zudringlich sein«, sagte sie. »Vergiss einfach, dass ich dich das gefragt habe.«

Miles saß im heißen Wasser, genoss die Wärme, die bis zu seinen Knochen durchsickerte, und wedelte gemächlich mit den Händen im Wasser. Er reckte ein rotes Bein empor, um einen dicken Tropfen geschmolzenen Schnees darauf landen zu lassen. Er sagte nichts. Dann ließ er das Bein wieder ins Wasser sinken und sah zu, wie in dem schummrigen Raum weitere Tropfen fielen und dicht an Bonnies Gesicht ins Becken klatschten.

»Schon gut, du Angeber. Genug von dir.« Sie lächelte. »Mehr will ich gar nicht wissen.« Sie umfing seinen nackten Fuß kurz mit einer Hand und setzte sich auf den Beckenrand. Sie hatte kleine Brüste und breite Schultern – wie eine gute Schwimmerin, dachte Miles, und ihm kam ein Bild von ihr vor Augen, wie sie durchs Wasser zog, um Billy zu retten.

»Ist dir warm?«, fragte er sie.

»Ja, richtig heiß.« Sie fächelte sich mit der Hand Luft zu.

»Na los«, sagte er, stand auf und ging hinüber in die dunkelste Ecke des kleinen Betonbunkers. Dort gab es eine Tür aus dicken Brettern. Muffiges Segeltuch war in die Spalten gestopft, damit die Kälte nicht hereindrang. Er riss sie energisch auf.

Der eingezäunte Bereich davor war eine vollkommen glatte Decke aus vierzig Zentimeter dickem, unberührtem Schnee am

Fuß der Hügelflanke. Die Zaunpfähle trugen weiße Mützen, und die Bäume waren mit üppigen Kissen beladen. Oben am Grat pfiff der Wind, und Schnee rieselte im Dunkelgrün des Waldes von den Bäumen wie Gänsedaunen. Miles trat hinaus, hob die Füße wie ein Kranich und trat Löcher in den Schnee.

»Hier haben sie früher die Kohle für den Ofen in der Ankleide gelagert. Irgendwann war keine mehr da, also wechselten sie über zu Öl«, erklärte Miles. Er wandte sich ihr zu, breitete die Arme aus und schaute in die Höhe, in den fallenden Schnee. Dicke Flocken landeten auf seinem Haar, schmolzen auf seiner erhitzten Haut, und er ließ sich lachend rücklings fallen und zeichnete mit ausgestreckten Armen einen Schneeengel.

Auch Bonnie hüpfte in den Schnee, schwang Arme und Beine und kreischte, als die Kälte durch ihre Haut drang. Am liebsten wäre sie gleich wieder hineingerannt und ins heiße Wasser gesprungen, doch dann fiel ihr Blick auf Miles. Schnee lag auf seiner Brust und seinen Lenden, und sein Penis hatte sich zurückgezogen. Sie streckte den Arm aus und legte ihm eine Hand auf die Brust.

»Unglaublich, Miles«, sagte sie. »Wie viel Kälte hältst du noch aus?« Sie rieb mit eisigen Händen seine Brust.

»Ich weiß nicht.« Miles starrte weiterhin in die wirbelnden Flocken. »Aber ich habe gerade etwas entschieden.«

»Nämlich?« Sie rollte sich herum, so dass ihr Bauch und ihre Brüste an seinem Brustkorb ruhten, und begann zu zittern. Doch er spürte ihren warmen Atem im Gesicht.

»Ich habe entschieden, dass ich das nicht herausfinden möchte.« Damit sprang er auf, und Bonnie kullerte in den Schnee.

»Gut«, sagte sie, »denn ich habe keine Lust, noch einen Mann zu retten.«

Miles blickte auf ihren blassen, noch rosig glühenden Körper hinab, der im Umriss des Schneeengels lag. Dampf stieg von ihr auf. Er zog sie mit beiden Händen hoch und küsste sie. Das hatte ein eher flüchtiger Kuss werden sollen, eine Art einleitendes Angebot, doch sie hielt ihn fest, und ihr nasser Mund blieb auf seinen gepresst. Unter dem Schnee, der halb geschmolzen an ihrem Rücken klebte, fühlte sich ihre Haut warm an, und während sie sich küssten, fuhr er mit den Händen ihren Rücken auf und ab und wischte das Eis weg. Sie strich ihm die kalten Flocken von den Armen, lehnte sich dann leicht zurück, fegte den Schnee von seinem Haar und legte die kalten Finger an seine Wange.

»Gehen wir uns aufwärmen«, sagte sie und drückte kurz die Wange an seine Brust.

Zuerst tat es weh, wieder ins heiße Wasser zu steigen. Ihre ausgekühlten Hände und Füße stachen und brannten. Miles holte tief Luft, glitt ins Wasser und hatte das Gefühl, es verbiege seinen ganzen Körper mitsamt der Knochen. Doch dann setzte die Wärme ein wie ein Schuss Morphium, und das Thermalwasser entspannte ihn. Bonnie schloss die Augen, ruderte leicht mit den Armen, ließ sich an den Rand treiben und schlang einen Arm um Miles' Taille.

Er stieg aus dem Becken und holte den Putzeimer und die steifen Deckbürsten aus der Ankleide. Sie ließen das Wasser ab, und er zeigte ihr, wie man die Wände des Beckens säuberte. Eine Stunde lang schrubbten sie das Becken, während weiterhin heißes Wasser aus dem Fels durch kleine Risse hereinlief. Wenn ihnen kalt wurde, kippten sie sich etwas davon über den Kopf. Miles war mit seiner Seite des Beckens fertig. Er setzte sich neben ein heißes Rinnsal am Grund des Beckens, goss sich Wasser über den Kopf und sah Bonnie zu.

Sie arbeitete mit dem Rücken zu ihm. Vor den scharfen

Ecken und Kanten des grün-grauen Gesteins wirkte ihr Körper wie ein Wunder aus glatten Rundungen und biegsamer Kraft. Sie goss sich Wasser über den Kopf, es lief an ihrem Hals hinab zur Rinne ihrer Wirbelsäule, zwischen den Schultern hindurch, wurde von den Hüften leicht angehoben und verteilte sich dann über ihren Po, um die Beine hinabzurinnen. So hatte Miles noch nie eine Frau betrachtet. Ihre Arme waren stark. Während sie mit der Bürste Fels und Beton bearbeitete, breiteten sich ihre Schulterblätter wie Flügel aus, und die Muskeln spannten sich unter der geröteten Haut. Hin und wieder schob sie eine Hand hinter sich und kratzte sich an der Hüfte oder am Oberschenkel, und in der feuchten Hitze hinterließen ihre Finger schwache rötliche Spuren.

Er war hypnotisiert von ihrem Anblick. Er wollte ihr sagen, wie schön sie war, doch er war nicht sicher, ob er ein einziges deutliches Wort herausbringen würde vor dösiger Behaglichkeit. Sie unterhielten sich nur ein bisschen über ihr Leben, über die Schlachten, die sie geschlagen, und die Wege, die sie bereist hatten. Sie sprachen über Menschen, die sie verloren hatten, über Bücher und Musik, die sie mochten. Das Reden fiel ihnen leicht, während sie nackt schufteten, und die ganze Situation war so seltsam, dass ihr Geist nicht in den gewohnten Bahnen lief.

Als sie mit dem Becken fertig waren, stöpselten sie den Abfluss wieder zu und schrubbten den Boden um das Becken herum. Dann setzten sie sich ins frische Wasser auf den frisch geschrubbten Stein und genossen ein Weilchen die Früchte ihrer Arbeit.

Schließlich fegte Miles die Ankleide, während Bonnie sich anzog und ein paar liegen gebliebene Handtücher zusammenfaltete und ins Fundsachen-Regal räumte. Sie waren fertig und blickten sich um. Schweigen erfasste sie so greifbar, als erwarte sie hinter der Tür der Ankleide eine geschäftige Großstadt-

Straße, und sie wollten noch nicht da hinausgehen. Bonnie hob den Arm und holte eine vergessene Lesebrille vom Regal, um die jemand ein paar Haargummis geschlungen hatte. Sie spannte die Haargummis zwischen Miles' Fingern und zupfte mit dem Daumen daran.

»Komm doch heute Abend in der Bar vorbei. Die Band arbeitet an ein paar neuen Nummern«, sagte sie. »Richtig gut. Ein paar ziemlich wilde Arrangements von Stan-Rogers-Songs – eine Art Shanty-Swing.« Sie rempelte ihn sacht mit der Schulter an und lächelte. »Sei nicht trübsinnig.«

»Ich bin nicht trübsinnig«, erwiderte Miles. »Ich will nur noch nicht da raus, du weißt schon, zur Arbeit und so weiter.«

»Was würdest du denn lieber tun?«, fragte sie.

»Dir zuschauen, wie du Felsen schrubbst«, antwortete er ganz ernst.

»Du hast mir zugeschaut?« Sie lachte. »Du meine Güte, Miles, ich dachte, in deinem Beruf bekommst du genug nackte Frauen zu sehen.«

Miles rückte verlegen von ihr ab, doch sie trat vor und küsste ihn, und er spürte die Hitze der Erde durch ihre Kleidung hindurch. Sie schmiegten sich aneinander und küssten sich lange, bis sie draußen Schritte hörten. Es war Zeit, das Badehaus für die Männer aufzumachen. Jemand klopfte an die Tür, doch Bonnie und Miles hielten einander in ihren feuchten Klamotten umschlungen und wünschten sich nur noch eine Sekunde, noch eine.

Es klopfte wieder, und Miles sagte: »Ich öffne besser, ehe jemand die Tür eintritt.« Er ging hinaus und schloss auf. Da stand Lester in Jogginghose und Badelatschen, ein Handtuch über den Schultern. Er starrte sie an, während sie sich ihre Handtücher griffen. Forschend musterte er sie: Miles, dann Bonnie, dann wieder Miles.

»Ich bin froh, dass ihr zwei endlich zusammengekommen seid«, sagte er. »Ist es jetzt offiziell, oder soll ich es lieber für mich behalten?« Lester lächelte. Das war womöglich das ironischste Lächeln, das Miles je gesehen hatte.

Durch Schneeflocken, die wie Staubkörnchen umherwirbelten, spazierten sie den Bohlenweg entlang zum Love Nest. Bonnie schob die warme Hand in Miles' Hand, und er drückte sie sanft, ließ sie aber gleich wieder los.

Die Bar lag im Dunkeln, das »Geschlossen«-Schild hing an der Tür. Miles klopfte, drückte probeweise die Klinke, und sie traten ein und schalteten das Licht hinter dem Tresen an. Little Brother hob den Kopf und knurrte halbherzig.

»Ich glaube, dieser Hund vertraut Frauen«, bemerkte Miles. Er blickte sich um. Wo war Clive?

»Zu diesem Hund und wem er vertraut oder nicht, sage ich kein Wort.« Bonnie schob sich vorsichtig mit möglichst viel Abstand an dem Hund vorbei, doch sein Blick folgte ihr, und seine Brust hob und senkte sich langsam wie ein Blasebalg.

»Clive?«, fragte Miles und schwenkte den Strahl einer Taschenlampe durch den Raum. »Er wollte, dass ich vorbeikomme und irgendwas unterschreibe«, sagte er zu Bonnie. Der Lichtstrahl blieb an einem fehlenden Brett in der Holzdecke hängen. Eine Leiter stand unter diesem Loch. Sie erstarrten und lauschten.

Kein Laut.

Dann ein Poltern vom Dachboden. Little Brother sprang auf, stellte sich neben die Leiter und knurrte die klaffende Öffnung in der Decke an. Miles stieg auf die Leiter und hielt inne, als er dort oben etwas rascheln hörte. Er hob die Taschenlampe hoch über den Kopf und seitlich weg vom Körper, um sich nicht zur Zielscheibe unangenehmer Aufmerksamkeit zu machen …

oder sie als Knüppel zu benutzen. Der hässliche Hund bellte brüllend, und Miles schoss die Leiter hinauf und richtete den Lichtstrahl in die Ecke, aus der das Rascheln gekommen war.

Erst war dort nichts zu sehen außer ein paar großen Umrissen vor den Dachbalken. Dann lugte Weasels Kopf zwischen einem guten Dutzend Ballen Marihuana hervor.

»Du bist vielleicht ein beschissener Wachhund!«, schrie Weasel.

Little Brother bellte noch einmal und legte sich wieder auf seinen Platz nahe der Tür.

Kapitel 16

Am nächsten Morgen schrieb Tina einen Brief an die Schulbehörde und bat um unbezahlten Urlaub für unbestimmte Zeit. Sie spazierte den Bohlenweg entlang zum Büro der Verwaltung, legte den Brief auf den Tisch und bat Betty, ihn an die Schulbehörde weiterzuleiten. Dann ging sie die Rampe zum Flugsteg hinab, schwang ihre kleine Reisetasche hoch in die wartenden Hände des Piloten, kletterte auf den Rücksitz und flog davon.

Keine halbe Stunde später stand Ed in der Praxis. Miles wartete gerade auf einen Jungen, der angerufen und mit sehr lauter Stimme erklärt hatte, er habe eine Erdnuss im Ohr.

»Herrgott, Miles, du hättest mir wenigstens Bescheid sagen können, dass du mit meiner Frau schläfst!«

Miles saß an seinem Schreibtisch und starrte durch das Fenster zum Hafen hinaus. Die Warmfront aus dem Süden war über Nacht eingetroffen, Regen fiel auf den Schnee und verwandelte die Rampen und Stege in Matschbahnen.

»Ed, ich erwarte einen Patienten. Ich habe jetzt keine Zeit für so ein Gespräch.«

»Du leugnest es also nicht?« Eds Gesicht war gerötet, seine Lederstiefel durchweicht, und er sah aus, als sei ihm heiß und kalt zugleich.

»Ich sage nur, dass ich jetzt keine Zeit habe, darüber zu reden. Komm um fünf wieder. Dann trinken wir einen Kaffee, und du kannst mich anschreien, und ich erzähle dir alles, was ich über diese Situation weiß.«

»Scheiße!«, platzte Ed heraus. »Du kennst doch Trooper Brown? Er hat mich angerufen. Morgen fliegt er hierher. Und ich werde ihm alles berichten, verdammt. Alles, du weißt schon, über Weasel und sein Marihuana.« Er stürmte hinaus und knallte die Tür hinter sich zu.

Miles spürte den Nachhall noch, während er nachdenklich zusah, wie Regenwasser von den Eiszapfen am Dach rann. Vielleicht hätte er Ed gleich sagen sollen, dass er nicht mit Tina geschlafen hatte, aber das hätte wohl auch nichts genützt. Ed hätte sich nur weiter aufgeregt, ihm Vorwürfe gemacht und immer noch herumgeschrien, wenn Mark White kam, damit Miles sich sein rechtes Ohr ansah.

Als Mark vier Jahre alt gewesen war, hatte er den alten Einträgen in seiner Krankenakte zufolge »seit mehreren Wochen, nicht genau beziffert« eine Rosine im Nasengang gehabt. Miles war gespannt darauf, was jetzt in Marks Ohr feststecken mochte, und wollte den Jungen nicht vergraulen. Womöglich würde Mark mehrere nicht genau bezifferte Wochen brauchen, um sich von dem Schreck zu erholen, falls er mitbekäme, wie sein wütender Lehrer den einzigen Gesundheitsdienstleister im Umkreis von hundert Kilometern anbrüllte.

Ed konnte warten. Miles fand sogar, dass es letzten Endes ganz günstig sein könnte, wenn Ed glaubte, er habe mit Tina geschlafen. Die Lokalmeinung würde Miles dafür scharf verurteilen. Sprach sich dann aber herum, dass er in Wahrheit mit Bonnie geschlafen hatte, würden sie ihn liebend gerne wieder aufnehmen und ihm alles vergeben, ohne dass er das Geringste dafür getan hätte. Das war die Sinustheorie des Lokaltratsches, und Miles hatte ihre erfolgreiche Anwendung schon mehrmals miterlebt.

Doch der Gedanke, dass Ray Brown nach Cold Storage zurückkommen wollte, machte ihm Sorgen. Auf dem Dachboden der Bar lagerte ballenweise Marihuana, und man brauchte kein

Drogenspürhund zu sein, um das zu merken. Einige Gäste besuchten vermutlich nur deshalb das Love Nest, um vom puren Duft high zu werden.

Na schön, dachte Miles, *soll er doch kommen.* Durchsuchungsbefehle und Spurensicherungsteams, Anwälte und jede Menge Klatsch, sein einziger Bruder, den man in Handschellen ausflog – Miles würde gar nicht erst versuchen, irgendetwas dagegen zu tun. Er hatte eine Erdnuss aus einem Kinderohr zu entfernen.

Mark behauptete, nicht zu wissen, wie eine geröstete Erdnuss in sein Ohr gelangt sein könnte, und Miles drang nicht auf irgendein Geständnis. Er spülte sie nur mit Babyöl und einem weichen Plastikröhrchen heraus, löste und entfernte die klebrige Erdnusshaut mit warmem Wasser und entließ Mark, der hastig hinauseilte und sich seinen Kumpels beim Schlittenfahren anschloss. In Cold Storage war die Schneesaison so kurz, dass die Kids sogar die regionale Spezialdisziplin des Snowboardens in Schneematsch auf sich nahmen.

Miles saß in seinem Büro, als Jake die Praxis betrat.

»Wo ist denn deine Empfangsdame? Hast du nicht mal eine Arzthelferin, Herrgott?«, rief Jake in den Flur.

»Sie hat gerade Urlaub.«

»Ach ja?« Jakes Stimme näherte sich Miles' Bürotür. »Wie lange ist sie denn schon weg?«

»Ich weiß nicht.« Miles blickte nicht von seinem Schreibtisch auf. »Ich glaube, sie wollte nach Disneyland, irgendwann im Winter neunundsiebzig. Seither hat niemand je wieder von ihr gehört.«

»Das kann ich verstehen. Sie haben eine Menge tolle neue Sachen in Disneyland.« Jake hatte ihn erreicht und rückte für sich einen Stuhl an den Tisch. Seine blaue Armschlinge lugte unter einem von Lesters dicken Wollmänteln hervor.

Miles beendete seinen Eintrag in Marks Krankenakte. »Hast du unser idyllisches Eckchen der Welt allmählich satt?«

»Ich habe schon schlechter gelebt.«

»Willst du dein altes Leben gar nicht zurückhaben?«

»Von welchem alten Leben sprichst du?«

»Von deinem glamourösen Kriminellen-Leben.«

»Weißt du, Miles, ganz egal, wie cool das bei Quentin Tarantino aussieht: Kriminalität ist scheiße.« Jake hatte sich geweigert, sich in Sitka untersuchen zu lassen. Den Gips hatte er sich vor Monaten selbst abgenommen. Er und Lester hatten eine originelle Kombination aus Verband und Schlinge ausgetüftelt, die Jake immer noch mit Juckanfällen und gelegentlichen Hautausschlägen quälte. Er ließ sich auf den Stuhl plumpsen und stocherte mit einer Stricknadel, die er eigens dafür bei sich trug, unter seinem Verband herum.

»Warum?« Miles legte die Akte beiseite und beobachtete, wie Jake sich am Arm kratzte.

»Zu stressig. Und man muss sich um jede Menge Arschlöcher kümmern.« Jake schloss die Augen und stöhnte leise, während er mit der Stricknadel unter dem bunten Baumwollstoff herumschabte, den er Tina abgekauft hatte.

»Aber verdient man nicht sehr gut?«

»Weißt du, wie viel man an einem bescheuerten Science-Fiction-Film verdienen kann?«

»Welchem Science-Fiction-Film?«, fragte Miles.

»Na, irgendeinem, such dir einen aus!« Jake kratzte und kratzte. »Einen verdammten Haufen Geld. Sogar ein schlechter Science-Fiction-Film bringt mehr ein als Kokain, und das Tollste ist, dass die Leute einen dafür lieben. Sie sagen es ihren Kindern, wenn sie dich irgendwo entdecken. Kellner behandeln dich richtig nett und bitten um ein Autogramm. So was passiert Pablo Escobar sicher nicht.« Jake zog die Stricknadel aus dem Verband und inspizierte das untere Ende, als könnte eine seltsame organische Substanz daran kleben. »Jedenfalls nicht in Nordamerika, und wer zum Teufel will schon in Kolumbien berühmt sein, scheißegal, wie reich man ist?«

Miles rollte auf seinem Stuhl um den Tisch herum und wickelte sanft die eigenwillige Verpackung ab, um Jakes Arm zu untersuchen.

»Das stimmt, wirklich«, fuhr Jake fort. »Glaub mir. Nicht viele Leute bringen es im Film zu was. Aber das läuft bei Verbrechern nicht anders. Verdammt, da ist der Wettbewerb sogar noch härter, und die Konkurrenten sind weniger zimperlich.« Jake stellte mit der Hand eine Pistole am Kopf dar. »Unser Drehbuch – ich fühle es, Miles. Das Drehbuch, an dem Lester und ich arbeiten. Das lässt sich verkaufen. Ich sage dir, es hat alles, was die Leute wollen: Humor, ein bisschen Gesellschaftskritik, tolle Charaktere und frische Actionideen.«

»Habt ihr auch ein befriedigendes Ende? Das ist mein Problem bei den meisten Filmen.« Miles beobachtete Jakes Gesicht, während er vorsichtig die Schulter im Kreis bewegte.

»Scheiß Enden. Au! Verdammt, das tut weh!« Jake versuchte, Miles den beschädigten Arm zu entziehen.

»Weil die Rotatorenmanschette gerissen ist. Du musst das untersuchen lassen, wenn du wieder irgendwo bist, wo es ein gutes Krankenhaus gibt. Du kannst denen ja erzählen, das sei beim Softballspielen passiert.«

»Softball, na klar … Ich will dich mal was fragen. Hältst du Lester für stur?«

»Lester?« Miles blickte erstaunt auf. »Ich weiß nicht so recht, was ich dazu sagen soll. Ich habe noch nie gehört, dass er sich bei irgendwem entschuldigt oder sich etwas anders überlegt hätte. Das heißt nicht unbedingt, dass er stur ist. Vielleicht ist er die Ausnahme – der Mensch, der immer recht hat.«

»Dieser Kerl ist ein Genie! Ihm fallen Sachen ein, auf die ich in tausend Jahren nicht käme, weißt du, was ich meine? Wie ein Rohr direkt zu irgendeiner verdammten Quelle oder so. Aber er kann sein Material nicht zusammensetzen. Wenn es nach Lester ginge, wäre dieser Film sechs Stunden lang. Ich flehe ihn an zu kürzen, und dann mache ich es einfach, und er vergisst, was er eigentlich wollte. Nur das Ende – das will er nicht kürzen und auch nicht vergessen. Ich sage dir, dieses Ende wird nicht funktionieren, aber er lässt sich keinen Millimeter davon abbringen.«

»Wo liegt denn das Problem?« Miles säuberte die bleiche, gelblich verfärbte Haut an Jakes Arm mit einer Desinfektionslösung.

»In der letzten Einstellung sollen sich alle, sämtliche Figuren, jede einzelne, in Tiere verwandeln.« Jake starrte Miles eindringlich in die Augen.

»Und das ist ein Problem?«

»Wir reden von einem Actionfilm. Stell dir die Gesichter der Studiobosse vor, wenn ich versuche, denen dieses Ende zu verkaufen. Himmel, ich meine, dann könnten wir auch gleich einen Film über Bäume drehen oder so was. Ich weiß auch nicht. Vielleicht muss ich doch wieder Krimineller werden.« Jake rieb sich mit der gesunden Hand die Stirn.

»Lester hat gute Drehbuchideen, sagst du?«

»Da ist er der Beste, der mir je begegnet ist. Ganz im Ernst.« Jake berührte Miles' Ellbogen, um diese Worte zu unterstreichen.

»Lass das Ende so, wie er es will, warte ein bisschen und lies es ihm dann noch mal vor. Wenn es blöd ist, wird ihm schon was Besseres einfallen. Eines rate ich dir jedenfalls: Versuch nicht, mit ihm zu streiten. Du kannst nicht gewinnen.«

»Da hast du wohl recht.« Jake stand auf. »Aber ich habe hier oben schon zu viel Zeit investiert, um mit leeren Händen abzuziehen. Verstehst du?«

»Ja, ich verstehe.« Miles brachte Jake zur Tür. »Morgen kommt ein Staatspolizist hierher. State Trooper Brown. Das wollte ich dir noch sagen, nur für den Fall, dass du dir wegen irgendetwas Gedanken machen solltest.«

Im Wartezimmer blieb Jake am Fenster stehen und schaute auf die Boote im Hafen hinaus. »Mit dem Ding habe ich nichts zu tun. Scheiße... der ganze Stoff, erst ins Meer geworfen und dann wieder rausgefischt, um ihn irgendwo zu trocknen. Was hat er jetzt damit vor? Sein Geschäftsmodell taugt wirklich nichts. Und ich werde ihm kein besseres liefern.«

»Warum höre ich nie von solchen wichtigen Sachen? Ich bekomme jeden blöden Tratsch mit, aber wenn ein Mitglied meiner eigenen Familie gleich mehrere Straftaten auf einmal begeht, sagt mir keiner ein Wort. Hast du nie daran gedacht, mir davon zu erzählen?«

»Nein«, antwortete Jake.

»Und was sollte ich deiner Meinung nach tun? Wegen Clive und seinem Haufen Pot?«

Jake starrte immer noch aus dem Fenster. »Ich weiß nicht. Wir könnten einiges davon wegrauchen und uns einfach alle in Tiere verwandeln«, sagte er, und sein Atem schlug sich als helles Oval an der Fensterscheibe nieder.

Miles gab ihm eine Salbe gegen den Juckreiz und wollte etwas über Behinderung der Justiz und drohende Gefängnisstrafen anmerken, doch Jake war in Gedanken ganz weit weg. »Ja«, sagte er geistesabwesend, »wir brauchen nur ein gutes Ende.«

Gloria Ballister suchte Miles spätestens alle zwei Wochen auf, weil sie sich schrecklich fühlte. Sie wog hundertdreißig Kilo, rauchte zwei Schachteln Zigaretten pro Tag und trank eine Flasche Wodka dazu. Ihr Mann war Alkoholiker, und sie versuchte gar nicht mehr, ihn dazu zu bringen, weniger zu saufen. Sie wohnten ein Stück hinter dem Ende des Bohlenwegs in einer feuchten Hütte, vor der sich kaputte Fischerausrüstung häufte. Löchrige Netze und rostige Winden vergammelten im Moos.

Gloria war krank. Miles hatte ihr alles Erdenkliche an praktischen Gesundheitsratschlägen gegeben. Sie besaß ganze Kisten voller Bücher und Broschüren über gesunde Ernährung, Übergewicht und Alkoholentwöhnung. Sie hatte ihre Sauerstoffflasche, damit ihr das Atmen leichter fiel, obwohl sie streng genommen medizinisch nicht notwendig war. Gloria hatte sie sich selbst besorgt – sie sagte, mit dem Sauerstoff fühle sie sich besser, und Miles widersprach ihr nicht.

Gloria wollte nicht mehr auf die Waage steigen. Sie kam in die Praxis, um über ihre Wehwehchen zu sprechen und ihn wegen einer Magenverkleinerung zu löchern, aber hauptsächlich, so glaubte Miles, um einfach mal aus ihrer Hütte herauszukommen und sich mit ihm zu unterhalten.

»Ihr Gesicht gefällt mir diese Woche besser, Gloria«, sagte Miles. »Ein bisschen Farbe. Haben Sie versucht, jeden Tag ein Stück zu Fuß zu gehen, wie wir es besprochen hatten?«

Sie quoll über die Ränder des kleinen Stuhls im Behandlungszimmer und hatte die Arme hoch auf der Brust verschränkt, eine unbehagliche Position, als wollte ihr Oberkörper die Arme abzwicken. Ihre roten Augen lagen tief in dem aufgequollenen Gesicht. Sie lallte ein wenig, war offensichtlich betrunken, und einfach alles an ihr wirkte unglücklich.

Miles hatte es mit Strenge versucht. Er hatte gedroht, sie nicht weiter zu behandeln, wenn sie nicht nach Sitka flog, sich gründlich untersuchen ließ und Verantwortung für ihre eigene Gesundheit übernahm. Danach erschien sie nicht zu den nächsten vereinbarten Terminen, und ein Nachbar, der ein

Stück weiter den Waldweg raus wohnte, rief Miles an und sagte ihm, dass Gloria seit Tagen von niemandem mehr gesehen worden sei. Er ging hin und fand sie auf einer dreckigen Matte auf dem Boden vor, mit böse verstauchtem Knöchel, das Gesicht mit Blut und Erbrochenem verschmiert. Ihr Mann lag bewusstlos quer auf dem Bett, über dem sein Blähbauch aufragte wie der einer Leiche. Miles holte einen Rollstuhl, unternahm etwas gegen ihr Nasenbluten und lagerte den verletzten Knöchel hoch. Sie weinte auf dem holprigen, unbefestigten Weg zum Ort und den Bohlenweg entlang zur Praxis. Miles hatte sie über Nacht dort bleiben lassen.

»Man muss eben bereit sein, Doc«, sagte sie. »Man muss bereit sein, damit sich etwas verändert.«

»Was können wir tun, Gloria?«, fragte er sanft und tätschelte ihr die Schulter. »Was wäre nötig, damit Sie bereit wären für diese Veränderung?«

»Ich weiß es nicht, Doc«, japste sie und berührte schwach seine Finger. »Vielleicht werde ich nie so weit sein.«

Also ließ Miles sie wieder alle zwei Wochen in die Praxis kommen und versuchte weiterhin, sie zu einem Flug nach Sitka zu motivieren. Bei jedem Besuch erzählte er ihr von einer neuen Diät oder von Menschen, die ihr Leben grundlegend verändert hatten. Sie fand an sämtlichen Vorschlägen etwas auszusetzen und winkte ab, als verscheuchte sie Fliegen.

Doch Miles wusste, dass sie bereit für eine Veränderung war – für die grundlegendste Veränderung. Nichts würde sie von ihrem Weg abbringen. Sie würde nicht aufhören zu trinken und sich keinen Schritt mehr bewegen, so sehr Miles sich auch bemühte, das ganz einfach aussehen zu lassen. Eines Tages würde wieder ein Nachbar anrufen oder ihr Mann sogar nüchtern genug sein, um es herunter in die Praxis zu schaffen. Dann würde Miles sich ein paar Freiwillige und eine Trage beschaffen und Glorias unglücklichen, leblosen Körper zum Flugzeug schaffen, damit er in Sitka obduziert und weiter ins Krematorium verfrachtet wurde.

Sowohl Miles als auch Gloria wussten, dass dieser Tag nicht mehr lange hin war, und seit sie sich das durch kleine Gesten und subtile Veränderungen im Umgang miteinander eingestanden hatten, waren sie beide entspannter. Miles drängte ihr immer noch seine Ratschläge auf, aber sehr sanft, und sie kam weiterhin regelmäßig in die Praxis. Sie war die Erste, die ihm den Dorfwitz von dem Patienten, der nur noch ein paar Minuten zu leben hat, erzählt hatte.

Jetzt hievte sie sich hoch und sagte: »Also, Doc, Sie haben mir mal wieder ein paar Eier gekocht. Bis bald.« Sie schlüpfte in ihren Regenmantel, schnappte sich zwei verbogene Skistöcke, die sie als Gehhilfen benutzte, und wälzte sich zur Tür hinaus auf den mit Schneematsch bedeckten Bohlenweg.

»Bis bald, Gloria«, rief Miles, doch da schob sie schon Kopf und Schultern wieder zur Tür herein.

»He, ich habe gehört, dieser Polizist will wieder herkommen und Ihren Bruder verhaften.«

»Davon hatte ich noch gar nichts gehört. Ich glaube kaum, dass das stimmt. Soweit ich weiß, hat Clive nichts Ungesetzliches getan«, versicherte ihr Miles.

»Ach so. Na dann.« Gloria lächelte schwach. »Wir haben darüber geredet, wissen Sie, Doc? Wenn es nach uns geht, kann sich dieser Trooper seine Verhaftung sonstwohin stecken. Wir verpfeifen niemanden.«

»Gut zu wissen, Gloria.« Wenig begeistert tätschelte Miles ihre Schulter, und weg war sie.

Um halb fünf war es finster wie mitten in der Nacht. Der Regen hatte nachgelassen, doch der Luftschwall, der mit Billy zur Tür hereinfegte, fühlte sich nass an.

Billy prallte gegen Miles' Brust. »Oh! Tut mir leid, Miles.« Er spähte zu Miles' Nase empor.

»Alles in Ordnung, Billy? Fehlt dir was?«

»Nein, nicht direkt. Ich bin nur vorbeigekommen, um, du weißt schon, ein bisschen zu reden.« Er blickte sich um, als erwarte er, noch jemanden im Raum vorzufinden. Er folgte Miles, der ins Büro zurückging, um Glorias dicke Krankenakte zu holen, blieb in der Tür stehen und sah zu, wie Miles etwas in die Akte eintrug.

»Was brauchst du, Billy?«

»Ich weiß nicht, Miles. Ich wollte bloß, na ja, ich meine, mit dir reden wegen …« Billys Blick streifte durch den Raum, ohne sich auf irgendetwas Bestimmtes zu richten.

»Ich habe noch ein wenig Zeit«, sagte Miles. »Geht es um Trooper Browns Besuch morgen?«

»Häh? Oh nein, da ist alles unter Kontrolle. Ich wollte mit dir über etwas anderes reden …«

»Gut, ich glaube, Ed wird in einer halben Stunde wiederkommen, um mich zu erschießen, aber bis dahin bin ich ganz Ohr.«

Billy lachte nervös. »Also, na ja, Miles … Ich wollte mit dir, also, über Bonnie reden.« Er kratzte sich am rechten Handrücken und zog eine seltsame Grimasse.

»Spuck es einfach aus, Billy.«

»Ich bin nur total durcheinander. Sie hat mir das Leben gerettet, und wir waren auf diesem Kreuzfahrtschiff zusammen, und du weißt schon, aber jetzt … ich weiß nicht. Sie ist total nett und alles, aber ich weiß nicht. Hier ist es anders. Nicht so wie auf dem Schiff.«

»Warum erzählst du mir das, Billy?«

»Ich weiß selber nicht, Mann. Ich weiß, dass sie dich mag. Ich dachte, vielleicht hast du einen Rat für mich. Oder …«

»Du möchtest, dass ich mit ihr rede?« Miles bemühte sich, nicht allzu fassungslos zu klingen.

»Ja … na ja, das wäre toll. Vielleicht könntest du als mein Arzt mit ihr reden. Du könntest ihr sagen, dass ich schon immer psychisch labil war. Dass ich irgendeine Persönlichkeitsstörung oder so was habe. Ich meine, das stimmt ja auch irgendwie. Das wäre nicht … gelogen.«

Miles starrte ihn an. »Heißt das, es wäre dir lieber, wenn ich ihr erzähle, dass du geisteskrank bist, als selbst mit ihr über deine völlig nachvollziehbaren Gefühle zu reden?«

»Na ja, ja, ich glaube schon.« Auch Billy schien es nicht ganz zu fassen, wie dämlich er sich verhielt. »Ja, schon … Ich meine, so seltsam ist das doch nicht, oder? Sie hat mir das Leben gerettet. Da kann ich sie nicht einfach in diesem erbärmlichen Nest abservieren, wenn sie nirgendwo anders hin kann?«

»Blödsinn, Billy. Man kann immer irgendwo anders hin.«

Weil Miles sich längst gewappnet hatte, war diese seltsame Bitte beinahe eine Enttäuschung. Er hatte damit gerechnet, seine eigenen Gefühle für Bonnie rechtfertigen zu müssen – stattdessen deutete Billy an, dass Bonnie ein hilfloses Wesen sei, um das sich nicht zu kämpfen lohnte, und das ärgerte ihn.

»Und warum willst du sie abservieren?« Stirnrunzelnd sah er Billy an. »Weil sie dir das Leben gerettet hat? Weil es hier so viele andere umwerfende Frauen gibt, die sich um dich reißen? Ich versteh's nicht.«

»Hör mal, Miles, was … was, wenn … so ein Showmaster auf einmal vor deiner Tür steht und dir eine Million Dollar überreicht, weil du irgendwas gewonnen hast? Du wärst glücklich, oder?«

»Ein Showmaster? Aus dem Fernsehen?«

»Ja – sagen wir, Ed McMahon.«

»Ed McMahon? Der Typ aus der *Tonight Show*?«

»Genau der. Also, der klopft bei dir an, weil du eine Million Dollar gewonnen hast. Du wärst so glücklich, dass du ihn vielleicht reinbittest und mit ihm anstößt. Du würdest ihn zum Essen einladen und vielleicht abends mit ihm um die Häuser ziehen. Aber du würdest dir nicht wünschen, dass er dein bester Freund wird, oder? Ich meine, das wäre krass. Wenn du dich mit deinen Freunden triffst, müsstest du sagen ›Ach ja, das ist Ed. Er ist mein neuer bester Freund, er hat mir nämlich eine Million Dollar geschenkt‹. Sie würden dich alle anschauen und nur daran denken, was dieser Typ für dich getan hat, und bald könntest du auch an nichts anderes mehr denken, und dann wüsstest du nicht mehr, worüber du mit Ed McMahon überhaupt noch reden solltest, und irgendwann würdest du dieses besoffene Anhängsel einfach rausschmeißen. Verstehst du, was ich meine?«

»Erschreckenderweise«, sagte Miles nickend, »glaube ich, dass ich dich verstehe, ja.«

»Du wirst also mit ihr reden?«

»Sicher. Sicher, Billy«, stimmte er zu und lächelte schwach. »Ich werde dir das nicht mal in Rechnung stellen.«

Billy sagte noch etwas, doch Miles hörte nicht mehr hin. Er lauschte Billys Schritten, die hinter der Tür verklangen, starrte auf seine Notizen, ohne sie zu lesen, und wollte endlich nach Hause.

Vor allem wollte er Ed aus dem Weg gehen. Etwas an Gloria und Billy in Kombination hatte ihm gründlich die Laune vermiest. Er sah auf die Uhr. Wenn er sich beeilte, konnte er die Praxis schließen und verschwinden, ehe Ed zurückkehrte.

Er hatte schon die Kaffeemaschine ausgestöpselt und das Licht in seinem Büro ausgeschaltet, als Liz mit ihrer Katze auftauchte.

»Miles, entschuldige, wenn ich störe, aber – kannst du mir

helfen? Ich weiß nicht, wer mir sonst helfen könnte.« Ihre Stimme zitterte, und sie war kreidebleich.

»Komm rein, Liz.« Er ließ sich seine Verärgerung nicht anmerken. »Was ist denn?«

Sie hielt ihm Louise hin. Die zierliche getigerte Katze hatte eine weiße Brust, zwei weiße Pfoten und eine knapp acht Zentimeter lange Schnittwunde am Oberkopf. Es war nicht viel Blut zu sehen, aber der klaffende Schnitt ging tief unter das graue Fell. Die Katze war ruhiger als Liz.

»Ich will mir das mal ansehen«, sagte Miles.

Alle wussten, dass er keine Tiere behandeln durfte, aber es war einfach zu teuer, sie nach Sitka zu fliegen. Ehe er sich auf die Vereinbarung »Keine Garantie, keine Rücknahme« eingelassen hatte, waren die meisten kranken Tiere in einen Sack gepackt und auf See bestattet worden. Jetzt lebten sie weiter. Und obwohl es der ursprünglichen Vereinbarung zuwiderlief, erlaubte er inzwischen auch »Nachuntersuchungen«, für die er üblicherweise in Naturalien bezahlt wurde: Fisch, Beeren oder Wild. Da seine Fähigkeiten als Jäger und Sammler zu wünschen übrig ließen, war das gar nicht übel.

Liz hielt Louise fest, während Miles vorsichtig die Wunde versorgte und nähte. »Hat der Hund meines Bruders irgendwas damit zu tun?«

»Nein, das glaube ich nicht. Dann müsste sie viel schlimmer aussehen. Nein, ich glaube, sie ist mit einem Kater aneinandergeraten, unten am Kühlhaus. Ich versuche ja, sie drinnen zu halten, aber Bob und Matt laufen den ganzen Tag lang rein und raus, da entwischt sie eben manchmal.«

Miles legte sacht Liz' Zeigefinger auf den Faden, damit sie die Spannung darin hielt, während er zur Schere griff. Sie blickte die Wand gegenüber an, und sie unterhielten sich über neue Bücher in der Bibliothek, die schwindende Anzahl der

Schulkinder und die Frage, ob die Schule nicht bald schließen müsse.

»Wie ich höre, haben wir auch immer weniger Lehrer.« Liz sah ihm zum ersten Mal, seit er Louise behandelte, direkt ins Gesicht.

»Hab schon gehört, dass Tina heute Morgen ausgeflogen ist«, entgegnete er. »Weißt du Näheres, Liz?«

»Nein … nichts.« Ihr Blick glitt wieder durch den Raum. »Nur das, was ich gehört habe …« Liz' Worte hallten im Schweigen der beiden nach.

»Und wir wissen ja alle, wie zuverlässig der Dorftratsch ist«, sagte Miles mit fröhlicher Stimme und wechselte vorsichtig das Thema. Er schnitt den Faden durch und verkündete: »So! Komm übermorgen zur Kontrolle vorbei. Aber erzähl meinen Vorgesetzten in Sitka ja nichts davon.«

»Bestimmt nicht, Miles.« Sie nahm die Katze auf den Arm und dankte ihm, doch ihre Miene wirkte traurig und verlegen.

»Ist schon gut, Liz«, sagte Miles. »Wirklich, mach dir keine Gedanken«, und sie verstanden einander.

Tränen traten ihr in die Augen. »Was würden wir nur ohne dich tun, Miles?«

Er sah sie nicht direkt an. Ihre Worte rührten ihn besonders, weil er wusste, dass sie nüchtern war. Er überlegte – gehörte sie zu den Trinkern? Er glaubte nicht.

»Pass gut auf Louise auf, und wir sehen uns übermorgen.« Tränen liefen ihr über die Wangen.

Miles war froh, dass Ed sich verspätete. Er sauste herum, schaltete sämtliche Lichter aus und riss seine Jacke vom Garderobenständer im Büro. Doch als er endlich die Tür abschließen wollte, tippte Billy ihm von hinten auf die Schulter, und Miles zuckte zusammen, als hätte ihn ein Pfeil getroffen.

»Herrgott, hast du mich erschreckt.« Miles fasste sich an die Brust und sank gegen die Tür.

»Da ist sie, Miles.«

Bonnie stand neben ihm, völlig perplex, als erwachte sie gerade aus einem lebhaften Traum und wüsste nicht, wo sie war.

»Da ist sie«, wiederholte Billy. »Ich habe ihr gesagt, dass du mit ihr reden möchtest.« Er kratzte sich am Kopf und trat von einem Fuß auf den anderen. »Okay, dann bis nachher in der Bar«, sagte er, zog die Schultern an und eilte durch den Regen davon, der in den wenigen Lichtern am Bohlenweg wie feine Nadeln schimmerte.

Bonnie hatte über Miles nachgedacht, seit sie das Badehaus geschrubbt hatten. Sie hatte sich immer wieder, zu den seltsamsten Zeiten, gefragt, was er wohl gerade tat. Hatte versucht, sich an Details ihrer Gespräche zu erinnern. Und das ärgerte sie, denn sie wollte nicht verliebt sein, in niemanden. Miles sah gut aus. Er wusste offenbar, wer er war und was er in seinem Leben erreichen wollte, und obwohl er nicht über seinen Einsatz im Krieg sprechen mochte, schien er keine großen seelischen Schäden davongetragen zu haben. Er wirkte nur sensibel, als habe er so etwas wie große Schönheit in ihr erkannt und sei bereit, sie einfach davontreiben zu lassen oder auch auf ewig festzuhalten. Dafür begehrte sie ihn nur umso mehr, und das machte sie wahnsinnig.

»Du möchtest mich sprechen, Miles?«, fragte sie.

»Also, eigentlich … Ich weiß nicht so genau, wie ich da hineingeraten bin, um ehrlich zu sein, aber Billy wollte, dass ich mit dir spreche.«

»Worüber?« Sie trat einen halben Schritt auf ihn zu und runzelte die Brauen.

»Na ja«, begann er, »das ist ein bisschen schwer zu erklären.

Er will mit dir Schluss machen, weil du ihm das Leben gerettet hast und ihn an Ed McMahon erinnerst.«

»Ed Mc… Du meinst Johnny Carsons Ansager?«

»Jap.«

»Und deswegen will er mit mir Schluss machen?«

»Jap.«

»Also…«, sagte sie gedehnt und folgte Miles' Blick den Bohlenweg hinab. »Da bin ich erleichtert. Ich dachte, er würde mir mit einer lahmen Ausrede von fester Bindung und so weiter kommen.«

»Genau.« Miles nahm sie beim Arm, und sie gingen auf Lesters Haus zu. »Ich meine, wenn man jemanden an Ed McMahon erinnert, dann ist das eine verdammt ernste Sache. Ich glaube, so etwas wäre schwer zu überwinden. Ganz egal, wie viele Stunden beim Paartherapeuten man nimmt. Ich würde sagen, das ist eine dieser unüberbrückbaren Differenzen.«

Bonnie blieb stehen. »Erinnere ich *dich* an Ed McMahon?«

»Nein. Kein bisschen.«

»Gut.« Sie beugte sich vor und küsste ihn sacht auf den Mund.

»Himmel Herrgott, Miles, was ist eigentlich los mit dir?« Ed stand drei Schritte hinter ihnen und brüllte so laut, dass die Möwen am Hafen kreischend aufflogen und in die Dunkelheit lachten. »Hat es dir nicht gereicht, meine Frau zu vögeln? Tina ist kaum einen Tag verschwunden, da hast du schon die Nächste!« Ed bleckte die Zähne.

Miles rief lauter, als er beabsichtigt hatte: »ICH HABE NICHT MIT DEINER FRAU GESCHLAFEN!«

Die Möwen kreisten als schriller Chor über dem Ort. Miles sah hoch, und vor dem dunklen Himmel wirkten sie wie Papierfetzen im Wind. Ein paar Nachzügler erhoben sich im Lichtschein der Fabrik in die Luft wie winzige, glänzende Raumschiffe.

»Das ist die Wahrheit, Ed«, sagte Miles. »Ich hatte keinen Geschlechtsverkehr mit dieser Frau. Entschuldigung, mit Tina, du weißt schon. Ich hatte nie eine Liebesbeziehung zu ihr. Ich habe sie nie geküsst oder sie nackt gesehen.« Seine Stimme musste lauter gewesen sein, als er gedacht hatte, denn als er über Eds Schulter blickte, sah er den versammelten Filmclub der Frauen vor dem Café stehen. Clive und Nix waren auch dabei, und Nix hielt sich eine Zeitschrift über den Kopf, um sich vor dem Regen zu schützen. Sämtliche Blicke waren auf Miles gerichtet.

»Das Erste habe ich nicht richtig verstanden«, rief Clive. »Dass du Eds Frau nicht gevögelt hast, das habe ich gehört, aber was hast du davor gesagt?«

Regen spritzte neben Eds Schuhen empor.

»Ich habe Bonnie versichert, dass sie mich kein bisschen an Ed McMahon erinnert.« Miles' Stimme hing in der Luft wie das Gelächter der Möwen.

»Na, da sind wir aber froh«, sagte Colleen Sheehan. »Ich dachte schon, du wolltest bei den Demokraten Präsidentschaftskandidat werden.« Alle kicherten und gingen wieder hinein ins Café.

»Sag deinem Bruder auf Wiedersehen, du Arschloch«, sagte Ed zu Miles und stürmte davon.

Kapitel 17

Der Werkstattofen im Gemeindehaus verschlang während der kältesten Wintermonate eine Menge Feuerholz. Also machte sich jedes Jahr eine Gruppe Freiwilliger auf den Weg über die Bucht, um ein paar tote Fichten zu schlagen. Sie zerlegten die Stämme in Stücke, die man gut über den Strand rollen konnte, warteten bis zur Flut und schleppten sie hinter einem Kutter hinüber nach Cold Storage. Dort wurde daraus Feuerholz gehackt. Die Aktion dauerte zwei Tage, und sie arbeiteten in zwei Mannschaften: die Holzfäller und die Holzhacker. Billy hatte sich dieses Jahr nicht eingetragen, aber Ed gehörte zu den Holzhackern.

Miles wollte den Tag außerhalb des Ortes verbringen und seinen Bruder möglichst weit von Mouse Miller's Love Nest fernhalten. Also beschloss er, sich als Holzfäller zu melden und Clive mitzunehmen. Er hatte ein klein wenig verschlafen, und als er bei seinem Bruder anrief, ging Nix ans Telefon und erklärte, er könne Clive erst nach dem Gottesdienst treffen. Das war ebenso seltsam wie ärgerlich, denn je länger sie im Ort blieben, desto mehr Gelegenheit gaben sie Trooper Brown, sie zu finden. Miles hatte das ungute Gefühl, dass er irgendetwas wieder nicht mitbekommen hatte.

Er folgte den matschigen Spuren vieler dicker Winterstiefel zur Bar beziehungsweise Kirche, als er den Lärm eines startenden Wasserflugzeugs hörte. Trooper Brown war also bereits gelandet, und Miles eilte zum Gottesdienst in der Bar mit dem Dachboden voll Marihuana-Ballen.

Ehe der zweite Geistliche weggezogen war, hatten sich drei Glaubensgemeinschaften das einzige Kirchengebäude im Ort geteilt. Jeden Sonntag hielten zuerst die Katholiken ihre Messe, dann die Lutheraner ihr Abendmahl, und schließlich versammelte sich die kleine Gruppe der Unitarier, um zu essen und sich Geschichten zu erzählen. Die Katholiken gingen routiniert zu Werke, kamen rasch zur Sache und gingen wieder. Die Lutheraner ließen sich ein wenig mehr Zeit, doch bei den Unitariern konnte es den ganzen Tag lang dauern, bis der göttliche Geist sie berührte, und deshalb waren sie immer als Letzte dran.

Miles gehörte keiner dieser Gemeinden an. Ab und zu schaffte er es rechtzeitig zu einem Gottesdienst, um einen Teil der Predigt mitzubekommen. Aber meist genoss er es einfach, vor der Kirche auf einer Bank zu sitzen, den Kopf gegen die Mauer zu lehnen, dem Gesang zu lauschen und seinen mitgebrachten Kaffee zu trinken.

Das Kirchengebäude befand sich oberhalb der Fischfabrik auf einem feuchten, aber ebenen und von Bäumen umringten Fleckchen. Es lag so hoch, dass man von dort aus fast bis zur Mündung der Bucht sehen konnte, und die Fischer gingen oft hinauf, um das Wetter weiter draußen in ihren Fischgründen zu begutachten. Einige kletterten manchmal sogar die Stufen des bescheidenen Kirchturms hinauf. Sonntags schlichen sie sich dazu hinten herum in die Kirche und polterten möglichst leise die Treppe hoch, während die etwa zehn Personen starke Gemeinde drinnen sich inbrünstig ihren Gebeten widmete.

Doch an diesem Sonntag versammelte sich die weitaus größte Gemeinde in einer Bar. Schon aus rund zwanzig Metern Entfernung erkannte Miles die Stimme, die durch Wände und Fenster nach draußen hallte, und er verzog das Gesicht beim Gedanken daran, was ihn drinnen erwartete. Er hatte seinen

Bruder, seinen verurteilten Verbrecher von einem Bruder, noch nie eine Predigt halten hören, und er konnte sich ihren Inhalt nicht vorstellen. Was die Erlösung seines Bruders anging, war Miles' ohnehin nicht üppiger Glaube längst erschöpft.

In seinem wärmsten Arbeitsoverall stand er vor der Bar und lauschte der Predigt. Der Duft des Zedernholzes mischte sich mit dem Aroma, das aus seinem Kaffeebecher aufstieg. Er hätte optimistisch sein müssen, doch er war ungeduldig, denn er ging davon aus, dass er jeden Augenblick die Schritte des Troopers auf dem Bohlenweg hören würde.

Die Bar war überraschend voll. Der Billardtisch war mit einer Platte und einem großen weißen Tuch bedeckt und diente als Altar. Auf Stühlen, eigens für den Gottesdienst aufgestellt, saßen die Gemeindemitglieder: Gloria in einer geblümten Bluse mit ihrer Sauerstoffflasche neben sich, Liz mit ihrer Katze Louise auf dem Arm eine Reihe dahinter, Bonnie mit einem großen weißen Hut drüben vor der Bar, Weasel und Billy in sauberen Jeans und Hawaiihemden, Jake in schwarzer Jeans und weißem Hemd, den verletzten Arm immer noch in einer Schlinge. Auf der anderen Seite des Billardtischs saßen Rick und die restliche Band mit ihren Instrumenten. Clive stand neben dem provisorischen Altar in seinem dunklen Anzug mit schmaler schwarzer Krawatte.

Clive sah seinen Bruder vor der Tür und eröffnete die heutige Schriftlesung. Römerbrief, Kapitel dreizehn. Seine Stimme war etwas zittrig, wurde aber immer kräftiger, und er las ohne Ironie oder Sarkasmus vor, mit einem leichten Beben der Demut.

»Seid niemandem irgendetwas schuldig«, begann Clive, »als nur einander zu lieben; denn wer den anderen liebt, hat das Gesetz erfüllt. Denn das: ›Du sollst nicht ehebrechen, du sollst nicht töten, du sollst nicht stehlen, lass dich nicht gelüsten‹, und wenn es ein anderes Gebot gibt, ist in diesem Worte zusammengefasst: ›Du sollst deinen Nächsten lieben wie dich selbst.‹ Die Liebe tut dem Nächsten nichts Böses. So ist nun die Liebe die Summe des Gesetzes. Und dieses noch, da wir die Zeit erkennen, dass die Stunde schon da ist, dass wir aus dem Schlaf erwachen sollen; denn jetzt ist unsere Errettung näher, als da wir geglaubt haben: Die Nacht ist weit vorgerückt, und der Tag ist nahe. Lasst uns nun die Werke der Finsternis ablegen und die Waffen des Lichts anziehen.«

Draußen auf dem Bohlenweg fiel ein bläulicher Schatten auf Miles' Gesicht.

»Ich will Sie sprechen«, raunte Ray Brown. Miles hörte ein kurzes Zögern in der Stimme seines Bruders und sah, wie sich alle Köpfe der offenen Tür zuwandten und die versammelte Gemeinde nach draußen starrte, doch er folgte dem Trooper ein Stück den Bohlenweg entlang.

»Keine Ahnung, was Sie hier treiben«, polterte Brown los, »aber ich habe mit dem hiesigen Lehrer gesprochen, und der hat mir etwas sehr Interessantes erzählt.«

»Ehe Sie weiterreden, Trooper Brown«, unterbrach ihn Miles, »muss ich Ihnen sagen, dass ich schuld an all diesem Ärger bin.« Er hörte die Gemeinde drinnen »Many Rivers to Cross« anstimmen. »Hat Ed behauptet, Clive sei in irgendwelche kriminellen Aktivitäten verwickelt?«

»Er sagt, Ihr Bruder importiere Marihuana. Und zwar gemeinsam mit seinem früheren Geschäftspartner, einem Drogenbaron. Er hat außerdem behauptet, Ihr Bruder habe diesen Mittäter angegriffen und verletzt.«

Miles blieb höflich. »Nun, Trooper Brown, zunächst einmal – falls Sie glauben, dass irgendjemand gegen das Gesetz verstoßen hat, sollten Sie eine Verhaftung vornehmen. Ich denke, Sie werden alle fraglichen Personen hier vorfinden.« Er wies mit beiden Händen auf die singende Gemeinde, als lade er Ray Brown zum Gottesdienst ein. Mit der gleichen leisen Stimme, wie um die Andacht drinnen nicht zu stören, fuhr Miles fort: »Aber Sie sollten wissen, was Ed zu diesen Aussagen veranlasst hat. Er ist furchtbar wütend auf mich.«

»Hat er denn Grund, wütend auf Sie zu sein?«, fragte Brown durchaus interessiert.

»Nun ja.« Miles senkte die Stimme noch weiter. »Verstehen Sie, ich – ich habe schon seit mehreren Monaten eine Affäre mit seiner Frau«, log er.

Der Trooper nickte nervös. In der Bar reckte sich ein Chor überforderter Stimmen nach den hohen Tönen. Trooper Brown schaute durch das schmutzige Fenster in die Kirche, wo Clive mit ausgebreiteten Armen stand und aus voller Kehle sang, während Blind Donkey im Hintergrund spielten. Verblüfft starrte Brown dorthin, bis Rick einen Schritt vortrat und sein Saxophon-Solo begann. Da wandte er sich wieder Miles zu und fuhr ihn an: »Ich weiß nicht, was Sie hier treiben, aber ich werde das alles genau im Auge behalten.« Dann stapfte er den Bohlenweg entlang, endlich aus Miles' Augen, aber nicht aus dem Sinn.

Eine Schar Krähen erhob sich krächzend in die Luft und flatterte über den Bohlenweg hinweg. Miles fragte sich, woher Bonnie den weißen Hut haben mochte, den sie trug. Ob er sie treffen könnte, wenn er vom Holzfällen wiederkam, und wenn ja, wie sie ihn ansehen würde. Er betrachtete die Sonnenstrahlen, die schräg durch die nassen Zedernäste fielen, und lächelte bei der Vorstellung, die Waffen des Lichts anzuziehen.

»Der Tag ist da«, sagte Miles laut. Er stand auf, kippte seinen kalten Kaffee über das Geländer und ging zum Hafen. Er hörte die Bodendielen der Bar quietschen und knarren, als die Leute drinnen aufstanden. Schwatzend gingen sie zur Tür, wo Clive stand, Hände schüttelte und allen für ihr Kommen dankte, während die neu geborene Sonne ihn durch eine Wolkenlücke erleuchtete. Die Szene war beinahe lächerlich friedvoll.

Miles war als Erster am Boot. Er setzte sich und schärfte seine Axt, bis er ein paar Minuten später laute Schritte auf dem Steg hörte.

»Himmel, ist das kalt hier.« Jake sprang an Bord, noch in seinem Kirchen-Outfit unter einer Canvasjacke. »Machen wir, dass wir loskommen. Sollten wir nicht eine Menge Holz hacken?«

Weitere Stiefel polterten den Steg entlang, und das Boot kippte unter dem Gewicht der Männer, die an Bord gingen, leicht zur Seite. Clive eilte hinter den anderen her und versuchte gleichzeitig, einen Overall über seinen schwarzen Anzug zu ziehen. »Bruderherz!«, rief er Miles mit herzlichem Lächeln zu. »Es war schön, dich heute beim Gottesdienst zu sehen.«

Den restlichen Vormittag und den halben Nachmittag lang war die Holzfäller-Gruppe im Wald auf der anderen Seite der Bucht schwer beschäftigt. Sie brauchten eine halbe Stunde, um zwei abgestorbene Fichten dicht am Strand zu fällen. Die kahlen Wipfel reichten gerade so bis zum Strand. Zu sechst entfernten sie die Äste, zerteilten die Stämme in handlichere Stücke und legten die Seilwinde an, um sie zur Flutlinie zu ziehen. Clive und Miles benutzten schwere Äxte, die anderen knatternde Motorsägen. Lester bediente die Winde und zog die Blöcke hinab zum Wasser, während Jake sich um ein Lagerfeuer kümmerte und weitere Äxte schärfte. Für einen Mann mit einem verkrüppelten Arm sah er bemerkenswert glücklich aus.

Um halb zwei machten sie Mittagspause. Als die Sägen endlich schwiegen, schien die Stille tief aus dem Boden aufzusteigen. Alle waren nassgeschwitzt, also schlüpften sie in trockene Jacken, setzten sich ans Feuer und lehnten sich gegen ihre Rettungswesten, um gemütlich Sandwiches zu essen und Kaffee zu trinken.

Das klare, kalte Wetter hielt. Auf dieser Seite der Bucht war der Schneematsch wieder gefroren. Die Sonne schien schräg durch die Bäume und bildete kleine Pfützen aus Licht auf dem Waldboden, und unter den kahlen Büschen lag hier und da noch vereister Schnee. Alles wirkte hart und spröde.

Jake setzte sich neben Miles und Clive. Er neigte den Kopf in den Nacken und hielt das Gesicht in die Sonne, atmete tief ein, roch Holzrauch und Sägespäne und den Waldboden, den sie aufgewühlt hatten, spürte die Hitze des Feuers, das ihm die Beine wärmte. »Hey, Jungs, haut rein!«, sagte er und biss in sein Sandwich. Er schluckte und wandte sich Miles zu. »Ist der Trooper jetzt zufrieden?«

»Ich glaube nicht, dass der je zufrieden sein wird, bis irgendeiner von uns hinter Gittern sitzt.«

»Ich war ein bisschen enttäuscht, weil er die Bar gar nicht durchsucht hat.«

Miles verschluckte sich an seinem heißen Kaffee. »Warum das denn?«, hustete er.

»Weil es Weasel dann viel leichter fallen würde, was er jetzt tun muss.«

»Wovon sprichst du?«

Clive pfiff, und aus dem Wald kam ein trübselig wirkender Weasel, der ein dickes Bündel in einer Plane hinter sich herzerrte. Die Holzfäller hatten ihr wärmendes Feuer mit Kiefernspänen angeheizt und Scheite von einer alten Hemlocktanne daraufgelegt, die schon lange silbrig ausgebleicht am Strand gelegen hatte. Sie lächelten breit.

»Himmel, ihr werdet mich doch nicht wirklich dazu zwingen, oder?«, flehte Weasel, der sein Bündel mit beiden Händen über den Strand schleifte.

»Ich habe dir das Geld ersetzt, das du da reingesteckt hattest, und ich gebe dir einen Job in der Bar. Der Stoff gehört also mir, und ich weiß, was ich damit tue.«

»Aber mein Gott, Clive …« Weasel war am Boden zerstört.

»Komm schon. Ich weiß, dass du was für deinen persönlichen Bedarf abgezweigt hast. Das ist ein gutes Geschäft für dich, Weasel. Du hättest dieses Zeug nicht in meiner Bar verstecken dürfen. Das weißt du genau. Das war übel von dir, und du bist eigentlich kein übler Kerl.«

»Nein … bin ich wohl nicht.« Damit schlug Weasel die Ecken der Plane auseinander und legte drei große Quader gepresstes Marihuana frei. Jeder dieser Ballen war etwa so groß wie ein Zwanzig-Liter-Fass. Miles bemerkte überrascht, dass sie viel kleiner wirkten als auf dem Dachboden der Bar.

»Nun mach schon«, sagte Clive, und Miles hörte den Hauch einer Drohung in seiner Stimme. Im selben Moment fiel ihm auf, dass Weasel ein dickes blaues Auge hatte. Clive schüttelte genervt den Kopf, als hätte ihn eine Wespe gestochen. »Na los.«

»Ich, äh … Ich kann das nicht, Clive. Mach du es.« Weasel sank auf einem glitschigen Felsen zusammen.

Clive erhob sich und legte die drei großen Ballen Gras aufs Feuer. Die Holzfäller rückten herum, bis alle windabwärts standen.

Der frühe Nachmittag verstrich in einem angenehm melancholischen Tempo. Langsam aßen die Männer ihre Sandwiches, kauten jeden Bissen gründlich, und die paar Glücklichen, die Lachsbeeren-Marmelade darauf hatten, leckten sich danach noch die Finger ab.

Der süßliche Rauch waberte über der Bucht wie eine Bauchtänzerin, und niemand dachte an die Flut oder die Uhrzeit. Alle genossen die simple Freude, Feuerholz über den Strand zu rollen.

»Warum zum Teufel hat Weasel das Gras auf deinem Dachboden versteckt?«, fragte Miles schließlich.

»Wer weiß?« Clive lächelte. »Wahrscheinlich dachte er, falls es jemand findet, könnte er die Schuld auf mich schieben. Aber ich glaube, er hat sich auch vage vorgestellt, dass er das Zeug in der Bar umschlagen könnte. Als ob ich es nicht merken würde, wenn er ständig auf den Dachboden steigt?«

Sie lachten zu lange. Brachen ab. Und lachten wieder, ein wenig verlegen. Dann ließen sie Schweigen auf sich herabfallen wie schweren Regen.

»Schon eine irre Verschwendung«, bemerkte Miles schließlich.

»Kann man wohl sagen.« Clive seufzte.

»Warum tust du das?«, fragte sein jüngerer Bruder, als sei ihm gerade erst aufgegangen, wie verrückt das eigentlich war.

»Weil ich nicht will, dass Weasel ins Gefängnis wandert, denke ich«, sagte Clive. Er holte tief Luft, und die Bäume seufzten leise in einer feuchten Brise, die die Bucht entlangstrich. »Und etwas Gehorsam gegen die Obrigkeit muss man wohl aufbringen, wenn man dem Gesetz der Liebe folgt.«

Die Brüder saßen schweigend nebeneinander. Clives Worte wälzten sich in Miles' benebeltem Geist hin und her.

»Glaubst du, Ed wird mich umbringen?«, fragte er schließlich.

Clive sah zu, wie sein Bruder in sein Erdnussbuttersandwich biss. »Nein«, antwortete er. »Das glaube ich nicht. Ich glaube, er ist nicht mehr ganz so wütend auf dich.«

Miles starrte auf seine Stiefelspitze hinab. »Gestern Abend war er jedenfalls ziemlich wütend. Weiß der Himmel, was er gerade denkt.« Er überlegte kurz. »Der Trooper wird ihm sicher sagen, dass ich eine Affäre mit seiner Tina zugegeben habe.«

»Ja, aber ich bin ziemlich sicher, dass Ed jetzt wütender auf mich ist.«

»Auf dich? Warum das?«

Clive stand auf, stellte sich mit dem Rücken zum Feuer und streckte die Hände nach hinten, um sie zu wärmen. Die anderen Männer waren schon unten am Wasser und versetzten das Boot. »Er ist wütend, weil er inzwischen erfahren hat, dass ich in Nix verliebt bin.«

Miles wiegte sich unbewusst vor und zurück. »Wa…«, brachte er nur heraus.

»Nach dem dramatischen Auftritt mit dir auf dem Bohlenweg hat Ed Nix gefragt, ob sie bei ihm einziehen will. Und sie hat ihm gesagt, dass sie gerade bei mir eingezogen ist.«

»Stimmt das? Ich meine… ist das wahr?« Miles kniff die Augen zusammen und schob den Kopf ein Stück zur Seite, um mehr Rauch abzubekommen.

»Was?«, fragte Clive. »Dass sie es ihm gesagt hat oder dass sie bei mir eingezogen ist?«

Miles grinste schief. »Stimmt es, dass du sie liebst?«

Clive hob und senkte langsam den Kopf, während er zusah, wie der Marihuana-Rauch sich in den Himmel kräuselte. »Ja«, sagte er schließlich. »Und das Beste: Sie liebt mich auch.«

»Ist sie wirklich bei dir eingezogen?«

»Ja.« Clive pustete in die hohlen Hände und fand ganz neue Freude an jeder Einzelheit dieser Geste – an seinem warmen Atem, dem Geruch der Kiefernspäne, sogar am ehrlichen Dreck unter seinen Fingernägeln. »Man stelle sich vor, eine Liebe, die *nicht* unerwidert ist«, sagte er mit immer leiserer Stimme. »Aber Ed hat das natürlich nicht so gut aufgenommen.«

»Kann ich mir denken.« Miles zog seine Arbeitshandschuhe an.

»Weißt du, wie sie wirklich heißt?«

»Wer, Nix?«

»Ja. Sie heißt Maya. Im Ernst. Maya Kendricks. Sie kommt

aus Madison, Wisconsin.« Clive sprach den Namen aus, als sei die Stadt einer der Jupitermonde.

Die Brüder schwiegen. Das Feuer knackte, und im Rauch tanzten Maya-Indianer auf den Straßen von Madison, Wisconsin.

»Ganz im Ernst«, wiederholte Clive schließlich. »Ihr Vater lehrt Anthropologie, und ihre Mutter ist freischaffende Fotografin. Maya Kendricks, ist das zu fassen?«

Das Feuer prasselte, und Funken stoben den grünen Zweigen über ihnen entgegen. Miles schüttelte den Kopf. »Ja«, sagte er, »ich glaube schon, dass ich das fassen kann.« Er stemmte sich hoch, fand das Gleichgewicht und stapfte auf den Wald zu.

Um zwei Uhr versank die Sonne hinter den Bergen, und die Kälte drang ihnen bald durch die Arbeitsklamotten. Das Feuer war heruntergebrannt, doch Weasel stand noch davor und rührte mit einem Stock in der Asche herum.

Der Rest der Mannschaft bugsierte dicke Holzblöcke über den Strand und mit Hilfe der Winde über die Felsen bis auf das feuchte Seegras. Sie legten während der Ebbe einen Anker in den Schlick und führten ein Seil vom Anker durch starke Klemmen, die sie in die Stämme getrieben hatten. Wenn das Wasser gestiegen war, später im Dunkeln, würde jemand herüberfahren, den Anker lichten und die Stämme über die Bucht zum Steg vor dem Gemeindehaus schleppen. Dort würde die Holzhacker-Gruppe übernehmen, die Stämme zerteilen, spalten, kleinhacken und die Scheite dann den Hügel hinauf in den Holzschuppen tragen. Die dicken Fichtenstämme hatten etwas Befriedigendes, wie Münzrollen, die nur darauf warteten, ausgewickelt zu werden.

Es wurde immer finsterer, bis nur noch ein schwacher violetter Schein auf dem Wasser lag. Miles taten sämtliche Muskeln weh. Das leichte High vom Sitzen am Marihuana-Feuer klang allmählich ab und hinterließ eine leichte Gereiztheit, aber fürs Erste war er ganz zufrieden damit, in der Kabine des Kutters zu sitzen, der sie über die Bucht zurückbrachte.

Als sie den Hafen erreichten, war es vier Uhr nachmittags, und die ersten Sterne blinkten am lavendelfarbenen Himmel. Miles und Clive räumten gemeinsam mit den anderen das Werkzeug weg und gingen dann zum Love Nest. In der Bucht durchbrachen Orcas auf ihrem Weg hinaus ins offene Meer die Wasseroberfläche. Sie blieben stehen, beobachteten die Tiere und versuchten, sie zu zählen. Eine Meile weiter nördlich setzte außerplanmäßig ein Wasserflugzeug zur Landung an.

Am Abend heizten sie den Holzofen im Gemeindehaus kräftig an. Sie wollten sich Jakes Film anschauen. Weasel schmollte immer noch, aber dieser Film könnte ihn eventuell für den entgangenen Gewinn aus seiner Marihuana-Investition entschädigen.

Jake kannte die Endfassung von *Stealing Candy* gar nicht. Er hatte sich eingeredet, dass er sie nicht sehen wollte, doch als Weasel ihm die Videokassette mit dem Filmtitel zeigte, rieselte ihm ein eiskalter, neidischer Schauer über den Rücken. Er musste es tun. Ob man das nun als Stolz, Eitelkeit oder morbide Neugier betrachtete – er wollte sehen, was sie mit seiner Geschichte angestellt hatten.

Weasel hatte den großen Fernseher samt Videorekorder aus der Schule herübergebracht und auf einem Beistelltisch aufgebaut. Er schloss alle Kabel an, schaltete den Fernseher ein und drückte auf PLAY. Der Filmclub machte es sich bequem, und Jake war ein wenig übel. Doch als der Film begann, verlor er sich im Traum eines Mannes, der ins Feuer starrt. Bilder flammten und flackerten vor ihm auf: Eine Blondine mit knallroten Lippen hielt einen Revolver mit beiden Händen dicht neben ihrem Gesicht, während sie vorsichtig einen verlassenen Flur ohne Bilder an den Wänden entlangging. Ein Mann in einem Ledermantel kroch durch den Heizungsschacht eines großen Gebäudes. Schüsse ratterten, Autoreifen quietschten, und dicker gelber kalifornischer Sonnenschein bildete den Hintergrund sämtlicher Außenaufnahmen. Jake sah den Film und merkte, wie die Bilder ihn immer weiter zurück in seinen eigenen Kopf drängten. Er bekam das scheußliche Gefühl, dass er hier alte Bilder aus seinem alten Leben vorgeführt bekam, einem Leben vor Cold Storage, einem Leben voller Motoren und Beton. Ebenso gut hätte er sich eine Doku über den Krimkrieg in ruckeligen Schwarz-Weiß-Aufnahmen anschauen können.

Er stand auf, als die Blondine mit den üppigen Lippen ihren Revolver in ein Holster am straffen Oberschenkel steckte. Er ging hinaus, blieb auf der Veranda stehen und sah zu, wie nasser Schnee schwer zu Boden sank. Er konnte den Holzofen bullern hören und die Stimmen der Schauspieler, die durch ihre Dialoge humpelten. Er kannte ihre Gesichter, doch sie kamen ihm vor wie Gesandte aus einem anderen Land, das einmal seine Heimat gewesen war. Er wollte keine Fragen über *Stealing Candy* beantworten. Er wollte spazieren gehen, also schlug er den Kragen hoch und trat hinaus in den Schneeregen.

Da spürte er plötzlich eine Hand am Ellbogen.

»Du hast das geschrieben?«, fragte Lester.

»Tja, so was Ähnliches. Ich würde gern behaupten, dass meine Version viel besser war…« Jake sah Lester ernst an, »… aber das wäre gelogen.«

»Immerhin haben sie es verfilmt.« Gemeinsam gingen sie in Richtung Café. »Du hast was vorzuweisen.«

»Nein, eigentlich nicht. Ich habe keinen Cent dafür bekommen. Mein Name wird nirgends genannt.«

»Willst du damit etwa sagen, dass du in Wahrheit gar kein großer Hollywood-Macher bist?« Lesters Stimme klang todernst.

»Nein. Ich bin kein großer Hollywood-Macher. Ich bin ein kleiner Gangster. Na ja, genau genommen«, fügte er hinzu, um das Gesicht nicht ganz zu verlieren, »ein mittelgroßer.«

»Das war hier kein Geheimnis.« Lester hatte noch nie so ernsthaft mit seinem Freund gesprochen.

»Das war mir wohl auch irgendwie klar«, erwiderte Jake. »Ich hatte nur gehofft, wir müssten uns nicht damit befassen.«

»Tja, nach allem, was du mir gesagt hast, gibt es da auch nichts, womit wir uns befassen müssten. Falls du deinen Ruf als Verbrecher meinst.« Lester lächelte. »Das ist nicht so wichtig. Mir ist das egal. Wir haben einen Film. Er läuft in unseren Köpfen. Da drin haben wir ihn schon.« Lester tippte sich mit dem Zeigefinger an die Stirn. »Und wenn wir ihn fertig bekommen, können wir ihn sehen, wann immer wir wollen.«

»Toll«, sagte Jake, doch er hörte sich an, als betrete er gerade eine Zahnarztpraxis.

Der Schneeregen wurde allmählich zu grauem Schnee. Eiskristalle fegten durch die Luft, verbanden sich zu Flocken und wälzten sich mit dem Westwind über die Bucht heran. Jake begann zu zittern.

»Du wirst wieder reingehen und mit diesen Leuten reden müssen.« Lester wies mit einem Nicken über die Schulter zurück.

»Ich will nicht.« Jake schob die gesunde Hand in die Jackentasche und zog die Schultern hoch. Das Ende des anderen Ärmels hatte er in eine Wollsocke gesteckt, um die Hand warmzuhalten. »Reden wir lieber über unseren Film. Wir brauchen noch ein Ende.«

»Er darf nicht sterben.«

»Warum nicht?«

»Ich habe die Schnauze voll von Filmen, in denen der Indianer stirbt. Das ist einfach keine verdammte Story.« Lester blieb hart.

»Wie?«, fragte Jake. »Sind Indianer unsterblich? Wäre es besser, wenn er ein Weißer wäre – dann dürfte er sterben?«

»Ja.«

»Das glaube ich doch einfach nicht.«

»Hör zu, ich will eben nicht, dass er stirbt. Ich will ihn nicht als geheimnisvollen Pseudo-Schamanen oder Medizinmann-Guru haben. Er ist genauso verkorkst wie jeder andere Mensch in diesem Jahrhundert. Vielleicht sogar schlimmer.«

»Moment mal.« Jake blieb stehen. »Er soll kein geheimnisvoller Pseudo-Schamane sein, aber er und alle anderen sollen sich in der letzten Szene in Tiere verwandeln. Zum Teufel.«

»Das wäre einfach cool«, antwortete Lester.

»Cool«, brummte Jake. Ein junger Reiher flatterte durch den dichten Schnee und landete auf dem Geländer der Rampe, die zum Bootssteg führte. Da hockte er und starrte die Männer auf dem glitschigen Bohlenweg an, rieb sich den Schnabel an der Metallstange und blickte wieder auf, als sie näher kamen. Ein paar Herzschläge lang stand er vollkommen still, dann schraubte er den langen Körper wieder in die Luft.

»Was möchtest du denn für ein Ende?«

»Ich finde, wir müssen ihn letztlich zum Märtyrer machen. Er hat in dem Film ein paar schreckliche Dinge getan, die zwar im Kontext betrachtet verständlich waren, aus einer gewissen Perspektive sogar heldenhaft. Aber ich meine, er ist fertig, er ist ganz allein, und wir haben keine Fortsetzung. Warum ihn also nicht umbringen?«

»Nein.«

An Jakes Schuhen klebten Eisränder. »Du willst also bei

dem Ende mit den Tieren bleiben? Alle verwandeln sich zum Schluss einfach in wilde Tiere?«, fragte Jake beinahe flehentlich.

»Solange dir nichts Besseres einfällt.«

Schweigend gingen sie weiter zum Café. Lester beschloss, auf eine Schüssel Suppe hineinzugehen, und schlug Jake vor, dass sie sich später im Gemeindehaus treffen sollten, wenn der Film vorbei war und die Fragerunde begann. Jake verzog das Gesicht.

»Ich hole mir erst mal eine wärmere Jacke und eine Mütze«, sagte er und deutete zu Lesters Haus hinüber. »Bin bald wieder da.«

Als Jake das Haus betrat und das Licht anschalten wollte, packte jemand seinen verletzten Arm, wirbelte ihn herum und presste ihn mit dem Gesicht gegen die Wand. So heftiger Schmerz flammte in Jakes Schulter auf, dass er seine Wange nicht einmal spürte. Er sah bläuliche Funken tanzen, als hätte ihm jemand auf den Kopf geschlagen. Als der Schmerz allmählich nachließ, spürte er den Lauf einer Pistole am Hinterkopf.

»Hast wohl nicht mit mir gerechnet?«, fragte eine Stimme hinter ihm. »Passt mir gut.«

Kapitel 18

Oscar legte sich mit seinem ganzen Gewicht in die Waffe, die er an Jakes Kopf presste. Sein gesundes Bein stand fest auf dem Boden, das verkrüppelte hing zwischen ihnen herab.

»Jake«, spuckte er verächtlich. »Du siehst gar nicht gut aus. Jetzt bin ich aber enttäuscht.« Überraschenderweise war Oscar tatsächlich enttäuscht. Er hatte erwartungsvoll – ja, beinahe besessen – an diesen Augenblick gedacht, seit Ann Peel ihm die Idee in den Kopf gesetzt hatte. Sie hatte ihm erzählt, wie Jake, ihr undankbarer Chef, sie beide ausgebootet und im Stich gelassen hatte. Doch nun war er hier in Alaska, der Augenblick war endlich da, und Jake wirkte geschrumpft, ein alter Mann mit einem verkrüppelten Arm. Nicht das Objekt von Oscars feurigen Rachefantasien.

»Dieser hässliche Hund, den du Clive geschenkt hast, der hat mich halb zerfleischt«, sagte Jake so beiläufig, wie es eben geht, wenn einem die Nase an eine Wand gequetscht wird.

»Und Clive selbst ist auch noch hier«, brummte Oscar. »Er sieht gut aus. Sieht aus, als hätte er eine Menge Geld verbraten. Warum hast du *ihm* nicht ins Knie geschossen? Oder hattest du das speziell für mich reserviert?« Oscar spürte schmerzlich, dass er sich weinerlicher anhörte, als diesem großen Augenblick angemessen war.

»Hör mal«, keuchte Jake, »wenn du dann glücklich bist, schieße ich ihm gern ins Knie. Gib mir die Waffe, und ich kümmere mich sofort darum.« Er wedelte mit den Fingern der gesunden Hand hinter seinem Rücken herum.

Der alte Lagerarbeiter versuchte, wieder in seinen Text zurückzufinden. »Hast du irgendwelche Hobbys, zu denen du deinen Kopf brauchst, Jake? Ich meine, es wäre keine allzu große Unannehmlichkeit, wenn ich dir den Hinterkopf wegblase, oder? Es wird dir nicht viel ausmachen, Kumpel.« Oscar stemmte sich gegen ihn, und Jake spürte beinahe, wie sich die Knochen in seinem Arm verdreht. Ihm wurde schwarz vor Augen.

»Im Moment arbeite ich an einem Drehbuch... Vielleicht noch ein, zwei Monate lang... Ich habe nicht mehr viel Geld... Außer, jemand kauft den Film... Aber wir können uns bestimmt einigen.«

»Klar.« Oscar ließ ihn unvermittelt los und trat zurück. »Wie wär's, wenn du mir mein Bein zurückbringst?«

Jake rieb sich die Schulter. »Schon besser«, sagte er und lächelte. »Hör mal, das mit deinem Bein ist eine üble Sache, ich weiß. Wir können uns bestimmt einigen.«

Er lächelte immer noch, als Oscar einen weiteren Schritt zurücktrat, die Pistole auf Jakes rechtes Knie richtete und mit einem Schuss seine Kniescheibe samt der Muskulatur darunter zerfetzte. Im nächsten Moment wälzte sich Jake auf dem Boden, umklammerte sein Knie, und Oscar spannte den Hahn für den zweiten Schuss.

»Scheiße, nein.« Jake begann zu weinen. »Nicht auch noch das andere. Ich habe dir nicht beide kaputtgemacht.«

Oscar betrachtete das Blut, das an Jakes Bein hinabrann. Er sah zu, wie Jake sich vor Schmerzen hin- und herwarf, den Boden mit seinem Blut rot färbte, und er entspannte den Hahn wieder. Ihm wurde einfach schlecht bei der Erinnerung an seine eigenen Schmerzen und die langen Monate totaler Langeweile, während er auf die nächste Operation warten musste.

»Vielleicht hast du recht«, sagte er, steckte die Waffe in den

Hosenbund, trat mit einem großen Schritt über Jake hinweg und ging zur Tür hinaus.

Miles war nicht zu der Filmvorführung gegangen. Er war dabei, Mary Bakers Knöchel zu verbinden, als der Schuss krachend über den Bohlenweg hallte. Mary hatte nichts gehört – sie erzählte ihm gerade, wie sie sich vertreten hatte. Also machte Miles hastig die Bandage fertig, lieh ihr zwei Krücken, tätschelte ihr die Schulter und sagte, sie solle in drei Tagen wiederkommen, damit er sich den Knöchel dann noch einmal ansehen konnte.

Schüsse am helllichten Tag waren hier nichts allzu Ungewöhnliches. Leute schossen in die Luft, wenn sie feierten, oder ein Schuss löste sich versehentlich. Was Miles Sorgen machte, war, dass diese Schüsse normalerweise von weiteren Geräuschen begleitet wurden: Lachen und Partylärm oder lautstarke Entschuldigungen und hastige Schritte in Richtung seiner Praxis. Diesem Schuss aber folgte nur Stille.

Er zog seine Jacke über und ging hinaus, um nachzusehen. Ein stämmiger Mann mit gebeugten Schultern humpelte den Bohlenweg entlang. War er angeschossen worden? Suchte er vielleicht die Praxis? Miles rief ihm hinterher, doch der Fremde reagierte nicht, und sonst war niemand zu sehen. Also ging er nach Hause und wollte gerade die Tür öffnen, als er jemanden in Lesters Haus fürchterlich fluchen hörte. Er rannte hinüber.

Jake lag auf dem Boden. Miles band das blutende Bein ab, leitete die Schockbehandlung ein, befahl Jake, still liegen zu bleiben, und rannte zurück in die Praxis, um seinen Erste-Hilfe-Koffer zu holen. Er stellte Jake keine Fragen, versuchte nur, die Polizei anzurufen. Die Leitung war tot. Er versuchte es mit dem Funkgerät, bekam aber keine Antwort.

Miles hätte höchstens Boote erreichen können, die vor dem Ausgang der Bucht fischten, doch bei diesem Wetter waren die meisten großen Kutter irgendwo vertäut und außer Funkreichweite. Er würde es später noch einmal probieren. Zuerst musste er sich um Jake kümmern und dann nach dem seltsamen Mann suchen, der auf dem Bohlenweg offenbar von Lesters Haus weggelaufen war.

Als Miles mit seinem Notfallkoffer wiederkam, war Lester zu Hause. Er hatte Jakes Bein hochgelagert und ihn zugedeckt, und sein Jagdgewehr lehnte an seinem Hocker vor der Werkbank.

»Hattet ihr beiden künstlerische Differenzen oder was?« Miles hockte sich hin, zog die Decke beiseite und schnitt Jakes Hosenbein auf.

»Ich hätte ihm doch deswegen nicht ins Knie geschossen.«

»Scheiße, tut das weh!«, stieß Jake immer wieder hervor. »Das tut so beschissen weh!«

»Ja, natürlich, Kumpel«, sagte Lester mit geradezu zärtlicher Stimme, die Miles noch nie von ihm gehört hatte.

Weasel schob den Kopf durch den Türspalt. »He, Jake, wir sind fertig. Alle haben Fragen an … Heilige Scheiße!« Er kam herein. »Was ist denn mit dir passiert?«, fragte er staunend.

»Geh, und hol Clive!«, sagte Jake mit gepresster Stimme. »Sag ihm, dass Oscar hier ist und seinen Hund zurückhaben will.«

»Er hat wegen dieses Hundes auf dich geschossen?«

»Weasel«, unterbrach Miles ihn, »suchst du bitte Clive und sagst ihm, dass er sofort herkommen soll?«

Weasel stand immer noch am selben Fleck und blinzelte, als sähe er nicht recht. »Wir hätten das Gras nicht verbrennen dürfen«, sagte er voller Überzeugung.

»Himmelarsch«, sagte Lester, »holst du jetzt Clive?«

»Ja klar, mach ich«, nuschelte Weasel und fügte dann hinzu: »Heißt das jetzt, du kommst nicht zur Diskussionsrunde im Filmclub?«

»Los!«, brüllten alle drei zugleich.

Der Rest des Abends war ein Durcheinander vieler kleiner Krisen und wirrer Gerüchte. Der heftige Schneefall bedeutete, dass kein Flugzeug es hierher schaffen würde. Miles sprach mit Billy und bat ihn, mit seinem Boot zum Ausgang der Bucht zu fahren und die Küstenwache in Sitka anzufunken. Er sollte ihnen sagen, dass sie einen medizinischen Notfall hatten, der im Krankenhaus versorgt werden müsse. Der Patient sei aber stabil und könne in diesem Zustand bei ihm in der Praxis auf etwas besseres Wetter warten – niemand brauche sein Leben zu riskieren, um ihn auszufliegen. Billy verstand. Er ging hinunter zum Hafen, um den Motor vorzuwärmen.

Kinder spähten durch die Scheiben der Praxis herein. Der junge lutheranische Pfarrer kam und bot seinen Beistand an, und Jake sagte, er werde sich melden, falls er die Sterbesakramente bräuchte. In der Bar, an einem Tisch ganz hinten, sah Lester Clive mit einem Mann reden, den niemand kannte. Der Fremde war zornig, knallte sein Bierglas auf den Tisch und stieß Clive den Zeigefinger vor die Brust. Lester hörte nur die Worte »Geld« und »klauen«, vielleicht hatte der Mann aber auch »verdammtes Geld« und »trauen« gesagt. Lester war nicht sicher, doch bis er die inoffizielle Bürgerwehr aus ihrem improvisierten Hauptquartier im Café geholt hatte, waren Clive und der Fremde nicht mehr in der Bar. Zur Enttäuschung der Bürgerwehr war die Bar fest versperrt.

Die Mitglieder des Filmclubs wollten Jake immer noch Fragen über *Stealing Candy* stellen, doch Miles weigerte sich, sie in die Praxis zu lassen. Jake brauche Ruhe und dürfe nicht gestört werden, erklärte er. Bis zum Nachmittag wurden die ersten Genesungskarten unter der Tür durchgeschoben, deren Absender neben guten Wünschen auch ein paar Fragen hineingeschrieben hatten. *Hoffentlich geht es Dir bald besser. P.S.: Bist Du Jack Nicholson mal begegnet?*

Jake nickte nur, wandte sich Miles zu und bat um mehr Schmerzmittel.

Billy kehrte mit der Nachricht zurück, dass die Küstenwache einen Hubschrauber schicken würde, sobald das Wetter sich aufklärte. Am Abend kam Bonnie mit einem großen Korb voller Essen vorbei: warme Fleischpastete, Krautsalat, Ofenkartoffeln. Langsam strich der weiße Vorhang draußen vor den Klinikfenstern die Spuren des Tages glatt. Der Schnee schien sämtliche wilden Gerüchte und hektischen Aktivitäten auszulöschen. Die Boote im Hafen hatten sich in Törtchen mit Zuckerguss verwandelt, und die Fußstapfen all der Leute auf dem Bohlenweg verschwanden zusehends, als könnte der Schnee die Vergangenheit ungeschehen machen.

Lester kam vorbei, um zu fragen, ob er etwas zu essen besorgen sollte, und blieb und aß mit, was Bonnie gebracht hatte. Sie saßen da, wachten über Jake und beobachteten das Schneewunder, bis Lester schließlich aufstand und nach Hause ging. Er bat sie, ihn nicht zu wecken, es sei denn, es gäbe noch eine Schießerei und das Opfer wäre jemand, den er wirklich mochte.

Erst nach Mitternacht legte Bonnie Isomatten auf dem Boden von Miles' Büro aus. Sie breitete ein paar Decken und einen alten Schlafsack darüber, so dass genug Platz für zwei war, zog ihre Schuhe aus und legte sich in ihren Klamotten hin.

»Ich will nur hier bei dir sein«, sagte sie und klopfte auf das Kissen neben ihrem.

Miles zog ebenfalls die Schuhe aus. Er legte sich neben sie, und sie schlang einen Arm über seine Brust. Er roch die Seife an ihrer Haut und umfing ihre Hand mit seiner. Da lag er, blickte zur Unterseite seines Schreibtischs auf und sah die Schatten der Schneeflocken die Wände hinabtanzen. Aus dieser Perspektive kam ihm alles fremd vor.

Er sah sie an und wollte sie lieben, mehr, als er je irgendetwas anderes gewollt hatte. Immer wieder rutschte nasser Schnee vom Dach. Er wollte sie lieben, wusste aber nicht recht, wie er damit anfangen sollte.

Er schlief ein und träumte, er sei draußen auf der Bucht beim Fischen. Bonnie schwamm hinter seinem Boot her, und er hatte schreckliche Angst, sie könnte sich in seiner Angelschnur verfangen. Er nahm einen Hammer und klopfte damit auf die metallene Bordwand, um sie zu vertreiben, aber natürlich wollte er nicht, dass sie wegschwamm. Er hämmerte und winkte, und Bonnie schwamm noch näher heran. Ihre Schwimmzüge wurden immer kraftvoller, und sie war schneller als sein Boot.

Der Lärm wurde lauter, bis aus dem Hämmern ein Krachen wurde. Bonnie rüttelte ihn an der Schulter und sagte, da sei jemand an der Tür.

Billy stand draußen in T-Shirt und Jogginghose. Miles konnte seine nackten Füße im frischen Schnee versinken sehen. Ein seltsames, warm getöntes Licht erhellte eine Seite seines Gesichts.

»Miles, die Bar brennt. Ich kann Clive, Nix und Bonnie nirgendwo finden.« Es war vier Uhr früh.

»Bonnie?«, fragte Miles verwirrt. »Bonnie ist hier.« Sie trat neben ihn, und Billy umarmte sie. »Gut. Oh wie gut«, sagte er.

Orangerotes Licht tanzte an den Wänden der verschneiten Häuser entlang des Bohlenwegs. Miles fuhr in seine Stiefel. Leute schrien, und ein dumpfes Brüllen vibrierte in der Luft.

Miles, inzwischen hellwach, bellte: »Hast du bei Clive zu Hause nachgesehen?«

»Natürlich. Da ist er nicht.« Billys Gesicht verzerrte sich. »Miles …«

»Was?«

»Die Tür zur Bar ist von außen mit Ketten verrammelt.«

Kapitel 19

Ein paar Leute vom Lagerhaus versuchten, Schläuche zu einem Hydranten zu legen, doch sämtliche Anschlüsse waren zugefroren. Im ungeheizten Lagerschuppen war die Feuchtigkeit in den Schläuchen ebenfalls gefroren, und da ruhten sie nun zu Spiralen erstarrt. Den Hydranten selbst verdeckte der Schnee, und Männer rannten in langer Unterwäsche und Regenjacken herum, stocherten mit Schaufeln im Schnee und versuchten, die Hauptwasserleitung zu finden.

Weasel lief hin und her, rang die Hände und rief nach Clive. Miles rannte den Bohlenweg entlang zur Bar, wo orangerote Flammen zu den Fenstern herausschlugen und wie hektische Arme hin- und herwedelten.

Die Hitze strahlte in die Dunkelheit ab. Alles in einem Umkreis von fünfzehn Metern war bereits trocken oder tropfte vor geschmolzenem Schnee. Die Gesichter der Umstehenden leuchteten gelblich bis rot, wenn das Feuer nach ihnen züngelte. Männer in Bademänteln wichen zurück, als würde es sie tadeln. Einige überlegten laut, wie man Wasser herbeischaffen könnte. Andere drückten ihre Kinder an sich und schärften ihnen ein, ja hierzubleiben. Wieder andere starrten nur auf das brennende Gebäude, betäubt vor Sorge.

Anthony Ceras Zeigefinger war noch immer geschient von dem Unfall beim Ringen, der ihn seinen Platz im Ringerkader gekostet hatte. Er hatte sich einen nassen Mantel übergeworfen und drosch mit einer Axt auf die Tür ein. Flammen schlugen brüllend aus den geborstenen Fenstern. Die zwei Flügel der

Eingangstür waren mit einer glänzenden Kette versperrt, die durch die Türgriffe gefädelt war, und Anthony bearbeitete stattdessen die Türangeln. Miles sah, dass jemand von innen heftig gegen die Tür drückte. Little Brother stand neben Anthony und bellte. Immer wieder schoss er vor, schnappte nach den Flammen, zog sich zurück und bellte weiter.

»Wir können Clive und Nix nirgends finden.« Lester trat neben Miles. »Irgendjemand meinte, sie wären noch in der Bar geblieben, um aufzuräumen.«

»Was ist mit diesem anderen Kerl? Oscar?«

»Keine Ahnung. Jemand hat berichtet, dass ein Fremder Benzin aus dem Treibstofflager gestohlen hat. Zwei große Kanister. Seitdem hat ihn niemand mehr gesehen.«

Miles band sich den Schal vors Gesicht und packte Lester am Ärmel, ohne die Tür eine Sekunde lang aus den Augen zu lassen. Das Hämmern von drinnen hatte aufgehört.

»Und die Hintertür?«, fragte er.

»Auch mit einer Kette versperrt. Die Tür wäre leichter einzureißen, aber das Feuer ist da hinten viel schlimmer. Ich wette, er hat das Benzin im Gebäude verteilt, das Feuer an der Hintertür gelegt und ist dann den Hang hinauf verschwunden. Dank der Spuren im Schnee wird er leicht zu finden sein.«

»Das hat Zeit«, sagte Miles. »Wir müssen da rein.«

Anthony schwang ein letztes Mal die Axt, und das Feuer drückte die lose Seite der Tür nach außen. Ein rauchendes Loch tat sich auf, und Little Brother duckte sich und sprang durch die Öffnung. Lester und Anthony schützten die Gesichter mit den Unterarmen und zerrten die halb herausgebrochene Tür beiseite.

Die Bar war ein einziger brennender Scheiterhaufen. Ein Gasbehälter war explodiert, und Glasscherben glitzerten im Schnee auf der Bergflanke. »Ich weiß nicht, Miles …«, begann

Lester, doch Miles war bereits in dem brennenden Gebäude verschwunden.

Flammen drückten sich durch Risse in den Wänden, als versuchten sie verzweifelt, aus dem Gebäude zu kommen. Anthonys Haar, Mantel und T-Shirt fingen Feuer. Lester zog ihn zurück auf den Bohlenweg, und seine Freunde kümmerten sich um ihn. Dann stürmte Lester wieder zur Bar und warf sich mit der Schulter gegen die brennende Tür. Billy konnte aus einiger Entfernung sehen, dass Lesters Haar brannte und Flammen auf seiner Jacke tanzten. Billy tat einen Schritt vor, und Lester wandte sich vom Feuer ab.

Lester blieben viele Jahre Zeit, um darüber nachzudenken, warum er innegehalten hatte – warum er stehen geblieben war und Hilfe herbeigerufen hatte. In diesem Augenblick, als er im Feuer stand, wusste er nur: Wenn er seine Nachbarn nicht da herausholte, würde er sich sein Leben lang dafür schämen.

Das Feuer war offenbar seiner Meinung, denn ehe Lester es sich anders überlegen und sich in Sicherheit bringen konnte, gab der Fußboden nach, und Mouse Miller's Love Nest brach in einem Wirbel aus Funken, Flammen und schwarz verkohlten, geborstenen Holzbalken in sich zusammen.

Der gesamte Ort stand vor dem brennenden Gebäude, alle hoben die Hände, als wollten sie das Haus vor dem Einsturz bewahren. Wenn sie sich umgedreht und zum Wasser geschaut hätten, dann hätten sie gesehen, wie das Licht des Feuers sich in die Dunkelheit reckte und die schwimmenden Möwen anstrahlte wie Weihnachtsfiguren. Es war windstill, und der Schnee fiel lautlos und unbeachtet ins schwarze Wasser. Und wenn die Leute genauer hingeschaut hätten, dann hätten sie vielleicht gesehen, wie Oscar in Miles' rotes Boot stieg, den Motor anließ und langsam in die Dunkelheit hinausglitt.

Lester zog sich zum Bohlenweg zurück, wo Bonnie ihm um den Hals fiel. »Danke, dass du es versucht hast«, sagte sie.

»Ich weiß nicht, wo Miles ist.« Lester liefen Tränen aus den vor Kummer weit aufgerissenen Augen.

»Er ist da drin«, sagte Bonnie leise und drückte Lesters Kopf an ihre Schulter.

Endlich brachten die Männer das Löschwasser zum Fließen, und etwa um dieselbe Zeit tauchte Nix plötzlich auf. Sie war während Jakes Film am Ofen des Gemeindehauses eingeschlafen. Als sie gegen halb zwölf aufgewacht war, hatte sie die Bücherregale entdeckt, sich eine Kerze angezündet und *Die Pilgerreise zur seligen Ewigkeit* gelesen, bis sie irgendwann wieder eingedöst war. Erst der Einsturz der Bar hatte sie dann endgültig geweckt.

Zu diesem Zeitpunkt herrschte Flut, so dass die Pfähle an der Vorderseite mehrere Fuß tief im Wasser standen. Doch die Rückseite, die auf der Bergflanke erbaut war, brannte lichterloh. Ein paar Männer der freiwilligen Feuerwehr hielten zwei schwächliche Wasserstrahlen darauf gerichtet. Erschöpfte Männer und Frauen in rußverschmierten Regenklamotten kletterten vom Bohlenweg und wateten ins eiskalte Wasser. So gut es ging, schafften sie die geschwärzten Trümmer beiseite, um die Leichen der beiden Vermissten zu finden. Niemand sah auch nur eine Spur von Clive, Miles oder dem Hund, trotzdem riefen die Leute weiter nach ihnen. Als das Feuer allmählich leiser wütete, hörte man, wie dünn und müde ihre Stimmen waren – sie klangen wie meckernde Ziegen.

Billy war auch dort unter dem Bohlenweg und entdeckte die Kühltruhe aus Edelstahl, in der Clive die Bierflaschen gelagert hatte. Das zwei Meter lange Gerät lag umgekippt unter dicken Holzbalken auf einem Stück des eingebrochenen Bodens. Und es wackelte hin und her.

Billy stemmte sich mit der Schulter gegen den ersten Balken. Dessen Hitze versengte sein T-Shirt, und er verzog das Gesicht, konnte den Balken aber beiseiteschieben. Lester kam ihm zu Hilfe, und als sie den nächsten Balken herauszerrten und ins Wasser schleuderten, verbrannten sie sich die Hände. Doch nun ließ sich die Kühltruhe auf die andere Seite wälzen, und Miles kullerte in einem Schwall angeschmolzener Eiswürfel, Bier und Glasscherben heraus.

Er würgte, und Billy und Lester wollten ihn umdrehen, doch er klammerte sich an etwas Rotem, Fleischigem fest: einem Mann, dessen Kleider verbrannt waren. Miles hielt seinen Bruder in den Armen.

»Vorsicht!«, brüllte jemand, und ein Teil einer Wand krachte auf die Felsen herab. Ruß und Funken wirbelten durch die Luft.

»Wir müssen hier weg.« Lester und Billy zerrten die beiden Brüder unter dem Steg heraus. Acht ihrer Nachbarn kamen schon mit zwei Tragen aus der Praxis den Strand entlanggerannt.

Am Morgen ließ der Schneefall nach, und der Himmel wurde klarer. Rauch stieg von den Trümmern der Bar auf und schlich durch den Ort wie eine streunende Katze. Als es dämmerte, landeten Trooper Brown und ein Team der Spurensicherung, und der Pilot flog Miles und Clive zum Krankenhaus in Sitka aus. Jake, an dessen Schusswunde in der Aufregung niemand mehr dachte, hatte sich Miles' Arzneibuch vorgenommen. Mit einem Vorrat an Schmerzmitteln hielt er sich in Lesters Haus versteckt. Während die Ermittler Cold Storage auf den Kopf stellten, leckten der weiße Gangster und der indianische Künstler still und leise ihre Wunden und hielten sich aus dem Blickfeld der Polizei.

Nix hatte Clive noch gesehen, ehe er bewusstlos ausgeflogen worden war, kaum noch ein Mensch. Seine Haut war zu straff, und Blut sickerte an Stellen hervor, wo sie sich abschälte – angebranntes Fleisch, das noch atmete. Sie hatte nicht zugeschaut, wie sie ihn auf der Trage weggebracht hatten. Seitdem saß sie in seinem Haus und wartete auf Neuigkeiten.

Sie konnte nicht lesen, sich nicht konzentrieren, es gab niemanden, den sie hätte anrufen können, also suchte sie eine von Annabelles Peggy-Lee-Schallplatten heraus und ließ sie immer wieder auf dem alten tragbaren Plattenspieler laufen. Ein Mitglied der Band nach dem anderen kam hinzu, jemand machte Rührei und Toast, aber den ließen sie anbrennen, und Nix begann zu weinen.

Trooper Brown machte sich auf die Suche nach dem Fremden, der Benzin gestohlen haben sollte. Er ging von Tür zu Tür und stellte Fragen, verlor jedoch bald das Interesse. Für sich war er zu dem Schluss gekommen, dass dies ein gut geplanter Anschlag im Drogenmilieu gewesen sei und der Täter längst geflohen. Und offen gestanden bekümmerte es ihn nicht sonderlich, wenn Drogendealer sich gegenseitig umbrachten. »Spart dem Staat Gerichtskosten«, sagte er zu einem Kollegen von der Spurensicherung.

In Wahrheit hatte er nicht die Geduld, sich durch Aussagen der Einwohner zu arbeiten. Er konnte es nicht ertragen, die wilden, beinahe mythischen Schilderungen schriftlich festzuhalten: Dreiecksbeziehungen und Drogen, geheimnisvolle Boote, von denen aus Mördertrupps an Land gingen, Satanskulte und ein gefährlicher Hund, der wahrscheinlich für die ganze Sache verantwortlich war.

Erst abends entdeckte jemand, dass Miles' Boot fehlte. Billy informierte den Trooper, und einen Tag später forderte Brown einen Hubschrauber an, der das Ufer der Bucht absuchte, doch das Boot wurde nie gefunden. Am Ende des zweiten Tages hatte die Polizei den Tatort gesichert, und ein Team von Brandexperten traf ein, um die Untersuchung abzuschließen.

Rauch hing immer noch über dem Bohlenweg, und eine Rußschicht bedeckte sämtliche Häuser. Die Leute öffneten ihre Türen, versorgten die Polizisten Tag und Nacht mit Essen und Getränken und genehmigten sich ihren Whisky direkt aus der Flasche. Sie aßen mehr Süßigkeiten als sonst, und in ihren Kleidern hing der Geruch von Frittierfett. Sie ließen ihre Kinder aufbleiben, solange sie wollten, was sie sonst auch öfter taten, aber jetzt hatten sie dabei kein schlechtes Gewissen. Sie waren einfach froh, noch am Leben zu sein. Niemand wusste bisher, ob Miles und Clive durchkommen würden.

Bonnie versuchte zu helfen. Sie öffnete die Praxis und sortierte die Besucher aus, die nicht unbedingt medizinische Hilfe brauchten. Diejenigen, die sie brauchten, schickte sie hinein zu der Sanitäterin, die vorübergehend als Ersatz für Miles aus Sitka abgeordnet worden war. Den anderen hörte sie zu, ließ sie sich einiges von der Seele reden, gab ihnen einfache Aufgaben: den ohnehin sauberen Boden putzen, die Zeitschriften im Wartezimmer sortieren oder nachschauen, ob noch Papier im Faxgerät war.

Lester kam in seinen verrußten Klamotten herein, die Hand in Stoffstreifen gewickelt, die offenbar von einem T-Shirt abgerissen worden waren. Bonnie ermahnte ihn sanft: »Jemand sollte sich diese Brandwunden ansehen.«

»Schon gut. Ich hab da eine Salbe, die eine Tante mal … Genau das Richtige.«

»Na schön«, sagte sie und lächelte zu ihm auf.

»Irgendeine Nachricht vom Krankenhaus?«, fragte er.

»Nein …« Ihre Stimme trug kaum bis über ihre Lippen.

»Fragen wir doch bei ihm zu Hause nach. Nix ist bestimmt da. Vielleicht hat sie etwas gehört.« Lesters Stimme brach, und das machte ihr Sorgen.

»Ja«, sagte sie und erhob sich langsam. Sie ließ die Hand

einen Moment lang auf seinem Unterarm ruhen, und er tätschelte sie. Das Adrenalin der Brandnacht war in Ruß und Rauch verflogen. Sie gingen den Bohlenweg entlang, am Café und der Bibliothek vorbei, an der Abzweigung zum Gemeindehaus und an dem Haus mit dem Sittichkäfig im Fenster, an dem Haus mit der Teekessel-Sammlung im Vorgarten und an dem qualmenden Loch, das einmal Mouse Miller's Love Nest gewesen war.

Die Experten hatten ein kleines Zelt mit Lampen und einem Petroleumofen aufgebaut, so dass sie die ganze Nacht lang arbeiten konnten. Sie fotografierten, untersuchten Trümmerstücke und Spuren und versuchten, den Brandherd und den Brandbeschleuniger zu ermitteln.

Lester und Bonnie schauten vom Rand des Wegs hinab. Ein verkohlter Schrank stand an der Flutlinie. Geschmolzene Schallplatten waren halb aus verkohlten Hüllen gesickert. Billardkugeln leuchteten in den Felsen wie Ostereier. Der abgerissene Hals einer Bassgitarre lag da wie von den eigenen Saiten erwürgt. Raben hüpften in der Asche herum und stocherten im Ruß um die verkohlte Kühltruhe. Und obwohl Lester nicht viel trank und sich in seinem eigenen Land als Außenseiter fühlte, wurde ihm das Herz schwer, denn die Bar fehlte ihm jetzt schon.

Seit seiner frühesten Kindheit hatte Lester es gehasst, wenn ihm übel wurde. Selbst bei der heftigsten Magen-Darm-Grippe hatte er den Drang, sich zu übergeben, niedergewürgt, nach Luft geschnappt, sich aufrecht hingestellt und die Krämpfe durch seinen Körper toben lassen. Jetzt sah er Bonnie nur stumm an.

Sie rieb ihm den Rücken zwischen den Schulterblättern. »Sie schaffen es schon. Du hast das Richtige getan«, sagte sie, und dann streckte sie die Arme aus und drückte ihn an sich.

Jemand hatte einen eingefrorenen Feuerwehrschlauch liegen lassen, noch an ein Ventil der Hauptleitung angeschlossen. Er war halb im Schnee eingebettet, der von unten her schmolz, solche Wärme strahlte der verbrannte Boden aus. Plötzlich begann der tauende Schlauch zu zischen und zu zappeln wie eine Schlange, Eisklumpen glitten sichtbar darin vorwärts, wurden ausgespien, gefolgt von etwas klarem Wasser. Dann fiel der alte Schlauch wieder flach zusammen.

Lester blickte auf die Trümmer der Bar hinab. »Ich hoffe es«, sagte er, und sie machten sich auf den Weg zu Clives Haus.

Die Band war dort versammelt. Rick saß auf einem Stuhl am Ölofen und spielte akustische Gitarre. Die anderen tranken Bier und aßen Cracker, die sie in der Küche gefunden hatten. Nix lag auf der Seite auf dem Sofa, und Billy massierte ihr die Füße. Sie hatte die Hände unter der Wange gefaltet wie ein schlafendes Kind. Ihre Augen waren rot und die bleiche Haut tränenfleckig. Sie sagte nichts und nahm von keinem ihrer ernsten, stillen Freunde Notiz.

Bonnie ging zu ihr und küsste sie auf die Wange. Nix begann zu weinen. Earl reichte Lester ein Bier und umarmte ihn ungelenk. Lester versuchte, das Bier an irgendwen weiterzureichen, und wünschte, Rick würde das Geschrammel bleiben lassen. Die Musik klang dünn, als hörte man vom obersten Stock eines Wolkenkratzers unten ein Auto hupen.

Alle hockten herum, als rechneten sie halb damit, jeden Moment herausgerufen zu werden. Earl vernahm ein Poltern vor der Tür und stand auf, um zu sehen, was dort los war. Lester hörte seine Stimme. »Oh mein Gott.« Er betonte jedes Wort durch eine kleine Pause, als er wiederholte: »Oh … Mein … Gott.«

Little Brother kam in die Küche gehumpelt und zog das rechte Hinterbein nach. Er ging an Lester vorbei ins Wohnzimmer. Sein Fell war schwarz verschmiert, und seine Pfoten hinterließen verschmierte Blutflecken auf dem Boden. Er roch wie eine Grube voller verbrannter Hundekadaver und sah noch hässlicher aus als je zuvor.

Doch Nix setzte sich gerade hin, ließ ihn aufs Sofa springen, strich ihm über Kopf und Körper und küsste seine Stummelohren. Little Brother blickte mit halb geschlossenen Augen ins Leere und genoss jede Berührung.

»Na«, sagte Nix, »da bist du ja.«

Clive wurde für den Flug zu einer Klinik in Seattle vorbereitet, die auf Brandverletzte spezialisiert war. Unter dem Vordach der Notaufnahme wartete ein Krankenwagen, um ihn zu transportieren.

Miles ging den langen Flur zur Intensivstation entlang, begleitet von seinem rollbaren Infusionsständer. Eigentlich sollte er einen Rollstuhl benutzen. Seine Brust schmerzte, weil seine Lunge stark geschädigt war, und seine Hände und Beine waren mit Verbrennungen zweiten Grades überzogen. Er bog um die Ecke, blieb in der Tür stehen und sah zu, wie sich die Brust seines Bruders hob und senkte. Obwohl Clive immer noch bewusstlos war, hatte er eine Art Lächeln im Gesicht, und seine Atemzüge waren gleichmäßig und kräftig. Miles war nicht sicher, aber dieser beständige Rhythmus fühlte sich an wie das Versprechen des kommenden Sommers im Frühling.

Und so ging es in den nächsten Monaten und Jahren weiter

Der Rauch hing noch wochenlang in der Luft. Die Zukunft lag hinter der Membran des nächsten Augenblicks verborgen und blieb ungewiss, während Miles weiterlebte und am Bett seines Bruders saß.

Ein paar Monate nach seiner Rückkehr nach Cold Storage hinterließ Miles der Frau, die ihn immer noch zeitweise in der Praxis vertrat, einen Zettel mit der Nachricht: »Bin angeln. Notfalls per Funk erreichbar.« Das erschien jedem, der je einen Winter in Cold Storage verbracht hatte, völlig normal, ging dieser jungen Frau aber auf die Nerven, denn sie nahm ihre Pflichten sehr ernst und wollte ihre Sache gut machen.

Miles fühlte sich alt. Er hatte seinem Land und seiner Gemeinde gedient, und darauf war er stolz. Jetzt wollte er für seine Familie da sein. Und einen Königslachs fangen.

In Juneau hatte er sich ein nagelneues Motorboot gekauft. Als Allererstes hatte er die Bedienungs- und Reparaturanleitung des Motors gelesen. Dann hatte er ihn zerlegt, so weit es ging, denn diese neuen Motoren schienen hauptsächlich aus einzelnen Gehäusen voller Elektronik zu bestehen, die auf einen glänzenden Aluminiumblock geschraubt waren. Er setzte seine ganze Intelligenz daran, diesen Motor zu begreifen, investierte in die besten Treibstofffilter und Zusätze, setzte die Zündkerzen eigenhändig ein und inspizierte sie auf dunkle Flecken, womit er sich zugleich vergewisserte, dass das Einspritzventil ordnungsgemäß funktionierte. Er war fest entschlossen, keine Schikane mehr zu dulden.

Er raffte seine neue Ausrüstung zusammen, marschierte entschlossen zu seinem Boot, verstaute alles, ging seine Motor-Checkliste durch und drückte auf den Knopf für den elektrischen Anlasser. Der Motor begann ohne weitere Beschwörungen zu rattern und zu summen.

Er steuerte sein neues Boot im Stehen vor einem Steuerrad – nicht wie das alte, in dem er hatte sitzen müssen, um mit nach hinten gerecktem Arm die Pinne zu bedienen. Die Navigationskonsole verfügte über einen UKW-Sender, ein GPS-Gerät, Echolot und einen Kompass. Er hatte einen zweiten, kleineren Motor an Bord, den er erst dann absenken würde, wenn er die Fischgründe erreicht hatte. Miles war auf seinem ersten Angelausflug in diesem neuen Jahr besser ausgerüstet denn je zuvor.

Der Motor beförderte das Boot mühelos über den leichten Seegang vor dem Ort, und als er weiter auf die Bucht hinauskam, bemerkte Miles, dass er zum ersten Mal seit langer Zeit keinen Rauch in der Luft roch. Er gab Gas. Sein Boot hob sich aus dem Wasser, bis es darüber hinwegzugleiten schien, das grau-grüne Wasser färbte sich in seinem Kielwasser silbrig und passte so genau zum Schwung und der Farbe der Berge, die sich im Meer spiegelten. In Miles' Brust stieg etwas auf. Es war, als drückte das schnelle Boot gegen die Membran, die jeden Augenblick einschloss und vom nächsten trennte. Er gab noch mehr Gas, als wäre es möglich, durch schiere Geschwindigkeit diese Grenze zu durchbrechen und das Glück zu erreichen, das ganz gewiss dahinter lag.

Miles' Verletzungen waren recht gut verheilt. Er trug immer noch Schutzhandschuhe, und die Ärzte hatten ihm dringend geraten, die verbrannten Hände nicht bissigen Fischen auszusetzen oder Benzin oder Schmutz oder so ziemlich allem. Aber

Miles wollte heute einen Fisch fangen. Er wollte offen sein für günstige Fügungen. Er würde sich für jede Möglichkeit rüsten und sich bemühen, Glück bereitwillig anzunehmen. Clive würde noch viele Wochen in der Spezialklinik verbringen – sein Glück würde sich in kleineren und langsameren Schrittchen einstellen. Doch Miles kam es kein bisschen illoyal gegenüber seinem Bruder vor, dass er hier und heute vollends dafür bereit war, ein bisschen Glück zu haben.

Er erreichte den Ausgang der Bucht und baute seine Ausrüstung auf. Aus der Packung Köder, die er dabeihatte, wählte er den leuchtendsten Hering aus. Sorgfältig führte er die Schnur durch den Bauch des Fisches und setzte die Haken genau an die richtige Stelle. Dann kam noch ein nagelneuer Flasher an die Schnur und die Schnur in den Downrigger, der sie mit Hilfe der Bleigewichte dort hinabzog, wo sein Echolot einen kleinen Schwarm Lachsfutter anzeigte. Sein neuer Motor lief perfekt, und er sah auf das GPS, um sich zu vergewissern, dass er die ideale Geschwindigkeit zum Schleppangeln hatte.

Die Sonne glitzerte auf dem Wasser, der ferne Horizont schimmerte zartblau. Im Norden zogen dünne Wolken wie weiße Flaggen dahin, und der leichte Seegang hob und senkte das Boot im Rhythmus des Meeres.

Miles ließ sich auf seinem Stuhl nieder, einen Fuß am Steuerrad, und behielt seine Schnur im Auge.

»Lasst uns nun die Werke der Finsternis ablegen«, sagte Miles und lachte über sich selbst, weil ihm dieses Bibelzitat einfiel.

Auf dem Arm seines Downriggers, einen knappen Meter von seinem Sitzplatz entfernt, landete ein Rabe, neigte den Kopf zur einen Seite, dann zur anderen, und beobachtete ihn.

»Und die Waffen des Lichts anziehen«, fügte er hinzu und grüßte den Vogel mit einem Nicken.

»Miles!«, sagte der Rabe.

Miles' Füße wurden eiskalt, seine Hände auch, und er glaubte, sich plötzlich übergeben zu müssen. Hatte der Rabe ihn gerade mit Namen angesprochen?

»Miles!«, wiederholte der Vogel und ruckte mit dem Kopf vor und zurück, als wollte er ihn auffordern, näher zu kommen.

Miles stand auf, verängstigt, verdattert, und beugte sich zu dem schimmernden Vogel vor.

»Ja?«

Der Rabe flatterte mit den Flügeln, hüpfte auf die offene Kühlbox und schnappte sich die ganze Ladung Heringe. Schwerfällig schwang er sich in die Luft und flog mit der Folienverpackung in den Klauen davon, aus der einzelne kleine silbrige Fische ins Meer plumpsten.

Miles sah zu, wie der große schwarze Vogel das südliche Ufer erreichte, die Packung auf den Strand fallen ließ und mit einer Art Freudentänzchen darauf landete. Er sah zu, wie der Rabe die restlichen silbrigen Fische fraß, hörte ihn lachen, wurde wütend und musste dann ebenfalls lachen über so viel Absurdität. Und dann weinte er.

Er weinte, als sei etwas in seiner Brust geborsten. Ihm lief die Nase, er konnte nichts mehr sehen und weinte wie plötzlich aufgetaut. Gewaltige Schluchzer schüttelten ihn derart, dass er glaubte, sein gesamtes Inneres würde aus ihm herausschwappen und sich im Meer verteilen.

Schließlich, mit einem leichten Schluckauf, hörte er auf zu weinen, und ihm war ein wenig schwindelig. Er schaute zu dem fernen Strand hinüber, doch der Rabe war fort. Er wandte sich nach Cold Storage um. Eine wahre Wolke aus Vögeln kreiste über dem Ort. Er glaubte, große braune vierbeinige Gestalten am Ufer zu erkennen, und etwas, das er für zwei Hirsche hielt, bis ans Wasser kommen zu sehen. Und er dachte sich, dass sich möglicherweise doch alle in Cold Storage, vielleicht sogar alle Menschen auf der Welt, in Tiere verwandelt hatten.

Er griff zum Funkgerät, um irgendwen anzufunken und eine beruhigende menschliche Stimme zu hören, doch in diesem Moment wurde die Spitze seiner Angelrute ruckartig nach unten gezogen, und die Schnur schoss kreischend von der Spule. Zwanzig Meter hinter dem Boot erhob sich ein riesiger Lachs aus dem Wasser und bäumte sich gegen die Haken auf, die sich tief in seinen Kiefer gebohrt hatten.

Natürlich veränderte sich die Welt, und die Vergangenheit war und bleibt eine Halluzination, die sich in unser alltägliches Leben drängt. Gebäude stürzen und erheben sich wieder, Wahlen werden gewonnen und verloren, Armeen marschieren auf Schlachtfeldern auf und finden wieder nach Hause. In Cold Storage, Alaska, machten Gerüchte über den möglichen Aufenthaltsort – oder auch die bloße Existenz – des Menschen die Runde, der Jake ins Bein geschossen und die Bar niedergebrannt hatte. Die sicherste Wette war wohl die auf den humpelnden Mann, der am selben Nachmittag eingeflogen war. Manche spekulierten, Ed habe die Bar in Brand gesteckt, um sich an Clive dafür zu rächen, dass der mit Nix geschlafen hatte. Dieses Gerücht fand jedoch nicht viele Anhänger, denn erstens bestritt Ed den Vorwurf *und* hatte ein Alibi, und zweitens erfüllte er einfach nicht die Voraussetzungen, die Dorftratsch an einen Brandstifter stellte. Ed hatte eine viel zu blasse Persönlichkeit.

Der humpelnde Mann blieb natürlich spurlos verschwunden, und die meisten vermuteten, dass er mit Miles' Boot draußen im Schnee in eine heftige Böe geraten, gekentert und im eiskalten Wasser gestorben war. Diese Geschichte gefiel den Leuten wegen ihrer ausgleichenden Gerechtigkeit, doch im Frühjahr schloss ein Arzt aus Juneau seine Ferienhütte an der

Küste auf und stellte fest, dass während des Winters jemand eingebrochen hatte. All seine Lebensmittelvorräte fehlten, und unter den Bäumen oberhalb des Strandes lag Miles' altes Boot, dem offenbar jemand eine Kugel durch den Motor gejagt hatte. Der Arzt berichtete außerdem, sein Kajak sei verschwunden.

Jake musste schließlich doch ins Krankenhaus in Sitka, um sich das Bein operieren zu lassen. Jeden Tag wachte er mit dem Gedanken auf, dies werde der Tag sein, an dem ein Polizist mit einem Haftbefehl aus Seattle sein Zimmer betreten würde, doch das geschah nicht. Miss Peel rief aus Arizona an. Sie klang ein wenig verlegen und verriet Jake nicht, woher sie wusste, dass er in diesem Krankenhaus war. Stattdessen erkundigte sie sich, ob Jake schon gehört hatte, dass der dot-com-Bursche in Seattle mit seinen Freunden tatsächlich den Börsengang geschafft hatte. Er hatte Jake nie als Investor gestrichen, er stand immer noch in den Unterlagen, und statt der Anteile an einem Unternehmen, das nie etwas produzierte, besaß er nun Aktien eines Unternehmens, das nie etwas produzierte, im Wert von fünfzehn Millionen Dollar. Miss Peel kicherte, als sie ihm das erzählte, und Jake konnte nur den Kopf schütteln und sich über all diese Seltsamkeiten wundern.

Miss Peel hatte dem Staatsanwalt in Seattle die Stirn geboten und war aus dem Verfahren vor der Grand Jury herausgekommen, ohne einen Meineid zu begehen oder Jake zu verraten. Das Ergebnis war, dass die Grand Jury die Vorwürfe gegen ihn für unbegründet erklärte – es würde also keinen Strafprozess geben. Als sie ach so nett um die nötigen Angaben bat, damit sie das Aktiendepot verwalten konnte, gab Jake sie ihr bereitwillig. Und als Jake sich erkundigte, ob sie von Oscar gehört habe, antwortete sie mit Singsang-Stimme, dass er heil und erholt von seinem Ausflug nach Cold Storage im Winter zurückgekehrt sei und sogar ein Haus in Sitka mieten wolle. Da begriff Jake Shoemaker, dass er keineswegs ein unabhängiger Unternehmer war, sondern nur der Strohmann für Miss Peels eigene Geschäfte. Ohne es zu ahnen, hatte er die ganze Zeit über für sie gearbeitet.

Er legte auf, schauderte und lächelte dann breit.

In dieser Atmosphäre des Wundersamen schob Lester Jake in seinem Rollstuhl aus dem Krankenhaus zu einem Taxi und fuhr mit ihm zum Flughafen. Dort bestiegen sie eine Maschine nach Seattle, um die großartige Miss Peel zu treffen und die Verhandlungen darüber aufzunehmen, wie Jakes sämtliche Investitionen abgewickelt werden sollten.

Nachdem er sein Geld erhalten hatte, gab Jake Miss Peel fünfhunderttausend Dollar in bar und drei Viertel seines Aktienbestandes und zog nach Kalifornien. Er und Lester verbrachten einen Monat auf der Ranch bei Santa Barbara, wo sie ihrem Drehbuch den letzten Schliff gaben. Dann machte Jake Termine, um das Projekt mehreren Studios anzubieten. Er steckte der Polizei nie ein Wort über Oscar, denn er fand, bestenfalls seien sie beide quitt, und schlimmstenfalls würde er Oscar damit verärgern. Trotzdem deponierte Jake je eine Neun-Millimeter-Pistole unter dem Fahrersitz seines Wagens und in seiner Nachttischschublade – nur für den Fall, dass Oscar je wieder auf ein Schwätzchen vorbeikommen sollte.

Die Verletzungen, die Jake aus seiner Zeit in Alaska davongetragen hatte, machten ihm sein restliches Leben lang zu schaffen. Er konnte nie wieder einen Baseball richtig werfen und nur mit großer Mühe kraulen, was seine Eitelkeit mehr schmerzte, als ständig einen Gehstock mit silbernem Knauf benutzen zu müssen. Dieser Gehstock wurde sein Markenzeichen, ein stylishes Accessoire, aber er konnte nicht mehr im Luxus-Pool der Ranch mit Ausblick von der Anhöhe schwimmen und fühlte sich deswegen alt.

Lester genoss die Zeit in Hollywood, reiste aber im Frühsommer wieder nach Hause. Er mochte zwar all die Restaurants, erklärte er, doch der Verkehr war nicht auszuhalten. Er kam gerade rechtzeitig an, um bei den Bauarbeiten auf dem Grundstück der alten Bar zu helfen.

Clive musste noch monatelang in der Nähe der Verbrennungsklinik in Seattle wohnen. Die Polizei machte einen Riesenwind und versuchte, ihm etwas anzuhängen – Miss Peels Anwälte halfen, sie zu bändigen. Und eines Tages, als Clive auf einer Bank vor einem Gerichtssaal in Seattle saß und wartete, kam ihm eine Idee, ein neuer Plan für das Love Nest.

Nix' Eltern flogen nach Cold Storage, ursprünglich, um ihre Tochter nach Hause zu holen, blieben aber dann den ganzen Frühling und Sommer über. Seit ihre Eltern da waren, wurde Nix im Allgemeinen mit ihrem richtigen Namen angesprochen, und wer danach neu den Ort betrat, kannte sie als Maya. Miles benutzte abwechselnd beide Namen, Bonnie blieb bei Nix.

Nix' Eltern schenkten ihr das Geld, das sie zurückgelegt hatten, um eines Tages eine prächtige Hochzeit auszurichten. Dazu kam das Geld von der Versicherung, die Clive für das Gebäude abgeschlossen hatte, und das Kapital für einen Neuanfang war beisammen. Nix, Bonnie und Miles wurden zu Miteigentümern von Clives Grundstück und der neuen Immobilie. Sie bauten ein neues Geschäftshaus mit Bäckerei, Café, Bar mit Tanzfläche, und weiter oben auf dem Hügel ein Theater mit fünfzig richtigen Kinosesseln in ansteigenden Sitzreihen, einer kleinen Bühne und einer großen Leinwand. Das Ganze nannten sie »Little Brother's«, und der hässliche Hund war von der Finanzierung bis zum Bau stets dabei. Die älteren Einwohner sorgten sich und jammerten natürlich, der neue Komplex bedeute das Ende des alten Cold Storage und den Sieg des dekadenten Stadtlebens. Als die neuen Geschäfte öffneten, verteidigten die Leute Little Brother's oder beklagten sich darüber, aber allmählich erarbeitete es sich seinen Platz in der Geschichte eines Ortes, der von einer Tragödie bis zur nächsten immer weiterlebte.

Clive überwachte das Projekt wie ein wahrer Patriarch. Er konnte sich nicht schnell bewegen, dafür bereitete ihm seine Haut zu große Schmerzen, und sie neigte zu Entzündungen, so dass er sich nicht schmutzig machen durfte. Also saß er mit einem breitkrempigen Hut da und trank mit Weasel zur Gesellschaft Gin Tonic, während andere die Hämmer schwangen. An dem Tag, an dem die Arbeiten an den Holzwänden begannen, hängte er ein Schild an den Deckenbalken in der Mitte der Bar. Es war handbemalt, aus rauem Sperrholz, und darauf stand:

Doch wie soll ich verwünschen, wen Gott nicht verwünscht?
Wie soll ich drohen, wem Jahwe nicht droht?
Denn vom Gipfel der Felsen sehe ich es,
Von den Höhen aus erblicke ich es:
Dort, ein Volk, es wohnt für sich,
Es zählt sich nicht zu den Völkern.

Die Bauarbeiter verstanden zwar nicht, warum das Schild dort hängen sollte, aber sie hatten nichts dagegen. Das mit den Felsen und den Höhen gefiel ihnen.

Bonnie stürzte sich mit einer Energie auf die Bauarbeiten, die man in Cold Storage nicht mehr erlebt hatte, seit die längst verstorbenen Gründer die erste Ladenfassade aus geklauten Brettern zusammengenagelt hatten. Sie genoss es, Schutt in das Loch zu schaufeln und neue Pfähle in die schwarze Lücke im Bohlenweg einzusetzen. Sie liebte die wilde Landschaft, die von der Baustelle aus mal mehr, mal weniger deutlich zu sehen war. Wenn sie ihren Werkzeuggürtel trug und an den Balken einer Wand arbeitete, wusste sie genau, wo sie war und was sie tat. Sie hatte

Freude daran, Maß zu nehmen, das Holz sauber zuzuschneiden und, während die Wand entstand, die Zukunft in Gestalt dieses neuen Raums zu spüren. Und sie liebte es, aufzublicken und zu beobachten, wie der Wind Schneeschleier von den Bergen fegte. Ein neues Gebäude dort zu errichten, wo das alte niedergebrannt war, fühlte sich genauso gut an, wie Leben zu retten.

Sie brauchten drei Jahre, um das Projekt fertigzustellen, aber die Einweihungsfeier war das lange Warten wert, denn das erste Event war die Premiere von *Wagenburgen*. Der Streifen sollte im Filmgeschäft noch jahrelang für Gesprächsstoff sorgen, hauptsächlich des kontroversen Endes wegen.

Robbie Robertson hatte die Filmmusik geschrieben und kam zur Premiere. Sherman Alexie als Produzent ebenfalls. Harvey Keitel gehörte zwar nicht zur Besetzung, war aber dennoch eingeladen, und alle erwarteten, dass er anreisen würde, allein schon wegen Weasels fünfseitiger Bitte. Am großen Wochenende empfing Weasel fast jedes Flugzeug, das im Hafen landete, und lächelte allen entgegen, die die Rampe heraufkamen, aber schließlich musste er sich mit Gary Farmer zufriedengeben, dem Star des Films, und Clint Eastwood, der gemeinsam mit Miss Peel die Produktion geleitet hatte. Jake wurde als Mitglied des Produktionsteams und Drehbuchautor genannt und bewohnte eine Gastkabine auf Eastwoods Yacht. Clint war mit seinem eigenen Schiff von jenseits des Horizonts bis in den Hafen von Cold Storage, Alaska, gesegelt, und es hatte die Einwohner schwer beeindruckt, dass er der Mannschaft mit einer Dose Bier in der hinteren Hosentasche beim Vertäuen geholfen hatte.

Die internationale Presse war hauptsächlich in der frisch renovierten Arbeiterbaracke des Lagerhauses untergebracht. Mrs. Cera servierte beim Premierenempfang geräucherte Kohlenfischkragen, und noch in derselben Saison führten die teureren Restaurants in Los Angeles geräucherten Kohlenfisch auf ihren Speisekarten. Blind Donkey spielten bei der Party danach, und Robbie Robertson kam auf die Bühne und spielte ein paar Stücke mit, zuletzt eine fantastische Version von »Love Is the Answer, But What Was the Question?« Weasel betrank sich dermaßen, dass er diesen Auftritt verpasste, worüber er sich noch jahrelang beklagte.

Jake erschien in einem spanischen Designeranzug, der aus einem Wetterballon genäht zu sein schien, aber er lachte, scherzte, nannte alle beim Vornamen und benahm sich allgemein einheimischer als die Einheimischen.

Lester trug auch am großen Tag seine gewohnte Arbeitskleidung, veranstaltete seine eigene »Open House«-Party für Freunde und Familie im Atelier und ließ sich bei keinem der Events in den Hintergrund drängen. Er war in den letzten Jahren mehr rausgekommen, hatte seine Tanten und Neffen in Hoonah besucht, war mit ihnen fischen gegangen und hatte in Sitka Heringslaich gesammelt, den er ihnen im Frühjahr brachte. Er studierte nicht länger andere Leute.

Bei der Premierenparty schlenderte Lester umher, als sei er der Gastgeber des Ganzen. Immer wieder mischte er die Sitzordnung auf, damit seine Freunde und Verwandten zusammensaßen, und niemand konnte ihn beiseiteschieben. Er nutzte jede Gelegenheit, um Jake ein bisschen aufzuziehen, ließ seinen Freund aber das Rampenlicht genießen und gestand später, dass er diesen Abend wider Erwarten sehr genossen habe. Sein Schmuck war ein paar Jahre lang ein begehrtes Must-have in Hollywood, doch er schrieb nie wieder ein Drehbuch.

Bonnie, Miles und Nix servierten das Essen und kümmerten sich mit Clive um die Bar. Ed und Tina passten derweil auf Miles' und Bonnies kleine Tochter auf, die beinahe so alt war wie ihr Sohn. Ed kam zum Empfang und ging wieder nach Hause, und Tina erschien später zu der Party und genoss die

Musik und die Promis. Keiner von beiden sah sich den Film an. Sie befürchteten eine Enttäuschung, doch später, als sie das Kino einmal ganz für sich hatten, schauten sie ihn sich an und lachten und klatschten, bis ihnen die Hände wehtaten.

Während die Party immer heißer wurde, servierte Miles weiterhin Häppchen. Er kam gerade mit einer Platte Kohlenfisch aus der Küche, als er seinen Bruder Clive sah, der vorsichtig eine Schallplatte zwischen den Handflächen hielt. Ein Lächeln strahlte aus seinem gezeichneten Gesicht. Das Feuer hatte ihn äußerlich völlig verändert, und er sprach selten. Aber er hatte noch immer die Seele eines genialen Lügners, eines Schelms und Tricksers, und das beruhigte Miles. Clive blickte auf. Die beiden Brüder sahen einander eine Sekunde länger als gewöhnlich in die Augen. Und in dieser Sekunde gratulierten sie einander und sich selbst zu all ihrem Glück. Dann wandte Miles sich Mr. Alexie zu, der gerade mit Lester und Chris Eyre, dem Regisseur, herumalberte. Miles lächelte in die Runde und bot Fisch an.

Clive machte eine Geste in Richtung Tür, und der große Hund humpelte herein und sprang mit einem überraschend kraftvollen Satz auf den Tresen. Clive räusperte sich, und die Gäste wurden still. Er dankte Lester und auch Jake, den er als »den Engel von Cold Storage, Alaska« bezeichnete. Dann dankte er den versammelten VIPs. Nach einer kurzen Pause wandte er sich Little Brother zu und forderte ihn auf, ein paar Worte beizutragen. Die Gäste kicherten in Erwartung irgendeines lustigen Tricks. Eine hübsche Frau, die ein Seidenkleid und matten Goldschmuck trug, lachte laut und bat um einen Drink. Die Einheimischen lächelten nicht, sondern beugten sich vor. Während die ersten Gäste unruhig mit den Füßen scharrten und darauf warteten, dass irgendetwas die Spannung löste, sah Clive nur seinen vernarbten Hund an, erwartungsvoll – und wie immer sehr geduldig.

Anmerkung des Autors

Cold Storage, Alaska war das erste Buch der Cold-Storage-Reihe. Dass es erst nach *The Big Both Ways* erscheint, ist ein bedauerlicher Unfall. *Cold Storage* ist ein Tribut an eines meiner liebsten Genres: der Screwball-Komödie. Ich schätze sie deshalb so sehr, weil sie mich daran erinnert, dass Chaos nicht immer in einer Tragödie endet, sondern manchmal auch höchst amüsante Verbindungen herstellt. Diese Möglichkeit lehren meiner Meinung nach übrigens auch die Bibel und das Dharma. Mir ist schon vor langer Zeit klar geworden, dass ich wohl ein ziemlich schrulliger Krimi-Autor sein muss, denn im Gegensatz zur restlichen Krimi-Welt erkenne ich Rache nicht als Herzstück eines wirklich guten Plots an. Nein, nach beinahe dreißig Jahren als Ermittler und Schriftsteller glaube ich immer noch, dass Liebe und Mitgefühl die Herzen *aller* Charaktere bewegen.

Ich bin einer wunderbaren Leserin, Sophie Rosen aus Abbotsford, British Columbia, zu großem Dank verpflichtet. Sie hat mir mit ihrem klugen Feedback sehr bei der Arbeit an dieser Story geholfen. Außerdem möchte ich meiner Lektorin Juliet Grames aus New York, New York, danken, die Mut und Geduld bewies, indem sie mir erlaubte, in den Schoß der Schriftstellergemeinde zurückzukehren. Diesen beiden Frauen meine aufrichtige Wertschätzung und herzlichen Dank.